王健侯诗词集

王健侯 ——著

王守谦 王学谦 编辑整理
何锦龙 校注

文化艺术出版社
Culture and Art Publishing House

王健侯

（1905—1979）

曾名王健，字钝斋。福建惠安县螺阳镇东张村人。1905 年 12 月出生。1924 年中学毕业后任教。1941—1942 年任惠安商会文员。1948 年起先后于惠安酒厂、烟丝厂任会计。1958 年在官宅畜牧场劳动。1962 年后退居在家。1979 年 12 月病逝。

1949 年于原晋江岑江小学任校长时与毕业生合影（前排左四为王健侯）

1955 年移居县城，1957 年入住新居，1958 年春节拍摄全家福（后排右三为王健侯）

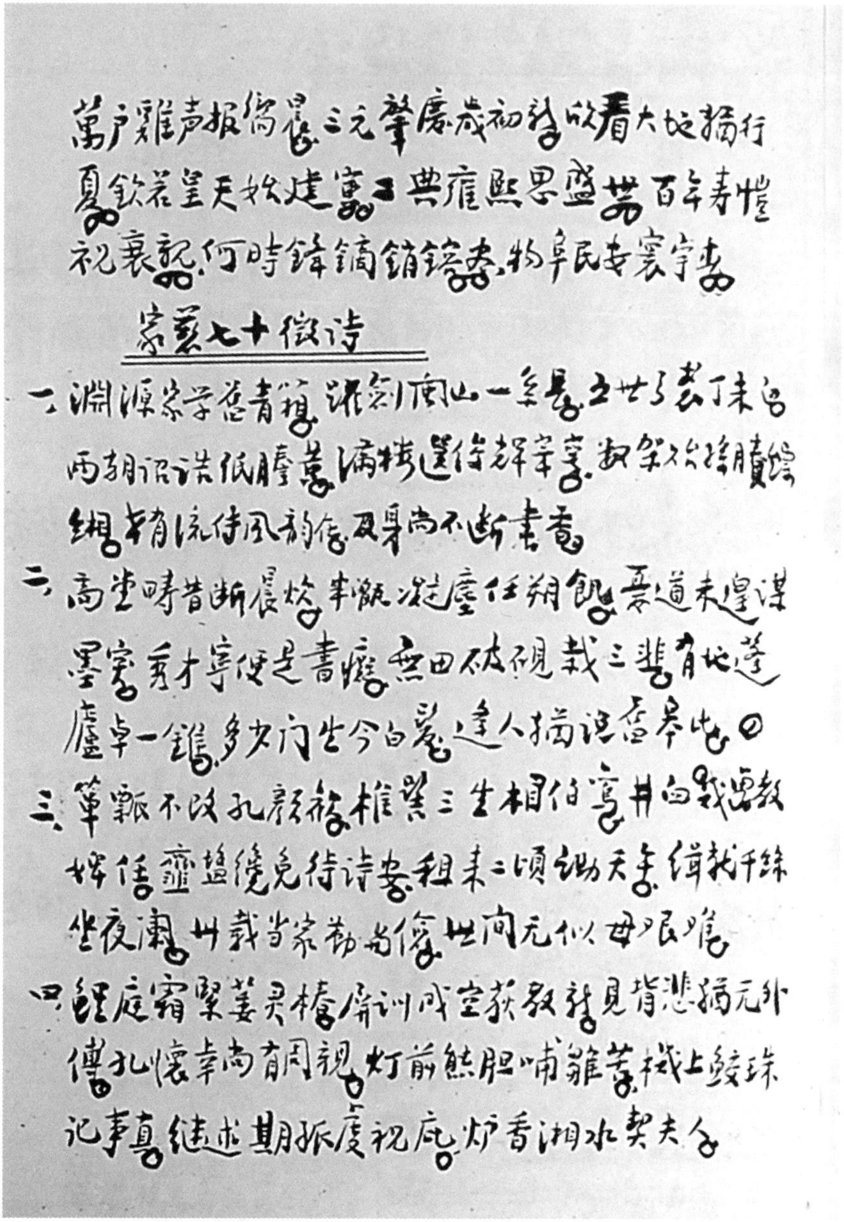

《家慈七十征诗》手稿

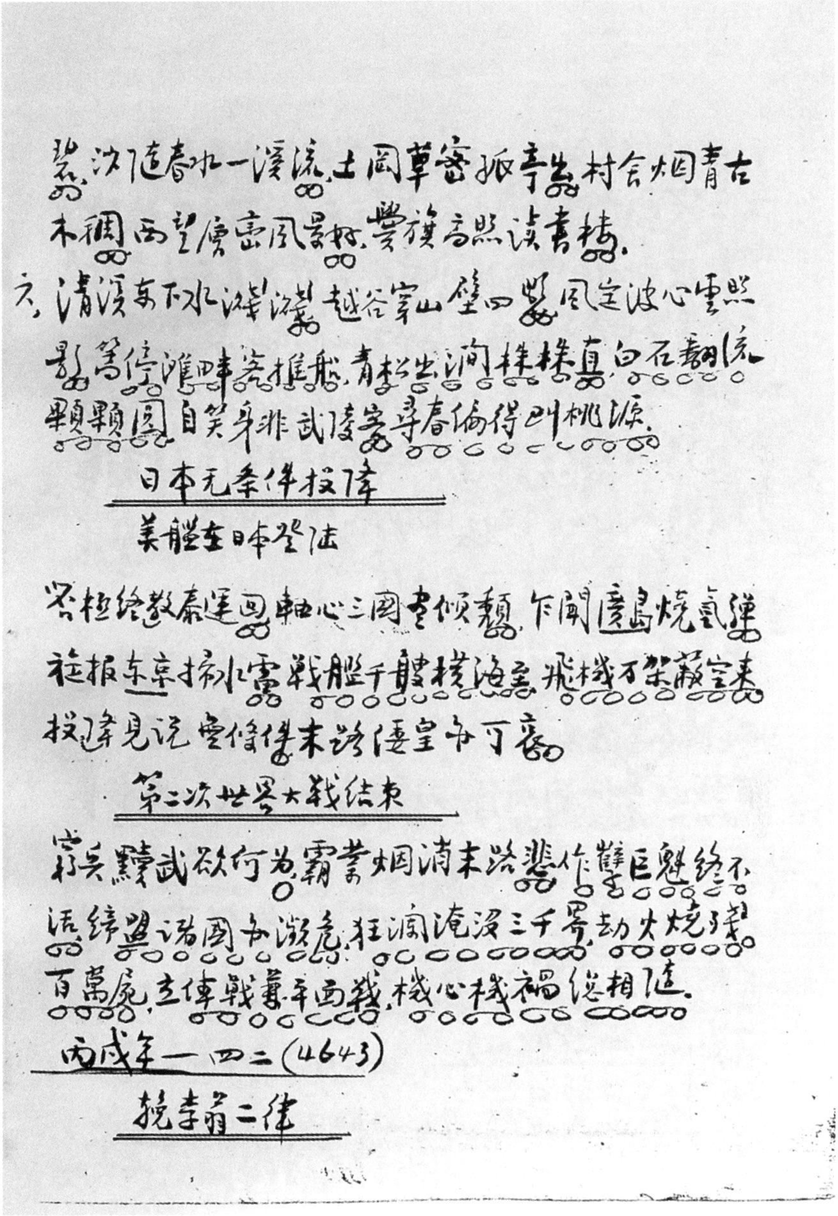

紫汉随春水一溪流。土阁草窗振亭台，村舍烟青古木稠。西望广云风景好，营旗高照读书楼。

六、清溪东下水潺潺，越谷穿山壁四环。风定波心云照影，篙停滩畔客推船。青松岸涧株株直，白石翻流颗颗圆。自笑身非武陵客，寻春偷得叫桃源。

日本无条件投降

美舰在日本登陆

穷极终教秦运回，轴心三国尽倾颓。乍闻广岛烧氢弹，旋报东京扫水雷。战舰千艘横海至，飞机万架蔽空来。投降见说无条件，未许倭皇今可哀。

第二次世界大战结束

穷兵黩武欲何为，霸业烟消末路悲。作孽巨魁终不活，缔盟诸国尽凝危。狂澜淹没三千界，劫火烧残百万尸。立律战争平两戒，机心机祸总相随。

丙戌年一四二(4643)

挽李翁二律

《日本无条件投降》等手稿

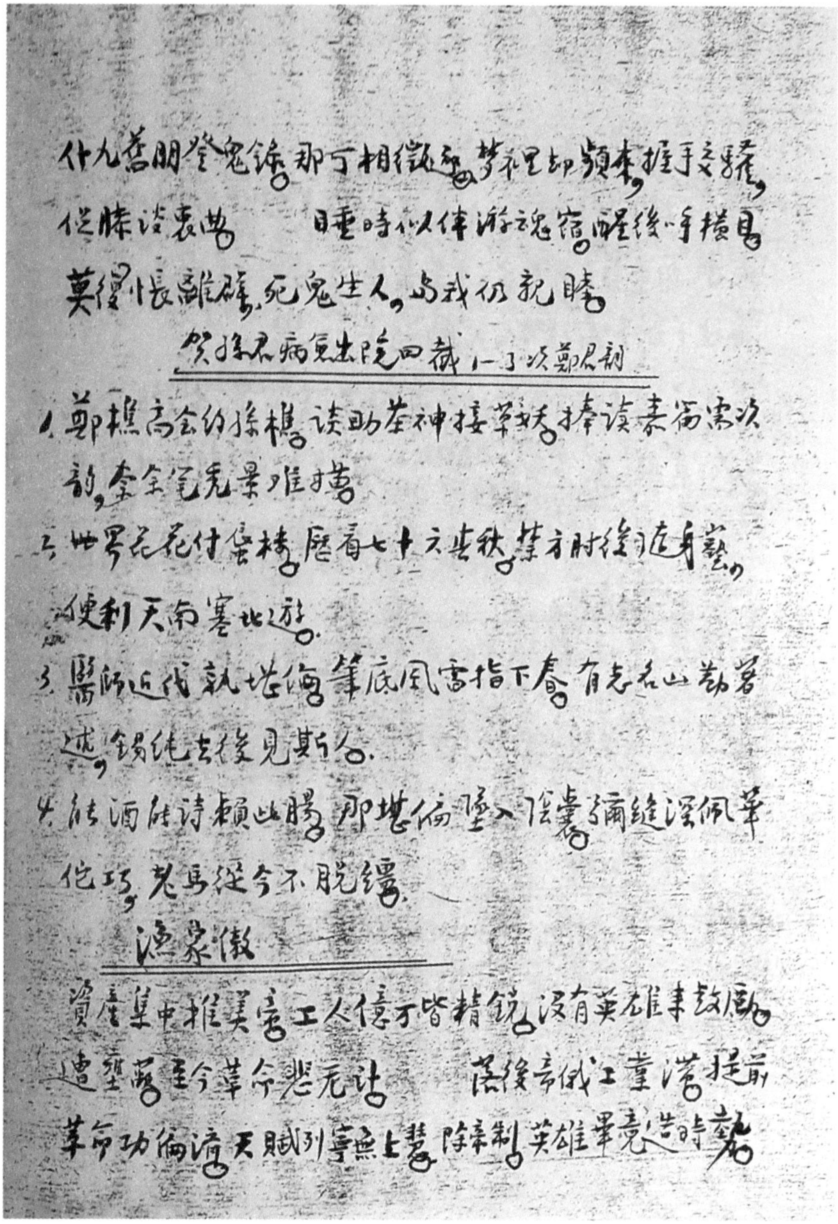

《渔家傲》手稿

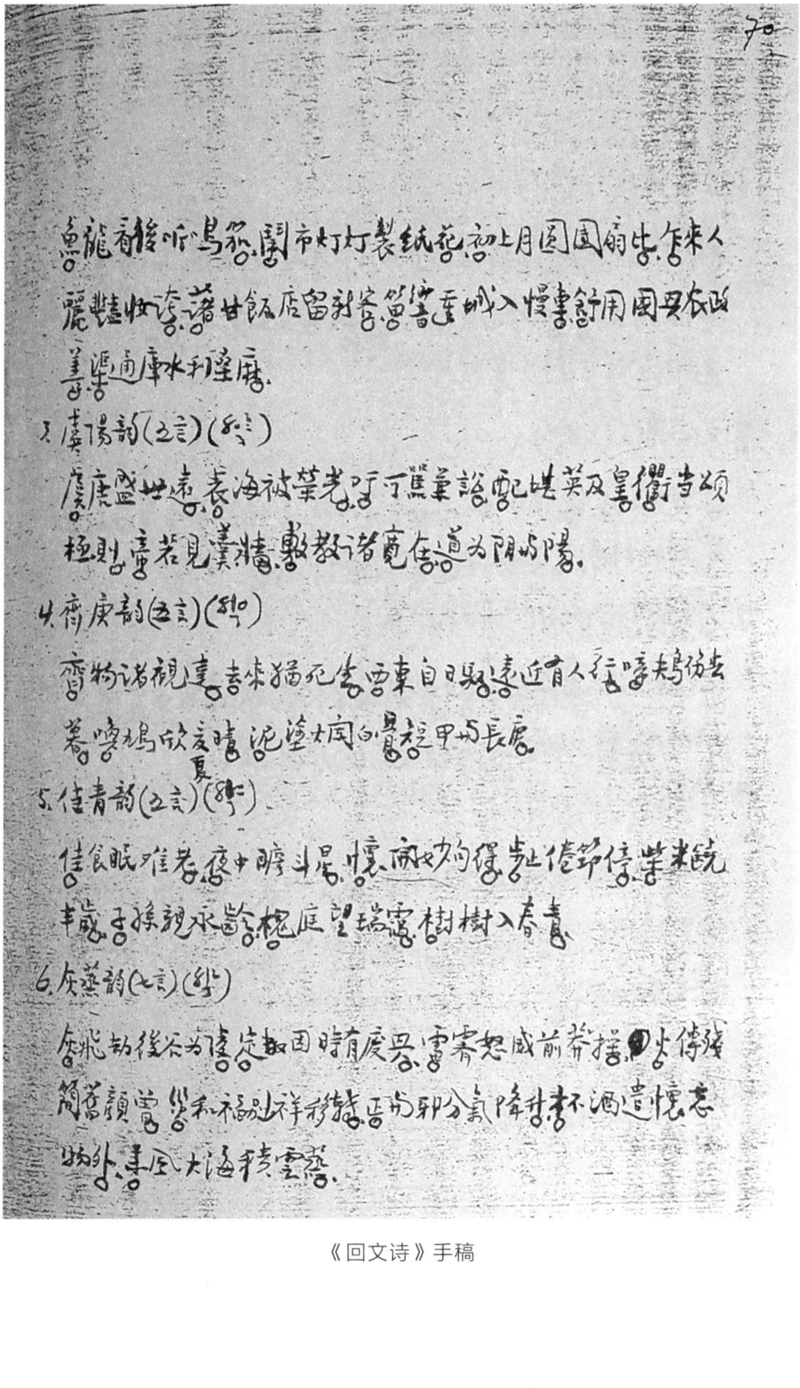

《回文诗》手稿

序

庄锡福

2018 年 9 月 5 日，老同学何锦龙君忽告我，其姻亲王守谦之先严健侯先生是惠安很有成就的名诗人。今守谦兄弟经多年努力，已收集健侯先生存世诗词的大部分，拟结集出版，嘱余为之序。余惊曰：“老兄本诗词行家兼书家，又曾是闽南显宦，况属姻亲，无论从何角度，亦当自领其责，又何委之教书匠乎？”期期以为不可。何兄辩曰：“庄兄过谦了，我已自荐担任编校之责，将编辑‘吟赏参阅资料’，任务不轻，此事非你莫属！”余知此乃“赶鸭子上架”的托词，然在粗粗翻阅何兄带来的《王健侯诗词集》之后，竟目不能移，神为之动，良久不忍释卷！因自忖：古人有程门立雪之美谈，余习诗词多年，恒以长年在堂奥之外踟蹰不前为憾，今有幸得此故乡先贤堪称典范的力作，岂容错过？况且，守谦兄虽久未谋面，亦是余很敬重的老友。故而，虽自知功力不济，声名难孚，有污健侯先生清誉，竟也“愿者上钩”，勉为其难了。

王健侯先生（1905—1979）出生于惠安城东一著名的耕读之乡，父亲乃前清秀才，虽去世早，毕竟有家学渊源。健侯先生自幼聪明好学，成绩优异，却因家贫无缘入大学深造。后陆续以中小学教师、县商会文书、工厂会计为职业。虽辗转不同行业，却对中国古代典籍，特别是古典诗词，处处用心，学而不厌。发而为文，仅诗词就达万首以上。只可惜“文章憎命达”，因所谓“右派言论”（其中也包括某些诗句）被处以管制劳动（在他去世两年后的1981年始得平反）。慑于“文革”浩劫的淫威，他把数以万计的诗词付之一炬，并悲愤写下“不蓄诗书馈子孙”的诗句。幸而天道好还，未几“四凶”殄灭。他看到省内外诗友纷纷将旧作集卷付梓，又被两位公子苦苦相劝，始回心转意，以伏生授《尚书》之功渐次回忆旧作，无奈年久量巨，只拾得部分遗珠，加上基本完整的最后10年所作，约略千余首。

展读先生作品，如入姹紫嫣红争奇斗艳的百花丛，如进奇珍异宝琳琅满目的博物馆，如临生旦净末各擅其能的大剧院。嗟乎！既入宝山，何能空手而回？然后学于健侯先生既无识荆之缘，于其大作又仅浏览数过，自忖未入门槛，焉敢弄斧，只能不揣冒昧，就粗浅印象，略做归纳如次：

一、诗作展示了社会大转折时期一个正直的爱国知识分子的心路历程，展示了作者热爱吾国吾民、心系国计民生的崇高情怀和苦中作乐、幽默诙谐的生活情趣，并直接间接地反映了色彩斑斓的时代风貌。

健侯先生17岁时就写下表明志向的《述怀》：

枕戈思报国，投笔恐忧亲。
慷慨存吾志，光明视此身。
读书求益智，静坐欲修真。

莫道儒生过，平居慕古人。

18岁时又写下《感时》：

坠地匆匆十九冬，半筹莫展愧才庸。
愁看华夏泪双落，怒视戎夷发上冲。
未果从军空有志，不能救国自捶胸。
最悲南北私仇重，大局垂危犹对烽。

可以看出，只因父亲早逝，困窘的家境不容他从军救国，然志向远大的他，忧时思报国，“猛志固常在”。

然而，由于中国面临大变革时代，执政者与社会大众特别是知识分子都处于相互调适之中，健侯先生亦所不免。从1947年至1954年，酷爱写诗的他整整搁笔七年：

市阛托迹亦随缘，吟管停拈已七年。
久对簿书成俗物，每逢风月负诗天。
蓬瀛转眼三番浅，骚雅关心一线延。
遥忆平生师与友，莲花庵里凤山前。

形格势禁，不得不然。有“每逢风月负诗天”之痛，自然不忘“骚雅关心一线延”。

其后不久，“左”风日炽，健侯先生因生活所迫加入过国民党的“污点”及某些所谓“不当言论”，使他失去工厂会计之职，被处罚到黄塘官宅畜牧场“劳动管制”。原本身体孱弱的“白面书生”（之前他是从教近 30 年的中小学教师），蓦然要在严厉管制下从事繁重的体力劳动，身体、精神上的打击不言而喻。且看 1958 年作的两首《覆船山牧场　调寄浪淘沙》：

一

屹屹覆船山，老始跻攀，可怜身世误儒冠。壮岁缚鸡犹乏力，况已衰残。

无计破愁颜，双鬓成斑，黎明劳苦到更阑。担不离肩锄在手，骨痛筋酸。

二

风雨正春寒，陟彼层峦，备尝险阻与艰难。辟路凿池开草野，无片时闲。

楼宇筑林间，傅粉施丹，鸡栖豚棚接牛栏。土木繁兴农事亟，谁念痌瘝。

“壮岁缚鸡犹乏力，况已衰残”，怎禁得“黎明劳苦到更阑”，“骨痛筋酸”？如此境遇，健侯先生也只能苦中寻乐，自我解压。试看居然写了十首七绝《猪圈杂咏》（选二）

牧人探悉豕怀春，求偶来登牡舍门。
权把己身充月老，公猪今日庆新婚。

牝舍花豚昨构精，白豚今又发春情。
公猪坐享多妻乐，违法重婚免服刑。

1962年以水肿病退场回家后，他百感交集，打算以“拾粪老人”作头衔：

狂言获罪我知惭，五载投荒冒瘴岚。
衰病频疑泉路近，旋归深感国恩覃。
衡量今古双书簏，局踏乾坤一粪篮。
拾粪老人名不恶，余生将此作头衔。

回家后，以老病之身，只能一边帮助老伴做家务，一边养病，他仍然能以豁达的心态，自寻其乐。试看《家居杂咏十四首》的题目：扫地、焚香、执爨、洗碗、补鼎、栽菜、莳烟、拾豆、养鸡、畜兔、读书、作诗、诰儿、携孙，日常生活的“常规动作”，他信手拈来，皆成文章，且不乏情趣：

栽菜

小锹屋隙地新开，春韭秋菘取次栽。
为爱根香恒饱吃，多年面色此中来。

拾豆

角果恒旸结实稀，风来荚裂剩枯萁。
惭吾不是诗人杜，匍匐畦边作拾遗。

“为爱根香恒饱吃，多年面色此中来”、“惭吾不是诗人杜，匍匐畦边作拾遗”，如此佳句，岂寻常可得？

治腹泻的一首七律，尤令人捧腹，《腹泻两载余，近服炒豆粉颇收效》：

捣融角果偶充饥，疾在膏肓竟可为。
小甑炊宁师务观，火灵服窃比希夷。
同根怪汝相煎急，无齿惭吾细嚼迟。
一顷南山滋味好，廉颇从此不三遗。

日常生火做饭，在先生笔下居然衍为庄谐兼具的《灶下作四首》，且看其中两首七律：

筑灶工夫我未全，却凭通塞悟真诠。
疏棂窦顶横支铁，团盖垆头透孔砖。
剔烬风从虚窍入，添煤火向上方传。
此间亦有小天地，大气絪缊任转旋。

初寅数米事晨炊，入卯扬汤始见糜。
莫讶山人身起早，须防石炭火生迟。
用粮家口休超量，上课儿孙要守时。
一笑性迂年又老，作中郎将不相宜。

贫贱夫妻百事哀。还好贤内助相濡以沫，不离不弃，奉养老母，哺育子女，使他有一个“避风港”。

辛勤作活忘调饥，奉侍慈姑不敢违。
惜福野蔬充膳美，宜男香乳哺雏肥。

机声灯下催宵漏，鞭影犁头迓晓辉。
所望岁除夫婿还，寒暄甘苦话房帏。

学识文章没有带来福利荣耀，反而带来令他心有余悸的坎坷经历。在“知识越多越反动”的年代，诗书何用？遗之子孙岂不造孽？古稀之年，他写道：

耳久双聋眼久昏，内观自在谷神存。
但留魂魄还天地，不蓄诗书馈子孙。
心欠圆通人共笑，身应贫贱我何言。
二亲遗体知珍重，七十年衔鞠育恩。

颈、颔两联，满是沉痛，令人酸鼻。还好，他始终能达观解困，笑对人生。且看其晚年作的《鹊桥仙四首》：

花朝过了，春分又到，青帝司衡期半。美它红紫竞芳菲，藉雨露、乘时沃灌。
羸骀力尽，枯桐心直，形在精神未散。儿曹反哺效慈乌，养活此、无能老汉。

素丝为鬓，冻梨如面，长恨青春不再。发妻亦变作盘茶，怎比得、从前恩爱。
缊袍蔽体，芒鞋护足，所望清闲自在。眼昏耳冷百无知，早忘却、人情世态。

痰涎壅滞，便旋频数，肺肾增强分泌。遵医屡服缩泉汤，总难疗、残年痼疾。

唾壶可爱，长沾口泽，相伴维摩静室。睡时溺器更迷人，侍午夜、承恩亲密。

箪瓢陋巷，蓬蒿仄径，掩了柴门枯坐。少时不敢汗漫游，况老去、筋骸俱惰。

茶瓯烟飏，烟筒香溢，镇日残书自课。衔笺青鸟喜频来，有远地、吟朋唱和。

连唾壶溺器、茶瓯烟筒都透着盎然诗意，何种胸襟，何等手笔？先生生命最后一年以一首《乐贫咏》明志：

与物推移志易舒，顺风转舵快何如。
圣经孟有逢君诫，遗稿逋无封禅书。
趋势壬人心太巧，投机痴汉术终疏。
吾身不作啦啦队，反觉贫中乐有余。

“三军可夺帅也，匹夫不可夺志也”。终以孔孟之教为伦理鹄的，品性正宗，痛诋趋炎附势的宵小之徒，追求孔颜乐处的“天地境界”以无愧人生。

二、在古代优秀文化备受批判、花叶飘零的情况下，诗作展示了中华优秀文化，包括伦理传统、古典诗词、语言文字，超越时空的强大生命力和感染力。

尽管健侯先生一直处于艰困境遇中，却不改其崇尚孔孟儒学的信念，诗中常有“心传我本慕儒家”的表白。在 60 岁《自题小影》中说：

六旬须鬓白，顾影尚从容。
心迹晴空月，形骸古涧松。
人情本矛盾，吾道自中庸。
留眼看周易，尼山是正宗。

我国传统伦理之精蕴首在孝悌。健侯先生 9 岁失怙，由母亲（还有长姐）养育成人。在穷年累月的困窘生活中凝成超乎寻常的至爱亲情。他的孝悌之思发乎肺腑，贯穿一生，读之无由不被深深感动。试看他 23 岁作的《长相思　梦父》：

牵父衣，揽父衣，跪诉何因久别离，过庭将问谁？
轻抚儿，慢抚儿，犹似珍珠掌上时，醒来双泪垂。

因言获罪被发配黄塘劳动管制期间，91 岁母亲离世，他却不能循陔随侍，心中之悲苦发为四律《展母墓》，有对“五十余年鞠育恩”的怀思，有对“口业危亲儿不孝”的愧疚，更有因在外地“管制”“凄绝弥留艰一面，终天抱恨泣春晖”的椎心泣血，令人不忍卒读：

昊天无极地无垠，五十余年鞠育恩。
长作婴孩忘我老，久亲色笑恋春温。

毕生心血儿身累，万古伦常母教尊。
风烛一朝成永诀，北堂何处望金萱。

投荒五载别慈闱，忧我疲癃望我归。
口业危亲儿不孝，儒修师古世相违。
母存微命知珍重，心死顽躯听指挥。
凄绝弥留艰一面，终天抱恨泣春晖。

白石山头土一堆，三年风雨长莓苔。
亲娘貌已重泉隔，贱子身从何处来？
世上是谁真爱我，胸中万念总成灰。
鲜民莫遂循陔愿，蒿蔚吟声最可哀。

孙曾四代及身看，九一高龄古所难。
白发无情儿亦老，黄泉有日我承欢。
赐环望屺肠将断，展墓焚香骨已寒。
今岁全家粗获饱，夜台阿母可安心。

他的爱国之心也随时展露。1931 年九一八事变，他写下《小词一束》。

其一《忆江南》：

中宵起，搔首思惺忪。玉宇昏霾笼斗北，金瓯破碎痛关东，长啸月明中。

其二《南歌子》：

天府如沙散，神州近陆沉。外忧内患日相寻，执政诸公愦愦、是何心。

孤掌难扐日，群谗欲铄金。凭谁拒诐与惩淫，未欲平治天下、叹当今。

其三《西江月》：

一壁青灯映剑，半帘明月窥床。恼人时计漫丁当，国是空劳梦想。

柱石只知食肉，干城仅晓分赃。倭奴獍突怆边疆，谁起龙城李广。

其四《临江仙》：

天外黑风来阵阵，摧残宿雾浓云。山般红浪撼斜曛。渔歌归去，凄婉不堪闻。

眼看神州将沉没，六虚弥漫阴氛。寻盟汀上有鸥群。狂澜谁挽，惆怅暮江濆。

痛诋当朝执政“柱石只知食肉，干城仅晓分赃”，自己只能对着映剑青灯、窥床明月“空劳梦想”。

1941 年日寇犯永宁，他愤怒声讨，坚信我国定能灭倭致胜。

快艇如梭布港湾，垂涎虏爱汉江山。
覆舟谈笑沉商旅，投弹疯狂毁市寰。
雪耻人心犹未死，图强天步定非艰。
炎黄四亿儿孙在，消灭倭奴指顾间。

他对传统文化遭到破坏非常痛心，且看这首《临江仙》：

高冢犁平种谷，白杨斫下为薪。祖宗白骨化微尘。沧桑如转毂，世相幻耶真。

已少清明扫墓，更无冬祭迎神。年来风俗尽更新。人间焚谱牒，不讲旧彝伦。

他对于政治运动冲击宗教信仰、寺庙破败无人管理的状态也颇有微词。1964 年的《元旦游平山寺四首》(选二)：

岳山北角邑城西，来访禅关路未迷。
庇佛可怜无片瓦，封门徒见有丸泥。
神龛香冷僧何往，古木阴多乌乱啼。
临济山开余木主，禅宗谁复问云栖。

满头鸟粪佛何辜，一样人天有菀枯。
破屋卷风号厉鬼，断垣吹火据妖狐。
檀那藓蚀碑中字，罗汉尘封壁上图。
三宝大雄空有殿，法王面目尽模糊。

又有《游开天岩四首》(选二)

晓雾初收老洞明，烂柯何处看楸枰。
日穿巇罅妍堪爱，雷发层巅响不惊。
世态沧桑尘万古，人身萍絮石三生。
药炉火熄仙踪灭，岩磴倾隤长荆棘。

石盘青黑藓花滋，前代禅庵认废基。
面壁达摩空涌像，摩崖宏道尚留诗。
天垂苍狗云情幻，水浴金乌海色奇。
斧凿可怜浑沌死，如今山骨太支离。

众所周知，相对于拼音文字，单字节多音义的汉字特别适合于抒发感情的诗歌创作，而中国的楚辞汉赋乐府唐诗宋词元曲，可以说把汉字的优势发挥得淋漓尽致。健侯先生在长期的创作中对汉字特点的运用可谓得心应手，炉火纯青。因此他对汉字情有独钟，不吝赞扬之词。福州陈瘦愚先生编成《闽音识字诀》，以《鹧鸪天》征和，他和道：

反切单凭韵与声。孙炎尔雅以斯鸣。无关西域经初译，不待南朝兆始萌。

词老健，富闲情。《闽音识字诀》编成。此真国粹非洋货，传统遥遥接汉廷。

而他的绝笔，竟然是《歌颂汉字长句》！此诗只是初稿，尚来不及润色，先生即溘然长逝。

汉字巧妙力无穷，同化辽金及满蒙。
单字拈来好排列，整齐简易夺天工。
六书小学源流远，许慎遗编万世崇。
方体字形能独立，一音一字课儿童。
组成词句无长短，骈俪分明对仗工。
中国人皆知汉字，感情彼此可相通。
事隔千秋留典籍，地睽万里仗鳞鸿。
版图恃此可混一，谁敢割据自称雄。
鲰生吟友编海内，全赖车书六合同。
四库南朝金粉在，万邦今尚望景从。
唐律渊源于南朝，有着森严和壁垒。
学者必须用力攻，造句心细而胆大。
秘诀全在对仗中，
请看李杜韩欧及苏黄数公。
请看唐宋元明清历代诗客，
哪有一人不精研对仗，
坐令千秋万世称诗翁。
今向吟友献刍议，
近体诗词都须对仗好，
否则，全篇规律格调尽落空。
用夷变夏君休讶，萧艾逢时胜兰麝。
七亿炎黄好儿孙，不教汉字拉丁化。
拉丁是切音符号，有音无义非深奥。

如丝不断蚓连蜷，新异偏能投俗好。
将它来作注音可，反切孙炎最帖妥。
苟欲全部代汉文，把它毁弃付秦火。

敷陈汉字助统一的功劳，宜诗歌的特点，传授讲究格律、精研对仗的功夫，告诫汉字拉丁化的不可取，这是毕生的经验之谈，这是留给后世的不刊之论，吾侪后学，焉能不倾心受教。

三、他以中华古典文化承载者的勇敢姿态，向读者展示了作者深厚的古典文学素养、精湛的古典诗词写作功力和令人叹服的创作成就，也为古典诗词反映现代生活提供了成功的范例。

健侯先生虽有家学渊源，但9岁失怙，全仗自己努力研读先辈留下的经籍典献而习作鸣世，他二三十岁即在惠安、石狮（他从教处）广有诗名，诗友自然不在少数。后因政治运动的冲击，旧友风流云散。惠安诗友主要就是孙崧樵（惠安名中医，县政协常委、侨联主席）、许钟奇两先生。复因孙崧樵先生青睐，推荐他与福州林竹均认识唱和，其后林先生又推荐他与南平陈瘦愚，太原胡苹秋，广东郑淑文、陈文凤、胡俊芳诸君认识唱和，使他扩大了交际范围，激发出很高的创作热情。孙崧樵老先生曾告诉守谦先生：令尊诗词格律严整，声情并茂，用典贴切而蕴含深意，常令人浮想联翩。

先生才大识宏，格律、韵脚、经籍、典故烂熟于心，出而为诗，驾轻就熟，往往非七律难以尽其意。故集中七律最多。晚期因与省内外诗友酬答之需，始大量填词，也是出手不凡，得众词友高度评价。

先生自称平生有写诗词、吸水烟两大爱好，且看他31岁写的《水烟筒六首》(选二)

离可须臾罢不能，瘾君丹鼎任熏蒸。
月临梅岭香浮动，风入桃源浪沸腾。
洗伐累人真业障，推敲助我似诗朋。
夜探金屋阿娇在，堪慰相思起剔灯。

摩残铜狄岁华奔，感我烟霞痼疾存。
赵后舞腰轻上掌，宓妃微步艳销魂。
吹葭凤琯飞灰动，烧尾龙门吐气温。
香火因缘垂十载，长沾口泽汝承恩。

写水烟筒的七律可以一气作六首，巧思妙喻层出不穷，用典遣词脱笔而出，绘声画影信手拈来，虽海内巨擘何以加焉。

1939年，34岁的他以十二首七律为母亲七十大寿向泉州、福州诗友征诗，应征者达32人，其中有前清进士2人、举人5人、贡生2人、秀才十余人，堪称一时之盛！如果他是巨贾显宦也罢了，钱多通神，权大人趋，而他只是无权无势的中学教师。他确实是以出类拔萃的才华耸动多士，以此回报父母，光耀门楣。且看《家慈七十征诗》第八首：

身衣密密认针痕，火色鸢肩南北奔。
久逐风尘睽色笑，未供甘旨负晨昏。
邮书迟递劳占鹊，节序将临累倚门。

岁岁庭闱瞻积霭，寸心争得报亲恩。

虽然未必每一首都这么好，但水平摆在那儿，也难怪多士踊跃，个个敬献南山之颂了。

才大思精，驾驭诗词创作一如驱马莽野，风驰电掣；又如放舟三峡，千里日还。虽有沟壑，莫能阻之；虽藏暗礁，安可挡也。他曾作《八音冠首八叠韵》、《七律两首九叠韵》、《嵌句七律五首》、《回文诗》十五首、《望江南十阕》、七律《赠苹秋》再叠韵十二首、七律《落叶十首》等，不胜枚举。

守谦先生说，“孙（崧樵）老先生特别欣赏我父亲的《落叶十首》和十五首回文诗。那秋风萧瑟的落叶，在父亲笔下，呈现千姿百态，含育万种情思。回文诗写一两首已非常不易，而父亲按三十个韵部写了十五首！回文诗这种格式，正读反读都有平仄，都有韵脚，另有一番诗意。孙老先生感叹，这种只字难求的回文诗，而今几人能为？”兹将《落叶十首》和十五首回文诗各选一首请诸位欣赏。七律《落叶十首》第十首：

吟思旧赋触离愁，吹笛淮南孰倚楼。
枫下停车晴爱晚，山中缺历冷知秋。
高枝日薄无情萎，空穴风狂恣意搜。
否泰循环天则在，来春重见绿荫稠。

虽云一叶知秋，历代文人以“悲秋”为题做了多少文章，但一出手就是七律十首，出古入今，抒情析理，谈何容易？

他的回文诗从东先韵做到删咸韵一共十五首，用七律或五律写成，请看七律《回文·鱼麻韵》：

鱼龙看后听鸣笳，闹市灯灯制纸花。
初上月圆团扇比，乍来人丽艳妆夸。
薯甘饭店留新客，笛响重城入慢车。
舒用国兴农政善，渠通库水利桑麻。

每首首尾要分别用两个韵脚字起句和殿后，每首倒读过来又要完全合辙押韵，中间两联对仗也不例外，毫不夸张地说，这无异“戴着镣铐跳舞”！就是写一两首，一般诗人都视为畏途，何况按三十个韵部，以韵脚贯首尾一气写十五首，难怪惠安诗坛祭酒孙老先生会赞不绝口！

还可以看看他如何以简约的《望江南》，令人会心一笑地描写十种身体器官的种种功用。即以耳、眼、口、胸四阕为例：

双耳好，唯尔是知音。叔夏清溪三弄笛，公和土窟一弦琴，余韵感人深。

防非礼，利欲易熏心。洗去永忘唐位让，掩来哪晓郑声淫，听德有规箴。

双眼好，如漆亦如珠。酒客白时浇垒块，诗翁青处见垂珠，劳逸状应殊。

色界里，代代有仙姝。巧遇传情银作海，相思承泪玉为壶，肠断几登徒。

口腔好，齿舌个中藏。佳士固应编似贝，端人安可巧如簧，喑默我知方。

味根在，咬菜亦能香。胆苦蔗甘贫不怨，柔茹刚吐老何妨，从不羡膏粱。

胸腔好，心脏在中间。气入肺泡频涨缩，血通脉管任循环，巧妙布机关。

稽往古，文思贵安安。有芥蒂时难自在，无鳞甲处始清闲，器量海天宽。

庄谐并举，用典不假思索，如驱使草兵纸马，收纵自如，若非胸中有万卷诗书、千重丘壑，安能至此？总之，进入健侯先生的诗词世界，你会感觉如进百花园，如开百宝箱，但见百花齐放，珠玉纷呈，目不暇接。当然，如此高超的水平除了天赋，不可缺少勤奋，且看他的七律《夜长　皇萧丈笙欢》怎样述说其中甘苦：

霎时酣睡霎时醒，吾夜吾身五度兴。
觅句枕边频覆被，看书帐内屡移灯。
穴擒虎子风陪从，井入龙工水沸腾。
漏画梦残鸡唤起，披衣坐待日东升。

耽于诗词创作者，大抵少不了这种经历。一夜间五度移灯覆被，苦矣，然“穴擒虎子风陪从，井入龙工水沸腾”，乐亦何如？

四、诗作生动展示了“左”的路线下一个底层知识分子在痛苦挣扎中依然坚守优秀伦理传统的精神，展示了作者胸怀世界、热爱科学、不断追求真理、自强不息的人生态度，为中华优秀传统文化在乡土中国的继承弘扬构建了一座丰碑。

粗粗一想，健侯先生是秀才之子，没有受过高等教育，似乎足迹也基本不离泉州，无非就是一个有诗癖的乡间俗儒，甚至冬烘先生。殊不知，此大错特错也。据守谦先生介绍：健侯先生“广学厚积，知识渊博”。他由旧制中学毕业，天赋极高，从传统的四书五经，到数理化天地生，以至音乐，都达到较深的造诣。

更难能可贵的是，健侯先生有极强的好奇心和求知欲，他充分利用能接触到的现代传媒（报纸、广播、收音机）和各类书籍，如饥似渴地了解中外史事、世界大势以至科技进展，吸收新知识可谓不遗余力。不断增加的宏富知识，经常磨砺的思维触角，使他观察问题往往深刻独到，品评历史人物事件，也都能独出机杼，不轻易人云亦云。

他研究周易只取阴阳辩证之理，经实践检验后并不相信术数命理之类衍生解读，与孔子之教暗合，有七律《枨触》一诗为证：

偶开书箧捡残篇，肠断虚中半幅笺。
甲子空余排坠地，飞腾枉自算流年。
生身旺相辰三合，短梦泡沤月九圆。
术数无凭吾已悟，不禁枨触一潸然。

他崇儒，但并不盲目崇拜。他赞扬列侍御准许寺庙拥田蠲租让小民受惠之举，认为大儒韩愈辟佛并不高明：

侍御昌黎试媿踪，从知辟佛议庸庸。
蠲租民受僧家惠，食粟何曾碍老农。

他对佛教抱持一种尊崇和开放的态度。从他赠给一位寄住寺院的居士（此人颇具爱国抗日思想）的四首七律（选二）可以看出：

木鱼青磬礼空王，杖履飘然云水乡。
方外由来轻世界，人间终古重纲常。
亦知法器如君美，无那情根与道妨。
上达倘应凭下学，个中消息待推详。

妙年我已领传心，乐处频从静里寻。
与佛无缘惭业障，累人丧志悔书淫。
残灯禅榻玄关邈，明镜晴窗白发侵。
欲向祇园问开士，几时换骨度金针。

既自知“无那情根与道妨”，却又说“妙年我已领传心，乐处频从静里寻”，深知佛教自有静神养志的功用。

再看《观演钗头凤长句》：

执中儒者贵知权，不告而婚舜自专。
斋慄夔夔邀允若，英娥妫汭喜团圆。
后儒不解事亲旨，死读遗经钻故纸。

蒸藜小过亦休妻，骇俗惊愚称孝子。
太息山阴陆务观，林亭感旧泪汍澜。
香衾有意温残梦，妆阁无方拾坠欢。
姑媳勃谿寻常事，至诚相感和平易。
小杖则受大杖逃，乌可陷亲于不义。
教家自昔重彝伦，妻本温良母却嚚。
号泣旻天同引慝，亲心一喜满家春。
悻悻奈何甘铸错，镜破钗分欢情薄。
尊亲太过反辱亲，长使人间骂姑恶。
夜哭凄清遣妇魂，台荒柳老沈家园。
天穿莫补娲皇恨，海阔难填帝女冤。
愚孝放翁空自讼，钧金舆羽昧轻重。
伤心最是唐夫人，千古同悲钗头凤。

陆放翁诗坛巨擘，《钗头凤》传世名篇，健侯先生却能以孔孟的纯正立场，参酌现代的平等思想予以尖锐的批判。他痛诋陆母悖情逆理，为母不尊；斥责陆游不解大节，不但断送美满姻缘，而且陷亲于不义；而对冤死的唐琬则寄以深切的同情和惋惜。全篇引经据典，设身处地，合情合理，令人叹服。

俄国十月革命60周年的时候，他的一首《渔家傲》令人刮目相看：

资产集中推美帝，工人亿万皆精锐。没有英雄来鼓励，遭壅蔽，至今革命悲无计。

落后帝俄工业滞，提前革命功偏济。天赋列宁无上慧，除帝制，英雄毕竟造时势。

怎样评价“十月革命”，怎样估计当代的世界革命形势，至今都是学术界争论不休的问题。“提前革命功偏济”“至今革命悲无计”，若非大局在胸，眼光独到，何以有如此深刻的见解。你简直无法相信，这是乡间一位72岁的“老农”所写！

他评价历史人物可谓爱憎分明。其中，统治者对士大夫的态度在他的评价中无疑起着举足轻重的作用，这方面或许有个人身世之痛的某种遮蔽，读者自应予以同情和理解。他对朱元璋的专制统治深恶痛绝，而对实行宽仁政的光武、宋祖则赞赏有加。晚年的七律《漫咏七首》这样评价以下君臣：

叶伯巨[①]

封章奏后悔婴鳞，错认求言上意真。
几见独夫能罪己，从来屠伯不饶人。
刍荛有议空希世，霹雳无情竟杀身。
素位而行明训在，嗟渠中热未书绅。

朱元璋

凶残猜忌史无伦，佛子云何昧果因。
不断镬中烹走狗，未曾苑内致游麟。
常洵福禄他时血，永历零丁末代身。
国破子孙亦难保，九原羞见旧功臣。

---

① 叶伯巨：明初文人，因进谏“逆鳞”而下狱死。

刘秀

真人文叔重斯文，三代而还第一君。
励节严光成隐士，任贤马援作将军。
股肱效命画图在，元首推心谤牍焚。
保护功臣安反侧，颂扬帝度汉书存。

赵匡胤

不违母命孝堪称，创业艰难弟守成。
崇尚宽仁文运启，消除猜忌祸心平。
陈宣曾篡侄儿位，明惠难防叔父兵。
禅让休嫌先帝误，须知先帝最聪明。

独夫屠伯朱元璋“凶残猜忌史无伦”，终于落得“国破子孙亦难保，九原羞见旧功臣”。而优容隐士勋臣、宽待文官武将的光武帝、宋太祖则分别得到“三代而还第一君”“须知先帝最聪明”的高度评价。

面对许多历史人物，他都能辩证分析，中肯褒贬。如认为唐太宗“姿如龙凤安民主，威震戎夷命世雄。可惜终身有惭德，收留嫠妇杀储宫”。指出汉武帝“未能文治追三代，却有雄图定四夷。刘据自经钩弋绞，茂陵遗恨坐多疑”。对历来得到同情的飞将军李广，也有精到的点断：“醉尉无辜死可悲，少年辱信信饶之。将军量比淮阴小，永不封侯岂数奇。”可谓眼光独到。

健侯先生热爱科学，十分关注科学技术的进步。本来，科学技术有许多专有名词，古典诗词要表现这方面的内容不太容易，但先生却运用得得心应手，或绘声绘影，妙语如珠，或揭示机理，洞察秋毫，况以生花妙笔，嵌进严苛的诗词格律之中，有时令人会心一笑，有时竟令人捧腹开怀！且看七律《科技世界四首》：

一

发动机推惯性轮，电能汽力猛惊人。
工厂操作车床快，矿藏钻探马达驯。
凿石毁伤浑沌窍，开河截断巨灵身。
楼台高筑田畴辟，面貌乾坤日日新。

二

造物精华发泄多，玩奇赏异乐如何。
影来银幕灯为戏，声出金筒电唱歌。
人巧卫星旋地轴，神工火箭入天河。
祝它宇宙沟通后，世界三千尽协和。

三

科学昌明武器佳，钩心斗角赖专家。
水中破敌鱼雷艇，陆上攻坚坦克车。
核弹烧天烟结蕾，机枪扫地火开花。
若将原子和平用，造福人群岂有涯。

四

智慧今人比昔优，发明创造几时休？
神奇斥堠装雷达，巧妙机关串电流。

导弹远堪洲际射，飞船高可月宫游。
未来六合知何似，天总难崩莫杞忧。

再看他以七律二十一首遍咏电灯、广播机、收音机、自鸣钟、闹钟、热水瓶、寒暑表、风琴、原子弹、脚踏车、望远镜、显微镜、缝纫机、手表、手枪、火箭、摩托车、飞机、火车、轮船等二十种科技器械（其中电灯两首），又是何等功力！今再摘取六首欣赏：

二　咏收音机

玲珑匣子饰泥金，满腹机关电学深。
通路不需天地线，辨方任选北南音。
清宵法曲疑仙奏，虚室香词岂鬼吟。
从此索居非寂寞，遍听歌唱得随心。

六　咏寒暑表

水晶管内酒精红，涨缩盈虚四序中。
位有改移凭幻化，心无挂碍悟真空。
高低地势寒温异，今昔人情冷暖同。
度数时时看表上，深知进退是衰翁。

七　咏风琴

半音十二管中藏，四组相连卌八簧。①

① 乐器以十二半音为一组，即十二管，亦即所谓六吕六律也，若叶歌唱，十二管只有六个全音，歌唱仅需五音，即宫、商、角、徵、羽，有时加两个半音，变宫和变徵，则称为七音。五音即 1、2、3、5、6，两半音即 4、7，西人不分阴阳。

何必阴阳分律吕，只须正变叶宫商。
键盘黑白春纤巧，气柜开关素履忙。
天籁希声中外一，不愁秦火乐经亡。

八　咏原子弹

核弹烟升锦伞开，轩辕孙子不凡材。
东风果压西风倒，止战端从备战来。
照耀乾坤千丈火，震惊世人一声雷。
雄狮睡久今方醒，野老欣看国运回。

十二　咏缝纫机

韦带拖轮运若飞，佳人窗下理鸣机。
悬针起落驹过隙，踏板掀翻马脱靰。
丝绝应输工迅速，夜来难比艺精微。
我哀慈母先前苦，手线密缝游子衣。

十四　咏手枪

铸成曲尺铁心坚，黑面将军美号传。[①]
压缩钢圈机自动，脱开铜夹弹相连。
长途保险真镖客，昏夜锄强亦剑仙。
大侠荆轲如有此，秦王末帝可升天。

除了有对各种器械的结构、机理的精彩描绘外，如咏缝纫机的

① 俗称手枪为曲尺，又名黑面将军。

“悬针起落驹过隙，踏板掀翻马脱軏”；咏手枪的“压缩钢圈机自动，脱开铜夹弹相连”，还融入自己的心理感受：有“从此索居非寂寞，遍听歌唱得随心”的喜悦，有“度数时时看表上，深知进退是衰翁”感慨，有“键盘黑白春纤巧，气柜开关素履忙”的遐想，有“我哀慈母先前苦，手线密缝游子衣”的叹息，有“大侠荆轲如有此，秦王未帝可升天”诙谐，有“东风果压西风倒，止战端从备战来”的睿智，更有“雄狮睡久今方醒，野老欣看国运回”的喜悦，林林总总，花团锦簇，美不胜收。

本人并非文学史家或诗词名家，而只是一个古典文学和诗词的业余爱好者，因而也没有能力对健侯先生诗词的历史地位做出评价。但是，从健侯先生的诗词中，我们看到一个草根知识分子的多重映象：一个深情挚爱、勇敢传承优秀传统文化的执着者，一个饱受冤屈、“另册”偷生而不甘沉沦、忍辱负重的悲苦者，一个善于开阔视野、勇于汲取新知、不断与时俱进的知识人，一个敢于“运用脑髓，放出眼光”审势析理、提出独到见解的“思考者”，一个饱读诗书、才高八斗、娴熟运用诗词表达自己见闻行思、把“戴着镣铐跳舞”的诗词艺术运用到出神入化妙笔生花的文艺家。作为晚辈，“虽不能至心向往之”，亦受教多矣，受教多矣，受教多矣！此种心情，在拜读先生诗集时越积越厚，乃敢弄斧，勉成《贺新郎》三阕阙，聊表深切谢忱！

其一

一卷心灵史。记吾乡、书香宿学，毕生悲喜。失怙当年髫龄少，变世难承诗礼。业数易、稻粱生计。鸣放许言无不尽，又谁知、触犯当时忌。与右派，竟同罪。

文章憎命偏奇伟。似前贤、轩辕系命，难逃神矢。天赋才思加发愤，倚马千言可致。驭格律、轻车熟轨。戴铐何妨芭蕾跳，合天籁、恰似春江水。名未达，运乖耳！

其二

一代兴衰史。苦儒林、为牢画地，噤声悲喜。出洞之蛇皆曰“右”，揪斗千般非礼。伤心何计？自此“左”潮连天涌，腹心言、斗胆谁无忌？功不见，只闻罪。

邓胡变革居功伟。庆弹冠、解身上锁，拔心头矢。李杜苏辛堪期许，唐宋荣光可致。行宪政、同遵法轨。天意从来高难问，复谁识、上善当如水？师大海，众归耳。

其三

诗艺光荣史。贺先生、名山愿了，九泉应喜。笑骂嘲讽皆棘手，又必张弛合礼。安可少、雄兵奇计？五典三坟罗胸次，畅轻舟、三峡须无忌。多说论，本无罪。

奇思巧构真雄伟。似当年、纵周郎火，借曹瞒矢。十首回文联翩出，敢问谁家可致？如杂技、车行单轨。百物吟来皆佳什，独嗜闻、烟筒咝咝水。真造化，莫嗟耳。

慈父 · 苦儒

王守谦

1905 年，父亲出生在惠安县螺阳东张村一个“渊源家学”的穷书生家庭（东张村于 1955 年建军用机场被拆迁）。祖父是前清秀才，课徒为业。父亲 9 岁时祖父就去世了，由祖母一手拉扯养大。10 岁才上学，20 岁中学毕业（旧制中学不分初、高中，学制四年）。虽成绩十分优异，但因家穷供不起读书费用，无奈放弃报考大学，开始从事教书生涯。从教近三十年，足迹涉及惠安、晋江、永春等县，大多数时间在晋江任教。20 世纪 40 年代前期，日寇封锁港口，父亲所在侨办学校侨汇中断停办，只得回乡谋生，到县商会应聘文书一职。按应聘要求须加入国民党组织，为了生计，父亲只得应允，成了一名普通的国民党员，这也成为父亲解放前政治上唯一的“污点”。一年后辞职，先后在惠安酒厂、惠安联丰烟丝厂任会计。在 1958 年反右运动中，父亲因所谓言论不当及诗词问题受批斗，但够不着右派标准，被判管制，遣往县商业局所办的黄塘官宅畜牧场劳动，1962 年因水肿退职回家，帮衬我母亲操劳家务。1979 年农历十一月廿八日，父亲谢世，享年 75 岁。1981 年，惠安县人民法院为父亲平反。

东张村有着五百年基业积淀。三座宏大的宫廷式“五落大厝”和雍穆的三进宗祠与相邻的陈姓祖厝构成五个建筑群，坐西向东，整齐排列，布局严谨。每条隔巷设有地下排水暗沟。每座大厝的边门相向相通。“五落大厝”是典型官邸大宅，龙脊燕尾，出砖入石，古朴雄浑。前墙砖石浮雕，“百鸟朝凤”，吉祥端庄。五组建筑群前庭均是红砖大埕，连成一片，达数亩之巨。大埕内侧及祠堂门口竖立四副旗杆夹石，平添七分书卷家风三分庄严气韵。村前自北而南五潭相映，村后是一片数十亩的大草坪，奇就奇在这草坪只生长一种嫩草，不见半星点杂草荆棘，犹如一张巨大的绿绒地毯。一对“鹅公鹅母”巨石，分南北而卧。东张村灯号“鹅东”由此而来。村西北一片绿林占地数亩，中有四株古榕，树干盘旋迂回，或如祥鹿闲步，或如瑞龙腾云，偌大树荫可容百人，令人称奇。

远眺东张，丹埕承托，红墙并立，赤瓦延绵，屋宇恢宏，更有碧水通前，绿冠护背，真乃人间蓬莱。

东张自开基至迁移，繁衍廿世。自五世起，读书至仕层出，有进士一人，举人六人，贡生、庠生（秀才）及国学近百人。

就此脉承中华千年文化的故里，养育了孝悌、勤俭、正直、博学的老父亲。

父亲留下的家训是“谦恭处世，孝友传家”。而父亲就是乡里八邻公认的孝子。

我从孩提时代起，满眼看到的是，在老祖母面前，父亲永远是恭恭敬敬、虔虔诚诚的样子：父亲半跪着给老祖母修脚指甲，小心翼翼地为老祖母抠去脸上褪下的斑皮；夏天每日晚上给老祖母整理好蚊帐，冬天每日晚上给老祖母掖好棉被……书上讲的孝子只是文字上的描述，而我们从小看到的是父亲日日夜夜的亲躬。

父亲教育我们，孝顺孝顺，孝敬必须顺从。对父母不可忤逆，即使父母说的有错，亦不可顶撞，须得耐心解说，让父母释然。

老母亲给我们讲过这样一个故事：那年我二姐两岁了，父亲已是有四个孩儿的中年人。当时父亲在永春任教，猛然想起祖母的生日，不敢怠慢，星夜起程。父亲步行回家，行程得两天。第二天中午遇到暴雨，避雨耽误了三个多钟头，回到家中已过午夜。“朔风猎猎雨潇潇，猛忆萱堂祝帨朝，百里料应行两日，晨餐端合起中宵”就是记述这件事。如若平常，父亲一到家，第一件事是先向祖母请安，而后才可回房放下行囊。而这次老祖母已熟睡了，父亲不敢惊动，悄悄回房休息。第二天清晨，我母亲起早忙家务，二姐醒来哭了，父亲忙起身哄着她。不一会儿，老祖母阴着脸闯进房。父亲见了，连忙下床，恭恭敬敬走到老祖母跟前连声道歉：“娘，昨天中午遇到西北雨，耽误了半天，到家已是下半暝（下半夜）了，不敢吵醒您。”老祖母也不回话，伸出两只摸满锅底黑灰的手，在父亲的脸上抹了又抹，说：“乌龟、乌龟（方言，意即怕老婆）！”抹完转身就走。二姐见到一个大黑脸的爸爸，吓得大哭。父亲顾不上女儿，紧跟在祖母后面不断赔罪。在屋外忙着的母亲听到女儿的哭声赶回，在大厅中见到这一幕，一下子愣住了。恰巧父亲的一位发小清晨出门路过拐进我家，看到厅堂上这样的三个人：一个大花脸的父亲，一个怒气冲冲的祖母，一个发愣不知所措的母亲。他也哭笑不得，站在一旁“嘿嘿”地干笑。

这就是父亲，在他心中，世上最大的，上是天地，下是父母。

父慈子孝，兄友弟恭，对待兄弟姐妹的那份骨肉情谊，父亲也堪为楷模。

伯父母不能生育，领养了一男一女，就是我们的大哥大嫂。父亲怕伯父母伤心，不让我们叫父母“阿爹、阿娘”，而是跟大哥大嫂叫“阿叔阿婶”。言外之意是，我们都是伯父母生的。我们兄弟长幼次序，也从大哥叫起，我的亲大哥成了二哥，依次往下。父亲对我大哥大嫂视同己出，比亲生的还多了一份细心。他供养大哥读书，后来又领着他拜师学木雕手艺。大哥大嫂的婚事父亲一手操办。父亲任教的学校，华侨校董回乡送给父亲花布，父亲总让大嫂先挑，然后才轮到大姐。大姐年老时还会偶尔提起，发点小牢骚。

父亲与姑母是同母异父的姐弟，但他俩骨肉情深，堪称世间罕见。父亲“未忘母姐恩”的诗句，将姐姐的恩情类比于母亲。记得每次姑母回家，第一件事是先看望“我的小弟”，两个白发苍苍的老人，一个“阿姐、阿姐”地叫着，一个“小弟、小弟”地呼着，听得令人心都醉了。

谦恭处世，尊重他人是父亲做人的准则，也展现着父亲正直的秉性。

乡贤王炳三先生回忆他父亲与我父亲的交往深有感触。他说，他家十分贫穷，他爹不识字，挑货郎担谋生，常受白眼。两位前辈年纪相仿，每次相逢，父亲总是先“伟成叔、伟成叔”地叫着，十分尊重。每每提及此事，炳三先生都十分感慨。

父亲教育我们，“为文贵在曲，为人贵在直”。父亲一生耿直，堂堂正正。当年父亲在晋江西岑小学任校长，西岑小学是旅菲华侨王友璇老先生创办的私立学校。王老先生数次回乡，对父亲的品行十分了解。翻修校舍的资金，他全额托付我父亲掌管。父亲把一应开支分类造册清楚入账，竣工结账，总开支比预算节省了近五分之一，而且工程质量更好。王老先生是十分精明的经商行家，回乡验收后十分感动。他从旁人得知我家老屋年久失修，我父亲正为此犯愁，便主动表示愿意帮助修缮，我父亲谢绝了。隔些时日王老再次提起，父亲秉直相告：“您聘我任校长，已给了薪水，这是对我的信任，我就得做好您交给的职责。如若我做好分内的事，还想得到您额外的酬赏，那我是小人。您老能让我做个小人吗?”老先生语塞。良久，默默脱下他身上的黄呢子大衣，披在我父亲的身上，说：“这件大衣从我身上脱下来，代表我一份心意，披在您身上，纪念你我的交情，您该不会拒绝吧?”从此，这件黄呢子大衣一直伴着父亲走完人生历程。王家内外儿孙辈几十人，人人都记得住父亲那件褪了色又硬又重的黄呢子大衣。

父亲广学厚积，知识渊博。他在旧制中学毕业，因为天赋极高，从课程传授的四书五经，到课程未有的数理化、天文地理乃至音乐，都有较深的造诣。仅举数例。

培训会计。1955 年，父亲在公私合营联丰烟丝厂任会计，县工商联发现全县唯有联丰烟丝厂的账目最为规范。于是请父亲编写《成本会计培训手册》，在县城南门张公祠举办惠安县首届成本会计培训班，由父亲授课，为惠安企业界培训出第一批专业成本会计。

自制“日晷”。1962 年父亲因病退职回家后，因家中的时钟经常停摆，没有标准时间可校对，他根据太阳公转与地球自转的规律、惠安的经纬度以及太阳四季照射形成不同斜角的原理，造出一架“日晷”。把日晷放在阳光下，轴线对上南北向，就可以从刻盘上的立针影像看到时间刻度。后来家家户户装上有线广播，从父亲的日晷看到的时间竟与广播的标准时间几乎一致。

辅导教师。父亲七十三岁高龄那年，为参加录用考试的民办教师做辅导，除了辅导语文中的六书外，竟能系统地讲解几何中黄金分割的知识！超强的逻辑思维与超强的记忆力，令人惊叹不已。

授课英语。1968 年，二哥的三儿道正已到入学年龄，因户口不在惠安不能报名，父亲自己授课。除语文、数学外，还教上了英语。两年后我联系上新亭尾小学，让道正去插三年级的班，道正在校学习成绩遥遥领先。更令老师们惊奇的是，这小子竟掌握不少英语单词！这在当时全县小学生中当属不可思议。

驯熟中医。老父亲较为完整地掌握旧时老私塾先生应当知晓的中医及易经等方面知识，时常为乡邻亲友号脉开方。1971 年我二姐夫下腹部长了个瘤，上海肿瘤医院诊断为恶性转移性未分化癌。在福州总院治疗两个疗程后，二姐夫头发全脱，身体极度虚弱，不敢想象再做第三个疗程会如何。父亲认为他所患的是中医说法的“阴疽”，与我二哥用谦探讨后（二哥亦颇识中医），拟用《验方新篇》中的“降痈活命饮”一剂。二姐夫毅然决定不再化疗，拼他一拼。第一剂服用后，父兄两人整夜不眠，一直待在二姐夫房里小心观察。二姐夫一夜安睡，不像往日那样辗转难眠。三剂服过，状况稳定，于是二姐夫坚持服用此方。大半年后到福州复检，除各项指标明显好转之外，那肿瘤竟小了一圈！三年后二姐夫痊愈。诸多知道此事的医生都说，这是医学界的一个奇迹。

通晓音乐。儿孙辈们鲜有人知道父亲通晓音乐。我从父亲平时话语中偶尔得知他既圆熟南音，也谙熟简谱，琵琶、二胡、品箫都驯熟于手。父亲少年时，出色的音乐才华受到关注，姑父告诫他：“书深人贤，曲深人贱。”从此，父亲的音乐天赋唯以自娱自乐。

父亲的一生是与诗文结缘的一生。他一生书不离手，笔不辍耕。1962 年退职回家后，日里帮母亲整炉做饭、种菜养猪，如同父亲诗中所描述的“辛勤执爨日三回，双手烟尘满面炱”，“印煤模上腌臜手，拾粪栏边局踏身”。片刻休闲、晚间灯下，父亲唯有读书写字。父亲曾告诉我，他平生只有两个嗜好，一是读书写字，二是抽烟。锲而不舍的毅力加上超人的天赋，造就了他非凡的文学功底。父亲倾情文史尤以诗词为最。他的诗词造诣解放前在惠安县城就有一定声望。父亲 34 岁那年，祖母 70 岁，父亲写了《家慈七十征诗》十二首，向闽南诗词界征诗，共征得 32 份。作者有清朝遗老进士 2 人、举人 5 人、贡生 2 人、秀才 10 多人，一个 34 岁的年轻教书匠能获如此响应，可见父亲当时在闽南诗词界颇有影响。1945 年惠安大旱，县长设坛祈雨，祷告徽文就是县政府指定父亲拟写的。

父亲退职回家后，每逢国庆、新春佳节，时任县政协常委、侨联主席的孙崧樵先生都会请父亲为政协组织的节日专刊中的诗词润色。孙老先生也是一位功底深厚的诗人，他俩以诗词唱和交谊，后又有东岭东山村许钟奇老先生加入，父亲进入了老年创作高峰期。与父亲吟诵唱和的老诗人渐多，除了惠安负有盛名的孙崧樵、东岭许钟奇两位老先生外，本省的有福州林竹均，南平陈瘦愚等，外省的上有山西太原胡苹秋，下有广东郑淑文、陈文凤、胡俊芳等。老诗人孙崧樵先生曾告诉我说，你父亲的诗词格律工整，韵根极稳，内容声情并茂，尤其所用典故极有深意，让人遐想联翩。孙老先生特别欣赏我父亲的《落叶十首》和十五首回文诗。那秋风萧瑟的落叶，在父亲笔下，呈现千姿百态，蕴含万种情思。回文诗写一两首已非常不易，而父亲按三十个韵部写了十五首！回文诗这种格式，正读反读都有平仄，都有韵脚，另有一番诗意。孙老先生感叹："这种只字难求的回文诗，而今几人能为？"

"文革"期间，父亲把他平生所写的上万首诗词付之一炬。但之后在和省内外诗友交往中得知，他们几乎都将自己的书稿结集成书，自费出版。这也深深触及父亲的心思，动摇了他焚烧诗稿时愤然立下"不蓄诗书馈子孙"的违心之意。加上我的数次恳求，父亲方答应把他的诗词留下。他青壮年时代的诗作，是靠回忆记录下来的，大多数已遗忘，最后十年的诗作则基本完整。

父亲的手稿先是用小楷毛笔书写的，后因年迈眼睛模糊，改用钢笔写就。先有个草稿本，后又订正抄为正本。父亲去世时，我拿出正本，用谦兄收藏了。原本我留着，塑封保存。学谦弟花了三年时间，对其中大量的繁体字、异体字、草体字逐一比对识别，用电脑打印出来，我们兄弟再次校对勘误，打出二稿。学谦还对全集逐句逐字做了基本注解。今年年初，学谦将第二稿送侄婿锦龙赏阅，引起关注，锦龙建议将诗集出版，并自荐担任诗集编校。锦龙做事严谨认真、一丝不苟，诗注中的典故出处，他在典籍里查源，上图书馆求助，历时近半年，夜以继日，废寝忘食，最终形成现稿。华侨大学庄锡福教授，在百忙中挤出几个月的时间，细读诗稿，纠正错字，为诗词集撰写了序言。正因为有诸多亲友的心血倾注与鼎力支持，我等才能将家父留存的诗词结集成册，付梓出版。对此，我率王家一族向各位亲朋致以衷心感谢！父亲在天之灵，也会倍感欣慰的。

“忠厚传家久，诗书继世长”，东张家学源远流长。父亲已亲躬亲为了，如同他所说的“渊源家学旧青箱，跃剑闽山一系长”。作为王家的子孙，必须一代一代传下去。“及身尚不断书香”，薪火相传，生生不息。

己亥年　仲春

诗书继世长

王学谦

又忙碌了一整年，先严的诗词集终于定稿了，正在张罗出版事宜。遐想新书到手那天，翻动扉页，一阵墨香扑鼻而来，沁人心肺，激动由心而起。这是我和守谦胞兄多年的夙愿，也是王家族人们的殷殷期盼。夙愿得偿，喜悦之情岂是三言两语能予尽意？

往事如烟。如今忆起，仍历历在目。想起在20世纪60年代，父亲赋闲在家，帮衬着母亲料理家务，不时有诗友来访，或切磋诗词、推敲字句，或轻声吟唱、斟酌韵律。一俟觅得佳句，便神采飞扬，笑语欢声，心情无比愉悦。那种享受，是我等行外人难以体会的。

想起在70年代，父亲的诗友已扩展到外省，邮箱里大多是寄给父亲的邮件，鼓鼓的一叠，父亲也因此夜以继日、不知疲倦地与诗友唱和赠答。那几年父亲留下的作品最多，他那驾轻就熟的填词技巧、游刃有余的赋诗才能得以充分展现。

也想起打印初稿的艰难。当时真是初生牛犊、自不量力，别说那些不懂的字，就是已懂的字，写成繁体字，就让我脑袋发胀。譬如书、画、昼、尽四个字，其繁体字的字形相近，因此常常甄别不清。还有那些异体字，有的字库里都找不到，要怎样打？

说真的，我真正学会了五笔打字，也是由此逼出来的。我了解到海峰五笔的字库最大，只有它，才能助我完成初稿。

几经波折，初稿虽然打印出来，但我知道，里面错字不少。尽管我和守谦胞兄复核了多遍，终究因为古文知识薄弱、不熟悉诗词格律等原因，错字总是消除不尽。为了甄别语词，我利用百度，逐字搜索，组词搜索，然后将其含义置入该诗句中，看看能否解释得通。运用此法，我意外收获了那本“注释”。然而，由于很多字、词搜索不到，明知里面有误，却也束手无策了。

2018 年初，我打印一份初稿给锦龙览阅，锦龙甚是看重，他建议出版，并表示愿意承担校编之责，负责注释的编撰。同时，他还推荐他的同学、诗友、华大教授庄锡福作序。我与胞兄闻之，大喜过望，积压心头多年的愿望终于有了实现的盼头，父亲未敢表露的遗愿也可以兑现了。

父亲时运不济，才高八斗没能给他带来幸运，反而“因言获罪”，穷困一生。但他随遇而安，适应了苦日子，认为粗粮吃得饱、破衣穿得暖，就很知足了。他追求的是精神层面的愉悦。父亲兴趣广泛，博学厚积，对儒释道、二十四史、周易等都有较深入的研究。然而，最让他钟情的，乃是诗词。父亲平生诗作万余首，“文革”期间全部焚毁，如今出版的这一册诗词集，仅收录近千首。部分是父亲靠回忆录写的，部分是父亲晚年创作的。尽管十不及一，依然凝聚着父亲一生的心血。

我有一个深深的遗憾，就是忝列“渊源家学”的我，对古诗词却一窍不通。尽管在读小学时，父亲已教会我七绝的平仄和押韵，也曾试着写过几首诗，但自“动乱”开始后，就再也没有玩习过。之后，囿于谋生，很少拿笔写字，更别奢谈写诗了。

这次打印初稿，对我来说，收获颇丰。我仿佛打开了一扇窗，见到全新的、未曾窥视过的景象。当然，我也非常清楚，我的古文知识甚为匮乏，想利用这一机会补补课，于是，买了“四书五经”、《道德经》、《南华经》、《资治通鉴》等书籍，都是带有白话注释的版本，虽然都只是囫囵吞枣地看一遍，可起码也让我知道了那一沓书里说的都是一些什么。

人到老年万事休。青春年少之时，学业中辍，到了老年是补不回来的。所以，人应该趁着年轻多读些书。我殷切期盼这本诗词集能引起后辈们的兴趣，从而引起对文章、诗词更多的爱好。如果能时常动动笔，日积月累之后，提起笔来犹如神助，汪洋恣肆，随心所欲，岂不更是美事。诗词集一诗一页，注释随文放于页下，人物、典故、生僻字等尽可能扼要地加以注解，繁体字也都改用现行简化字，方便阅读，只要持恒阅读研习，自然会有收获。

“渊源家学旧青箱，跃剑闽山一系长。五世弓裘丁未白，两朝诏诰纸誊黄。”这是父亲《家慈七十征诗》里的诗句。我读来颇为感触：“五世弓裘”、“书礼传家”，可到了我们这个年代，“物欲横流、金钱至上”的现象比比皆是，心浮气躁、无心读书也大有其人，如若胸无大志，随波逐流，随时都可能混成一个没文化的“白丁”。然而，我在想，作为王家的内外子孙，理应传承家风，勤奋好学，格物致知，让“诒经堂”的黉帜高高飘扬。

忠厚传家久，诗书继世长！

目录

卷一（1922 — 1947）

卷二（1954—1964）

卷四（1975—1979）

卷一

1922—1947

述　怀

（壬戌　1922 年）[①]

枕戈思报国，投笔恐忧亲。
慷慨存吾志，光明视此身。
读书求益智，静坐欲修真。
莫道儒生过，平居慕古人。

① 括号中干支纪年为作者记注，公元纪年为编者加注，下同。

感 时

（癸亥 1923 年）

坠地匆匆十九冬，半筹莫展愧才庸。
愁看华夏泪双落，怒视戎夷发上冲。
未果从军空有志，不能救国自捶胸。
最悲南北私仇重，大局垂危犹对烽。

初到琅玕小学[1]当教员

（甲子　1924年）

海峤鷦枝托，生涯此教鞭。[2]
国危哀赤县，母健谢苍天。
大陆将沉没，彝伦已弃捐。[3]
课余聊启箧，稽古读韦编。[4]

---

① 琅玕（láng gān）小学：在惠安县（现泉州市台商投资区）东园镇琅山村。民国期间建保时，取琅玕小学与塘山小学各一字命名为琅山村，名称沿用至今。

② 峤(jiào)：泛指高山或山岭。鷦(jiāo)枝：喻聊可自慰的处境。《庄子·逍遥游》："鷦鷯巢于深林，不过一枝。"鷦鷯，鸟名。

③ 彝伦：指常理，伦常。晋范宁《春秋谷梁传序》："昔周道衰陵，乾纲绝纽。礼乐崩坏，彝伦攸斁。"

④ 箧(qiè)：小箱子。韦编：古代以竹简写书，用熟牛皮绳把竹简编联起来，称作"韦编"。现泛称古籍。《史记·孔子世家》："读《易》，韦编三绝。"

国　步

（乙丑　1925 年）

乾坤鼎革起龙蛇，国步艰难民德差。
地气逆行彝莫叙，夷风东渐说争邪。[①]
神明种族犹危卵，大好江山作散沙。
先圣在天灵若在，亦应涕泪泣中华。

① 彝：古代盛酒器具，泛指宗庙祭器。引申为法度，常规。

偶　成

（丙寅　1926 年）

年来烟物益关情，倚槛搔头兴致清。
古树邀风临小院，阵云筛雨出孤城。
天淡水碧塘无底，雷落荒原夏有声。
动静互根生二气，乾坤消息自分明。[①]

---

① 动静互根：《易经》哲学在宇宙运动、人体运动的概括，如“内外交养，动静互根”，类“阴阳互根”。宋丘葵《观物》：“一动一静互根，阴阳未堂相离。”

哭陈师八首

（丁卯 1927 年）

一

能将簪带嗣弓裘，近圣宫墙有异庥。①
绛帐诸生新雨化，痕襟七子旧风流。②
文章半为伤时老，桑梓全凭借箸筹。
莫向辋川论摩诘，菱溪无处觅扁舟。③

二

频年兵革感尘缘，静向旁门索牝玄。
出世情多偏入劫，得天气促枉参禅。
生无密契谋薪突，死有新诗壮简编。
吟社不堪回首望，青枫夜月冷啼鹃。

---

① 弓裘：引意“弓裘袭艺”，谓事业父子相传。《礼记·学记》：“良冶之子，必学为裘；良弓之子，必学为箕。”宫墙：指高大围墙。《论语·子张》：“叔孙武叔 语大夫于朝曰：‘子贡贤于仲尼。’子服景伯以告子贡。子贡曰：‘譬之宫墙，赐之墙也及肩，窥见室家之好。夫子之墙数仞，不得其门而入，不见宗庙之美，百官之富。’”后称师门为“宫墙”。庥(xiū)：覆盖，庇护。

② 新雨：指初春的雨；刚下过的雨。喻新朋友。七子：汉建安年间孔融、陈琳、王粲、徐幹、阮瑀、应玚、刘桢七位文学家。曹丕《典论·论文》：“斯七子者，于学无所遗，于辞无所假，咸以自骋骥騄于千里，仰齐足而并驰。”痕襟七子：借指清末惠安张泗滨、庄贻华等痕襟诗友。(《惠安县志》)

③ 辋川：与螺阳皆为惠安所辖镇名。菱溪：为溪流名称。摩诘(jié)：唐乾元年间尚书右丞王维字摩诘。王维参禅悟理，学庄信道，精通诗、书、画、音乐等，与孟浩然合称“王孟”，有“诗佛”之称。苏轼评价其：“味摩诘之诗，诗中有画；观摩诘之画，画中有诗。”

三

扼运红羊起斗争，纷纷群小喙难平。[①]
衣冠竟惹清流祸，云鹤空多浊世情。
止道入尘如大梦，谁知佞佛不长生。[②]
伤心莫问刀圭事，冤血还应化碧成。[③]

四

曾缘松柏施萝丝，兼把琴书侍讲帷。
夫子范滂亦名士，外甥江总是孤儿。[④]
沙含鬼蜮频张目，兵解神仙竟折肢。[⑤]
一去尘埃成万古，浮云苍狗不胜悲。[⑥]

五

妖风惨烈发螺阳，地暗天昏杀气张。
衙署无人作干橹，闉闍有鬼露锋芒。[⑦]

---

① 扼（è）：用力掐着，抓住，把守，控制。红羊：指“红羊劫”。古代谶纬之说，代指国难。

② 佞（nìng）佛：谄媚佛，讨好于佛。后指迷信佛教。

③ 刀圭（guī）：中药量器名，亦指药物。

④ 范滂（pāng）：东汉孝廉名士，“江夏八士”之一。汉灵帝大批诛杀党人，范滂投案就义，时年仅三十三岁。

⑤ 兵解：道教神话中尸解的一种。道家的说法，大凡过往，必须全尸解，才能脱体飞升。

⑥ 苍狗：引意成语“白云苍狗”，喻世事变幻无常。杜甫《可叹》：“天上浮云如白衣，斯须改变如苍狗。”

⑦ 干橹：小盾大盾。亦泛指武器。《礼记·儒行》：“儒有忠信以为甲胄，礼义以为干橹；戴仁而行，抱义而处。”闉闍（yīn dū）：古代城门外瓮城的重门。

缨冠救斗甘轻出，衣线愁吟不远飏。①
善尚难为宁论恶，欲将彰瘅问青苍。②

六

药炉汤鼎强支持，犹记梁松下拜时。③
三月东风吹劫梦，大招南国赋哀辞。④
魂凭朱鸟追青帝，泪染红花托子规。⑤
降室玉棺今尚在，便归天上岂骑箕。⑥

七

兔魄何曾犯少微，仙翁河上去忘归。⑦
庭前兰蕙凄秋露，堂北萱花冷夕晖。
大往小来悲世否，琴存弦绝痛人非。

---

① 救斗：劝解斗殴。《史记·孙子吴起列传》："夫解杂乱纷纠者不控卷，救斗者不搏撠。"愁吟：哀吟。唐薛能《西县作》："从此渐知光景异，锦都回首尽愁吟。"

② 彰瘅（dàn）："彰善瘅恶"缩简语，谓表扬好的，斥责恶的。《尚书·毕命》："彰善瘅恶，树之风声。"

③ 梁松：东汉光武帝的女婿。伏波将军马援病中，梁松探视下拜于床前，马援不答，梁松记恨，借故陷害，马援死后被革除新息侯谥号。梁自恃娇贵，众怀怨望，郡县飞书投诉而下狱致死。

④ 大招：《楚辞》中的作品，作者是屈原或景差或他人尚有争论。此诗渲染四方凶险怪异，烘托楚国故居之美，称颂楚国清明强盛、任人唯贤，以招返灵魂。

⑤ 朱鸟：即朱雀，古代神话中的天之四灵之一，是南方之神，于五行主火，象征四季中的夏季。青帝：为春天之神、百花之神，古代神话传说中五帝之一，主四方的东方。泪染红花：引意典故"杜鹃啼血"。杜鹃鸟即子规。相传望帝禅让于宰相，但宰相霸占望帝妻女，国家趋乱，望帝返都欲行规劝，却遇城门紧锁，望帝回西山日日哭泣，化作子规日夜哀啼，染红山花。

⑥ 骑箕：即骑箕尾。典出《庄子集释》："夫道，有情有信，无为无形……傅说得之，以相武丁，奄有天下，乘东维，骑箕尾，而比于列星。"谓游仙，亦喻青云直上，高升。

⑦ 少微：星座名。共四星，在太微垣西南。《史记·天官书》："廷藩西有隋星五，曰少微，士大夫。"

池潢不是栖息地，为甚孤鸿晚见几。[①]

八

我从十八悟行藏，灵府玄关见诲详。
可是彼端轻世界，争如吾道重纲常。
生天证果仙兼佛，入世闲愁藐与孀。[②]
披介良宵公记否，莫将冤魄滞西方。[③]

---

① 池潢：池塘、水池。见几：从事物细微的变化中预见先兆。

② 生天：佛教语，谓行善者死后转生天道。南朝梁何逊《七召》："俄而夕鹫东返，落日西悬，绮霞映水，蛾月生天。"证果：佛教语。谓佛教徒经长期修行而悟入妙道。唐张鷟《朝野佥载》："禅师后证果，居于林虑山。"

③ 披介良宵：喻寒冬的美好夜晚。披介，披着铠甲。介，介胄，铠甲。元戴良《咏雪三十二韵赠友》："裹树形披介，摧篁韵啸笙。"

哭遁礼师长句

（丁卯 1927 年）

螺山之东锦东里，中有一峰称士子。
孤高羞与众山俦，万顷平原独挺起。
灵气旁钟君子居，公之诞生岂偶尔。
虽无申甫姓名扬，气禀清明自不常。①
忆昔师事严君日，容止威仪已大方。
先严目为千里驹，此子将为吾族光。
提携训导不遗力，在窍天机自尔昌。②
负笈省垣才弱冠，鏖文法海弄柔翰。③
揣摩简练四星霜，头角崭然称邦彦。④
学成驱马入京华，托是吾宗前辈家。

---

① 申甫：周代名臣申伯和仲山甫的并称。借指贤能的辅佐之臣。《诗·大雅》："维申及甫，维周之翰。" 气禀：谓禀性受之于气。《韩非子·解老》："稽万物之理，故不得不化；不得不化，故无常操；无常操，是以死生气禀焉，万智斟酌焉，万事废兴焉。" 后用以指人生来就有的气质。

② 尔昌：谓家道昌盛。民国时期结婚证贺词："看此日桃花灼灼，宜室宜家；卜他年瓜瓞绵绵，尔昌尔炽。"

③ 鏖文：艰苦从事文职。柔翰：指毛笔。《文选·左思》："弱冠弄柔翰，卓荦观群书。"

④ 四星：即苍龙、白虎、朱鸟、玄武四星宿。汉王充《论衡·物势》："东方木也，其星苍龙也；西方金也，其星白虎也；南方火也，其星朱鸟也；北方水也，其星玄武也。天有四星之精，降生四兽之体。" 邦彦：即北宋著名词人周邦彦。周邦彦精通音律，创作不少新调。作品格律谨严，语言曲丽精雅，为后格律派词人所宗。获称"词家之冠"、"词中老杜"。有《清真居士集》、《片玉集》。

杜甫金门期献赋，张骞银汉望乘槎。①
斯时华夏方多故，礼义荡然纲纪斁。②
异端邪说倡戎夷，猖獗豺狼尽当路。
闻鸡按剑起高歌，愿为斯民扫尘污。
才高争奈命数奇，李广功名竟不遇。③
龙楼凤阙插云中，逊帝安身尚故宫。④
莽莽神州无共主，强藩割据各称雄。
难施利器还乡好，何必天街踏软红。⑤
兴学梓桑施化雨，十年黉帜树鹅东。⑥
道行所赖身能立，危微之中爰允执。⑦
治平学问在修齐，孝友于兄当务急。
睦族亲邻峻德明，从此声华遍乡邑。
去国偏能展壮猷，征帆万里赴岷洲。
岷洲劈自华侨手，筚路蓝缕不记秋。⑧

---

① 杜甫（712—770）：唐现实主义诗人。字子美，自号少陵野老，与李白合称“李杜”。杜在中国古典诗词中的影响深远，被后人称为“诗圣”。杜甫弃官入川，但心系苍生，豪气干云，有“致君尧舜上，再使风俗淳”的宏伟抱负。金门：即金马门，汉代宫门，学士待诏之处。张骞：汉博望侯，著名使者。建元时奉汉武帝之命率百余人出使西域，不辱君命、持汉节不失，打通汉朝通往西域的南北道路即丝绸之路。乘槎（chá）：指上天。晋张华《博物志》：“天河与海通，近世有人居海渚者……乘槎而去。”

② 斁（dù）：败坏。明刘基《卖柑者言》：“法斁而不知理。”

③ 李广：引意成语“李广难封”，谓功高不爵，命运多舛。李广系西汉名将，一生屡经磨难，战功卓越却未得封爵。

④ 逊帝：逊位（自动下台或退位）的皇帝。指前清逊帝宣统皇帝。

⑤ 软红：引意成语“软红香土”，喻都市繁华热闹。

⑥ 鹅东：村名，作者故乡。

⑦ 危微：“危微精一”缩简语，谓儒家道统的“心脉”。《书·大禹谟》：“人心惟危，道心惟微，危微精一，允执厥中（不偏不倚，中正之道）。”

⑧ 岷洲：指南洋诸国。筚路蓝缕：喻创业艰苦。《左传·宣公十二年》：“筚路蓝缕，以启山林。”

辛苦经营财货积，华夷杂处需良策。
侨胞虚左以待公，阛阓多年资擘画。[①]
忽闻堂北谢金萱，刻日行旌指北还。
丧幄已张儿枕块，佳城未定母停棺。[②]
服阕不甘再远蹈，栖身咫尺鹭江隩。[③]
厦大延公做秘书，名位尊崇礼周到。
痰起阳淫六脉浮，梦魂颠倒海边楼。
无端午夜银灯下，对面空床涌髑髅。[④]
转瞬髑髅变美女，含情无语自梳头。
魂归紫玉形终现，身去琼罗恨未休，[⑤]
胆战身惊汗浃背，汗消溦热随之退。
沉思此本荒冢堆，埋骨宁无红妆辈。
微妙如来法甚深，鹭门黉宇接丛林。[⑥]
津迷宝筏高僧指，路滑石头居士寻。[⑦]
举世谁抛尘俗累，诸天共听海潮音。
哀怜物命甘茹素，领悟禅机静洗心。
庐顶谈经惠远在，诱他元亮屡登临。[⑧]

---

① 阛阓（huán huì）：街市，借指商事。《文选·左思》："班列肆以兼罗，设阛阓以襟带。"

② 枕块：古代丧礼，居父母之丧，其子女须头枕土块，身卧草垫，以示哀痛。

③ 隩：河岸弯曲的地方，亦指可居住的地方。

④ 髑髅（dú lóu）：死人的头盖骨，骷髅。

⑤ 紫玉：春秋时吴王夫差之小女名紫玉。紫玉欲嫁韩重受阻气结而死。后喻女子早逝。

⑥ 丛林：指树林；僧人聚居之处。因指寺院。汉班固《西都赋》："松柏仆，丛林摧。"

⑦ 宝筏：佛教语。比喻引导众生渡过苦海到达彼岸的佛法。李白《春日归山寄孟浩然》："金绳开觉路，宝筏渡迷川。"

⑧ 惠远：宋代天台宗法师。元亮：东晋诗人陶渊明字元亮。陶渊明自幼修习儒家经典，爱闲静，念善事，抱孤念，爱丘山，有猛志，不同流俗，同时具有道家和儒家两种修养。出任彭泽县令仅八十多天便弃职归隐。被称为"古今隐逸诗人之宗"。

屏除妄念六根净，笃向空门探究竟。
有形舍幻便归真，无欲明心斯见性。
当今圣道已陵夷，多士谁能识天命。[①]
但知牙慧拾欧人，好大喜功擅奔竞。
脑筋冷静唯有公，恍退潜修头陀行。
去年厦岛赋归来，日白天青倦眠开。
形胜地邀友游衍，高明家惹鬼疑猜。
盂兰盆上妖氛罩，夜半弹烟起楼台。[②]
璧月无光秋夜冷，笙歌有泪沸声哀。
伤心腹洞肝肠裂，茫渺阴阳两断绝。
魂气悠悠返太虚，千古长留此碧血。
嗟此亭亭士子峰，年年青草自抽茸。
乾坤气化仍无异，可是斯人孰媲踪？[③]

---

① 陵夷：由盛到衰。衰颓，衰落。《史记·高祖功臣侯者年表》："始未尝不欲固其根本，而枝叶稍陵夷衰微也。"

② 盂兰盆：梵文译音，意译为救倒悬。佛法认为七月十五置百味五果，供三宝，可以解救亡亲饿鬼道中所受倒悬之苦。后成为民间超度先人的节日。

③ 气化：指阴阳之气的变化。亦喻世事变迁。南朝宋颜延之《重释何衡阳书》："岂获上附伊颜，犹共赖气化。"孰媲踪：谁能比得上（斯人的）阅历。媲，匹敌；比得上。

暮　鸦

（戊辰　1928 年）

反哺归来日色红，暮烟几点小桥东。
飞愁孝水枯人海，抱定仁心翼晚风。[1]
云树残光斜照里，乾坤正气哑声中。
信知纯是阳精赋，应有灵机一窍通。

---

① 孝水：引意典故“孝水省亲”。范仲淹只身在孝水河畔的长山读书，时常沿孝水河步行百里到秋口探望母亲，蔚为佳话。

秋　雁

（戊辰　1928 年）

家山泥爪认非非，万里衡湘奋翮飞。
昂首一声天外出，联翩几点雪中归。
往还有信循阳侯，升降无心任化机。[①]
不顾池潢矰缴远，闲云领界得先几。[②]

---

① 阳侯：传说中的波涛之神。借指波涛、潮汐。化机：变化的枢机。唐吴筠《步虚词》："二气播万有，化机无停轮。"

② 矰（zēng）缴：系有丝绳、弋射飞鸟的短箭，喻暗害人的手段。先几：预先洞知细微变化。明沈德符《野获编》："何廷玉、罗万象等数十辈，皆以失旨伏诛，仙姑明哲先几，即谓之仙亦可。"

树荫纳凉

（戊辰　1928 年）

林间危坐独从容，物理静推悟化工。
写地松荫凭午日，彻天蝉韵入薰风。
群生往还炎光下，大块升沉正气中。[1]
一笑悠然挥扇起，乾坤应与自家同。

---

① 大块：大自然；大地。《庄子·齐物论》：“夫大块噫气，其名为风。”

长相思　梦父

（戊辰　1928 年）

牵父衣，揽父衣，跪诉何因久别离，过庭将问谁？[①]
轻抚儿，慢抚儿，犹似珍珠掌上时，醒来双泪垂。

① 过庭：指父亲的教诲。《论语·季氏》："尝独立，鲤趋而过庭。"

元 旦

（己巳 1929 年）

一

子夜初钟彻耳清，三微端向此中生。①
杓旋北斗青阳至，门对东皋紫气呈。②
十里荒鸡催曙色，万家鞭爆带春声。
秉钧欧历推行久，底事人犹奉夏正。③

二

画帘轻卷溢清寒，沐浴寅恭庆履端。④
举世未忘华岁月，起身独被汉衣冠。
氤氲大气静中认，淡荡春光晓外看。
天道于哉纯不已，悠然一笑自凭栏。⑤

---

① 三微：三正（夏正建寅，殷正建丑，周正建子）之始，万物皆微，故又称三微。

② 杓(sháo)旋："斗杓旋斡"缩减语，谓时间飞逝。宋刘克庄《满江红》："谈笑里、旄头泛扫，斗杓旋斡。"东皋：水边向阳高地。泛指田园、原野。阮籍《辞蒋太尉辟命奏记》："方将耕于东皋之阳，输黍稷之税，以避当涂者之路。"

③ 秉钧：喻执政。钧，制陶器所用的转轮。唐宣宗《断句》："七载秉钧调四序，一方狱市获来苏。"夏正：即夏历正月。代指夏历，即农历，相传创始于夏代而得名。

④ 寅恭：恭敬。宋范仲淹《谢转礼部侍郎表》："臣敢不夕惕三省，寅恭一心？"履端：年历推算始于正月朔日，谓之"履端"。《左传・文公元年》："先王之正时也，履端于始，举正于中，归余于终。"

⑤ 天道：古代哲学理念。指日月星辰等天体的运行规律。泛指自然界变化规律。于哉：成语"于呼哀哉"缩简语，为语气词，表示感叹或悲哀。《诗・大雅・召旻》："于乎哀哉！维今之人，不尚有旧。"

三

埙箎声韵叶兰陔，椒酒殷勤上一杯。[①]
烛炬当台楹帖艳，桃符冲巷板扉开。
瓶中花气随风出，笔下诗情逐景来。
共向庭闱揖慈母，暮年蔗境望甘回。

四

土牛不出废鞭春，盛德犹传任木新。
未解八风占正旦，且将六畜唤凌晨。[②]
司衡青帝原承运，锡嘏苍天或降神。[③]
卦序三阳穹宇泰，可应长作太平民。[④]

---

① 埙（xūn）：古代陶制吹奏乐器。箎（chí）：古代竹制乐器，类似笛子，开有八孔。兰陔（gāi）：《诗·小雅·南陔序》："《南陔》，孝子相戒以养也；《白华》，孝子之絜白也；《华黍》，时和岁丰，宜黍稷也。有其义而亡其辞。"后借喻奉养和孝敬双亲。椒酒：用椒浸制的酒。古俗，农历元旦向家长献此酒以示祝寿、拜贺之意。《后汉书·文苑传》："兰肴山疏，椒酒渊疏。"

② 八风：佛教语，《释氏要览·澡静》指尘世间八件事：利、衰、毁、誉、称、讥、苦、乐。

③ 锡嘏（gǔ）：赐福。嘏，福气、福运、福寿。

④ 卦序：即周易卦序，指惯常流行的易经卦爻辞文本。

闲　步

（己巳　1929 年）

一

闲步芳洲日色妍，欲凭光景问因缘。
昂头顿觉东风笑，者箇生机是性天。①

二

白梅似雪几枝斜，碧草如茵一望赊。
万物并生稀即贵，人间终古爱梅花。

① 者箇：这个。唐从谂《赵州禅师语录》："问：'如何是菩提？'师云：'者箇是阐提。'"性天：谓人得之于自然的本性，即指天性。《礼记·中庸》："天命之谓性。"

端　午

（己巳　1929 年）

醉插菖蒲步海隈，汨罗往事触心哀。①

浪花起舞江天外，疑是灵均泣泪来。②

① 隈（wēi）：山、水等弯曲的地方。

② 灵均：屈原，字灵均。战国时期楚国诗人、政治家。早年任三闾大夫，兼管内政外交大事。提倡“美政”，主张内举贤能，修明法度，外主联齐抗秦。因遭贵族排挤诽谤，被流放汉北沅湘。楚被秦攻破后，屈原自沉于汨罗江殉国。

剃 发

（辛未 1931）

年来留得发婆娑，错认韶华未我过。
邹忌尚轻城北美，僧虔忽镊镜中皤。[①]
秋蓬著雨妍仍褪，春水经风皱已多。
知是愁根甘剃净，任人唤作老头陀。

---

① 邹忌：战国时期齐相国，主张修订法律、监督官吏，严明赏罚。《邹忌讽齐王纳谏》载，邹忌以其妻偏爱自己、妾害怕自己、客有求于自己，都说自己比城北徐公美，从中悟出自己受蒙蔽，联想到齐威王受到宫妇、左右大臣的蒙蔽更严重，于是建议齐威王广开言路，最终使得齐国在政治上战胜别国。僧虔：王僧虔，南北朝任刘宋武陵太守，南齐左光禄大夫。政声颇佳，喜好文史，擅长音律，工于书法。镊：以镊子夹取毛发。

小词一束

（辛未　1931）

一　忆江南

中宵起，搔首思惺忪。玉宇昏霾笼斗北，金瓯破碎痛关东，长啸月明中。

二　南歌子

天府如沙散，神州近陆沉。外忧内患日相寻，执政诸公愦愦、是何心。

孤掌难抣日，群谗欲铄金。凭谁拒诐与惩淫，未欲平治天下、叹当今。[①]

三　西江月

一壁青灯映剑，半帘明月窥床。恼人时计漫丁当，国是空劳梦想。

柱石只知食肉，干城仅晓分赃。倭奴隳突怆边疆，谁起龙城李广。[②]

四　临江仙

天外黑风来阵阵，摧残宿雾浓云。山般红浪撼斜曛。渔歌归去，凄婉不堪闻。

眼看神州将沉没，六虚弥漫阴氛。寻盟汀上有鸥群。狂澜谁挽，惆怅暮江渍。[③]

---

① 抣：辅佐。铄（shuò）：熔化金属。诐（bì）：谄媚，偏颇不正。

② 干城：成语“干城之将”缩简语，指卫城的大将，泛指国家保卫者。干城，盾牌和城墙。《诗经·周南》：“赳赳武夫，公侯干城。”隳（huī）突：横行，骚扰。

③ 六虚，上下四方。渍（fén）：水边，岸边。

咏史四截

（辛未　1931 年）

手能裂兕力何强，错杀龙逄一鉴亡。①
妺喜南巢同死日，夏台应悔赦商汤。②

微子去之箕子奴，婴鳞诸父枉捐躯。③
廉来费仲聪明甚，成就君王作独夫。④

---

① 兕（sì）：古代指犀牛。龙逄：即关龙逄，是我国历史上第一位名相。因进谏忠言而被杀，享年 93 岁。代指忠臣。

② 妺（mò）喜：有施氏之女，夏朝最后一位君主夏桀的宠妃、王后。《列女传》：“（妺喜）美于色，薄于德，乱孽无道。”后世称其为“红颜祸水”第一例证。南巢：古地名，在安徽巢县西南。商汤灭夏后，妺喜与夏桀同奔南巢而死。夏台：夏王朝监狱。《史记·夏本纪》记载，商汤密谋征伐豕韦，被桀察觉。桀假召汤入朝议事，将其囚于夏台（今河南禹州）。同谋者贿送珍宝美女于桀，桀令放回商汤。后商起兵伐桀，夏朝亡。商汤（前 1670—前 1587）：原夏朝方国商国君主，十一征而无敌于天下，成为强国，作《汤誓》，最终灭夏，经过三千诸侯大会，被推举为天子，定都亳（今河南商丘），定国号为“商”，成为商朝开国君主。

③ 微子：商王长子、商纣王长兄。商王封其于微，微子见纣荒淫无度，数谏无果，遂出走。周武王灭商后，复其官，封于宋，乃为周代宋之始祖。箕子：名胥余，商王之子，纣王叔，官太师，封于箕。箕子规劝纣王杜奢勤政，见纣不听，便披发装疯，被降为奴。婴鳞：谓触及龙之喉下逆鳞。喻人臣犯颜直谏。《韩非子·说难》：“夫龙之为虫也，柔可狎而骑也；然其喉下有逆鳞径尺，若人有婴之者，则必杀人。”婴，触犯。诸父：古代天子对同姓诸侯、诸侯对同姓大夫，皆尊称为“父”，多数即称为“诸父”，借指纣王诸位同姓诸侯叔辈。

④ 廉来：指飞廉、恶来父子，春秋战国时期秦国君主的祖先。飞廉，又作蜚廉，殷纣王忠臣，善走。恶来，亦作“恶来革”，商纣王忠臣，飞廉之子，力勇闻名，武王伐纣之时被周武王处死。费仲：亦作费中，纣王佞臣。《史记·殷本纪》：“费中善谀，好利，殷人弗亲。”以献媚纣王谋得高官厚禄，弄权朝政；跟鲁雄伐西岐时，被冰冻岐山而捉，商亡被斩。

求药销锋更筑城，位传万世帝长生。[①]
登仙苏亥咸随侍，宦者酧恩立子婴。[②]

驾幸江都竟不回，虔通欢喜寿王哀。[③]
运河中蕴万民泪，赚得龙舟到此来。

---

① 销锋：熔化兵器。秦始皇在咸阳熔销兵器铸造钟虡（jù，挂钟或磬的架柱）铜人，史书称作“销锋铸鐻”。

② 苏亥：秦始皇两儿子扶苏和胡亥。扶苏优秀，胡亥乃纨绔子弟。子婴：秦朝最后一位帝王，在位四十六天。秦二世三年丞相赵高逼杀秦二世，去秦帝号，立子婴为秦王；五天后子婴诛杀赵高；十月刘邦率兵入关，子婴投降，秦朝灭亡。

③ 江都：扬州别称。《左传》载，公元前486年“吴城邗，沟通江淮”，指吴王夫差在扬州开凿的邗沟，成运河起始段。仁寿四年（604）隋炀帝即位后全线开凿大运河。大业十四年（618）江都兵变，隋炀帝被叛军缢杀。虔通：即裴虔通。隋炀帝即位后授宣惠尉，迁至通议大夫；后与司马德戡谋乱，杀炀帝降唐，加官晋爵；李世民即位后清肃乱党，裴被发配，卒于岭表。寿王：指李瑁，唐玄宗第十八子。曾被立为太子，纳杨玉环为妃子，后杨被唐玄宗看上抢走，李瑁太子被废。

昙花十首（为烈晃儿作）

（癸酉　1933 年）

一

莎鸡声里闹瘟风，阿团谁知数已终。[①]

亦把婴孩作刍狗，不仁莫甚是苍穹。[②]

二

二淫疾已入膏肓，寒岂真阴热岂阳。

自是你爷无慧眼，误医应莫怼岐黄。[③]

三

缠绵床笫两旬余，问觋求巫总子虚。[④]

冥宝频焚邪魅喜，魅贪无信欲何如。

四

摇篮一壁挂流尘，莞簟纱帏未改新。

篮内纸花仍系住，奈无伸手弄花人。

---

① 莎鸡：虫名，俗称“纺织娘”。

② 刍狗：古时祭祀用品。用草扎成的狗，在祭祀之前很受人重视，用过后即被丢弃。

③ 爷：本义指父亲。《木兰诗》：“愿为市鞍马，从此替爷征。”

④ 觋：男巫师。

五

烂漫天真足解颐，昙花一现费寻思。
你娘最是断肠处，灯影黄昏乳涨时。

六

徒费劬劳似夙冤，断脐不死记临盆。①
飞鸿既是冥冥物，何复空留雪爪痕。

七

八龄阿姐五龄兄，两小无知最动情。
听得邻家儿学语，争询弟弟几时醒。

八

一场短梦九蟾圆，学唤爹娘听宛然。
士子山头芳草遍，游魂应否再生天。

九

满目荒凉土一堆，分明往事已成灰。
徘徊墓左伤心甚，泉下可知汝父来。

十

旷代谁能一死生，闲愁无奈以诗鸣。
愿儿再世仍承我，德肖伊皋寿老彭。②

---

① 劬（qú）：过分劳苦，勤劳。

② 伊皋：商代名相伊尹与舜之大臣皋陶并称，喻良相贤臣。汉刘向《九叹·愍命》：“三苗之徒以放逐兮，伊皋之伦以充庐。”

枨触①

（癸酉 1933年）

偶开书箧捡残篇，肠断虚中半幅笺。②
甲子空余排坠地，飞腾枉自算流年。③
生身旺相辰三合，短梦泡沤月九圆。④
术数无凭吾已悟，不禁枨触一潸然。⑤

---

① 枨(chéng)触：感动，触动，感触。《新唐书·儒学传下·褚无量》：“庐墓左，鹿犯所植松柏，无量号诉曰：‘山林不乏，忍犯吾茔树邪？’自是群鹿驯扰，不复枨触。”

② 虚中：身体内部虚弱。

③ 坠地：意指婴儿刚生下来、物体落地，喻衰落。苏曼殊《断鸿零雁记》：“尔呱呱坠地，无几月，即生父见背。”

④ 三合：谓阴气、阳气、天气相合。《谷梁传·庄公三年》：“独阴不生，独阳不生，独天不生，三合然后生。”

⑤ 术数：谓以种种方术，观察自然界可注意的现象，来推测人的气数和命运。亦称“数术”。

梅石墓庐（蔡君愧怙[1]先人之茔）

（甲戌　1934 年）

原上春来景色添，题茔佳句认僧拈。[2]
湖心水彻群山倒，峰外天青一塔粘。
怪石盘纡园胜妙，梅花装点骨香严。
泉台鱼烛留终古，三代相于乐正兼。[3]

---

① 怙（hù）：依靠，仗恃。

② 认僧：指认字僧。佛戏故事人物。相传罪佛净地僧人，欲写佛字却又不识此字，为此请益素还真，为其以佛字在心一语点破。

③ 鱼烛：人鱼膏做的烛。相于：相厚，相亲近。 乐正：官名，周代宫廷乐官。

重九登社成立纪盛

（甲戌　1934 年）

吟坛旗鼓簇科峰，角逐群英气象雄。
劫后风骚延一线，尊前天地属诸公。
诗成南国秋声里，人醉东篱夕照中。
我愧饥躯难附骥，巴音止好付邮筒。①

---

① 附骥：蚊蝇叮附马尾而远行，比喻攀附权贵或杰贤，借指追随高手。巴音：对自己诗作的谦辞。宋叶茵《次韵二首》其一："阳春政不容人和，自听巴音亦自嫌。"

谒列侍御祠[1]

（甲戌　1934年）

侍御昌黎试媲踪，从知辟佛议庸庸。[2]

蠲租民受僧家惠，食粟何曾碍老农。[3]

① 列侍御祠：供奉侍御的祠堂，侍御：侍奉君王的官员，唐代称殿中侍御史、监察御史为侍御。

② 昌黎：唐文学家韩愈自称“郡望昌黎”，世称“韩昌黎”。韩两任节度推官，累官监察御史。晚年官至吏部侍郎，人称“韩吏部”。病逝后追赠礼部尚书，谥号“文”，追封昌黎伯，从祀孔庙。唐代古文运动的倡导者，被后人尊为“唐宋八大家”之首。与柳宗元、欧阳修和苏轼合称“千古文章四大家”。辟佛：斥佛教，驳佛理。明王世贞《艺苑卮言》：“永叔不识佛理，强辟佛；不识书，强评书。”

③ 蠲（juān）租：免除田租。蠲，除去、祛除、免除。

西岑[①]晚眺

（丙子　1936 年）

甘薯铺畦坐夕阴，一村海色衬幽林。
砑光红绮舒天半，倒影青螺浸水心。[②]
鸦落暮烟翎点墨，榕穿斜照叶销金。
诗肠鼓吹薰风里，听取繁蝉满树音。

① 西岑：石狮市永宁镇西岑村，岑江小学至今已有百年校史。
② 砑（yà）：以光滑石块碾压或摩擦皮革、布帛等，使其紧实而光亮。

小隐亭

（丙子　1936 年）

画楼百尺绝尘氛，古木鸣鸦隔槛闻。
山色墙头青入海，水光天外碧粘云。
主人远蹈房栊静，诗客留题翰墨芬。
我到岑江植桃李，登临几度看䌸缊。

原注：

蔚霞夫子，笠峰宗叔，曾题诗壁上。

临江仙

（丙子　1936 年）

泉州某报评蜀后主刘禅[①]荒淫无道，引醉妆词为证，查其词乃五代蜀后主王衍[②]所填，乌可妄诬刘禅。爰书此为阿斗鸣冤。寄交厦门华侨日报副刊发表。

衍是后唐吾蜀汉，差来数百年间。王刘风马不相关。生平踪迹，未敢近勾栏。

小令醉妆从衍始，那堪李戴张冠。香词阿斗讵[③]能填。无端被毁，击鼓欲鸣冤。

---

① 刘禅（207—271）：三国时期蜀汉第二位皇帝，即汉怀帝，又称后主，小名阿斗，汉昭烈帝刘备之子。刘禅出生于荆州，幼年多难，幸赵云两次相救。即位后改元建兴，拜诸葛亮为相父，支持北伐。魏灭蜀时刘禅投降，被迁住洛阳，受封为安乐公。

② 王衍（899—926）：初名王宗衍，五代十国时期前蜀最后一位皇帝。荒淫无道，爱好奢侈，营建宫殿，巡游诸郡，耗费大量资力。委政于宦官狎客，政治腐朽，蜀人不得安宁。有文才，能作浮艳之词，著有《甘州曲》、《醉妆词》等流传于世。

③ 讵（jù）：岂，难道。

水烟筒六首

（丙子　1936 年）

一

封邑铜山接醴泉，草妖擅宠始何年？
嗜音瑟遣湘灵鼓，照影藜催太乙然。[①]
妆镜罢梳鬟湿雾，温汤赐浴体笼烟。
香魂一缕媚人甚，不让狐仙与鬼仙。

二

是谁作俑炼妖金，铸就双筒爇水沉。[②]
声价近曾夸汉口，行踪早已断禅林。
茶余酒后添清兴，月下花间伴细吟。
玩物可怜成结习，个中滋味耐人寻。

三

华簪紫绶锡通侯，禅咒金刚出口头。[③]

---

① 瑟遣湘灵鼓：引意成语“湘灵鼓瑟”，谓湘水女神弹奏古瑟。《楚辞·远游》：“使湘灵鼓瑟兮，令海若舞冯夷。”藜催太乙然：引意典故“太乙燃藜”。晋王嘉《拾遗记》载，太乙真人燃烧手杖端头，为负责校勘六艺（儒家经典）的汉文帝重臣刘向照明。然，通“燃”。

② 爇(ruò)：烧。

③ 华簪紫绶：古代高级官员的佩饰。通侯：爵位。《汉书·高帝纪下》：“通侯诸将，毋敢隐朕。”借喻通神。

宝篆静熏摩诘室，玉钗斜拨易安楼。①
嘘空蜃气成宫阙，破匣龙光射斗牛。②
座上风生谈有柄，吐虹端不负清流。③

四

细搓艾炷套熏笼，茅塞频教竹使通。
灼臂袈裟焦圣火，摇唇珠玉坠天风。
银鹅帖换春池黑，金鸭香喷瑞脑红。④
一现圆光三五佛，从知吐纳已成功。

五

离可须臾罢不能，瘾君丹鼎任熏蒸。
月临梅岭香浮动，风入桃源浪沸腾。
洗伐累人真业障，推敲助我似诗朋。
夜探金屋阿娇在，堪慰相思起剔灯。

---

① 摩诘：王维（701—761），字摩诘。祖籍山西祁县。唐诗人，有“诗佛”之称。与孟浩然合称“王孟”。苏轼称：“味摩诘之诗，诗中有画；观摩诘之画，画中有诗。”今存诗 400 余首。精通佛学。《维摩诘经》为王维名和字的由来。易安：宋女词人李清照（1084—约 1155），号易安居士。李清照出身于书香门第。婚后与夫赵明诚同事书画金石集整。金兵入据中原后流寓南方，境遇孤苦。作词善用白描手法，独辟蹊径，语言清丽，强调协律，崇尚典雅。

② 破匣：拉高水烟筒烟斗，吹除烟灰。

③ 清流：喻德行高洁、名望不凡的士大夫。

④ 瑞脑：又称龙脑香、冰片，借指烟草。

六

摩残铜狄岁华奔，感我烟霞痼疾存。[①]
赵后舞腰轻上掌，宓妃微步艳销魂。[②]
吹葭凤琯飞灰动，烧尾龙门吐气温。[③]
香火因缘垂十载，长沾口泽汝承恩。

原注：

水烟筒以汉口出品为佳。

---

① 铜狄：铜铸之人，即“铜人”，亦称“金人”。《孔子家语·观周》：后稷庙右阶前有金人，背有铭文。《史记·秦始皇本纪》谓秦始皇销天下兵器，铸金人十二，重各千石。借指水烟筒铜体。

② 赵后：指汉成帝皇后赵飞燕（前 45—前 1）。出身平民，家境贫穷，被选入宫后在阳阿公主处学舞，为汉成帝刘骜第二任皇后。以美貌著称，与杨玉环并称“环肥燕瘦”。宓妃：即文昭甄皇后。相传名甄宓，史称甄夫人。曹操率军攻下邺城，甄氏因为姿貌绝伦，为曹丕所纳，甚得宠爱，生下儿子曹叡和女儿东乡公主。

③ 吹葭：古代预测节气变化的方法，以葭莩灰填律管之内端，节气来临则灰散。凤琯（guǎn）：雕有凤的琯，一种古代管乐器，玉制，类笛，六孔。烧尾：士子登第或官吏升迁的庆贺宴席。

赠施能素先生

（丙子　1936 年）

三阅沧桑两鬓丝，一衿青是胜朝遗。①
石渠经可千秋读，贺监名应四海知。②
文酒西园思故友，烟花南国写新诗。
多情还与王郎约，共听萧娘唱竹枝。③

原注：

先生有狂名。锦常春梨园女旦阿沾色艺俱佳，先生每约余往观并赋诗为乐。

---

① 衿青：即青衿。青色交领长衫。古代学子和明清秀才常服。《诗经·郑风·子衿》：“青青子衿，悠悠我心。”借指学子。

② 石渠：西汉皇室藏书之处。贺监：唐贺知章尝官秘书监，晚年自号秘书外监。贺知章为人旷达不羁，好酒，有“清谈风流”之誉，晚年尤纵。与李白、孟浩然、王维等称“仙宗十友”。其诗文以绝句见长。

③ 萧娘：原指萧姓女子，后泛称女子。《南史·梁临川靖惠王宏传》云，北军歌曰：“不畏萧娘与吕姥，但畏合肥有韦武。”南朝以来，诗中对女子常称为萧娘，对男子则称为萧郎。竹枝：乐府近代曲之一，本为巴渝一带民歌，后经唐诗人刘禹锡改编而成。

游金相院赠宏密上人

（上人系逊清[①]茂才[②]，德化县人）

（丁丑　1937年）

一

衣冠胜国旧青衫，遁世山深入古蓝。[③]
抱犊未曾偕妇隐，传灯且喜共僧参。[④]
寺钟晓破云千嶂，佛帐宵辉月一潭。
桑海蓬瀛休再问，已拌尘鞅作瞿昙。[⑤]

原注：

上人子孙成群，嫡配犹在，恒来寺探访，馈以食品。

二

木鱼青磬礼空王，杖履飘然云水乡。[⑥]
方外由来轻世界，人间终古重纲常。[⑦]

---

① 逊清：指清朝。清王朝以宣统逊位而告终，故称。

② 茂才：即秀才。东汉时避光武帝刘秀之讳，曾改称茂才。

③ 胜国：被灭亡的国家。《周礼·地官》：“凡男女之阴讼，听之于胜国之社。”借指前朝。古蓝：指古蓝田驿，即陕西蓝关古道的驿站，借指边陲僻壤。

④ 抱犊，喻隐居。唐王维《送友人归山歌》：“入云中兮养鸡，上山头兮抱犊。”

⑤ 尘鞅：世俗事务的束缚。鞅，马拉车时马颈上的皮套，借喻束缚。瞿昙：释迦牟尼的姓，亦为佛的代称。

⑥ 空王：佛教语，佛的尊称，佛说世界一切皆空，故称。

⑦ 方外：世俗之外，世外；超然于世俗礼教之外。和尚、道士可称方外或方外人。

亦知法器如君美，无那情根与道妨。
上达倘应凭下学，个中消息待推详。①

三

妙年我已领传心，乐处频从静里寻。②
与佛无缘惭业障，累人丧志悔书淫。③
残灯禅榻玄关邈，明镜晴窗白发侵。
欲向祇园问开士，几时换骨度金针。④

四

云栖此日识莲池，喜把词章献阿师。⑤
半世功名甘屣弃，千年王道感陵夷。
空门证果三生事，香国拈花一笑时。
若尚婆心哀下界，频将法水洒杨枝。⑥

---

① 上达、下学：成语“下学上达”，谓学习人情事理，进而认识自然的法则。《论语·宪问》：“子曰：不怨天，不尤人，下学而上达。”

② 传心：佛教语。指禅宗传法。初祖达摩来华，不立文字，直指人心，谓法即是心，故以心传心。

③ 书淫：旧时称嗜书成癖，好学不倦的人。晋皇甫谧《玄晏春秋》：“余学或兼夜不寐，或临食忘餐，或不觉日夕，方之好色，号余曰书淫。”

④ 祇（qí）园：印度佛教圣地之一，后用作佛寺代称。开士：菩萨的异名，亦用作对僧人的尊称。换骨：佛教称得道受果。度金针：引意典故“金针度人”，喻将高明技艺或秘诀授予他人。传说唐郑侃女儿采娘祭织女时得一金针，从此刺绣技能更加精巧。

⑤ 阿师：僧人别称。唐段成式《酉阳杂俎·怪术》：“（李秀才）据两膝，叱其僧曰：‘粗行阿师，争敢辄无礼，拄杖何在？可击之。’”

⑥ 洒杨枝：杨枝系古时僧人用以除垢洁齿，以致心灵清静。《华严经·净品行》：“手执杨枝。当愿众生，皆得妙法，究竟清净。”

原注：

余是年三带学生远足金相院，其时抗日紧张，上人出“浩热当空，其嗟是日曷丧”两句，命学生对，生转给余看，余因为代对“圆光放顶，将见如月之恒”。生取呈上人，上人喜，以芸香两束赠生，返校后，余乃作四律寄与上人。

浣溪沙二阕　贺萧君笃如结婚

（丁丑　1937 年）

一

颖士聪明世未知，峥嵘头角少年时。怀铅漂泊晋江湄。[①]

赤线系来逢月老，玄霜捣去见仙姬。蓝桥春暖且栖迟。[②]

二

自制香词字字新，蛮笺小写寄伊频。求凤千里见情真。

宋玉应非墙外客，萧郎岂是路边人。良缘毕竟缔东邻。[③]

---

① 怀铅：谓从事著述。南朝梁沈约《到著作省谢表》："臣艺不博古，学谢专家，乏怀铅之志，惭梦肠之术。" 湄：水边；岸旁。《说文》："水草交为湄。"

② 玄霜：神话中的一种仙药。《汉武帝内传》："仙家上药有玄霜、绛雪。" 蓝桥：相传为唐裴航遇仙女云英处。樊夫人《答裴航》："一饮琼浆百感生，玄霜捣尽见云英。蓝桥便是神仙窟，何必崎岖上玉清。"

③ 宋玉：古代四大美男之一，又名子渊，楚国文人，词赋家，所流传词赋作品甚多。"下里巴人"、"阳春白雪"、"曲高和寡"、"宋玉东墙" 的典故皆出自宋玉。 萧郎：汉代刘向《列仙传》故事：萧史善吹箫，能致白孔雀于庭。穆公以女弄玉妻之。日教弄玉作凤鸣，居数年，吹似凤声，凤凰来止其屋，公为作凤台。夫妇止其上，不下数年，一日皆随凤凰飞去。后遂用"弄玉" 泛指美女或仙女；用"萧史" 借指情郎或佳偶，又称"萧郎"。

汪夫子蔚霞命题榻影谨次原韵

（丁丑　1937年）

一

倩影犹留尺镜中，杏花当日嫁春风。
姜夔未老箫声歇，歌板樽前失小红。①

二

书图诗卷认前缘，黄土埋香已卅年。②
劝酒尚余花姐妹，鸿泥休怅鹭江天。③

---

① 姜夔：南宋文学家、音乐家。字尧章，号白石道人，今江西鄱阳人。少年孤贫，屡试不第，终生未仕。一生转徙江湖，靠卖字和朋友接济为生。词作格律严密，意境空灵含蓄。多才多艺，精通音律。歌板：即拍板，一种乐器。唱歌时用以打拍子。小红：原为范成大侍婢，时姜夔以自度曲《暗香》、《疏影》命小红习之，音节和谐清婉，成大因以小红赠夔。

② 埋香：谓埋葬美女。唐李贺《官街鼓》："汉城黄柳映新帘，柏陵飞燕埋香骨。"

③ 花姐妹：姜夔早年客居合肥，与一对善弹琵琶的姊妹相遇，与其中一位结下不解之缘，却因生计不能自足而不得不游食四方，遂无法厮守终老。鸿泥：引意成语"鸿泥雪爪"，鸿鸟在雪泥上留下的爪印，喻往事留下的痕迹。清吴牧驺《题吴和甫学使纪游图》："使君蒿目意不愉，遣兴忽写卧游图。鸿泥雪爪无处无，一一俱请丹青摹。"

汪夫子以咏社日诗赐读，次韵奉呈

（丁丑　1937 年）

沧海乘桴道不行，龙门十载侍先生。[①]
怜参质鲁贻绳墨，与杜音同协磬笙。[②]
撼树群儿徒鹿鹿，抱衾诗老有莺莺。[③]
螺阳风雅消沉久，待筑吟坛按酒兵。[④]

蓝舆尽日逐山行，景物当前当写生。[⑤]
风暖天香销粉黛，日斜人语杂箫笙。
桑麻社酒家家燕，杨柳春旗树树莺。
我自携儿听赛鼓，浑忘海外有戈兵。

---

① 桴（fú）：竹木小筏。《论语·公冶长》："子曰：道不行，乘桴浮于海，从我者其由与。"

② 怜参质鲁：可惜曾子参平素迟钝。《论语·先进》："柴也愚，参也鲁，师也辟，由也喭。"绳墨：引意成语"规矩绳墨"，指应当遵守的标准、法则。《管子·七臣七主》："法律政令者，吏民规矩绳墨。"

③ 鹿鹿：忙碌。清冒襄《影梅庵忆语》："鹿鹿永夜，无形无声，皆存视听，汤药手口交进。"抱衾：即抱衾裯。《诗·召南》："嘒彼小星，维参与昴，肃肃宵征，抱衾与裯，寔命不犹。"后以"抱衾裯"为侍寝。亦借指做妾。

④ 酒兵：即指酒。《南史·陈暄传》："故江谘议有言：'酒犹兵也，兵可千日而不用，不可一日而不备，酒可千日而不饮，不可一饮而不醉。'"

⑤ 蓝舆：竹轿。宋司马光《王安之以诗二绝见招依韵和呈》："蓝舆但恨无人举，坐想纷纷醉落晖。"

原注：

汪夫子初自南洋回国，社日到惠安故宅，翌晨进城访杜夫子印陶，时杜为图书馆馆长。余适在该馆读报，拜诵汪夫子诗，因次韵呈阅。

挽朱节母

（丁丑　1937 年）

忍说亡夫朱百年，忍看齐物外家篇。①
孤雏尝胆心恒苦，慈竹凌霜节更坚。②
世乱嫠门能出将，功成阆苑遽登仙。③
虎残邀得苍穹佑，千载徽音丹史传。④

---

① 齐物：指《庄子·内篇》中《齐物论》。齐物，指一切事物归根到底都是相同的，没有差别，没有是非、美丑、善恶、贵贱之分。

② 慈竹：又称子母竹，新旧竹密结，高低相间，如老少相依。

③ 嫠（lí）门：寡妇家门。嫠，寡妇。《左传》：“初，莒有妇人，莒子杀其夫，已为嫠妇。”

④ 虎残：引意成语“虎口残生”，喻经历极大危险，侥幸逃生。清名教中人《好逑传》：“说我铁中玉虎口残生，多蒙垂救，高谊已足千古。”徽音：德音，美誉。

挽黄君西湄一律

（丁丑　1937 年）

片帆沧海惯长征，死乏狐邱剩豹名。①
故国幢幡招滞魂，蛮天风雨泣孤茔。②
廿年兴学心肠苦，三敞怀恩涕泪倾。
绮语王郎今忏悔，新诗一首吊先生。③

原注：

征文启事中语。

---

① 狐邱：邱通丘，成语“狐死首丘”缩简语。传说狐狸临死时，头必朝出生的山丘。喻怀念故土。《楚辞·九章·涉江》：“鸟飞反故乡兮，狐死必首丘。”豹名：宋刘克庄《用强甫蒙仲韵十首》其一：“豹皮尚欲留名死，鸡肋安知与怒逢。”

② 幢幡：指佛、道教所用的旌旗。唐黄滔《大唐福州报恩定光多宝塔碑记》：“自地涌塔于佛之前，其幢幡璎珞、玛瑙、车渠、七盘四悬，乘虚耀日。”

③ 绮语：佛教语，指涉及闺门、爱欲等华艳辞藻及一切杂秽语。十善戒中列为四口业之一。

为许志坤先生题“桐阴停画”图

（戊寅　1938 年）

试手描花态宛然，凤凰枝畔落天仙。
传神斑管终千古，埋骨青山已卅年。①
环佩夜归魂有影，罗衾春冷梦无缘。
潘郎老去伤心甚，一幅红妆照白颠。②

---

① 斑管：毛笔。以斑竹为杆，故称。唐王邕《怀素上人草书歌》：“铜瓶锡杖倚闲庭，斑管秋毫多逸意。”

② 潘郎：指晋潘岳。岳少时美容止，故称。南朝陈徐陵《洛阳道》：“潘郎车欲满，无奈掷花何。”白颠：白发满头。《晋书·束皙传》：“丹墀步纨袴之童，东野遗白颠之叟。”

赠施伯箴先生

（戊寅　1938年）

一

抱瓮身甘与世违，儒生用舍贵随时。①
风薰南亩搜禾弟，水暖春江弄鸭儿。②
半榻琴书清净业，一蓑烟雨性灵诗。
金萱堂北殷勤树，东海飏尘总不知。

二

一珍箬笠一青毡，风节相看合并肩。
宁为鷦栖嫌我拙，已惭乌哺让君先。
登堂欲视三时膳，负郭难谋二顷田。③
若得与君居易地，陔华唱诵故乡天。④

---

① 抱瓮：成语“抱瓮灌园”，喻安于拙陋的淳朴生活。《庄子·天地》载，孔子的学生子贡过汉阴时，见一老人一次次抱瓮浇菜，费力且低效，建议他汲水。老人说：这样做，为人就会有机心，“吾非不知，羞而不为也”。

② 禾弟：指秕子，亦指未成熟的谷子。《吕氏春秋·辩土》：“凡禾之患……不知稼者，其耨也，去其兄而养其弟，不收其粟而收其秕。”

③ 负郭：谓靠近城郭。《战国策·齐策》：“齐负郭之民有孤狐咺者。”

④ 陔(gāi)华：指“陔夏”，古乐章名，《九夏》之一。古代宴饮终了时奏。《仪礼·乡饮酒礼》：“宾出奏陔。”汉郑玄注：“陔，陔夏也。”

寿徐泽厚医师五十

（戊寅 1938 年）

渊源家学溯洄溪，橘井春生古郡西。①
下榻昔曾称孺子，牵车老尚有宣妻。②
霄悬半镜中秋近，海幻仙筹五秩齐。③
仲舞伯歌更劝酒，料君沉醉已为泥。

---

① 橘井：引意典故“橘井泉香”，喻行医救疾。东晋道家葛洪《神仙传·苏仙公传》载，苏耽受命成仙，辞别时告知母亲：“明年将流行瘟疫，咱家院中井水和橘树能治。给病人井水一升，橘叶一枚，吃下就能治愈。”果然应验。

② 下榻：引意典故“陈蕃下榻”。东汉名士陈蕃犯颜直谏，被贬豫章任太守，敬重当地名士徐稚（字孺子），到任即往拜候，欲聘为功曹，徐坚辞不就，然应允常访太守府。陈设榻为徐专用。喻相互敬重。唐王勃所著《滕王阁序》：“物华天宝，龙光射牛斗之墟；人杰地灵，徐孺下陈蕃之榻。”宣妻：即鲍宣之妻。引意典故“鹿车共挽”，赞夫妻同心，安贫乐道。《后汉书·鲍宣妻传》：“妻乃悉归侍御服饰，更着短布裳，与宣共挽鹿车归乡里。”

③ 海幻仙筹：引意典故“海屋添筹”，祝寿语。苏轼《东坡志林》：“海水变桑田时，吾辄下一筹，迩来吾筹已满十间屋。”

题西岑施节母事略后

（戊寅　1938年）

十九陶婴失藁砧，外家艳说四知金。[①]
结缡二月春婆梦，化石千年烈妇心。[②]
遥夜哀弦调寡鹄，前身恨海作冤禽。
树人我到岑江畔，翘首嫠门缅德音。

---

① 陶婴：鲁国陶门之女。汉刘向《列女传·鲁寡陶婴》：“少寡，抚养幼孤，纺绩为生。鲁人或闻其义，将求匹，婴闻之，乃作《黄鹄之歌》以明志。鲁人闻之，遂不敢复求。”后为古时贞节典型。藁砧（gǎo zhēn）：古代处死刑，罪人席藁伏于砧上，用鈇斩之。鈇与夫谐音，后以“藁砧”为妇女称丈夫的隐语。四知：喻廉洁自持，不受非义馈赠。《后汉书·杨震传》载，昌邑令王密“夜怀金十斤以遗震，震曰：‘故人知君，君不知故人，何也？’密曰：‘暮夜无知者。’震曰：‘天知，神知，我知，子知。何谓无知！’密愧而出”。

② 结缡：亦作“结褵”。古代女子临嫁，母为之系结佩巾，以示至男家后奉事舅姑，操持家务。《诗·豳风·东山》：“亲结其缡，九十其仪。”

永宁八景拈四

（戊寅 1938 年）

虎岫闻钟

怪山城外伏於菟，烟水苍茫一寺孤。①
夜半桥边惊客梦，几疑船泊近姑苏。

圣泉古井

鉴物犹清勺饮寒，共夸千载不波澜。
世间孝似赵荣少，孤负源通太白山。②

双鲤跃滩

汉洗图应似此不？鳞鳍终古濯清流。③
剖冰往事无人继，跃上沙滩变石头。④

沧海归帆

苍茫天海抱残晖，片片轻帆逐水飞。
欢喜弄潮儿有信，几家少妇迓郎归。

---

① 於菟（wū tú）：老虎的别称。古时楚国人称老虎为於菟。

② 太白山，秦岭山脉最高峰。《汉书・地理志》谓之“太乙山”，传说乃太乙真人修炼之地。

③ 汉洗：指汉代盆、缶等盥洗、盛水用具制品，分陶洗、铜洗。

④ 剖冰：引意成语“卧冰求鲤”，喻奉行孝道。晋干宝《搜神记》：“（王祥）母常欲生鱼，时天寒冰冻，祥解衣，将剖冰求之，冰忽自解，双鲤跃出。”

挽施节母长句

（戊寅　1938 年）

乾坤鼎革彝伦毁，制礼偏将周婆起。[①]
鼠皆变虎牝能晨，争欲雄飞陵男子。[②]
衰世纲常一线延，嫠门遥望海云边。
在渠经卷夫能读，家世清芬有后贤。
讵意才长偏命短，玉楼待记遽捐馆。[③]
结缡五载太匆匆，红碎绿凋恩爱断。
生小香闺择女师，死生轻重早心知。[④]
此身若殉亡夫去，六尺之孤欲托谁。
十指持家甘窘蹙，坚如湘竹贞荆玉。[⑤]
镜昏舞不照离莺，弦断歌宁调寡鹄。
卵翼孤雏秋复春，艰难最是未亡人。
书窗丸胆儿心苦，夜月鸣机母泪辛。[⑥]

---

① 彝伦：法度，常规，常伦。

② 陵：古通凌，欺凌、侵犯。

③ 捐馆：抛弃馆舍，死亡的婉辞。《战国策·赵策》：“今奉阳君捐馆舍。”

④ 女师：古代掌管教养贵族女子的女官。《诗·葛覃》：“言告师氏。”《毛传》：“师，女师也。古者女师教以妇德、妇言、妇容、妇功。”

⑤ 荆玉：荆山之玉，即和氏璧，喻美质贤才。晋孙绰《贺司空修（循）像赞》：“质与荆玉参贞，鉴与南金等照。”

⑥ 丸胆：引意典故“熊丸教子”。唐大臣柳仲郢少时嗜读，其母和熊胆丸让其食服提神。后喻母教。

岐嶷孤儿才足取，恨天终得娲皇补。①
羽毛成总赖慈徽，堂构新能光祖武。②
就傅昔为西序童，扬镳今作南洲贾。③
烟波万里去来船，频馈鱼筒不知数。④
老戒孤儿慎远游，蛮天几度唱刀头。⑤
一龛灯影禅观彻，满砌兰香夙愿酬。⑥
苦行自邀天锡嘏，净心合与佛为俦。⑦
百年邪说金瓯碎，礼仪名邦剩鲁邹。
寿算告终端坐逝，升天含笑辞人世。
仙郎相候立天门，一见悲号泪盈袂。
存孤为我树奇勋，累卿永守柏舟誓。⑧
芳洁如卿天所钦，名登仙籍有前例。
夫妻同作天上仙，此情我已请于帝。

---

① 岐嶷：喻幼年聪慧。《诗·大雅·生民》：“诞实匍匐，克岐克嶷。”朱熹《集传》：“岐嶷，峻茂之状。”娲皇：即女娲，上古神话的创世女神。因世间天塌地陷，于是熔炼彩石以补苍天。是补天救世的英雄，抟土造人的女神，创造万物的自然之神，

② 徽：束缚，捆绑。借指编结。堂构：指祖先遗业。汉蔡邕《司空文烈侯杨公碑》：“祗服弘业，克丕堂构。”意谓恭敬地担当大事，能够尊奉祖先遗业。祖武：先人的遗迹、事业。武指步武，足迹。《诗·大雅·下武》：“昭兹来许，绳其祖武。”

③ 西序：夏代小学名。泛指兴教化场所。《礼记·王制》：“夏后氏养国老于东序，养庶老于西序。”郑玄注：“西序，亦小学也，在西郊。”

④ 鱼筒：即鱼鼓。鱼形木鼓，寺院中击之以报时。

⑤ 刀头：刀头有环，环与还同音，作“归还”的隐语。唐徐彦伯《鼓吹曲辞·芳树》：“藁砧刀头未有时，攀条拭泪坐相思。”

⑥ 禅观：谓依禅理参究修行。唐姚合《闲居》诗：“何当学禅观，依止古先生。”

⑦ 金瓯：金盆。《南史·朱异传》：“我国家犹若金瓯，无一伤缺。”后喻祖国完整的大好河山。

⑧ 柏舟誓：引意成语“柏舟之誓”，指妇女丧夫后守节不嫁。《诗·柏舟序》：“《柏舟》，共姜自誓也。卫世子共伯早死，其妻守义，父母欲夺而嫁之，誓而弗许，故作是诗以绝之。”

从兹不缔再生缘，万劫刘樊长伉俪。[①]
生刍一束灌椒浆，词客纷纷制挽章。[②]
为有前朝遗老倡，千秋潜德赖宣扬。
烈妇名垂悍妇妒，周公轨在周婆怒。
群生嗅觉本不同，难怪薰莸各异趣。[③]
索诗为甚到王珣，彤史由来节烈尊。[④]
若传怀情吾岂敢，文章旷代孰龙门。[⑤]

原注：

节母丧祭及征文，系当地耆绅施健庵、施能嘉诸先生主持。

---

① 刘樊：东汉县令刘刚与其妻樊云翘的并称，喻夫妻长相厮守。晋葛洪《神仙传》载，刘刚性喜神仙方术，偕妻樊云翘拜白道人为师，后同入四明山为仙。

② 生刍一束：喻礼士敬贤。《诗·小雅·白驹》："生刍一束，其人如玉。"椒浆：以椒浸制的酒浆，古代多用以祭神。《楚辞·九歌》："蕙肴蒸兮兰藉，奠桂酒兮椒浆。"

③ 薰莸：薰，一种香草；莸，一种臭草。

④ 彤史：古代宫中女官名，掌记宫闱起居等事。《新唐书·百官志》："彤史二人，正六品。"

⑤ 龙门：西汉史学家司马迁出生地。司马迁早年受学于董仲舒等，漫游各地采集风俗传闻。初任郎中，后任太史令，继承父业著述历史，创作了中国首部纪传体通史《史记》，记载从上古传说中的黄帝时期，到汉武帝元狩元年的三千多年历史，列"二十五史"之首，被公认为中国史书的典范。

元 旦

（己卯 1939 年）

万户鸡声报向晨，三元肇庆岁初新。[①]
欣看大地犹行夏，钦若皇天始建寅。[②]
二典雍熙思盛世，百年寿恺祝衰亲。[③]
何时锋镝销镕尽，物阜民安寰宇春。

---

① 向晨：黎明，凌晨。明刘基《郁离子·蛇蝎》：“鸡不鸣于向晨而鸣于宵中，则人听惑。”

② 建寅：指以夏历正月为岁首的历法。

③ 恺（kǎi）：快乐，和乐。衰亲：年老的双亲。

家慈七十征诗

（己卯　1939 年）

一

渊源家学旧青箱，跃剑闽山一系长。①
五世弓裘丁未白，两朝诏诰纸誊黄。②
满楼选俊辉华萼，数架贻孙剩缥缃。③
幸有流传风韵在，及身尚不断书香。

二

高堂畴昔断晨炊，米甑凝尘任朔饥。④
忧道未遑谋墨突，秀才宁便是书痴。⑤
无田破砚栽三韭，有地蓬庐卓一锥。⑥

---

① 青箱：收藏书籍字画的箱笼。《宋书·王准之传》："曾祖彪之……博闻多识，练悉朝仪，自是家世相传，并谙江左旧事，缄之青箱。"借指书香门第。

② 弓裘：谓父子世代相传的事业。唐高适《古乐府飞龙曲留上陈左相》："相门连户牖，卿族嗣弓裘。"

③ 缥缃：缥，淡青色；缃，浅黄色。古时常用这两种丝帛包书；指书皮。

④ 畴昔：往日，从前。《礼记·檀弓上》："予畴昔之夜，梦坐奠于两楹之间。"朔饥：《汉书·东方朔传》："朱儒长三尺余，奉一囊粟，钱二百四十。臣朔长九尺余，亦奉一囊粟，钱二百四十。朱儒饱欲死，臣朔饥欲死。"喻极饿。

⑤ 忧道：成语"君子忧道不忧贫"，谓君子忧愁自我为人，不忧愁是否贫穷。子曰："君子谋道不谋食。耕也，馁在其中矣；学也，禄在其中矣。君子忧道不忧贫。"未遑：没有时间顾及；来不及。汉扬雄《羽猎赋》："立君臣之节，崇贤圣之业。未遑苑囿之丽、游猎之靡也。"墨突：成语"墨突不黔"，谓墨翟东奔西走，每至一地，烟囱尚未熏黑，又到别处去了。后喻事情繁忙，席不暇暖。

⑥ 三韭：庾杲之家贫，食唯韭菹、生韭，谓之三韭。见《南齐书·庾杲之传》。后泛指蔬菜。

多少门生今白发，逢人犹说旧皋比。①

三

箪瓢不改孔颜欢，椎髻三生相伯鸾。②
井臼几曾教婢任？齑盐才免待诗安。③
租来二顷锄天午，缉就千丝坐夜阑。
卅载当家勤与俭，世间无似母艰难。

四

鲤庭霜紧萎灵椿，屏训成空获教新。④
见背悲犹无外傅，孔怀幸尚有周亲。⑤
灯前熊胆哺雏苦，机上鲛珠记事真。⑥
继述期孤虔祝庇，炉香湘水契夫人。⑦

---

① 皋比：虎皮。古人坐虎皮讲学，后指讲学。

② 椎髻：引意成语“椎髻布衣”。谓椎形发髻，布制衣服。指妇女服饰朴素。伯鸾：汉梁鸿，字伯鸾。《后汉书·逸民传》载，鸿家贫好学，不求仕进。与妻孟光共入霸陵山中，以耕织为业，夫妇相敬有礼。后借指隐逸不仕之人。

③ 齑(jī)盐：腌菜和盐，泛指素食。借指清贫穷困。

④ 鲤庭：指受父训，受家教。《论语·季氏》载，孔鲤过庭遇见其父孔子，孔子教他要学诗学礼。灵椿：长寿的树。借指父亲。五代冯道《赠窦十》：“燕山窦十郎，教子有义方；灵椿一株老，丹桂五枝芳。”

⑤ 见背：谓父母或长辈去世。晋李密《陈情表》：“生孩六月，慈父见背。”外傅：古代贵族子弟到一定年龄出外就学，所从之师称外傅。《礼记·内则》：“十年，出就外傅，居宿于外，学书记。”借指老师。孔怀：原谓甚为思念。喻兄弟之间的思念。《诗·小雅·常棣》：“死丧之威，兄弟孔怀。”

⑥ 鲛珠：鲛人的泪水化为珍珠，比喻泪珠。宋刘辰翁《宝鼎现·丁酉元夕》：“灯前拥髻，暗滴鲛珠坠。”

⑦ 湘水契夫人：指屈原所作《九歌·湘夫人》。其为《楚辞·九歌》之一，是祭湘水女神的诗歌，和《九歌·湘君》是姊妹篇。诗中表达湘君在湘水与湘夫人约会不遇，相恋者生死契阔却会合无缘的思念、幽怨与期待。

五

黄箓三番上玉清，鞠成孤藐谢神明。①
纱屏画雀萝依柏，梓舍占凤弟次兄。②
佳婿场中能拾芥，村娘厨下解调羹。③
凭将赤手完婚嫁，信有人间女向平。④

六

觿龄负笈出乡闾，膏火能供赖拮据。⑤
十载仅游中小学，百科粗读汉番书。
声闻格磔师蛮鴃，字食神仙比蠹鱼。⑥
慈望未酬儿罪甚，揣摩中辍为饥驱。

七

记从弱冠嗣青毯，铅椠生涯十五年。
甘比抱关谋一食，为防投杼负三迁。

---

① 黄箓：指道士所做道场。道士设坛祈祷，所用符箓，皆为黄色，故称。孤藐：谓幼年丧父，失去依靠。

② 纱屏画雀：喻选定佳婿。《新唐书·太穆窦皇后传》载，窦毅为其女择婿，画孔雀于屏，求婚者射二箭，中目则许之。李渊两箭各中一目，遂得窦后。占凤：原指择婿。蒲松龄《聊斋志异·胭脂》："东昌卞氏，业牛医者，有女小字胭脂，才姿惠丽。父宝爱之，欲占凤于清门。"借指完婚。

③ 拾芥：引意成语"易如拾芥"，喻取之极易。芥，小草。《汉书》："士病不明经术；经术苟明，其取青紫（发绀）如俯拾地芥耳。"

④ 向平：喻为子女嫁娶既毕。东汉高士向长，字子平，隐居不仕，子女完婚既毕，遂漫游五岳名山，不知所终。

⑤ 觿（xī）龄：佩带由象骨制成解绳结饰物的年龄，指童年。觿，古代解绳结的锥子，用骨、玉等制成，也用作佩饰。膏火：灯火。借指晚间读书使用膏火的费用。膏，灯油。

⑥ 格磔（zhé）：鸟鸣声。蛮鴃（jué）：成语"南蛮鴃舌"缩简语，旧时讥人操难懂的南方方言。鴃，伯劳鸟。蠹（dù）鱼：即蟫，蛀蚀书籍和衣服，借指嗜好读书。蠹，蛀虫。

阮非衡岳惭称长，学尚河汾不混禅。
衰世患贫亲又老，瓣香深夜祷苍天。

八

身衣密密认针痕，火色鸢肩南北奔。①
久逐风尘睽色笑，未供甘旨负晨昏。②
邮书迟递劳占鹊，节序将临累倚门。
岁岁庭闱瞻积霭，寸心争得报亲恩。③

九

含饴弄稚乐融融，蔗味初甘倒啖中。
桑果一林娱夏日，兰枝满砌长春风。
早孙堪补生予晚，俭养应偿得寿丰。
家有余庆缘圣善，慈徽祖泽本相同。④

十

北堂日永树忘忧，铜狄摩挲七十秋。⑤

---

① 火色鸢(yuān)肩：成语“鸢肩火色”，谓两肩上耸像鸱，面有红光。借喻劳作艰辛。

② 睽(kuí)：隔离，离失，远离。何逊《入西塞示南府同僚》：“伊余本羁客，重睽复心赏。”色笑：和颜悦色。《诗·鲁颂·泮水》：“载色载笑，匪怒伊教。”

③ 积霭：浓厚的彩霞，代指春晖。

④ 慈徽：慈母的风范。徽，标志，式范。南朝宋谢瞻《于安城答灵运》：“绸缪结风徽，烟煴吐芳讯。”

⑤ 铜狄：象征吉祥的铜人，借喻祈祷平安祥瑞。

年据论衡应属马，老堪授杖未扶鸠。[①]
小春人酿桑坊酒，稀古仙添海屋筹。[②]
祝嘏宁须珍错备，逮存鸡黍胜椎牛。[③]

十一

莱彩登堂戏两珠，煌煌宝婺邑东隅。[④]
兰陔初叶埙篪奏，槐室新装福寿图。[⑤]
天降十真缘帨庆，人称一儿效嵩呼。[⑥]
再过卅载期颐至，预备生头酒百壶。

十二

赋就新词十二篇，慈恩终究楮难宣。
欲教陋室楣生彩，端仗群公笔似椽。
非敢班门轻弄斧，为求卞玉始抛砖。
琳琅梨枣雕华衮，阿母风徽奕世传。[⑦]

---

① 授杖：《礼记・王制》："七十杖于国。"谓七十岁可拄着朝廷赐予的拐杖在都城街道行走。扶鸠：《新唐书・玄宗记》："赐九十以上几杖，八十以上鸠杖。"即八十岁可拄持刻着鸠头的拐杖。

② 海屋筹：成语"海屋添筹"，祝寿语。

③ 椎：敲打，用椎打击。

④ 莱彩：即莱衣，喻对父母的孝敬。相传春秋楚国老莱子侍奉双亲至孝，行年七十，犹着五彩衣，为婴儿戏，以娱双亲。宝婺：即婺女星，借指女神，亦用为对女性的美誉。

⑤ 兰陔（gāi）：喻孝养父母。晋束皙《补亡》："循彼南陔，言采其兰，眷恋庭闱，心不遑安。"

⑥ 帨庆：指女性生日。帨，古时的佩巾。嵩呼：《汉书・武帝纪》载，汉元封元年春武帝登嵩山，侍从皆闻三呼万岁之声。后群臣祝颂帝王高呼万岁，谓之"嵩呼"。

⑦ 华衮：古代王公贵族的多彩礼服。奕世：累世，代代。

原注：

1. 邑内王少舫先生在师事先君子时入泮，今老矣，犹念师不置。

2. 家慈生辰为十月初四降真之日。

3. 此次征诗计得三十二份，均以玉版宣纸誊写，尚未裱褙，“文革”中焚毁一空，无法追忆，仅将作者姓名列下：

① 吴增，进士，南安人，律诗一首，仅记“岭梅红绽小春时，寿祝金萱酒满邑，芸编箧内留三世，玉树庭前灿两枝”四句。

② 林骍，进士，晋江人，绝诗四首，仅记“笔耕墨耜汗珠来，骥子龙文恋帝帷，三世青山有替人”三句。

③ 汪煌辉，字照陆，举人，惠安人，律诗一首：“女星高烛邑东隅，十月梅开益寿图，入里外家非胜母，过江名士属夷吾，夫能择婿推冰雪，我感生才惜瑾瑜，幸喜骚人同祝悦，三槐堂上拜氍毹。”

④ 洪禹邮，举人，南安人，律诗一首：“九天婺彩焕鹅东，锦帨高悬十月中，遐算古稀仙比烛，瓣香今祝女南丰。献羲家世三朝贵，禅览才华一代雄，萱幄明年冬八秩，捧觞上寿与君同。”

⑤ 王冠群，字志超，举人，晋江人，律诗一首，仅记“织耕辛苦几多尝，宗风梓舍金兼玉，春日蓬壶海又桑，放散归来喜濡笔，为问贤母出螺阳”五句。

⑥ 曾遒，字振仲，举人，晋江人，律诗一首。

⑦ 施乾，字健庵，举人，晋江人，律诗一首，仅记“浅三老眼沧桑见，望八修龄节悦悬”二句。

⑧ 李慕轩，字荆瞻，优贡生，惠安人，律诗二首，仅记第二结句为“南飞一曲喜重庚”。

⑨ 陈炳辉，字桂蟾，岁贡生，惠安人，律诗一首。

⑩ 刘友声，字希贤，廪生，惠安人，律诗三首。

⑪ 施豫，字缉亭，廪生，晋江人，律诗一首。其第二句为“虞诵诗人寿母章”。

⑫ 杜唐，字式祁，俊士，惠安人，次韵律诗十二首。记得次牛韵一句是“才堪食虎又吞牛”。

⑬ 张汝垣，秀才，晋江人，律诗一首。

⑭ 施能嘉，秀才，晋江人，律诗一首。

⑮ 王祝东，秀才，惠安人，律诗一首。

⑯ 林登宾，廪生，晋江人，律诗一首。

⑰ 曾肖平，秀才，惠安人，集杜句律诗一首。

⑱ 林廼嘉，秀才，惠安人，律诗一首。

⑲ 李拔修，秀才，晋江人，律诗一首。

⑳ 许志坤，秀才，晋江人，律诗一首。

㉑ 黄紫霞，南安人，律诗一首。

㉒ 张济恩，秀才，惠安人，律诗一首。

㉓ 黄光瀛及其夫人，福州人，律诗二首。

㉔ 张琼箴，晋江人，律诗一首。记一句“梅花香里庆称觥”。

㉕ 张冷香，洞和，晋江，律诗一首。

㉖ 施伯箴，晋江，律诗一首。

㉗ 施硕谋，晋江，律诗一首。

㉘ 李苍岩，晋江，律诗一首。

㉙ 许钟奇，惠安，律诗一首，前四句“笺衔青鸟遍催诗，梅讯风吹到我迟，季子无虚名下士，大家原是女中师”。

㉚ 何适，惠安，律诗一首（次韵）。首句是“记就征南学左篇”。

㉛ 陈炳炎，惠安，律诗一首。

㉜ 萧祥敦，笃如，福州，律诗一首。

溜石渡[①]

（己卯 1939 年）

岿然一塔认津关，书剑频年此往还。[②]
两岸淡烟笼古渡，满江清水鉴春山。
北违桐郡无多里，西溯桃溪有皤湾。[③]
归艇怕从汀畔过，此身未似白鸥闲。

---

① 溜石渡：即溜石古渡，在今泉州市丰泽区东海镇溜石村，仍存有古码头残段及溜石塔。

② 津关：水陆冲要之处所设的关口。《史记·孝景本纪》："复置津关，用传出入。"书剑：书和剑。唐许浑《别刘秀才》："三献无功玉有瑕，更携书剑客天涯。"泛指书生武子。

③ 皤（bō）湾：壮阔的海湾。皤，勇壮，壮阔。

谒溜石将军庙

（己卯　1939 年）

一

周为蝶也蝶为周，因果三生说不休。①
风雨前身垝醝膥，旄旄复位驻沧洲。②
病狂转使才华艳，居困还分丐者忧。
留得禹田一抔土，残碑荒草自千秋。

二

生拥青毡死拥麾，登庸颠倒笑冥司。③
天阴庙口闻号令，月白江滨听唱诗。
香火三间依鬼帝，文章一代作人师。
大招欲赋魂何处，怅望炉烟立片时。④

三

仙宁教泽尚传闻，书法词章两不群。⑤

---

① 周为蝶：全句引意成语“庄周梦蝶”，谓不知是庄周做梦变成了蝴蝶呢，还是蝴蝶做梦变成了庄周。

② 垝(guǐ)：残缺，毁坏。醝膥（cuō chǔn）：喻生活富足。醝，酒。膥，富有。旄旄(máo)：军中指挥旗，借指军旅。

③ 青毡：引意成语“青毡故物”，指传世之物或旧业。登庸：选拔任用。《书·尧典》：“帝曰：‘畴咨若时登庸。’”

④ 大招：屈原所著《楚辞》篇目。后泛指悼念之辞。

⑤ 教泽：教化、教育的恩泽。《战国策·齐策六》：“田单之爱人！嗟，乃王之教泽也！”

同调衣冠有王考，为神爵位竞将军。
骚坛帜树桐阴里，寒夜星沉采石濆。①
踵武未能惭后起，经过空自吊斜曛。②

原注：

1. 溜石庙正中供奉岳帝，其左偏供奉将军。余乡前辈传说，十六世族叔云樵公殁后，乩示一律诗，以渠系溜石将军转世，殁后其神复位，乃为溜石将军云。余经溜石，见将军神座香火特盛，询当地老人。据云，某朝代一醝吏，夜宿庙中，风雨暴至，翌日病死，托梦于村人，为塑将军像，远近祈祷，极为灵应，到清末咸同间，香火衰退六十年，闻系投生他处，光绪以来，又兴盛矣。余细味其言，与云樵公生卒年代亦颇相符，三世轮回之说，然乎？否乎？余有所感，赋此记之。

2. 云樵公中年后，以患狂痰退职。每逢惠安新任知事至，公便诣公堂欲与讲书。邑宰震其名，必予厚馈。公出门到鼓楼，贫民乞丐结队包围，即将所馈分散净尽，空手而归，习以为常。

3. 公葬地在东张村士子山西南，土名禹田。

4. 公系道光己酉科拔贡生，榜名从龙，后改名为恩培，字君凯，云樵其别号也。曾任莆田、仙游、宁德三邑教谕。

5. 公诗书双绝，为闽南巨擘。

6. 王考鹅圃公为同治恩科明经，有书斋名傍泉。云樵公与王考志同道合，寄寓傍泉斋中，年六十在斋中书榻上端坐而逝。

---

① 濆（fén）：边。水边，岸边。

② 踵武：引意成语“踵武前贤”。谓跟随前人的足迹走。喻效法、继承前人。屈原《离骚》：“忽奔走以先后兮，及前王之踵武。”

7. 云樵公年轻居鲤城，与郡中名士结诗社，名桐阴吟社。公为四房纯公后，先由东张迁居南门石观音巷，再由南门迁居鲤城，今其后昆尚住鲤城内。

温陵道中

（己卯 1939 年）

清紫当前两黛鬟，浯潭尽处见东山。①
林峦隐约青烟里，阡陌纵横绿水间。
龙骨车头人窈窕，羊肠道左鸟绵蛮。②
温陵此去无多路，少憩枫根一破颜。

---

① 清紫、浯潭：清源古郡、紫帽凌霄、笋浯月色、温陵泽乡均与泉州沿革、景胜相关。两黛鬟：指仙公山，又名双髻山。黛鬟，女子的黑色环形发髻。

② 龙骨车：即水车。用人、畜、风或水力带动提水的一种传统排灌工具。东汉时毕岚发明。绵蛮：谓群鸟鸣啼嬉闹。《诗·小雅·绵蛮》：”绵蛮黄鸟，止于丘阿。”

星　轺

（己卯　1939 年）

紫微闻说降星轺，越邑郊迎尽折腰。①
殊礼明清宁有此，望尘潘石太无聊，②
鹑衣遮道啼黔首，翠箔翻风见大僚。③
抚下为难亲上易，前程公等比扶摇。

① 紫微：命理学概念。认为人出生时的星相决定人的一生命运。该星相术以星宿配合十二宫数算，其系统以紫微星为诸星之首，故名。星轺：使者所乘的车，亦指使者。唐宋之问《奉和梁王宴龙泓应教得微字》："水府沦幽壑，星轺下紫微。"越邑：指越过城界　。郊迎：古代出郊迎宾，以示隆重、尊敬。《管子·小匡》："初，桓公郊迎管仲而问焉。管仲辞让。"

② 望尘潘石：引意成语"望尘而拜"，谓奉迎权势，见车扬尘即下拜。喻卑躬屈膝。《晋书·潘岳传》："岳性轻躁，趋势利，与石崇等谄事贾谧，每候其出，与崇辄望尘而拜。"

③ 鹑衣：引意成语"鹑衣百结"，谓鹌鹑的毛饰像打满补丁一样。喻衣衫破烂。鹑，鹌鹑鸟。黔首：古指平民百姓。《礼记·祭义》："明命鬼神，以为黔首则。"翠箔：绿色的帘幕。唐温庭筠《酒泉子》："掩银屏，垂翠箔，度春宵。"

书怀二首

（己卯　1939 年）

一

随身亚椠与欧铅，历练风霜十七年。①
饭颗谁嗤生太瘦，齐髡将笑世无贤。②
时穷士合独身善，根钝人多福命全。
我不聪明翻自慰，未来纯嘏系诸天。③

二

蓬矢何曾射四方，一身环视负昂藏。④
饔飧衰世甘粗粝，文字中年爱吉祥。⑤
从政吾斯未能信，安贫家或有余庆。
呼儿勤把梅花种，留待春回满院香。

---

① 椠（qiàn）：古代记事用的木板。古书的刻本亦称“椠”。

② 饭颗：即饭颗山。唐孟棨《本事诗・高逸》载，李白戏杜甫曰：“饭颗山头逢杜甫，头戴笠子日卓午。借问何来太瘦生，总为从前作诗苦。”后喻诗作拘守格律，刻苦写作。齐髡（kūn）：齐国赘婿淳于髡，齐国政治家、思想家。滑稽多辩，齐威王拜其为政卿大夫。

③ 诸天：佛教语，指护法众天神。《长阿含经》：“佛告比丘，毗婆尸菩萨生时，诸天在上于虚空中，手执白盖宝扇，以障寒暑风雨尘土。”

④ 昂藏：仪表雄伟，气宇轩昂，精神饱满有气概。李白《赠潘侍御论钱少阳》：“绣衣柱史何昂藏，铁冠白笔横秋霜。”

⑤ 饔飧：早晚餐，泛指饮食。借指日常生活。

梨园八咏

（己卯　1939 年）

一

阿沾生长鹭江濆，双眼横波两鬓云。
太息歌残人散后，几家年少未招魂。[①]

二

教坊阿捧久传名，一串珠圆四座倾。
我识徐娘偏老大，舞衫歌板不胜情。

三

阿敏风姿本不扬，却将清唱断人肠。
义全多少登徒子，典尽春衣为靘妆。[②]

四

登场阿卓鬓婆娑，金翠铅华扮素娥。
料得绮年夸断袖，龙阳不让郑樱桃。[③]

---

① 太息：大声长叹，深深叹息。《庄子・秋水》："公子牟隐机太息，仰天而笑。"

② 登徒子：战国时楚国宋玉著《登徒子好色赋》，后以"登徒子"代指好色者。靘（qìng）妆：青黑色服装。

③ 断袖：隐指男性之间的同性恋。龙阳：战国时期魏安鳌王的男宠龙阳君。郑樱桃：《十六国春秋辑补・后赵录・石虎传》载，郑为后赵武帝石虎第三任妻子，被封为皇后，深得石虎宠爱，曾向石虎进谗诬陷，石先后杀死两任妻子郭氏、崔氏。另《晋书・石季龙载记上》载，郑樱桃为东晋列国后赵石季龙所宠优僮，季龙惑之，先后为其杀二妻。后代指男宠。

五

洪郎色艺最超群，声价南洲久习闻。
苦恨驻颜无大药，会真今不扮双文。①

六

离莺一曲听娇啼，万众无声首尽低。
玉惨花愁怜阿玖，前身合是杞梁妻。②

七

杖履蹒跚箬笠偏，小梨风趣最天然。
轻舠载得桃根去，双桨横塘唱采莲。③

八

谑浪清歌换几回，红装花脸笑相偎。
座中倩女春心苦，村妪家家骂小魁。

① 双文：指传奇小说人物崔莺莺，借指美女。

② 杞梁妻：《孟姜女哭长城》的原型。西汉刘向《说苑·善说篇》："昔华周、杞梁而死，其妻悲之，向城而哭，隅为之崩，城为之厄。"

③ 轻舠（dāo）：轻快的小舟，轻舟。李白《送当涂赵少府赴长芦》："我来扬都市，送客回轻舠。"桃根：桃根、桃叶为东晋美女，桃叶为姐，桃根为妹，皆为书法家王献之之妾。后泛指美女。

回家寿母

（己卯　1939 年）

朔风猎猎雨潇潇，猛忆萱堂祝帨朝。
百里料应行两日，晨餐端合起中宵。
步因泥滑翻教稳，路为心宽未觉遥。
踏进家园无限乐，携孙阿母发飘萧。

原注：

时因抗日公路全部破坏。

鲤城逢空袭警报

（辛巳 1941 年）

台上呜呜汽笛鸣，市区倏尔断人行。
排云破雾飞机力，动地惊天炸弹声。
御敌虽无高射炮，防灾尚有后勤兵。
倭奴黩武终须败，豕突狼奔不必惊。

日寇犯永宁

（辛巳年　1941 年）

一

敌舰三艘泊永宁，步头向晚寇争登。
一声霹雳过山炮，万丈光芒探海灯。
帆柱成灰枪扫射，气球设色火飞升。
煆夷东亚称雄久，肯信中华可复兴。[①]

二

快艇如梭布港湾，垂涎虏爱汉江山。
覆舟谈笑沉商旅，投弹疯狂毁市寰。
雪耻人心犹未死，国强天步定非艰。
炎黄四亿儿孙在，消灭倭奴指顾间。

原注：

1. 永宁渔民帆船聚泊港内，倭奴用机关枪扫射，帆柱皆为灰烬。

2. 仙游运猪船一艘过永宁被倭奴牵去，以汽艇将猪船撞翻，船脊向上，船桅向下，倭奴大笑。翌日，仙游商人尸体及数十头死猪，漂到深沪海滨。

3. 倭寇在永宁登陆时，以燃烧弹焚烧王姓宗祠及店铺数间，杀死居民数人。

---

① 煆（xiā）夷：指气焰嚣张的东夷日本。煆，火气盛。

挽李君景山

（辛巳　1941 年）

昆冈玉石几曾分，名姓初从劫后闻。
有母难称身许国，忘年苦累友征文。
宵深新冢鸣冤鬼，梦冷孤帏泣细君。
得见冥王应预乞，来生生作戚家军。

原注：

李君景山，永宁人，年才二十余，新婚未久，家有老母，倭寇登陆，李君被杀害。西岑施雪崖先生与李为忘年交，为李征求挽诗，遍及晋江南洋各地。余时在岑江任教职，因赋此以付施先生。

归途杂咏

（辛巳　1941 年）

一

半塘烟水浸寒沙，过客纷纷一岸斜。
小立亭皋正无奈，不堪迎面女郎车。

二

负贩惊心右陌弯，踏成新路旷田间。
腐儒漫说行由径，筋力疲时寸步艰。

三

帷车歌吹出田间，理鬓抛经庙口看。
认是东邻方嫁女，春愁无限上眉端。

四

重裘人苦指尖皴，短褐何来汗一身。[1]
车上祁寒车下热，一般气候两般人。

---

① 皴（cūn）：皮肤开裂。

五

几多过客此彷徨，雨后田塍水势张。①
我踏泥浆三百武，前程依旧是康庄。②

① 塍（chéng）：田间的土埂、小堤。
② 武：半步，泛指脚步。

新历元旦

（壬午　1942 年）

履端今日庆中华，旗影翻风岑水涯。[①]
敢废夏时夷学巧，妄窥周鼎楚氛赊。[②]
旧章世尚遵清朔，猛将谁堪继戚家。[③]
孤负更新烽火里，东皇未放早春花。[④]

---

① 履端：年历的推算始于正月朔日，称“履端”。借指元旦。

② 楚氛：指恶劣，鄙俗之气。《左传·襄公二十七年》：“晋楚各处其偏，伯夙谓赵孟曰：‘楚氛甚恶，惧难。’”言楚有袭晋之气。赊：长，远。

③ 清朔：指清朝颁布的日历。朔，农历每月初一。

④ 孤负：同“辜负”。徒然错过。宋黄机《水龙吟》：“恨荼蘼吹尽，樱桃过了，便只恁成孤负。”东皇：原指司春之神。唐戴叔伦《暮春感怀》：“东皇去后韶华尽，老圃寒香别有秋。”

挽施能泰先生

（壬午　1942 年）

青山胜国旧衣冠，一卷楞严自掩关。①
衰世文章知己少，暮年装束入时难。
梵天花落寻摩诘，滕阁诗成爱子安。②
硕果可怜今竟陨，南邦谁复领骚坛。

---

① 楞严：即佛典《楞严经》。掩关：坐关，指佛教徒闭门静坐，以求觉悟。白居易《秋山》："何时解尘网，此地来掩关。"

② 梵天：佛经中称三界中的色界初三重天为"梵天"。亦泛指色界诸天。《百喻经·贫人烧粗褐衣喻》："汝今当信我语，修诸苦行，投岩赴火，舍是身已，当生梵天，长受快乐。"摩诘：指王维。唐诗人。滕阁：即滕王阁，江南三大名楼之一，位南昌赣江东岸。因唐太宗李世民之弟——滕王李元婴始建而得名。初唐王勃省父过此，即席作《滕王阁序》，有诗句"落霞与孤鹜齐飞，秋水共长天一色"。子安：《滕王阁序》作者王勃，字子安。王勃（约 650—约 676），唐代文学家。古绛州龙门（今山西河津）人，出身儒学世家，与杨炯、卢照邻、骆宾王并称为"初唐四杰"。《旧唐书》载，王勃六岁能文，九岁读《汉书》，作《指瑕》十卷以纠其错。十六岁应科试及第，授职朝散郎。后任虢州参军，因私杀官奴被贬。唐高宗上元三年自交趾返回时渡海溺水惊悸而死。王勃文学成就斐然，代表作有《滕王阁序》等。

呈石令二律

（壬午　1942年）

一

花月螺山仗主持，书生结习信难移。
得知满社狐兼鼠，应悯烝民溺与饥。①
修史蒲轮延野老，怜才荜户聘经师。②
洛江弦诵今为盛，管领春风属扫眉。③

二

徂徕经术旧传称，家世清芬一脉承。④
作吏帷车临远服，论文盃酒聚高朋。⑤
河阳桃李春无限，西蜀蟛蜞梦足征。⑥

---

① 烝(zhēng)民：民众，百姓。

② 蒲轮：用蒲草裹轮，使车行震动较小，以示礼敬。荜户：引意成语“蓬门荜户”，指用草、树枝等做成的门户，喻穷苦人家的简陋居屋。

③ 弦诵：指弦歌和诵读，泛指授业、诵读之事。《礼记·文王世子》：“春诵，夏弦。”郑玄注：“诵谓歌乐也，弦谓以丝播诗。”扫眉：引意成语“扫眉才子”，指有才华的女子。唐王建《寄蜀中薛涛校书》：“万里桥边女校书，枇杷花里闭门居。扫眉才子知多少，管领春风总不如。”

④ 徂徕：山名，在山东泰安。《诗·鲁颂·閟宫》：“徂来之松，新甫之柏。是断是度，是寻是尺。”“徂徕经术”借指发源于泰山所在地的儒学。

⑤ 远服：旧指王畿以外的地方。后指边陲、边关。唐刘禹锡《送李策秀才还湖南因寄幕中亲故兼简衡州吕八郎中》：“圣功奠远服，神物拥休祯。”

⑥ 河阳：在河南孟县一带。晋潘岳曾任河阳县令，遍种桃李传为佳话。后多借指潘岳。梦足征：梦征，即梦兆。明文徵明《董氏竹冈阡碑》：“初大理之葬御史公也，有梦征焉。”

公暇虔拈香一瓣，白云深处礼诗僧。

原注：

石令数往灵端山访弘一法师。

途中闻乌鹊声

（壬午　1942 年）

鹊噪乌啼几阵哗，榕阴遮道日西斜。
休征预告声堪喜，反哺忘劳志可嘉。①
飞迅羡渠云路近，步艰嗟我客程赊。②
御风烦报庭闱去，游子明日可到家。

① 休征：吉祥的征兆。《书 · 洪范》：“曰休征。”孔传：“叙美行之验。”
② 渠：他。

蒋瑗卿师叔珠婚征诗题赠二律

（壬午 1942年）

一

徲齿经师记伯淳，偏于正叔晤无因。①
南洲烟水十年客，上国莺花二月春。②
白镪有时投措大，青衫累叶得传人。③
画眉梓舍风情艳，恼煞先生去效颦。

二

卅载珠婚事太奇，谁令夏礼变于夷。
弟辛忍弃陈良学，魔母终羞菩萨姿。
为甚鸳鸯称再注，可能衾枕似前时。
小咸未解宗欧化，难上催妆彩幅词。④

---

① 徲(tí)齿：指岁数大，老者。徲，久。伯淳：宋理学家程颢，字伯淳，亦称“明道先生”。神宗朝任太子中允、监察御史等职。反对王安石新政。提出“天者理也”，倡导“传心”说。承认“天地万物之理，无独必有对”。

② 上国：春秋时称中原各诸侯国为上国。

③ 白镪：银锭，白银的别称。明沉璟《埋剑记》：“旧赐青蚨犹在箧，又蒙白镪济蚕月。”泛指金钱。措大：亦为“醋大”，旧指贫寒失意的读书人。唐李匡乂《资暇集》：“代称士流为醋大，言其峭醋而冠四人之首。”累叶：累世。《后汉书·耿弇传论》：“三世为将，道家所忌，而耿氏累叶以功名自终。”

④ 催妆：旧俗新妇出嫁，必多次催促，始梳妆启行。贺者赋诗以催新妇梳妆，称“催妆诗”。

到荷山任教职赠许慕询[1]先生

（壬午　1942年）

一家风雅孰为伦，大晏沉雄小晏新。[2]
吟社逢君真劲敌，望邢愁煞尹夫人。[3]

---

① 许慕询：即许钟奇（1900—1974），原名毓麒，字慕询，惠安东岭人，泉州桐荫诗社成员，惠安登社成员。生于书香之家，早年于惠安荷山中学任教，后在家务农。著有《许钟奇先生吟遗稿》等书，与同乡庄棣荫（字贻华，惠安四大才子之一，著名诗家）系好友、诗友。

② 大晏：北宋词人晏殊，其子晏几道称小晏，父子词作影响一代词风。

③ 尹夫人：汉武帝宠妃，与邢夫人同时受宠，尹见邢后自惭貌不如人，掩面而泣。

得许君和章后再赠二律

（壬午　1942 年）

一

小楼深锁绿杨烟，中有高人拥絮眠。
秋水一篇绫枕畔，春山几面粉窗前。
床头细烛呼卢夜，花下金樽得句天。①
衰世此身应独善，不妨闭户作诗仙。

二

海峤风花仗品评，喜无问禁入诗城。②
才高煮酒谁同调，母老循陔有至情。③
衣钵郑虔三绝在，词章温子八叉成。④
如君逸气知难敌，相见终惭太瘦生。

---

① 呼卢：引意成语“呼卢喝雉”，指赌博。呼、喝，喊叫；卢、雉，赌具上的两种颜色。陆游《风顺舟行甚疾戏书》：“呼卢喝雉连暮夜，击兔伐狐穷岁年。”

② 问禁：初到异地，先询问其风俗禁忌，以免触犯。《礼记·曲礼上》：“入竟而问禁，入国而问俗，入门而问讳。”

③ 循陔：奉养父母。《诗·小雅·南陔》中，毛传谓：“《南陔》，孝子相戒以养也。”

④ 郑虔三绝：谓唐郑虔诗、书、画皆精妙。唐李绰《尚书故实》：“郑广文（郑虔）……自写所制诗并画，同为一卷封进，玄宗御笔书其尾曰：‘郑虔三绝。’”温子：指唐诗人温庭筠，才思敏捷，作赋八叉手而成，时称温八叉。

访许君不遇寄赠二律

（壬午　1942年）

一

凤岗西畔访诗人，黉帜翻风照眼新。①
当户云山三面合，出墙桃李数枝春。
圣王学问窥三代，骚雅东南系一身。
童子言师公退食，乐窝只在碧池滨。②

二

柴扉虚掩藓阶斜，丁卯桥边隐士家。③
金锁梯头高闭阁，香词壁上净笼纱。
堂空端供无言佛，院小新栽有子花。
太息云深人未见，山中咫尺似天涯。

---

① 黉（hóng）帜：校旗。黉，古时指学校。

② 退食：休班就食于家，或公余休息。

③ 丁卯桥：古桥名，借指隐居地。宋陆游《小筑》：“虽非隐士子午谷，宁愧诗人丁卯桥。”宋许用晦曾隐居于此，著有诗集《丁卯集》。

四十自叹

（甲申　1944 年）

米盐零杂我何知，家政犹烦母主持。

四十无闻头欲白，茫茫人海一书痴。

永春道中六律

（乙酉　1945 年）

一

罗溪西去路崔巍，更入鹏南万嶂堆。
直上几疑孤径绝，转弯又见两峰开。
数家矮屋依山筑，遍地香樟傍水栽。
我爱野花红烂漫，呼僮折取一枝来。

二

龙门桥下碧波深，桥外群峰锁绿荫。
地险昔年曾越货，时清过客尚惊心。
夹溪草色分南永，留石苔痕判古今。
水自洋洋山自峭，凭栏人有几知音。

三

孤山临水绿荫清，卓午云烟满岫生。
划石路从危壁上，挑薪人在半空行。
四围山大迟风力，二月花多富鸟声。
肆志园林输野老，西畴抱瓮待春耕。

四

小憩东关日气骄，行程于此问耕樵。

粉墙墨瓦林间屋，青盖红栏水上桥。
座畔客多新茗试，龛中佛古篆香烧。
春山槛外笼烟立，朵朵芙蓉护碧绡。

五

群山环抱永春州，市镇繁华据上游。
秧点原田千顷碧，沙随春水一溪流。
土岗草密孤亭出，村舍烟青古木稠。
西望层峦风景好，黉旗高照读书楼。

六

清溪东下水溅溅，越谷穿山壁四悬。
风定波心云照影，蒿停滩畔客推船。
青松出涧株株直，白石翻流颗颗圆。
自笑身非武陵客，寻春偏得到桃源。

日本无条件投降

（乙酉　1945 年）

否极终教泰运回，轴心三国尽倾颓。
乍闻广岛烧氢弹，旋报东京扫水雷。
战舰千艘横海至，飞机万架蔽空来。
投降见说无条件，末路倭皇亦可哀。

第二次世界大战结束

（乙酉　1945 年）

穷兵黩武欲何为，霸业烟消末路悲。
作孽巨魁终不活，缔盟诸国亦濒危。
狂澜淹没三千界，劫火烧残百万尸。
立体战兼平面战，机心机祸总相随。

挽李翁二律

（丙戌　1946年）

一

三浅宁堪话海桑，劫余幸草未灰飏。①
瞻乌我哭陈仲举，磨盾公依曹济阳。②
风骨冰壶秋映月，科名贡树旧分香。③
客中屡动寻梅兴，凭予孤山处士庄。④

原注：

公依曹候住杭州西湖甚久。

---

① 三浅：引意成语“东海扬尘”，喻世事变迁巨大。晋葛洪《神仙传·麻姑》：“麻姑自说云：‘接侍以来，已见东海三为桑田。向到蓬莱，水又浅于往者，会时略半也，岂将复还为陵陆乎？’方平笑曰：‘圣人皆言，海中复扬尘也。’”

② 瞻乌：喻乱世无归所之民。《诗·小雅·正月》：“哀我人斯，于何从禄，瞻乌爰止，于谁之屋”，意为视乌集于富人之屋，而庶民则无所归。陈仲举：东汉太傅陈蕃，字仲举。蕃十五岁时独处一院习读，其父挚友薛勤来探，见院内杂草丛生，秽物满地，说“孺子何不洒扫以待宾客”，对曰“大丈夫处世，当扫除天下，安事一室乎”。薛知此人年少志大，劝道“屋不扫，何以扫天下”。陈蕃日后政绩斐然。磨盾：即磨盾鼻。《北史·文苑列传》：荀济“会楯上磨墨作檄文”。指在盾牌把手上磨墨草檄，后称在军队做文书工作。

③ 映月：引意成语“映月读书”，喻家境清贫，勤学苦读。《南史·江泌传》：“泌少贫，昼日斫屧为业，夜读书随月光。”贡树旧分香：引意孟浩然《兴雅志》诗句：“贡树分香，预卜他年卿相；天街软乡，争看此日郎君。”

④ 孤山处士：指北宋隐逸诗人林逋。林逋，字君复，亦称和靖先生。刻苦好学，通晓经史百家；孤高自好，拒趋荣利。结庐杭州西湖孤山，养鹤种梅，终生未娶，称鹤为妻、梅为子。

二

奚囊畴昔记追随，一字烦公数断髭。①
鸿渐茶经元亮酒，阳冰书法玉溪诗。②
暮年泉石娱田叟，后进文章说项斯。③
太息仙才今已矣，南邦风雅孰支持。

---

① 奚囊：指诗囊。《全唐文·李商隐十·李贺小传》载，李贺“每旦日出，与诸公游，恒从小奚奴，骑距驴，背一古破锦囊，遇有所得，即书投囊中”。

② 鸿渐：陆羽，字鸿渐，今湖北天门人，号“茶山御史”。唐代著名的茶学家，著有《茶经》，被誉为“茶仙”，尊为“茶圣”，祀为“茶神”。元亮：指晋诗人陶潜，字元亮，号渊明。阳冰：指唐代文学家、书法家李阳冰，字少温。今安徽亳州人。李白族叔，为李白作《草堂集序》。玉溪：指玉溪生，唐诗人李商隐的别号。李商隐诗词构思新奇，风格秾丽，文学声誉颇高，和杜牧合称“小李杜”，与温庭筠合称为“温李”，又与李贺、李白合称“三李”。是唐代为数不多的刻意追求诗美的诗人。

③ 说项：指替人说好话或说情。唐杨敬之器重项斯，作《赠项斯》：“几度见诗诗总好，及观标格过于诗。平生不解藏人善，到处逢人说项斯。”被称为扬人之善的代表性诗作。

挽郭志雄团长二律

（丙戌　1946 年）

一

华堂往日赴琼筵，曾晤牵丝美少年。[①]
吴下将才非昔比，汾阳家学有真传。[②]
公余钤略三更火，揖后扶摇万里天。
百战此身终殉国，伤心犹未勒燕然。[③]

二

千古闽疆吊鬼雄，大湖一死表精忠。
琴声南国鹍弦续，烽火中原蝶梦空。[④]
战地土香留血碧，静闺霜冷碎春红。
怜君昆季俱兵解，山重毛轻两不同。[⑤]

---

① 牵丝：喻为选婿或择妻。唐宰相张嘉贞欲纳郭元振为婿，因命五女各持一红丝线于幔后，露线头于外，使郭牵其一，郭牵得第三女。

② 吴下：引意成语“吴下阿蒙”，谓居处吴下一隅的吕蒙。喻人学识尚浅。晋虞溥《江表传》：“至于今者，学识英博，非复吴下阿蒙。”

③ 燕然：引意成语“燕然勒功”，指建立功勋。《后汉书》载，东汉车骑将军窦宪领兵出塞，大破北匈奴，登燕然山，刻石勒功。

④ 鹍弦：用鹍鸡筋做的琵琶弦。南朝梁刘孝绰《夜听妓赋得乌夜啼》：“鹍弦且辍弄，《鹤操》暂停徽。”

⑤ 昆季：兄弟。长为昆，幼为季。北齐颜之推《颜氏家训》：“行路相逢，便定昆季，望年观貌，不择是非。”兵解：道教称学道者死于兵刃为兵解，意为借兵刃解脱得道。唐黄滔《祭先外舅》：“愚辄疑道家有形全、气全、兵解、木解，考斯事矣，或其义也。”

贺王校长良章结婚

（丙戌　1946 年）

一

芸窗四载喜相陪，天壤王郎竟有才。[①]
三世因缘如可信，前身女是祝英台。

二

并列头衔学士班，最高学府认三山。[②]
名成愿伴檀郎去，生长檀郎是惠安。[③]

三

鬓云微掠下妆楼，结蕊朱巾初上头。
借问新娘何姓氏，外家曲逆旧封侯。[④]

---

① 芸窗：指书斋。唐萧项《赠翁承赞漆林书堂诗》："却对芸窗勤苦处，举头全是锦为衣。"天壤王郎：成语。谓天地间竟有这种人。晋谢道韫嫁王凝之，不称意，曰："不意天壤之中，乃有王郎。"后喻妇女对所嫁丈夫不称意。

② 三山：福州的别称。福州中有闽山，东有九仙山，北有越王山，故称。

③ 檀郎：妇女对夫婿或所爱慕男子的美称。《晋书・潘岳传》载，晋潘岳（小字檀奴）美容姿，尝乘车出洛阳道，路上妇女慕其丰仪，手挽手围之，掷果盈车。

④ 曲逆：战国时期燕国城邑，在今河北顺平东南。汉高祖过曲逆时封陈平为曲逆侯。

四

神仙不羡羡鸳鸯，一笑相挽入洞房。
似免旅行度蜜月，蓝桥先已饮琼浆。[①]

① 蓝桥：桥名。在陕西蓝田蓝溪之上。相传其地有仙窟，为唐裴航遇仙女云英处。唐裴铏《传奇·裴航》：“一饮琼浆百感生，玄霜捣尽见云英。蓝桥便是神仙窟，何必崎岖上玉清。”

端月登双髻山

（丁亥　1947 年）

一　谒洞

万劫江山古洞存，瑶花琪树满篱根。
火明金灶青童守，风定丹霄白鹤翻。①
草色临春欺客道，梵声入夜净诗魂。
尘心应被仙人笑，思乞灵芒种故园。

二　登台

振衣千仞强登台，天半芙蓉两朵开。
遥海横空青一带，诸山朝下绿千堆。
摩穹石立无今古，出岫云闲自去来。
到此方知高隐乐，身于何处著尘埃？

三　焚香

图名我愧才华浅，趋利人嫌骨相寒。
富贵此身非敢望，焚香只是乞平安。
半生橐笔风尘内，乌乌犹难尽寸私。②
蔗境桑榆应可补，愿教阿母寿期颐。

---

① 金灶：道士炼丹用的灶。南朝梁江淹《赠炼丹法和殷长史》："方验参同契，金灶炼神丹。"丹霄：谓绚丽的天空。汉贾谊诗："青青云寒，上拂丹霄。"

② 橐（tuó）笔：古代书记小吏持橐（口袋）簪笔，侍立于帝王大臣左右，以备随时记事。

四十年来宁免罪，深知祸福本无门。
若应天谴甘身受，勿以余殃累子孙。
易箦他年何所愿，群儿咸侍板床前。[①]
更因过寡无惭怍，瞑目安心入九泉。[②]
临死我将作遗诰，世唯好友可传家。
一心向善天终佑，积厚流光理不差。

① 易箦：换席子，指人病危将死。《礼记·檀弓》载，按古时礼制，箦只用于大夫，曾参未曾为大夫，不当用，故临终时要曾元为之更换。

② 惭怍（zuò）：惭愧。

詹石如先生六秩征诗

（丁亥 1947 年）

一窝安乐海云边，信有人间白石仙。①
九转丹成金鼎火，六旬觞晋菊花天。②
凫山偕隐莱妻在，黉宇宣猷骥子贤。③
我亦妙年探月窟，团蒲亲炙尚无缘。④

---

① 白石仙：即白石生，传说中的仙人。东晋葛洪《神仙传·白石生》："白石生，中黄丈人弟子，彭祖时已二千余岁，不爱飞升，但以长生为贵……因就白石山居，号白石生 。"

② 觞（shāng）晋：欢饮，进酒。觞，古代酒器。贺寿联"禧延萱阁，觞晋椒樽"。

③ 凫（fú）山：在山东邹县南，因山形如凫飞而得名。士人隐居地。凫，水鸟。莱妻：春秋楚老莱子之妻。借喻贤妇。汉刘向《列女传》载，莱子逃世耕于蒙山，楚王遣使聘其出仕，其妻曰："先生食人酒肉，受人官禄，为人所制也，能免于患乎？妾不能为人所制。"老莱子乃随其妻而居。

④ 亲炙（zhì）：直接受到传授，教导。炙，烤，熏陶。

卷二

1954—1964

晚　眺[1]

（甲午　1954年）

吾爱吾庐鹅石东，钓游老兴尚无穷。
秧针穿水门前绿，霞绮妆山郭外红。
坡上羊归尻向日，树梢鸟立咮当风。[2]
青春已去黄昏近，樗散天全白发翁。[3]

---

① 眺（tiào）：看。极目远眺。

② 咮（zhòu）：鸟嘴。

③ 樗（chū）散：樗木材劣，多被闲置。比喻不为世所用，投闲置散。杜甫《送郑十八虔贬台州司户》：“郑公樗散鬓成丝，酒后常称老画师。”

五一书怀二首

（乙未 1955 年）

一

治生破砚卅春秋，鼹饮鷦栖愿易酬。①
抱璞或称和氏诈，亡金曾意不疑偷。
市原无虎说成虎，人本非牛呼作牛。
世态如今看烂熟，南华一卷味庄周。

二

市阛托迹亦随缘，吟管停拈已七年。
久对簿书成俗物，每逢风月负诗天。
蓬瀛转眼三番浅，骚雅关心一线延。②
遥忆平生师与友，莲花庵里凤山前。

---

① 鼹饮鷦栖：引意成语“偃鼠饮河”、“巢林一枝”，喻所需有限，安于本分。《庄子·逍遥游》：“鹪鷯巢于深林，不过一枝，偃鼠饮河，不过满腹。”

② 蓬瀛三浅：引意成语“东海扬尘”，喻世事变迁巨大。

哭汪师六首

（丙申 1956年）

一

鹿鸣秋宴作嘉宾，绮岁声华动八闽。①
摛藻燕公推大手，参禅白傅认前身。②
鲤城拈韵诗天丽，鹭岛衡文艺海春。③
闲气生才宁可再，伤心衣钵继无人。

二

爱住温陵与佛俱，紫云屏下郡西隅。④
浮屠涌地尖双出，古木参天绿一区。
梵呗清开诗境界，灵台妙证坐工夫。
莲花庵是旧家物，千载骚魂侍祖姑。

---

① 鹿鸣秋宴：古时地方官祝贺考中贡生或举人的“乡饮酒”宴，称“鹿鸣宴”，起于唐代，曾延续千年。

② 摛藻：引意成语“摛藻绘句”，谓铺陈辞藻，描绘句子。指以华丽的辞藻写作。宋王谠《唐语林·文学》：“当时轻薄之徒，摛藻绘句，聱牙崛奇，讥讽时事。”燕公：指唐开元名相张说(yuè)。张说曾三任宰弼，封燕国公。早年参加武则天亲自主持的科考，策论为天下第一。擅长文学，掌文学之任三十多年，助成文治之功。李隆基点评张说：“道合忠孝，文成典礼，当朝师表，一代词宗。有公辅之材，怀大臣之节。”白傅：即白居易。晚年曾官太子少傅，故名。白居易（772—846)，字乐天，号香山居士。唐著名文学家、现实派诗人，作品影响极大。与李白、杜甫并称“李杜白”。主张文章合为时而著，诗歌合为事而作。其诗作对后世颇具影响，是中国文学史上相当重要的诗人。

③ 衡文：品评文章。泛指评选文章。

④ 紫云屏：传开元寺用地为黄氏族人所捐，故寺门挂有“紫云”匾屏。

三

岷洲万里海天宽，烟水孤帆几往还。
只手风骚掖南国，千秋丝竹续东山。
人游犵草蛮花外，诗拓桄风椰月间。①
何限侨中名下士，瓣香泥首礼词坛。②

四

大年七十七春秋，怛化俄闻正首邱。③
身命箕中天地簸，功名枕上菀枯收。
南疆风月何人主，前代衣冠几辈留。
佛说有为如梦幻，是非得失总悠悠。

五

弱冠倾心泰斗尊，刺桐花下择师门。
孺宁可教公垂爱，业不能精我负恩。
嗜古耻为阿世学，逢罹冤戴望天盆。④
广陵散后知音寡，枉却遗编满箧存。⑤

---

① 犵（gē）草蛮花：犵和蛮均为南方少数民族，亦指外族。桄（guāng）风椰月：桄，即桄榔，亦称砂糖椰子。桄、椰，南洋植物。借指南洋。

② 泥首：以泥涂面表示谢罪。后指行礼磕头至地。

③ 怛（dá）化：《庄子・大宗师》："俄而子来有病，喘喘然将死，其妻环而泣之，子犁曰'叱！避，无怛化'"。意为人死乃自然变化，不要惊动他。后谓人死为"怛化"。怛，忧伤，悲苦，惊惧。

④ 阿世：迎合世俗。《史记・儒林列传》："公孙子，务正学以言，无曲学以阿世。"望天盆：喻事不可为。汉司马迁《报任安书》："仆以为戴盆何以望天。"

⑤ 广陵散：成语"广陵散绝"。喻优良传统断绝，后继无人。《世说新语・雅量》："嵇中散临刑东市，神气不变，索琴弹之，奏《广陵散》，曲终曰：'袁孝尼尝请学此散，吾靳固不与，《广陵散》于今绝矣。'"

六

人世沧桑本易知，故家门第最难支。
劫余魂魄伤弓鸟，老去心情衔阙碑。[①]
孤愤难陈生寡味，大招谁赋死非时。
螺阳白首门生在，怅望南天涕泪垂。

① 碑：宫庙、陵园所立石碑。代指纪事、评定。

覆船山牧场 调寄浪淘沙

（戊戌 1958 年）

一

屹屹覆船山，老始跻攀，可怜身世误儒冠。壮岁缚鸡犹乏力，况已衰残。

无计破愁颜，双鬓成斑，黎明劳苦到更阑。担不离肩锄在手，骨痛筋酸。

二

风雨正春寒，陟彼层峦，备尝险阻与艰难。辟路凿池开草野，无片时闲。

楼宇筑林间，傅粉施丹，鸡栖豚棚接牛栏。土木繁兴农事亟，谁念痌瘝。[①]

① 痌瘝（tōng guān）：病痛；疾苦。明吕坤《答顾泾阳书》："吾辈此身原是天下之身，要认得天下国家、昆虫草木都是我身，饥寒疾病都是痛煞煞痌瘝乃身。"

官宅牧场

（戊戌　1958 年）

林峦幽秀此开场，斩棘披荆两度霜。
地沃山原植桃李，草丰陂泽下牛羊。
梯田重叠回溪上，瓦屋参差矮树旁。
最是残冬风景好，麦苗新绿菜花黄。

拾 粪

（己亥 1959 年）

豚棚牛栏日几巡，余生但与畜同群。
久经拾粪闻根钝，粪气熏天总不闻。

除　夕

（己亥　1959 年）

除夕灯光客邸微，还家止仗梦魂飞。
伤心九十大年母，病卧床中望子归。

赠郑君照星

（庚子　1960 年）

老来安命舍儒巾，刍牧兹山五度春。①
烟里林峦丹瓦屋，陇头风雨绿蓑人。
执鞭岩磴朝行脚，叩角阑牢夜托身。②
君擅饭牛吾拾粪，暮年相见宿心亲。

① 刍（chú）牧：割草放牧，亦指用草料喂牲口。刍，喂牲畜的草。

② 岩蹬（dèng）：山石险峻。磴：石级；叩角：敲牛角。汉蔡邕《琴操》："宁戚饭牛车下，叩角而商歌，齐桓公闻之，举以为相。"后喻为求仕用言行打动上司而获升迁。阑牢：养牲畜的栏圈。汉桓宽《盐铁论·后刑》："民陷于罔，从而猎之以刑，是犹开其阑牢，发以毒矢也，不尽不止。"

次韵和林璧君

（庚子 1960 年）

天涯相遇情初洽，陌上联吟愿竟违。
同是有家归未得，我伤衣线负春晖。

猪圈杂咏

（庚子　1960 年）

一

长垣矮屋小柴扉，傍树偎山绿四围。
黑白斑斓肤色异，华夷杂种看封豨。[①]

二

牧人探悉豕怀春，求偶来登牡舍门。
权把己身充月老，公猪今日庆新婚。

三

牝舍花豚昨构精，白豚今又发春情。[②]
公猪坐享多妻乐，违法重婚免服刑。

四

二五东栏妙合过，刚柔西栅又相摩。
旁人那晓生生理，艳说场中喜事多。

---

① 封豨（xī）：即封豕，大猪。《史记·司马相如列传》："射封豕。"郭璞注："封豕，大猪。"豨，古指猪，野猪。

② 构精：指两性交合。语出《周易·系辞下》："男女构精，万物化生。"

五

炭炉红焰壁灯青，守护婴豚到五更。
喜讯传来头子笑，今宵猪舍又添丁。

六

猪儿坠地稿编窝，柔腻纱巾抹复挲。
脐带胎盘收拾净，张先生是接生婆。

七

辛勤喂养日三时，运水挑蔬不告疲。
栏里谁堪称保姆，老朱最爱小猪儿。

八

重来牧豕笑余君，旧地依稀认爪痕。
往日猪儿今老大，羡它多子更多孙。

九

阑牢担粪往来频，局蹐乾坤冻馁身。[1]
我怜老林枯槁甚，荒山吟侣仅斯人。

① 局蹐（jí）：狭隘，狭窄。蹐，后脚紧跟着前脚，用极小步子走路。

十

不缄其口老王愚，白首来充拾粪夫。

饥馑频年殷望岁，固应惜粪似珍珠。[①]

① 望岁：盼望丰收。《左传·昭公三十二年》：“闵闵焉如农夫之望岁，惧以待时。”杨伯峻注：“岁谓丰收。”

先慈葬毕回场

（庚子　1960 年）

踽踽荒山一鲜民，白云何处望双亲。
蓼莪万古伤心曲，岂独王裒涕泪频。[①]

① 蓼莪：《诗·小雅》的篇名，表达子女追慕双亲抚养之德的情思。后指对亡亲的悼念。王裒(póu)：西晋学者，宋林同《贤者之孝二百四十首》中之贤孝人物。因父为司马昭所杀，不臣西晋，三徵七辟（辟举）皆不就，隐居教授。在其父母墓旁盖草庐，早晚跪拜，泪致树枯。逢雷即至母亲墓前说，儿裒在此，勿惊。

过石峡赵师墓

（辛丑　1961 年）

白头垂死老门生，拾粪随牛此地行。
遗碣荒凉留爵号，荒山恸哭择师茔。
刹那仕宦粱间梦，一代文章史上名。
四十年前亲炙美，恨吾德业竟无成。

退场回家

（壬寅 1962年）

狂言获罪我知惭，五载投荒冒瘴岚。
衰病频疑泉路近，旋归深感国恩覃。[①]
衡量今古双书簏，局蹐乾坤一粪篮。
拾粪老人名不恶，余生将此作头衔。

---

① 恩覃：即覃恩，广施恩泽。旧时多用以称王朝对臣民的封赏、赦免等。《旧唐书·赵宗儒传》：“今覃恩既毕，庶政惟新。”

展母墓[1]

（壬寅 1962年）

一

昊天无极地无垠，五十余年鞠育恩。
长作婴孩忘我老，久亲色笑恋春温。
毕生心血儿身累，万古伦常母教尊。
风烛一朝成永诀，北堂何处望金萱。

二

投荒五载别慈闱，忧我疲癃望我归。
口业危亲儿不孝，儒修师古世相违。[2]
母存微命知珍重，心死顽躯听指挥。
凄绝弥留艰一面，终天抱恨泣春晖。

三

白石山头土一堆，三年风雨长莓苔。
亲娘貌已重泉隔，贱子身从何处来？
世上是谁真爱我，胸中万念总成灰。

---

① 展墓：省视坟墓。《礼记・檀弓下》："吾闻之也，去国则哭于墓而后行，反其国不哭，展墓而入。"

② 口业：一般指诗文的创作。白居易《寄题庐山旧草堂兼呈二林寺道侣》："渐伏酒魔休放醉，犹残口业未抛诗。"借指因言语获罪，泛为业障，累及至亲。

鲜民莫遂循陔愿，蒿蔚吟声最可哀。①

四

孙曾四代及身看，九一高龄古所难。
白发无情儿亦老，黄泉有日我承欢。
赐环望屺肠将断，展墓焚香骨已寒。②
今岁全家粗获饱，夜台阿母可安心。③

---

① 鲜民：无父母穷独之民。《诗·小雅蓼莪》："鲜民之生，不如死之久矣。"毛传："鲜，寡也。"循陔：奉养父母。蒿蔚：忧虑烦闷。蒿，忧烦，忧虑不安。蔚，通"郁"，烦闷 。

② 赐环：旧时放逐之臣，遇赦召还谓"赐环"。《荀子·大略》："绝人以玦，反绝以环。" 望屺（qǐ）：看望母亲。《诗·魏风》："陟彼岵（hù）兮，瞻望父兮……陟彼屺兮，瞻望母兮。"后以"屺岵"代指父母。

③ 夜台：坟墓，亦借指阴间。南朝梁沈约《伤美人赋》："曾未申其巧笑，忽沦躯于夜台。"

谢孙君慕真[①]赠纸二首

（壬寅　1962年）

一

庐陵交谊最缠绵，封寄澄心百幅笺。[②]
蕉叶我难比怀素，银光君乃馈僧虔。[③]
腹如待实吞应悔，被纵堪糊用必悭。
将效尧臣赋诗谢，开缄自笑笔非椽。[④]

---

① 孙慕真：孙崧樵（1902—1987），字慕真。归国华侨，惠安著名中医，惠安红旗医院院长。著有《樵叟医话》《张锡纯方歌诀》等书存世。亦工于诗词，出版《樵叟诗词集》《悔堂诗词对联选集》等。在泉州诗词界享有盛誉。

② 庐陵：吉州，现江西吉安市。澄心：即澄心堂纸，五代十国南唐徽州所产，以澄心堂得名。系南唐文房三宝之一，以肤卵如膜，坚洁如玉，细薄光润著称，曾获誉中国造纸史品质之最。

③ 蕉叶：浅底的酒杯。宋陆元光《回仙录》："饮器中，惟钟鼎为大，屈卮螺杯次之，而梨花蕉叶最小。"怀素：唐书法家，字藏真，俗姓钱，今湖南零陵。自幼出家为僧，经禅之暇，爱好书法。以"狂草"名世，史称"草圣"。与张旭齐名，合称"颠张狂素"。好饮，酒兴起时，不分墙壁、衣物、器皿，任意挥写，时人谓之"醉僧"。银光：指银光纸。古代六朝纸名，又名凝光纸，产于安徽之黟、歙两县。《丹阳记》："江宁县有官署，齐高帝造纸所也。尝造银光纸以赐王僧虔。"僧虔：即南北朝时期刘宋、南齐大臣，书法家王僧虔。今山东临沂人。出身"琅邪王氏"。任武陵太守、太子舍人、吴郡太守、征南将军、湘州刺史，左光禄大夫等职。因擅长书法屡被赏识。

④ 尧臣：北宋诗人梅尧臣（1002—1060），字圣俞，世称宛陵先生，今安徽省宣城人。初恩补桐城主簿，历镇安军节度判官。皇祐三年赐太常博士。欧阳修荐为国子监直讲，累迁尚书都官员外郎。少即能诗，与苏舜钦并称"苏梅"，与欧阳修并称"欧梅"，被誉为宋诗"开山祖师"。曾作七言长句《永叔寄澄心堂纸二幅》。永叔即欧阳修。

二

葛洪片纸覆翻书，字迹模糊鲁作鱼。①
玉版来如贻锦段，木瓜受未报琼琚。②
符惭戆鬼灯前画，笺爱真人肘后余。③
欲写太玄忧盖瓿，吾丘只好录闲居。④

---

① 葛洪：东晋道家、医学家、炼丹术家。丹阳人。家贫雇不起仆人，门前篱笆毁损，时常拨开草丛出入。家中数次失火，典籍被焚，他背书篓步行往别家抄书。卖薪柴买纸，借火光读书。

② 玉版：即玉版纸，一种光洁坚致的宣纸。锦缎：有彩色花纹的丝织品。唐李商隐《鸾凤》："金钱饶孔雀，锦段落山鸡。"木瓜、琼琚：《诗·木瓜》："投我以木瓜，报之以琼琚。"借指互相赠馈之物。

③ 肘后：谓随身携带的书卷。指医书或药方。唐杜甫《寄张十二山人》："肘后符应验，囊中药未陈。"

④ 太玄：深奥玄妙的道理。三国魏嵇康《赠兄秀才入军》："俯仰自得，游心太玄。"吾丘：指吾丘寿王。善辞赋。西汉武帝时奉诏从董仲舒学《春秋》，迁侍中中郎，因事免，闲作诗赋。不久复召为郎。拜东郡都尉，征入为光禄大夫侍中。

咏橐籥[1]

（壬寅 1962 年）

鞲鞴当中一柄穿，横陈三尺铁筒圆。[2]
阴阳吐纳身无漏，天地开关手有权。
曲突火明凭鼓动，洪炉气盛任回旋。[3]
机心放下雄风歇，将使残灰不再燃。

---

① 橐籥（tuó yuè）：古代鼓风吹火的装置。《老子》：“天地之间，其犹橐籥乎？虚而不屈，动而愈出。”吴澄注：“橐籥，冶铸所以吹风炽火之器也。为函以周罩于外者，橐也；为辖以鼓扁于内者，籥也。”

② 鞲鞴（gōu bèi）：即活塞。西方传入的蒸汽机活塞的早期译名，一度广为使用。

③ 曲突：指烟囱。晋张协《杂诗》：“里无曲突烟，路无行轮声。”

次和孙君客岁六十自寿十首

（壬寅　1962年）

一

白头东里太憨生，补作新诗寿老成。①
久折其肱君有术，不缄斯口我无明。
砭愚纵可神针借，负咎终难破砚耕。②
相隔云泥宁敢怨，花香草毒久殊名。③

二

破浪舟奔南海南，椰浆蕉实总清甘。
胸中云梦曾吞九，眼底蓬瀛已浅三。④
猛药病床驱大厉，芳醪吟社佐雄谈。⑤
桑弧自是男儿志，似我蜗藏太不堪。⑥

---

① 太憨生：犹言太娇痴。蒲松龄《聊斋志异·婴宁》："但闻室中吃吃，皆婴宁笑声，母曰：'此女亦太憨生。'"

② 砭愚：治疗愚昧。陆游《砭愚》："储药如丘垄，人愚未易医。"负咎：抱愧，自感对不起人。

③ 云泥：高低差别好像天上的云彩和地下的泥土的距离那样远。杜甫《送韦书记赴安西》："夫子欻通贵，云泥相望悬。"

④ 云梦：引意孟浩然《望洞庭湖赠张丞相》："气蒸云梦泽，波撼岳阳城。"吞九：引意苏洵《送任师中任清江》："浩荡吞九野，开阖壮士肝。"蓬瀛浅三：引意成语"东海扬尘"，喻世事变迁。

⑤ 大厉：大恶，大祸害。《诗·大雅·瞻印》："孔填不宁，降此大厉。"

⑥ 桑弧：引意成语"桑弧蓬矢"，指古时男子出生，以桑木作弓，蓬草为矢，射天地四方，象征志于四方。《礼记·内则》："射人以桑弧蓬矢六，射天地四方。"

三

翻经卢扁见羹墙，桔叶辛温杏子香。[①]
两部秘书新著录，千金家学旧传方。
丹铅且创名山业，粉墨休登众戏场。[②]
冥索幽探心血在，肯教余子肆雌黄。

四

久将声价播重洋，四序皆春蛮犵乡。
壶峤仙踪洵可乐，梓桑风味讵曾忘。[③]
医能辨证传真诀，诗不阿时率旧章。
学富才优名自显，宛如锥颖出于囊。

五

刀环指日唱归舟，偿愿名山万里游。
斑管犹能歌盛世，黄河不复葬清流。
弥天香雨花争放，举国东风士不秋。
际遇升平君有福，行看奋发展鸿猷。

---

① 卢扁：战国时名医扁鹊家住卢国，人称“卢扁”。后以指名医。元王实甫《西厢记》：“我这病卢扁也医不得。”羹墙：《后汉书·李固传》：“昔尧殂后，舜仰慕三年，坐则见尧于墙，食则见尧于羹。”借喻追念前辈或仰慕贤能。

② 丹铅：指点勘书籍用的朱砂和铅粉。借指出书立著。韩愈《秋怀诗》：“不如觑文字，丹铅事点勘。”

③ 壶峤：传说中仙山方壶、员峤的并称。明杜云构《袁节寰晋大司马奉命乘传锦还序》：“（袁可立）营菟裘里门外，置身壶峤，烟鬟蜡人，望之以为藐姑射冰雪人也。”洵：实在，确实。《诗·陈风·宛丘》：“洵有情兮。”

六

得天气足自成材，却老非关大药培。
诞日悬弧瓜瓣熟，排年周甲铁花开。[①]
埋蛇令尹余阴德，漱石中都挺异才。[②]
寿酒一觥乡已杖，万方骚客献诗来。[③]

七

自写新诗笔态斜，红笺遍送烂如霞。
蛮荒吟侣齐拈管，邑里词坛让建牙。[④]
樵父主持风与月，舍人雕镂玉兼花。
和章我爱凤山句，抄上云蓝窃窃夸。[⑤]

八

心传我本慕儒家，老未穷经感鬓华。

---

① 悬弧：古指生男。古时尚武，家中生男，于门左挂弓。《礼记·内则》：“子生，男子设弧于门左，女子设帨于门右。”

② 埋蛇：喻善行仁爱。汉刘向《新序》载，孙叔敖遇两头蛇，杀而埋之，其母曰：“有阴德者天报之以福。”后孙当了楚令尹。漱石：引意成语“漱石枕流”，喻随机应变，有才气。南朝刘义庆《世说新语》载，孙子荆年少欲隐，语王武子“当枕石漱流”，误曰“漱石枕流”。王曰“流可枕，石可漱乎”，孙曰“所以枕流欲洗其耳；所以漱石欲砺其齿”。

③ 乡已杖：指六旬老人。《礼记·王制》：“五十杖于家，六十杖于乡，七十杖于国，八十杖于朝。”

④ 建牙：古谓出师前树立军旗。军前大旗称牙旗。亦指武将出师。《晋书》：“于是尽赦囚徒，散布帛数万匹以赐其将士，建牙誓众，将赴长安。”

⑤ 云蓝：纸名。唐志怪小说家段成式在九江时自制。宋姜夔《次韵千岩杂谣》：“道士有神传火枣，故人无字入云蓝。”

青睐偏能邀阮籍，狂言安可对刘巴。①
迁乔境俗居无竹，坠溷才消笔不花。②
两载抱关贫击柝，遂令身世有疵瑕。③

九

农圃关心学五年，筋酸骨痛敢呼天。
笠蓑风雨春生病，灯火耰锄夜废眠。④
野味岁荒思咬菜，南音山险听调弦。
衰残幸免填沟壑，修短穷通听自然。⑤

十

五八春秋指一弹，鸡皮鹤发镜中看。
子孙绕膝还家好，蒿蔚伤心见母难。⑥
才尽已同痴钝钝，肠空不吃懒残残。
荣枯乏味君休笑，久悟楞严白骨观。

---

① 阮籍：三国魏国诗人，竹林七贤之一。秉性谨慎避祸，明哲保身，得以终养天年。刘巴：少年才华不凡，荆州牧刘表屡次提拔，刘巴坚辞不就。后投刘备，受尚书令，与诸葛亮、法正等共制蜀汉法典《蜀科》。为人无私高傲。

② 坠溷(hùn)：引意成语“坠溷飘茵”，谓坠入厕所和躺在垫褥上，喻人之境遇高下悬殊。溷，肮脏，混浊。

③ 抱关：守关。击柝(tuò)：击木梆巡夜打更。抱关击柝：指守关巡夜的人。也泛指地位低微的小吏。《孟子·万章》：“辞尊居卑，辞富居贫，恶乎宜乎？抱关击柝。”

④ 耰锄（yōu chú）：耕田锄草，泛指农作。耰，古代松土、整地的农具。

⑤ 穷通：困厄与显达。《庄子·让王》：“古之得道者，穷亦乐，通亦乐，所乐非穷通也；道德于此，则穷通为寒暑风雨之序矣。”

⑥ 蒿蔚：清山东女诗人李长霞诗句：“萍蓬寄迹家千里，蒿蔚余生客十年。黄鹤楼头频怅望，汝南济北各风烟。”写寒食时节重游武昌，大江南北多年战乱，往事历历不堪回首。“蒿蔚”对应于“萍蓬”。李长霞，字德霄，清末北方颇有声望的女诗人、学者，有“诗古文词，冠绝一世”美誉，著有《锜斋诗集》。

附诗：

六十书怀（1961年7月）

孙崧樵

一

廿年两渡七洲洋，住久他乡似故乡。
酒榼诗筒随处有，椰风蕉月几时忘。
遣怀留客摊棋局，问病由人托报章。
赢得半生辛苦处，归来稿子满奚囊。

二

浪说千金裕世家，青囊无术驻年华。
读书已觉钝头脑，结习尚留旧尾巴。
豪兴能倾盈斗酒，闲情喜插一瓶花。
守身自许当如玉，检点平生不掩瑕。

三

东风送暖引归舟，乘兴观光赋壮游。
关外山川增富丽，江南文物更风流。
万方安乐歌明世，四海升平庆有秋。
佳节京城参盛会，嵩呼雷动颂新猷！

四

甲子平头指一弹，抒怀诗作寿诗看。

编书何必深藏拙，讲学还须不畏难。
尚有雄心思奋发，肯随俗见认衰残？
从今脱却迂儒气，树立工人世界观。

询见赠诗，次原韵与答

（壬寅　1962年）

浮生安敢怨风波，五十年来舛误多。[①]
浅见得蠡频测海，粗心无楫屡冯河。[②]
石听佛法头应点，圭入诗篇玷可磨。
学稼多年吟兴尽，山城酬唱负阴何。[③]

---

① 浮生：喻指人生。《庄子·刻意》："其生若浮，其死若休。"谓人生在世，虚浮不定，故称人生为"浮生"。

② 得蠡频测海：成语以蠡测海，谓用瓢测量海水。喻以浅陋之见揣度事物。汉东方朔《答客难》："以管窥天，以蠡测海。"无楫：没有划船的桨。喻没有实现意愿的手段。汉扬雄《法言·寡见》："灏灏之海济，楼航之力也。航人无楫，如航何?"冯河：徒步涉水渡河，引申为有勇无谋，冒险行事。唐孔颖达疏："无舟渡水，冯陵于河，是顽愚之人。"

③ 阴何：南朝陈诗人阴铿和梁诗人何逊的并称。铿幼年好学，能诵诗赋，后博涉史传，尤善五言诗。逊八岁能诗，弱冠州举秀才，善于写景，工于炼字，为杜甫所推许。二人诗风相近，世号阴何。

次和林丈竹均[1]七十

（壬寅　1962年）

一

尊兼齿德似公稀，贤可思齐圣可希。[2]
从有欲中看逐逐，于无色处想非非。[3]
医方独得岐黄秘，诗律遥探唐宋微。[4]
心境浑如天海阔，任它鱼跃与鸢飞。

二

老夫家赖女妻持，枯木生稊得阿迟。[5]
祛痛药材笼里储，疗饥豆荚甑中炊。
贯通今古书千卷，嘲弄乾坤笔一枝。
斗烂七星人七秩，樽前自制七章诗。

---

① 林竹均：福州著名中医。生于1893年。著有《神农本草歌括》、《肺痈治验》等书。善诗词，与惠安孙崧樵是故交、诗友。

② 齿德：指年龄与德行。《孟子》："天下有达尊三，爵尊、齿尊、德尊。"后亦指年高德劭的人。圣可希：引自"三希"，即"士希贤，贤希圣，圣希天"。意在鼓励不懈追求，勤奋自勉。

③ 逐逐：引意成语"眈眈逐逐"，指贪婪注视，急于攫取的样子。

④ 岐黄：岐伯和黄帝，相传为医家之祖。代指中医医术。宋苏颂《〈政和证类本草图经〉序》："雠校岐黄《内经》，重定针艾俞穴。"

⑤ 生稊(tí)：成语"枯杨生稊"。稊，植物的嫩芽。枯萎的杨树又长出了芽。旧喻老人娶少妻。《周易·大过》："枯杨生稊，老夫得其女妻。"

三

休言白发对花惭，白发簪花兴更酣。
声价壮能空翼比，风情老尚赋周南。①
金盘承酒原如露，玉镜垂纶别有潭。
马上文渊夸矍铄，肤功肉搏力犹堪。②

四

握笔直上钓龙台，呼吸之流洽九垓。③
共被钧音集庭木，独斟蛇影入金杯。④
置身表海言能立，创业名山志未灰。
谈月谈花谈胜迹，床头缃缥一堆堆。⑤

五

象截河流力岂殚，榕垣卌载主吟坛。
文须浅显人方晓，诗要清新论不刊。
既悟身如沧一粟，何妨睡到日三竿。
他年汉字拉丁化，著作千秋望恐难。

---

① 周南：《诗·国风》篇章之一，后人认为《周南》所收大抵为今陕西、河南、湖北之交的民歌，颂扬周德传播南方。汉以后被作为诗教的典范。

② 文渊：指文渊阁，藏书之地，喻知识渊博。肤功：亦作“肤公”，大功。《诗·小雅·六月》：“薄伐猃狁（xiǎn yǔn，古代北方少数民族），以奏肤功。”

③ 钓龙台：福州《三山志》载：“南台，城南有越王钓龙台，故名。”汉朝使团在钓龙台以汉高祖刘邦名义敕封无诸为闽越王。后人称钓龙台为“全闽第一江山”。本组诗章第五首“榕垣卌载主吟坛”，与“握笔直上钓龙台”、“置身表海”、“创业名山”皆相关联。九垓：引意成语“九垓八埏（yán）”，指天地的终极之处，即天涯海角。垓，通“陔”，重，层；九垓即九重天。《史记·司马相如列传》：“上畅九垓，下溯八埏。”

④ 庭木：宋代诗人曾巩所著五言长句。

⑤ 缃缥（xiāng piǎo）：古人常用浅黄色或浅青色的布帛包书，借指书卷。

六

螺阳痴汉久忘贫，陋巷箪瓢局促身。
为爱子荆牙漱石，得知君复笔通神。
琴音九叠清如水，梅影孤山净不尘。
序齿属蛇吾在后，天涯惆怅来为邻。

七

我久停吟罢捻须，频年病肿近差臞。①
身如木偶心先死，世有诗囚调不孤。
所喜郊寒知岛瘦，何妨嵇懒笑倪迂。②
和章窃比巴人曲，值得周郎一顾无？③

原注：

余因孙君崧樵介绍，得与林翁和。

翁生于癸巳，余乙巳，后公一纪。

---

① 臞（qú）：消瘦。

② 郊寒岛瘦：成语，指孟郊、贾岛简啬孤峭的诗歌风格。后用以形容诗文类似的意境。苏轼《祭柳子玉文》："元轻白俗，郊寒岛瘦。"嵇（jī）：嵇康，字叔夜，三国时期曹魏思想家、音乐家、文学家，"竹林七贤"之一。嵇康与阮籍等竹林名士共倡玄学新风，主张"越名教而任自然"、"审贵贱而通物情"。倪迂：元末明初画家、诗人倪瓒。倪清高孤傲，洁身自好，不问政治，不管农事，自称"懒瓒"，亦号"倪迂"。常年浸习诗文书画，一生未仕。藏书数千卷，亲手勘定。性好洁，服巾日洗数次，近屋桐树也常洗拭，故有"倪迂洗桐"的典故。

③ 周郎：引意成语"周郎顾曲"，谓周瑜有姿貌、精音律，有"曲有误，周郎顾"之誉。周系东汉名将，曾随孙策、孙权建立江东基业，与长史张昭共掌军事。后周率军与刘备联合，于赤壁之战大败曹军，奠定了"三分天下"的基础。

腹泻两载余，近服炒豆粉颇收效

（癸卯　1963 年）

捣融角果偶充饥，疾在膏肓竟可为。
小甑炊宁师务观，火灵服窃比希夷。[①]
同根怪汝相煎急，无齿惭吾细嚼迟。
一顷南山滋味好，廉颇从此不三遗。[②]

---

① 务观：即南宋文学家、史学家、诗人陆游（1125—1210），字务观，号放翁，今浙江绍兴人。一生笔耕不辍，诗词文均俱很高成就。其诗兼具李白的雄奇奔放与杜甫的沉郁悲凉，饱含爱国热情。“人家秋获争登场”、“大甑炊玉连村香”为《秋获歌》中的诗句。希夷：北宋道家陈抟（871—989），今安徽亳州市人。唐文德元年受皇帝召见，赐“清虚处士”。后周世宗召见，被任命为谏议大夫，不仕，赐“白云先生”。北宋雍熙元年太宗再次召见，赐“希夷先生”。五代、后唐期间陈抟赴京应考名落孙山。后隐居武当山，游学峨眉山，著有《观空篇》等。研究《易》学，著有《太极阴阳说》、《先天方圆图》等。逝于华山，享年 118 岁。

② 南山：指道教名山终南山，在西安市南。廉颇：战国末期赵国名将。赵王派遣使者慰问廉颇，看廉颇是否可用。廉颇在使者面前一顿饭吃一斗米、十斤肉，还披甲上马，表示自己可上前线。但使者向赵王报告说：“廉将军饭量还很好，可不多时拉了三次屎。”赵王认为廉颇老了，没有任用。廉颇没再得到为国报效的机会。不久赵国战败。

家居杂咏十四首

（癸卯 1963 年）

扫地

为爱门庭日日新，净君辛苦扫浮尘。
不治一室陈蕃误，敝扫千金我自珍。

焚香

中堂香火一炉温，镜里爹娘色笑存。
风貌宛然忘是像，终身欢喜侍晨昏。

执爨

辛勤执爨日三回，双手烟尘满面炱。①
鼎鼐久居堪笑欱，调羹尚未识盐梅。②

洗碗

谁云雌伏竟非夫，身老无能要认输。
洗涤碗盂妻窃笑，当年坠地误悬弧。

补鼎

倒翻古釜似穹苍，蠢蚀穿空铁锈黄。

---

① 爨（cuàn）：烧火做饭。炱（tái）：烟灰，烟气沉积而成的黑灰。
② 欱（hē）：通“呵”，笑。《玉篇·欠部》：“欱，大张口笑也。”

补用锌皮非炼石，吾身安敢比娲皇。

栽菜

小锹屋隙地新开，春韭秋菘取次栽。
为爱根香恒饱吃，多年面色此中来。

莳[①]烟

浅绿深青叶叶娇，墙根逐日壅烟苗。[②]
老夫为有烟霞癖，不爱花妖爱草妖。

拾豆

角果恒旸结实稀，风来荚裂剩枯萁。[③]
惭吾不是诗人杜，匍匐畦边作拾遗。

养鸡

武距文冠五德嘉，羽毛如玉净无瑕。[④]
裴真君道吾能学，养汝幽居可辟邪。[⑤]

---

① 莳（shì）：移植，栽种。《广雅》："莳，种也。"明王夫之《小云山记》："庐下莳杂花。"

② 壅（yōng）：障蔽；遮盖。《战国策·齐策》："宣王因以晏首壅塞之。"把土或肥料培在植物的根上。

③ 恒旸（yáng）：久晴不雨。《汉书·五行志》："庶征之恒阳，刘向以为《春秋》大旱也。"

④ 五德：谓鸡具有文、武、仁、信、勇五德。

⑤ 裴真君：一道士名，好养白鸡，福州道观裴真君宫供奉。

畜兔

珠眸丝毳月中精，乃祖微闻卯地生。[1]
孝比华秋吾岂敢，相依庐畔汝多情。[2]

读书

蠹鱼食字拙堪嗟，知也无涯生有涯。
我老嫏嬛游不得，一篇遮眼是南华。[3]

作诗

暮年獭祭枉劳心，结习难忘尚苦吟。[4]
一字未安心惴惴，怕留滋味耐人寻。

诰儿

学贵治生语可宗，耦耕沮溺岂凡庸。[5]
团圞我羡田家乐，深愿儿曹作老农。[6]

---

① 毳(cuì)：鸟兽的细毛。

② 华秋：《北史列传》载：华秋事母以孝闻。幼丧父，家贫，佣赁为养。母终，遂绝栉沐庐于墓侧，负土成坟。有一兔，猎人逐之，奔入秋庐中匿膝下。猎人至庐，异而免之。自尔此兔常宿庐中，驯其左右。

③ 嫏嬛（láng huán）：《字汇补・女部》："玉京嫏嬛，天帝藏书处也。"后常用于对藏书室的美称。

④ 獭祭：獭常捕鱼列于水边，如陈列供品祭祀。后借喻作文罗列典故，堆砌成文。

⑤ 沮溺：借指避世隐士。《论语・微子》："长沮，桀溺耦而耕，孔子过之，使子路问津焉。"

⑥ 团圞(luán)：团聚。

携孙

锡来纯嘏谢苍天，岐嶷诸孙绕膝前。
暮齿分甘情最慰，还期瓜瓞永绵绵。

省兄墓四首

（癸卯 1963年）

一

家山何处觅遗踪，迟暮来登士子峰。
人鬼有关长阻隔，弟兄无路可相逢。
石头堆墓萝空补，瓦罐藏骸土未封。
风雨对床如昨望，不堪枨触涕沾胸。[①]

二

常棣诗荒懒再吟，廿年原断鹡鸰音。[②]
读书晚为承家学，爱弟殷能慰母心。
制艺一场科举罢，剖冰双鲤孝思深。[③]
阿兄长逝风流尽，他日谁哀子敬琴。[④]

---

① 风雨对床：即成语“对床风雨”。指亲友或兄弟久别重逢，亲切交谈。苏曼殊《致刘三书》：“回忆秣陵半载，对床风雨，受教无量，而今安可得耶?”枨触：触动，感触。

② 常棣：木名，借喻兄弟。《诗·小雅·常棣》：“常棣之花，鄂不韡韡，凡今之人，莫如兄弟。”鹡鸰（jī líng）：一种小鸟，只要一只离群，其余就都鸣叫，寻找同类。引意成语“鹡鸰在原”，喻兄弟友爱之情。《诗·小雅·常棣》：“脊令在原，兄弟急难。每有良朋，况也求叹。”

③ 剖冰双鲤：引意成语“卧冰求鲤”，即二十四孝典故之一。

④ 子敬琴：引意成语“人琴两亡”，形容看到遗物，怀念死者的悲伤心情。唐张说《为人作祭弟文》：“予羸老矣，伤心几何。人琴两亡，命也命也。”

三

措大家风累叶垂，食贫奚忍说前时。[1]

破衾不冷知临夏，锅盖无温觉断炊。

苜蓿十年童子傅，脉经三指老儒医。

可怜衰病逢凶岁，依旧难熬曼倩饥。[2]

四

杖乡弹指一年加，病树难禁腹里蛇。

身入重泉依有义，魂归故里认无家。

罪言季弟惊萋斐，终养骄儿昧白华。[3]

我手未能援嫂溺，哀渠白首竟怀沙。[4]

---

① 措大：旧称贫寒失意的读书人。唐张鷟《朝野佥载》：“江陵号衣冠薮泽，人言琵琶多于饭甑，措大多于鲫鱼。”

② 曼倩：西汉辞赋家东方朔，字曼倩。东方朔初时俸禄微薄，为得汉武帝召见，东方朔吓唬养马的侏儒：“你们对国家毫无益处，皇帝打算杀掉你们。”侏儒们向武帝求饶，武帝召东方朔责问。东方朔说：“侏儒身高三尺，我身高九尺，俸禄却一样多，总不能撑死他们而饿死小臣吧！”借指收入低微者。

③ 萋斐：花纹错杂貌，借喻谗言。孔颖达疏：“《论语》云：‘斐然成章’是斐为文章之貌，萋与斐同类而云成锦，故为文章相错也。”白华：《诗·小雅》中的篇名。全诗八章，每章四句，抒发女子失宠之后的哀怨和失落，刻画了一位纯洁善良、直爽痴情的女子形象，借喻良家妇女。

④ 怀沙：即屈原著《九章》第五篇。此篇诗章作于屈原临终之前，为其绝笔。后借指投水自尽。

第二次游双髻寺四首（癸卯三月同妹往）

（癸卯 1963 年）

一

老来陋巷寡朋俦，偿愿名山得再游。
双髻峰头经在望，洗心亭畔且稽留。
林深怪石蹲疑虎，坡陡行人喘似牛。
踏进洞天无限乐，鸿泥踪迹认前刘。①

二

十六年间几劫灰，洞门依旧倚云开。
千寻圣水旋峰顶，亘古仙踪印石台。
出树清音禽对语，笼烟淡翠荈新栽。②
步虚声歇无方士，庙祝黄庭诵不来。③

三

静观万物悟因缘，心事焚香告上仙。

---

① 前刘：指前刘海。代指刘海蟾，又名刘海，五代时人。相传刘海在终南山修道成仙，系八仙之一。相传刘海披着长发，有短发覆在额前。

② 荈（chuǎn）：茶的老叶，晚采的茶，亦指茶株。

③ 庙祝：庙宇中掌管香火的人。祝，火神祝融。黄庭：指《黄庭经》，道教经典。

善继诸儿有至性，全归阿母享高年。[①]

吾身已愿三途苦，天意仍教一命延。[②]

逆数知来灵爽在，筒签杯珓验从前。[③]

四

攀萝独上最高冈，老眼犹能望八荒。

人世有情长扰扰，江山无恙尚苍苍。

六虚积气包天地，三浅扬尘幻海桑。[④]

风烛余年知任运，神前不复问行藏。

---

① 全归：引意成语“全受全归”，谓保身而得善名以终。《礼记·祭义》：“父母全而生之，子全而归之，可谓孝矣。不亏其体，不辱其身，可谓全矣。”意为人的身体来自父母，应终生洁身自爱，以没有受过污损的身体回归初生。

② 三途：佛教语，即火途、刀途、血途。义同三恶道之地狱、饿鬼、畜生。乃因身、口、意等诸恶业所引起的劫难。

③ 逆数：预测。《易·说卦》：“数往者顺，知来者逆，是故《易》逆数也。”灵爽：指精气神。杯珓(jiào)：占卜用具。宋程大昌《演繁露·卜教》：“后世问卜于神，有器名杯珓者，以两蚌壳投空掷地，观其俯仰，以断休咎……或以竹，或以木，略斫削使如蛤形，而中分为二，有仰有俯，故亦名杯珓。”

④ 六虚：《易》六十四卦每卦六爻的位置。亦指天地上下及四方。

七月初三先严忌辰感赋四首

（癸卯　1963年）

一

凉蟾乍吐似愁眉，五十年前失怙时。
晓鹤控随三岛客，暮鹨孤弃九龄儿。①
箧中脉望神仙蜕，眼底莪蒿涕泪诗。②
赖有南柯通夜梦，牵衣长跪问归期。

二

绛帷风雪老青衫，环堵萧然百不堪。
入世贫推家第一，生天秋见月初三。③
绿蔬得火喧尘甑，丹桂临泉傲破庵。
五六天年似王考，伤心啖蔗未回甘。

三

属马虚中甲子留，计年一百六春秋。

---

① 三岛：指海上蓬莱、方丈、瀛州三座仙山。唐郑畋《题缑山王子晋庙》："六宫攀不住，三岛去相招。"亦泛指仙境。暮鹨（liù）：晚年所生的子女。鹨，小鸣禽。

② 脉望：传说中的书虫。据说读书人用它熬药，喝了会高中。《原化记》载：据仙经曰："蠹鱼三食神仙字，则化为此物，名曰脉望；夜以矰映当天中星，星使立降。可求还丹，取此水和而服之，即时换骨上升。"因取古书阅之，数处蠹漏，寻义读之，皆神仙字。

③ 生天：升上天空。南朝梁何逊《七召》："俄而夕鸷东返，落日西悬，绮霞映水，蛾月生天。"佛教谓行十善者死后转生天道。秋见：谓秋季朝见天子。《周礼·春官·大宗伯》："以宾礼亲邦国，春见曰朝，夏见曰宗，秋见曰觐，冬见曰遇，时见曰会，殷见曰同。"借指秋见天王。

人寰鼎革谁汤武，吾道仪型自孔周。
读易恒称谦最吉，执鞭早悟富难求。①
命宫磨蝎分明在，潦倒家山不怨尤。②

四

故居门巷已沧桑，先泽昭垂剩义方。
爷尚一抔依列祖，儿经三陟住城厢。
写真笔倩长康妙，钟美山留士子苍。③
绳武诸孙知孝悌，缘知积善有余庆。④

---

① 谦：谦卦是《易经》六十四卦之第十五卦。卦体中上卦为坤为地，下卦为艮为山。谦卦艮下坤上，为地下有山之象。山本高大，但处于地下未予显示。在人则兆德行很高，且自不显扬。属六十四卦中唯一全吉的卦。

② 磨蝎：即磨蝎宫。星宿名，十二宫之一。旧时星象家言，身、命居此宫者，常多磨难。

③ 长康：晋顾恺之，字长康。顾恺之博学多才，擅诗赋、书法，尤善绘画，与曹不兴等合称“六朝四大家”。画作传神，提倡“以形写神”，为中国画的发展奠定了基础。唐李嘉祐《访韩司空不遇》：“图画风流似长康。”钟美：集美，专注喜好。南朝梁刘勰《文心雕龙·才略》：“潘岳敏给，辞自和畅，钟美于《西征》，贾余于哀诔。”

④ 绳武：意指继承祖先业迹。《诗·大雅·文王之什》：“昭兹来许，绳其祖武。”朱熹《集传》：“绳，继；武，迹。言武王之道，昭明如此，来世能继其迹。”

十月初四先慈诞辰一首

（癸卯　1963年）

鞠儿阿母昔艰辛，今我流年近六旬。
六四女兄五一妹，同胞三个白头人。
帨辰此日觞冥寿，依旧梅花绽小春。①
子女孙曾齐下拜，重泉应尚感苍旻。②

---

① 帨（shuì）辰：帨，佩巾。古代女子出嫁时，母亲所授。在家时挂在门右，外出时系在身左。后世称女子生辰为帨辰或帨诞。小春：指农历十月。

② 苍旻（mín）：苍天。旻，天，天空；特指秋季的天空。

追忆故居[①]六首

（癸卯　1963 年）

一

灵瑞峰西螺岫东，一村如画绿荫中。
晓来正射门门日，春到平穿巷巷风。
朱甓阶前庭十亩，青芜屋后地千弓。
舍南酒肆行人聚，二里城闉坦途通。

二

古榕如盖四株奇，五百年前此肇基。
草嫩豕牛羊蹀躞，谷丰碾硙碓参差。[②]
肖鹅坡上雌雄石，洗㶇村边大小池。[③]
凿井耕田人忘倦，桑麻社酒共熙熙。

三

牺罍自昔重烝尝，旗扁丹青照庙堂。[④]

① 故居：作者故里惠安县城东侧鹅东村，俗称东张。东迎灵瑞山，西背螺山。

② 蹀躞（dié xiè）：小步走路。往来徘徊。碾硙（wèi）：利用水力启动的石磨。《资治通鉴》：“春，正月，辛酉，敕毁白渠支流碾硙以溉田。”

③ 雌雄石：鹅东村后有鹅形巨石，俗称鹅公石、鹅母石，应是村名由来。

④ 罍（léi）：古时盛酒器具。烝尝：指秋冬两祭，亦泛指祭祀。《诗·小雅·楚茨》：“絜尔牛羊，以往烝尝。”郑玄笺：“冬祭曰烝，秋祭曰尝。”旗扁：即旗匾，作者前辈多有参与科举应试获取功名仕禄，于居屋前立旗挂匾。

昭穆神匰前品爵，本源碑板旧文章。①
传家孝友孙谋远，继世簪缨祖泽长。
易代犹为弦诵地，鹅东黉帜此飘扬。

四

里门上屹小谯楼，措大家居中巷头。②
白发伯兄饥曼倩，青衫穆考瘦黔娄。③
第名进士声光杳，堂号诒经匾额留。④
椒衍瓜绵二十世，欣看孙子嗣弓裘。

五

高明王庙敬文亭，影入高塘水最清。⑤
社鬼凭依乌桕树，老尼休息绿瓜棚。⑥
听松庵后双华表，浴佛潭边一石兄。⑦
丹桂秋来香四溢，傍泉斋里读书声。

---

① 昭穆：指宗庙牌位顺序，昭为左，穆为右。匰（dān）：古时宗庙安放神主的器具。

② 措大：贫困文人。

③ 穆考：指作者已故的父亲。黔娄：汉刘向《列女传·鲁黔娄妻》载，黔娄为春秋鲁人，隐士，不肯出仕，家贫，死时衾不蔽体。代指贫困文人。

④ 第名进士：作者先祖公名讳王约，字伯一，号仰石。据惠安相关史料载，王约于明万历五年中进士，入宰相府行走办事，后升任户部主事，得到皇上赏识，调任广东、广西一带主政，号“南疆藩屏之臣”，后调任湖南、湖北任职。近年在惠安洛阳镇陈坝村发现纪念其先祖牌坊。诒经：作者父亲教书的学馆正门挂有“诒经堂”匾额。

⑤ 高明王庙、敬文亭、高塘：均为分布于鹅东村周边构筑物。

⑥ 社鬼：即社公，古谓土地神。

⑦ 浴佛：农历四月初八为释迦牟尼生日，当日佛教徒以名贵香料浸水洗擦佛像，称为“浴佛”。《后汉书·陶谦传》：“每浴佛，辄多设饮饭，布施于路。”

六

移家弹指八年余，魂梦时犹绕故居。
花发小园春语鸟，日穿孤井午升鱼。
幽栖池畔三间屋，先泽床前两架书。[1]
旧迹钓游何处认，梓桑门巷幻丘墟。

① 先泽：祖先的遗物。

游片瓦岩四首（癸卯年十一月与如柏同往）

（癸卯　1963 年）

一

杖头沽酒一钱无，游兴偏浓措大愚。[1]
衣履违时生客笑，腰肢乏力外孙扶。
文章我不驱穷鬼，风物天将赠老夫。
片瓦名岩睽八里，城西踏去有通途。

二

石级千层古洞开，人间即此是蓬莱。
梵音久寂前僧死，香火常温信女来。
塑像仙公犹羽扇，铸金佛祖尚莲台。
凄凉最是文昌阁，破屋三间败叶堆。

三

还乡戴宪此栖迟，画锦光辉告老时。[2]
词笔苦将危壁占，姓名终仗好山垂。
白云异代仍归岫，黄菊深冬尚满篱。

---

① 杖头：《晋书・阮修传》："阮修常步行，以百钱挂杖头，至酒店，便独酣畅。"

② 戴宪：即明雷州知府戴一俊，字惟宅，号卓峰，惠安崇武人，22 岁中举，次年高中进士，授南京刑部主事。31 岁任温州知府，后擢升广东按察司副使，迁知雷州。为人刚直不阿，做官清明。38 岁时辞官奉母，其母去世后，于县西一片瓦岩构庐隐居三十余年。

襁子何来新庙祝，云鬟不似比丘尼[①]。

四

顶天立地一峰尊，磐石巅高不可扪。
造物无心留粉本，开山何代入云根。[②]
太穷头角巨灵露，难化僵尸盘古蹲。[③]
人世沧桑如转毂，丹尔万劫竟长存。

---

① 比丘尼：佛教出家五众之一，指已受具足戒的女性，俗称尼姑。

② 开山：最初在山上建寺庙。

③ 太穷头角：过于显露气概才华。穷，用尽，穷尽。巨灵：传说中劈开华山的河神。李白《西岳云台歌送丹丘子》："巨灵咆哮擘两山，洪波喷流射东海。"

寿薇翁七九一首

（癸卯　1963 年）

黄菊开时晋兕觥，大年七九仰耆英。①
觻觿巨室佳公子，簪带前朝旧贡生。②
山有蕨薇堪鼓腹，门无车马自埋名。③
竹中高士藏身久，惭愧羲之未识荆。④

原注：

另次韵四律，因忘原韵未补。

① 兕觥（sì gōng）：古代酒器。后泛指酒器。

② 觻觿（lì xī）：喻颖锐，出类拔萃。觻，兽角锋利。觿，角或骨制的锥。贡生：明清两朝经考试合格，由府州县学推荐到国子监学习的人。

③ 蕨薇：两种野菜。《诗·小雅·四月》："山有蕨薇，隰有杞桋。"

④ 荆：指荆筱，楚地所产小竹，可制笔杆、钓竿。《列子·汤问》："詹何以独茧丝为纶，芒针为钩，荆筱为竿，剖粒为饵，引盈车之鱼于百仞之渊。"

残菊四首　和林翁竹均作次其原韵

（癸卯　1963 年）

一

独将幽艳殿群芳，余蕾冬深尚傲霜。
词女帘前怜瘦影，高人篱下恋斜阳。①
颜衰未褪中央色，气足能延晚节香。
老去渊明伤发秃，无多佳友在柴桑。

二

半林黄叶冷孤村，相伴依然月度垣。
风子饵疏将得道，屈平餐减孰招魂。②
两开前泪诗人笔，三径遗踪处士门。③
自是山中花历尽，摘难盈把岂须论。

① 词女：指李清照。其咏菊词作《醉花阴》句：“人比黄花瘦。”高人：指陶渊明。其咏菊诗作：“采菊东篱下，悠然见南山。山气日夕佳，飞鸟相与还。”陶故里为浔阳柴桑（今江西九江）。

② 风子：即五代时期书法家杨凝式。唐末任秘书郎，五代时官至太子少师，世称“杨少师”。曾因言语不慎闯祸，便以装疯渡难关，举止佯狂，时人称“杨风（疯）子”。饵疏：引意宋强至诗句：“时情逐势饵边鱼，贫病由来俗易疏。”借喻随情顺势。屈平：即屈原。所作《楚辞·九歌·礼魂》咏菊诗句：“春兰兮秋菊，长无绝兮终古。”《招魂》亦为《楚辞》中的名篇。

③ 三径：引意典故陶渊明归隐田园，指归隐者家园。陶渊明《归去来辞》：“三径就荒，松竹犹存。”处士：指有才德而隐居不仕的人。《孟子·滕文公下》：“圣王不作，诸侯放恣，处士横议，杨朱、墨翟之言盈天下。”

三

石崖回首几枝疏，抱定秋心与众殊。
气韵死犹留蕴藉，形骸生且寄须臾。
黄居桂后神偏逸，白在梅前貌更癯。
风紧不须忧零落，故吾原不异今吾。

四

栏绾枯藤护四周，暮年相对亦消忧。
神仙酒尚零杯在，天地香犹老圃留。①
瘦削仪容奇傲世，折磨筋骨健经秋。
来年待到繁霜候，重与樊川插满头。②

① 零杯：引意杜甫诗《不见》："敏捷诗千首，飘零酒一杯。"全诗抒发许久不见李白的思念之情，夸赞李诗作敏捷，感慨李在被贬飘零途中借酒消愁。李白（701—762）被誉为"诗仙"，与杜甫并称为"大李杜"。老圃：引意宋韩琦《九月水阁》诗句"虽惭老圃秋容淡，且看寒花晚节香"。

② 樊川：即樊川翁，唐诗人杜牧别称。杜牧（803—约852），字牧之，号樊川居士，今陕西西安人。唐代杰出诗人、散文家，著有《樊川集》。其咏菊诗作《九日齐山登高》句"尘世难逢开口笑，菊花须插满头归"。

水仙花一首　次和竹均先生原韵

（癸卯　1963 年）

银台金盏几茎新，泉石三生结净因。①
香远不劳风力量，影清独具月精神。
宓妃绰约犹微步，谢女聪明本后身。②
标格似梅梅已嫁，称渠同调恐非真。③

原注：

瓯比咏梅有“同调无多止水仙”之句。

---

① 银台金盏：水仙花有单瓣复瓣等品种，单瓣别称“金盏玉台”。

② 宓妃：即洛神。系先秦神话中黄河之神河伯的配偶，司掌洛河的地方水神。唐起称洛神为伏羲女。宓妃形象渐变为美人。曹植著有人神相恋的名篇《洛神赋》。谢女：指晋女诗人谢道韫，后亦泛指才女。

③ 标格：风范，品格。

观音柳一首　和均翁作次原韵

（癸卯　1963年）

一堤慈荫晚鸦依，洒水枝存佛未归。
千手垂欣金相足，双眉低悯业因非。①
有心已是泥沾絮，无色何曾汁染衣。
法雨龙池身久现，几人于此悟精微。②

① 业因：佛教谓造成善恶果报的原因。善业为乐果之因，恶业为苦果之因。《成实论·明业因品》："又世间人自知万物从业因生，故起稼穑等业，亦为施戒忍等诸福德业。"

② 法雨：喻佛法。佛法普度众生，如雨之润泽万物，故称。《法华经·化城喻品》："普雨大法雨，度无量众生。"龙池：池名，在唐长安隆庆坊。沈佺期《龙池篇》："龙池跃龙龙已飞，龙德先天天不违。"

佛手柑一首　和均翁作次原韵

（癸卯　1963年）

莲龛仙掌几盘供，身比朱栾更耐冬。[①]
花自拈来香发越，钵经持后态轻松。[②]
圆通大士垂千数，左右阿难盼一双。[③]
软似兜罗金色具，三摩场上味方浓。[④]

① 朱栾：柚的一种。明李时珍《本草纲目·果二·柚》："柚色油然，其状如卣……其大者谓之朱栾，亦取团栾之象。"

② 发越：播散，散发。司马相如《上林赋》："郁郁菲菲，众香发越。"

③ 圆通大士：观音的别称。《楞严经》："尔时观世音菩萨即从座起，顶礼佛足而白佛言：由我所得，圆通本根，发妙耳门，然后身心微妙含容，遍周法界，能令众生，持我名号。"后因称观音为"圆通大士"。阿难：即阿难陀，释迦牟尼十大弟子之一。

④ 兜罗：指"兜罗绵"，出自南蕃、西蕃、云南等地。形质洁白细软，在佛门用语中具佛教含义。三摩：即佛教语"三昧"，意为止息杂念，潜心修行。《大智度论》："何等为三昧？善心一处住不动，是名三昧。"

次和薇翁重游泮水一首

（癸卯　1963 年）

童军冠后尚趋庭，周甲黉宫转眼经。①
搔首乾坤壶底老，佩觿名姓榜头馨。②
辟雍代易游无水，文曲秋高望有星。③
回证初禅何处地，箧中慵叠旧衫青。④

---

① 童军：亦称童军运动。我国台湾和港澳旧称童子军。始于 1907 年，英军中将罗伯特・贝登堡在英白浪岛举办第一次童军露营。20 世纪约 30 年代传入中国。趋庭：喻子承父教。《论语注疏・季氏》载："（孔子）尝独立，鲤趋而过庭，曰：'学诗乎？'对曰：'未也。''不学诗，无以言。'鲤退而学诗。"

② 壶底：即"壶天"，亦作"壶中天"。喻仙境，胜境。《汉书・费长房》载，东汉费长房见一老翁卖药，悬一壶于肆头，市罢，跳入壶中。次是，长房与老翁俱入壶中，唯见玉堂严丽，旨酒甘肴盈衍其中，共饮毕而出。佩觿（xī）：佩带牙锥，表示已成年，具有才干。毛传："觿所以解结，成人之佩也。"

③ 辟雍：本为西周天子所设大学。东汉后历代皆有辟雍，除北宋末年为太学之"外学"外，均为乡饮（庆丰收尊贤敬老宴乐）、大射（选择参加祭祀人）或祭祀之处。汉班固《白虎通・辟雍》："天子立辟雍何？所以行礼乐宣德化也。辟者，璧也，象璧圆，又以法天，于雍水侧，象教化流行也。"文曲：即文曲星，星宿名之一。北斗七星具七种性情，文曲雅性，主文运，武曲星主武运。

④ 初禅：佛教用以治惑、生诸功德的四种禅定（禅宗修行方法），即四禅的初时修行阶段。借指接受启蒙教育。

蟋蟀一首　题寄询兄

（癸卯　1963 年）

井梧摇落又秋深，风紧霜严自苦吟。
人妒王孙行有迹，我怜天籁发无心。
远笼久戢英雄气，代管终传缥缈音。[①]
最是放翁眠不得，玉阶清夜听沉沉。[②]

---

① 戢（jí）：收敛，收藏。《诗·周颂·时迈》："载戢干戈。"

② 放翁：即陆游。

询兄游净峰诗来，次其韵报之

（癸卯　1963 年）

卌载前探海峤幽，梵宫信宿记曾留。
新诗君得江山助，旧地依思杖履游。
千界沧桑诸佛古，六虚云水一峰秋。
来春待与登临共，握手禅关话四休。[①]

① 四休：宋孙昉别号四休居士，省称“四休”。宋黄庭坚《四休居士诗序》：“太医孙君昉，字景初……自号‘四休居士’。山谷（即黄庭坚）问其说。四休笑曰：‘粗茶淡饭饱即休，补破遮寒暖即休，三平二满过即休，不贪不妒老即休。’”

孙君慕真为二侄完婚询兄赠以诗因次其韵

（癸卯 1963年）

心如佛子母誉儿，抚侄功成玉两枝。
辙忆大苏头白尽，籍怜小阮眼青垂。[①]
序钦分道扬镳早，钟郝新妆出拜迟。[②]
比阿家翁恩更厚，知君一样要聋痴。[③]

---

① 辙忆大苏：指苏轼、苏辙兄弟亲情。苏轼寄苏辙诗曰："与君世世为兄弟，更结来世未了因。"兄弟共期归隐田园，一起终老。两人去世后，并葬于小峨眉山。籍怜小阮：阮籍与侄儿阮咸同为"竹林七贤"，并称"大小阮"。

② 序钦：即"钦序"，钦定次序。《北史》载，京兆尹元志与建威将军李彪在洛阳城中两车相遇各不相让，告请魏文帝评理，文帝说你们各自走路分道扬镳不就好了。钟郝：晋王浑妻钟氏，弟湛妻郝氏，妯娌也，皆有德行，相亲爱雍睦，治家有礼。

③ 聋痴：装聋装痴。《资治通鉴》："鄙谚有之：不痴不聋，不作家翁。"

附诗：

贺孙崧樵二侄同日结婚

许钟奇

犹子翩翩信可儿，庭阶手植树连枝。
性天自是人伦卓，心佛难忘母训垂。
风暖双栖鸳梦熟，月圆千里雁行迟。
新娘姐妹花前拜，窃笑风情叔不痴。

次和张丈仰薇七九

（癸卯　1963 年）

一

大德天教享永年，九还金鼎养丹成。①
品茶北苑烹新叶，餐菊东篱拾落英。
壁上尽多行看子，杖头哪有孔方兄。②
簪缨累世传清白，门望于今尚显荣。

二

遗民须白发苍苍，偕隐妻贤比孟光。
磨石百千万尘劫，观河七十九星霜。③
一庭芝玉娱身老，半圃瓜蔬度岁荒。
五子燕山勤教诲，羡渠有勇且知方。

---

① 九还：引意“九转还丹”。道教炼丹术谓九转方能炼成大丹。通过修炼，将阳炁炼回归身，拥有乾健之躯，称九转还丹。唐吕岩《七言诗》：“九转九还功若就，定将衰老返长春。”

② 行看子：画卷的别称。宋楼钥《题高丽行看子》：“高丽贾人，有以韩干马十二匹质于乡人者，题曰行看子。”

③ 尘劫：佛教称一世为一劫，无量无边劫为尘劫。后亦泛指尘世的劫难。《楞严经》卷一：“纵经尘劫，终不能得。”

三

学诗学礼总相宜，随侍琴堂忆昔时。①
名冠童军推异禀，香分贡树羡英词。②
胜朝诰敕垂徽远，廉吏弦歌树德滋。③
洛水笋江风月丽，春蚕尚吐未完丝。

四

吟楚骚词惜畹兰，读参同契慕金坛。④
甘贫原宪长抱履，乐道渊明早挂冠。⑤
老态任教十拗笑，世情止作六如观。⑥
蓬蒿满径堪游憩，仲蔚蜗庐天地宽。⑦

---

① 琴堂：古指掌管乐器的官职，延伸喻官吏善于管理。《吕氏春秋·察贤》："宓子贱治单父，弹鸣琴，身不下堂而单父治。"后称州、府、县署为"琴堂"。

② 异禀：引意成语"天赋异禀"，喻天资聪慧，才华非凡。香分贡树：引意孟浩然《兴雅志》句"贡树分香，预卜他年卿相；天街软乡，争看此日郎君。"喻指子孙前景美好。

③ 徽远：深远。

④ 读参同契：即唐诗僧齐己所作五律《读参同契》。诗称"鬓白炉中术，魂飞海上山。悲哉五千字，无用在人间"。东汉魏伯阳所著《参同契》自述作书目的乃"希时平安"、"可以长存"。金坛：指道教神坛。

⑤ 原宪：孔子弟子，孔门七十二贤之一。出身贫寒，安贫乐道，不苟世俗。曾任孔子家宰，自甘推辞俸禄。孔子死后，原宪隐居，茅屋瓦牖，粗茶淡饭，生活极为清苦。成语"原宪桑枢"谓其襟怀国政，甘于清贫。挂冠：指陶渊明拒绝向督邮行贿，安于清贫，不为五斗米折腰而挂冠辞职。

⑥ 十拗：指老人的十种生理征兆与情态。宋周必大《二老堂诗语》载："老人十拗谓：不记近事记远事；不能近视能远视；哭无泪笑有泪；夜不睡日睡；不肖坐多好行；不肖食软要食硬；儿子不惜惜孙子；大事不问碎事絮；少饮酒多饮茶；暖不出寒即出。"

⑦ 仲蔚：指东汉隐士张仲蔚。晋皇甫谧《高士传》："（仲蔚）与同郡魏景卿俱修道德，隐身不仕……所处蓬蒿没人，闭门养性，不治荣名，时人莫识。"

五九生日书怀

（癸卯　1963年）

光绪岁乙巳，子月辛卯日。
生儿时在申，坠地呱呱泣。
得男两亲欢，桑蓬挂门侧。
风雪正隆冬，夙夜勤卵翼。
暮子名为鹨，厥禀非劲质。①
腠薄厉气侵，囟坳贼风入。②
抽搐急慢惊，阴阳寒热疾。
脉络痛不通，疮疥满身集。
更衣无完肤，脓秽臭且湿。
指秃甲不留，头光发难出。
所赖气息存，眸子瞭而黑。
延医父奔驰，煮药母呜唈。③
稽首祷玉皇，合掌白金狄。
愿儿寿而康，愿儿岐而嶷。④
延龄感天休，祛病仗佛力。⑤

① 鹨（liù）：鸟名，亦称“雀百灵”，体小嘴长，捕食害虫。厥（jué）禀：生来体弱。厥，厥逆，病症。禀，生成的，如秉性。

② 腠：皮肤。囟：婴儿头顶骨未合缝处，囟门。

③ 呜唈（yì）：义同“呜咽”，低声哭泣。

④ 岐而嶷：即岐嶷，谓幼年聪慧。《诗·大雅·生民》：“诞实匍匐，克岐克嶷。”朱熹《集传》：“岐嶷，峻茂之状。”

⑤ 天休：天赐福祐。《书·汤诰》：“凡我造邦，无以匪彝，无即慆淫，各守尔典，以承天休。”

三岁儿能言，四岁儿能立。
八岁知趋庭，九岁怙忽失。
教养应并施，母乃兼父职。
十岁命从师，膏火赖耕绩。
小学而中学，仅普通知识。
儿业苦不精，揣摩竟中辍。
出为村塾师，课童兔园册。①
束脩比蝇头，风尘笑橐笔。
菽水难常供，遑论甘旨缺。②
弱冠为儿婚，艰难费筹划。
黄箓送上清，夙愿于兹毕。
母老不辞劳，食贫无怨色。
耄期蔗回甘，孙曾欣绕膝。
儿年五十六，母年九十一。
堂北萎金萱，母儿乃永诀。
匆匆越三冬，儿鬓亦全白。
念此悬弧辰，母难父忧夕。
生我鞠我恩，春晖谁报得？
泣诵蓼莪篇，昊天哀罔亟。③

---

① 兔园册：即《兔园册府》。凡三十卷，唐李恽令僚佐杜嗣先仿应科目策，自设问对，引经史为训注而编成。借指启蒙书册。

② 菽水：豆和水，指所食唯豆和水，形容生活清苦。《礼记·檀弓下》："孔子曰：'啜菽饮水尽其欢，斯之谓孝。'"后常指晚辈对长辈的供养。

③ 蓼莪：《诗·小雅》篇名。此诗表达了子女追慕双亲抚养之恩的情思。后指对亡亲的悼念。昊天罔极：成语，指天空广大无边，后喻父母恩德极大。《诗经·小雅·蓼莪》："欲报之德，昊天罔极。"

甲辰元旦 次询兄韵

（甲辰 1964 年）

角口牛箕两不妨，斗杓东指又青阳。[①]
蜃楼曾见三千界，驹隙俄经六十霜。
开岁诗情朝吮笔，告天心事夜焚香。
儿孙孝友桑榆补，恩怨荣枯久已忘。

---

① 牛箕：指牵牛星和簸箕星。杓（biāo）：指北斗第五、六、七颗星。亦称“斗柄”。青阳：指春天。《尸子·仁意》：“春为青阳，夏为朱明。”

花　朝[1]

（甲辰　1964 年）

百花生日百花香，蝶舞莺歌处处忙。
锦绣河山开富贵，絪缊天地绚文章。[2]
霞红成绮春悬帨，波绿如醽寿荐觞。[3]
却笑白莲丹桂菊，放花不敢在青阳。

---

① 花朝：农历二月十二日是花朝节，即百花生日。

② 絪缊（yīn yūn）：古代指天地阴阳二气交互作用的状态。亦喻云烟弥漫、气氛浓盛的景象。

③ 悬帨：古标示女子诞生。《礼记·内侧》："子生，男子设弧于门左，女子设帨于门右。" 帨，佩巾。醽：即醽醁（líng lù），美酒名。晋葛洪《抱朴子·嘉遁》："藜藿嘉于八珍，寒泉旨于醽醁。" 荐觞：古时进举酒器欢饮。晋陆机《吊魏武帝文》："矫戚容以赴节，掩零泪而荐觞。"

夹竹桃二首　次曾君悔尘孙君崧樵韵

（甲辰　1964 年）

一　次曾韵

武陵湘水共传真，妙合凝成妩媚身。①
有泪宁如唐帝子，无言空比息夫人。②
寒枝经雪难为节，笑面迎风岂是春。
不像虚心像薄命，飘零容易化微尘。

二　次孙韵

深青浅紫貌殊娇，与可黄荃并笔描。③
不实而花空烂缦，无箬虽老尚轻佻。
泻心难奖石膏配，靧面何堪雪水调。④
春山映红冬岂箨，孟啼崔笑枉魂消。⑤

---

① 武陵湘水：代指桃花源与斑竹。

② 唐帝子：唐尧的两个女儿娥皇和女英。息夫人：息妫，春秋息国国君夫人，因容颜美艳，脸似桃花，被称为“桃花夫人”。

③ 黄荃：五代十国西蜀画家。字要叔，今成都人。擅画花、竹、翎毛、佛道、人物和山水，以画品“富贵”流布后世。

④ 泻心：指泻心汤。夹竹桃味辛，但因有毒不可入药泻心汤。而石膏有清热泻火，除烦止渴之功效。靧（huì）面：洗脸。《神农本草经》载，春日取花和雪水涤面，“令人颜色好”。

⑤ 箨（tuò）：竹笋上一片一片的皮。借指竹笋。孟啼崔笑：唐孟浩然咏竹诗句：“春晚群木秀，间关黄鸟歌。林栖居士竹，池养右军鹅。”唐崔护咏桃诗句：“人面不知何处去，桃花依旧笑春风。”

又一首（限五言，每句应有竹有桃，不限韵）

台洞临湘水，红情绿意长。
无言怜瘦态，有泪佐啼妆。[①]
高士颜能驻，佳人节要彰。
猗猗兼灼灼，张廌会平阳。[②]

---

① 啼妆：东汉时，妇女以粉薄拭目下，有似啼痕，称“啼妆”。

② 猗猗（yī yī）：美盛貌。《诗·卫风·淇奥》：“瞻彼淇奥，绿竹猗猗。”灼灼：鲜亮。张廌（zhì）：东晋乐城人，字子雁，不应征召，隐居于丹霞山麓，以炼丹为事，家旁有苦竹数十顷，常居其中，人称竹中高士。王羲之到访，张廌避入竹林不见，“日中乘白鹿入山，不知所之”。

元旦游平山寺四首

（甲辰 1964年）

一

岳山北角邑城西，来访禅关路未迷。
庇佛可怜无片瓦，封门徒见有丸泥。[①]
神龛香冷僧何往，古木阴多乌乱啼。
临济山开余木主，禅宗谁复问云栖。[②]

二

满头鸟粪佛何辜，一样人天有菀枯。[③]
破屋卷风号厉鬼，断垣吹火据妖狐。
檀那藓蚀碑中字，罗汉尘封壁上图。[④]
三宝大雄空有殿，法王面目尽模糊。

---

① 丸泥：引意成语“丸泥封关”，典出《后汉书·隗嚣公孙述列传》，“元清以一丸泥为大王封函谷关”。借指门户封闭。

② 临济：指临济宗，佛教禅宗南宗五家（沩仰、临济、曹洞、云门、法眼）之一，唐河北临济院义玄禅师创立此宗。木主：木制的神位，上书死者姓名，以供祭祀。

③ 菀（yù）枯：草木的茂盛与枯萎。比喻人的荣辱、优劣。菀，茂盛。《诗·大雅·桑柔》：“菀彼桑柔，其下侯旬。”

④ 檀那：梵语音译，意为布施或施主。

三

四无墟里寂人声，平野风光此最清。[①]
芳草有情当户茁，寒螀未死抱枝鸣。[②]
地高寺畔诸峰矮，天净林端一塔明。
题画粉墙诗笔误，冬烘为甚恋虚名。[③]

四

元辰游衍可无诗，兹土刘侯旧布施。[④]
试笔偏难得佳句，看山容易感前时。
髫龄担饭慈亲惫，龟手耘田外祖饥。[⑤]
岩磴百层桥九板，端详说与子孙知。

---

① 四无：佛教语，指“四无量心”。菩萨普度无量众生的四种精神，即慈、悲、喜、舍。

② 寒螀（jiāng）：即寒蝉，较小的一种蝉，墨色，有黄绿色斑点，秋鸣。

③ 冬烘：引意成语“冬烘学究”，形容懵懂浅陋。指昏庸浅陋的迂腐文人。

④ 刘侯：指修建平山寺之明末邑人按察使刘望海之孙辈。平山寺始建于916年（五代后梁贞明二年），原名“乾峰寺”；1371年（明洪武四年）僧南洲重建，后圮废。刘望海之孙刘宁重建，改名“平山寺”；其孙刘作悔后又重修。

⑤ 龟手：手上皮肤冻裂如龟纹。

元月初二游灵瑞山四首

（甲辰　1964 年）

一

连朝风软事春嬉，周甲才经鬓已丝。
览胜但知乡国好，伴游终觉子孙宜。
眼中龙首山非远，足底羊肠路有歧。
老作遨头心乐甚，携筇东去竟忘疲。①

二

烟消宝刹出林孤，拾级攀萝仄径纡。
白足何心怜粉黛，青山无价付樵苏。②
僧厨餐断双弓米，佛殿灰残七宝炉。
长恨阿难亏戒体，六根未净坠三途。③

三

我别灵山二十春，仙源重到问无津。
闭门下客羹谁待，题额高僧墨尚新。
梵呗几时闻玉磬，牟尼何处望金身。

---

① 遨头：领头遨游。宋代成都自正月至四月浣花，太守出游，士女纵观，称太守为“遨头”。筇(qióng)：竹，借指竹竿，手杖。

② 樵苏：砍柴割草的人。裴骃集解引《汉书音义》：“樵，取薪也。苏，取草也。”

③ 阿难：指阿难陀。佛经记载，阿难陀童年入道。天生容貌端正，其身光净如明镜，虽已出家，却屡遭不良妇女诱惑，然他志操坚固，终得保全梵行。

拈香寺外低回久，四面桃花失主人。

四

危巅凭眺绝氛埃，山骨崚嶒孰劈开。
犹是大师飞锡地，难寻少保读书台。
石痕浓淡无奇字，岩罅苍凉止老苔。①
西揖群峰东拱海，万方光景逐春来。

原注：

1. 寺僧某犯色戒入狱。

2. 寺无住持门长闭。

3. 寺匾系弘一法师题。

4. 四围植桃，花盛开。

5. 弘一曾挂锡此寺中。

6. 明张少保（岳）与族祖伯以宁公在此读书。

7. 山顶危石劈开为二，少保于石缝中见石痕浓淡隐隐成山字，赋五言诗，律记其事，事载县志。

① 岩罅（xià）：岩石的缝隙。罅，缝隙，裂缝。

游开天岩四首　甲辰三月同郑君仰乔往游

（甲辰　1964 年）

一

名岩五里访天开，春晚携筇郭北来。
地僻谈欣诗友对，路迷游赖牧童陪。
螺阳文献谁编版，韩相勋名未劫灰。①
巨济桥崩碑宛在，泗洲溪畔共低回。

二

晓雾初收老洞明，烂柯何处看楸枰。②
日穿巇罅妍堪爱，雷发层巅响不惊。
世态沧桑尘万古，人身萍絮石三生。③
药炉火熄仙踪灭，岩磴倾隤长棘荆。

---

① 韩相：即作者所注建桥者宋韩魏公，亦即宋朝重臣韩琦。

② 烂柯：指岁月流逝，人事变迁。南朝梁任昉《述异记》载，晋王质于信安郡石室山伐木，见童子数人棋而歌，质听之。童子以一物与质，如枣核，质含之，不觉饥。俄顷，童子谓“何不去”，质起，视斧柯烂尽。既归，无复时人。楸（qiū）枰：棋盘。古时多用楸木制作。楸，落叶乔木，干高叶大，材质致密耐湿。

③ 石三生：即三生石，意涵“前生”、“今生”、“来生”，位杭州天竺寺。唐李源与僧圆观同游三峡，见妇人引汲，观曰“其中孕妇者乃某托身之所”，约定十二年后中秋月夜相会于杭州天竺寺。是夕圆观果殁而孕妇产。及期，源赴约，闻一牧童歌“三生石上旧精魂……此身虽异性长存”，源因知牧童即圆观之后身。后以“三生石”喻前因宿缘。

三

石盘青黑藓花滋，前代禅庵认废基。
面壁达摩空涌像，摩崖宏道尚留诗。
天垂苍狗云情幻，水浴金乌海色奇。
斧凿可怜浑沌死，如今山骨太支离。

四

振衣绝顶更登临，俯仰乾坤感慨深。
孔道树连青似帐，平畴秧苗小于针。
利名热客车中梦，温饱劳人雨后心。[①]
胜迹已随陵谷改，漫云山水尚清音。

原注：

1. 巨济桥碑系宋韩魏公所造，在泗洲溪。

2. 山上有尼姑庵遗址，俗传魏公生母为嫡母所逐，在此为尼，及魏公登第，乃迎归奉养。

3. 明，惠安邑宰刘宏道刻律诗二首在石壁上。

4. 绝顶刻“天海奇观”四大字。

5. 山上大石摧毁殆尽。

6. 山对面是公路。

---

① 热客：指趋炎附势的人。晋程晓《嘲热客》：“今世褦襶（nài dài 遮阳斗笠）子，触热到人家，主人闻客来，颦蹙奈此何。”

甲辰清明扫母墓

（甲辰　1964 年）

累累冢上冢累累，垂泪人看人泪垂。
母爱儿逾儿爱母，儿思母痛母思儿。
梦中生悟生中梦，诗里情牵情里诗。
幻是真兮真是幻，非非想又想非非。

八音冠首[1] 用林清韵八迭和孙许二君作

（甲辰　1964年）

一

金风瑟瑟动吟怀，石冻春缸久不开。[2]
丝吐凉秋虫未死，竹鸣清籁凤先来。
匏瓜只好悬尘壁，土面何堪献佛台。[3]
革角无声乡邑靖，木犀花下共衔杯。[4]

二

金鸭添香寄雅怀，石人顽钝窍难开。
丝桐清浊谁分得，竹帛薰莸孰判来？
匏系尼山出麟史，土崩秦政失鸿台。[5]
革周孰与尊周美，木简重温笑举杯。

---

① 八音冠首：律诗唱和，各首八句，相应诗句首字固定。

② 石冻春：美酒名。唐李肇《唐国史补》卷下："酒则有荥阳之土窟春，富平之石冻春，剑南之烧春。"

③ 匏（páo）瓜：引意成语"匏瓜空悬"。喻才能不为所用。《论语·阳货》："吾岂匏瓜也哉？焉能系而不食？"意为孔子说自己无法像匏瓜那样悬着而不让人食用，应该有所作为。

④ 革角：乐器，长五尺，竹筒状，以竹木或皮革制作，古仪仗队及军中所用。

⑤ 尼山：孔子出生地，借指孔子。麟史：指《春秋》，该书为孔子编撰。鸿台：秦始皇时所筑高台。《三辅黄图·长乐宫》："鸿台，秦始皇二十七年筑，高四十丈，上起观宇，帝尝射鸿于台上，故号鸿台。"

三

金浆一盏扫愁怀，石火光中笑口开。
丝网窗幽无雀入，竹溪人逸有诗来。
匏樽藏酒坡仙宅，土偶拈花般若台。
革面革心皈我佛，木头僧有渡河杯。

四

金狄摩挲莫遣怀，石渠何代阁门开。
丝犹缱绻牵情住，竹未圆通入梦来。
匏爵飘零无祭器，土讴绮靡尚琴台。[1]
革除痼癖原非易，木几烟筒共殚杯。

五

金徽调曲叙离怀，石友推扉白板开。[2]
丝绣平原殷宿慕，竹藏高士喜今来。[3]
匏笙引凤吹丹穴，土酒钩诗咏玉台。[4]
革去炎威天气爽，木难不执执茶杯。[5]

六

金粟飘香惬素怀，石经山洞问谁开。

---

① 匏爵：匏制的酒爵，祭天时用之。

② 金徽：琴上系弦之绳。南朝梁元帝《秋夜》："金徽调玉轸，兹夕抚离鸿。"借指琴。

③ 丝绣：以"丝绣"图像或姓名表示仰慕爱重之意。唐李贺《浩歌》："买丝绣作平原君，有酒唯浇赵州土。"竹藏高士：指东晋隐士张廌，亦号"竹林高士"。

④ 玉台：即玉台体，诗的一种体式。以南朝陈徐陵所编诗集《玉台集》得名。

⑤ 木难：宝珠名。又作"莫难"。《文选・曹植》："明珠交玉体，珊瑚间木难。"

丝恩发怨浑忘却，竹笑花啼孰记来。
匏酌宜寻周泌水，土封莫觅汉兰台。[①]
革囊盛秽人身幻，木榻催眠酒一杯。

七

金刚言语静忘怀，石破天惊眼倦开。
丝绝裁罗烟气动，竹王挥剑水声来。[②]
匏充酒器瓶无口，土作馒头墓有台。
革故鼎新关气数，木人但醉眼前杯。

八

金丹诗诀漫舒怀，石室崆峒未易开。[③]
丝线肚肠浇酒去，竹松筋骨傲霜来。
匏琴骠国新歌席，土鼓伊祁旧舞台。[④]
革俗移风神道绝，木龛谁复掷筊杯？[⑤]

---

① 泌水：引意“衡门泌水”，谓隐居之地。《诗・陈风・衡门》：“衡门之下，可以栖迟，泌之洋洋，可以乐饥。”兰台：汉时皇宫内建有藏书石室，作为皇室档案典籍专库，称为兰台。由御史中丞管辖，置兰台令史主事修史。

② 竹王：汉时夜郎国王。《后汉书・西南夷传》：“夜郎者，初有女子浣于遁水，有三节大竹流入足间，闻其中有号声，剖竹视之，得一男儿，归而养之。及长，有才武，自立为夜郎侯，以竹为姓。”

③ 崆峒（kōng tóng）：指崆峒山，即仙山。

④ 骠国：古国名，在今缅甸境内。伊祁：神名。传说善治鬼，故世人奉为门神。唐周繇《梦钟馗赋》：“彼号伊祁，亦名郁垒。”

⑤ 掷筊杯：即“掷杯珓”，亦称“掷筊”。谓投掷杯珓于地以占卜吉凶。元张国宾《合汗衫》：“我和你去不济事，还得怀身的亲自去掷杯珓儿，便灵感也。”

附诗：

秋怀用八音冠首和黄吾野韵

许钟奇

金玉箴言并感怀，石兄颜为米颠开。
丝多鬓数华年往，竹自胸成好句来。
匏缶音羞登大雅，土菹治望乐春台。
革兵销处诗兵练，木笔锋争数举杯。

为林丈竹均题像六首

（甲辰　1964 年）

一

杏山明媚塔江清，卅载吟坛仗主盟。
举酒杯邀今月共，擒文笔兴古人争。
六桥烟水诗心孕，八斗才华闲气生。
书卷纶竿相伴老，烂柯几度看楸枰。

二

感将瓠史付鸿鳞，郑重封题墨迹新。①
黄石一篇贻孺子，金山千古属诗人。②
烟霞杖履犹佳趣，桃李门墙尚好春。
韩孟忘形称尔汝，三生神契有前因。

---

① 瓠史：谓葫芦传书。梁有僧，南渡赍一葫芦，有汉班孟坚《汉书》草稿，宣城太守萧琛得之，谓之瓠史。鸿鳞：《汉书·苏武传》载有雁足传书之事。汉蔡邕《饮马长城窟行》有“客从远方来，遗我双鲤鱼，呼儿烹鲤鱼，中有尺素书”之句。后糅合两事以“鸿鳞”指代书信。

② 黄石：秦汉隐士黄石公（约前 292—前 195）为避秦世之乱，隐居东海下邳。其时初汉三杰之一张良因谋刺秦始皇不果亡匿下邳，于桥上遇到黄石公。黄石公三试张良后，称张“孺子可教也”，授予《太公兵法》。后张以黄石公所授兵书助汉高祖刘邦夺得天下。金山：引意神话故事《水漫金山》。金山在今江苏镇江。《白雪遗音》：“金山寺里法海一见许仙，面带妖色，不放下山。怒恼白蛇，忙唤青儿，带领着虾兵蟹将，这才水漫金山。”

三

未到闽江未识公，画图阿堵虎头工。①

山川照影来篇上，眉宇传神入镜中。

晤对身疑亲讲席，卧游魂恍在孤篷。

何时得与玄真子，同上渔矶理钓筒。②

四

词人旷代几高年，李杜韩欧未并肩。

白满长髯疑雪映，青留双眼比珠悬。

锦心铅椠终传世，蔗境桑榆已补天。

矫似神龙清似鹤，鹿门今有地行仙。③

五

椎髻皋桥伴细君，伯鸾志行早空群。④

雅怀琴谱传灵石，芳躅梅花隐白云。

玉树庭阶新挺秀，长林家世旧垂芬。

---

① 阿堵：俗指银钱。南朝宋刘义庆《世说新语》："王夷甫雅尚玄远，常嫉其妇贪浊，口未尝言钱字。妇欲试之，令婢以钱绕床，不得行。夷甫晨起，见钱阂行，呼婢曰：'举却阿堵物。'"

② 玄真子：借指隐士。《新唐书·隐逸传》载，唐张志和坐事贬南浦尉，会赦还，以亲既丧，不复仕，居江湖，自称烟波钓徒，著《玄真子》，亦以自号。

③ 鹿门：即鹿门山，在今湖北襄阳。汉庞德公，唐孟浩然、皮日休相继在此隐居，后人谓之"圣山"。地行仙：佛典所记长寿神仙。借喻高寿或隐逸闲适的人。《楞严经》："人不及处有十种仙：阿难，彼诸众生，坚固服饵，而不休息，食道圆成，名地行仙……"

④ 伯鸾：汉梁鸿，字伯鸾。梁鸿的妻子孟光梳椎髻、着布衣，随同丈夫共入霸陵山中以耕织为生。为纪念帮助梁孟夫妇的皋伯通，所在地一石桥取名"皋桥"。

永嘉郡上藏高士，白首倾心有右军。[1]

六

年来最喜读公诗，金翅羚羊格调奇。[2]
人海寿征垂耳叟，壶天丹诀折肱医。[3]
词场当世谁堪偶，陋巷残生我有师。
顶礼瓣香甘北面，程门从此立杨时。[4]

---

① 永嘉郡：《太平御览》引《永嘉郡记》载："乐成县民张廌者，隐居颐志，不应辟命，家有苦竹数十顷，在竹中为屋，恒居其中。王右军（王羲之，时任永嘉郡守）闻而造之，廌逃避竹中，不与相见，一郡号为高士。"高士：指东晋乐城人张廌。

② 金翅羚羊：喻诗意超脱新奇。金翅鸟，佛教传说中的大鸟，能捕食小龙。羚羊夜宿，挂角于树，脚不着地，以避祸患。

③ 折肱医：引意成语"三折肱为良医"，谓经几次断臂治疗，就能知道医治方法。喻对某事阅历多，富有经验，成为内行。

④ 程门：借喻尊师受教。引意成语"程门立雪"。《宋史·杨时传》载：宋杨时欲拜师程颐，"见程颐于洛，时盖年四十矣。一日见颐，颐偶瞑坐，时与游酢侍立不云。颐既觉，则门外雪深一尺矣"。

春暮次和询兄原韵二首

（甲辰　1964年）

一

三春烟景刹那中，枢轴乾坤运不穷。
杜宇声收将尽夜，楝花信剩几多风。①
从知万物皆刍狗，一笑人身亦倮虫。②
真幻无凭空是色，有谁大药驻颜红。

二

孤灯禅榻冷吟魂，君久游心般若门。③
道岸老来登有筏，采骰兴尽掷无盆。④
固知入市逋仙畏，漫说耕田许子烦。⑤
子孝孙贤鳏莫憾，且摊诗卷对芳樽。

---

① 杜宇：传说为古蜀国王。汉扬雄《蜀王本纪》载：蜀王“杜宇号望帝，自以德不如鳖令，以其国禅之，号开明帝”。杜宇退隐西山，死后化作鹃鸟，每年春耕啼鸣，蜀人闻之曰“我望帝魂也”，因呼鹃鸟为杜鹃。楝花：指楝花风，二十四番花信风之一。花信风指应花期而来的风。自小寒至谷雨，凡四月共八个节气，一百二十日；每五日一候，计二十四候；每候对应一种花信风。如小寒有梅花、山茶、水仙，谷雨有牡丹、荼蘼、楝花。

② 刍狗：古时祭祀时用草扎成的狗，喻微贱无用。《老子》：“天地不仁，以万物为刍狗。圣人不仁，以百姓为刍狗。”倮（luǒ）虫：身无羽毛鳞甲的动物，古代常用以指人。倮，裸体。

③ 般若：佛教语，指智慧。通过直觉洞察所获得的先验智慧或最高知识。

④ 道岸：佛教语，菩提岸，彻悟的境界。

⑤ 逋仙：指梅妻鹤子的孤山隐士林逋。

附诗：

暮春遣怀二首

许钟奇

一

黄昏独坐小楼中，蛰伏鳏居感不穷。
雾里镜痕双眼泪，春前人影一灯风。
含愁缕缕烟村柳，寄世奄奄露草虫。
几阵落花三月雨，可无藩溷惜残红。

二

水流花落乱诗魂，黯黯愁人卧闭门。
一室埃尘凝范甑，十旬歌哭罢庄盆。
啼春独树留鹃苦，恋梦终宵替蝶烦。
负却白头吟未了，东风回首别清樽。

和均翁作次原韵

（甲辰　1964 年）

书中干蝴蝶

风流公子爱缣缃，委蜕嫏嬛作睡乡。①
文采三生留翰墨，须眉一代见篇章。
居随脉望神终化，护仗长恩骨尚香。②
启卷休将花贼弄，庄周魂梦正微茫。

蟹菊

无肠公子幻仙葩，八跪离披照眼花。
月下垣阴如障簖，雨余苞沫尚丸沙。③
东篱郭索风声动，老圃横行日影斜。④
入蜀长卿才望累，他生合住隐沦家。⑤

---

① 缣缃（jiān xiāng）：供书写用的浅黄色细绢。亦指书册。颜真卿《送辛子序》："惜乎困于缣缃，不获缮写。"嫏嬛：神话传说中天地藏书的地方。后泛指珍藏书籍之所在。《初刻拍案惊奇》有关于"嫏嬛"的最早记述："元（原）来如此，好似嫏嬛。"喻某人藏书众多，亦可比作嫏嬛。亦借指仙境。

② 脉望：一种传说中的书虫，由蠹鱼蜕变而成。长恩：传说中的书神。明陶宗仪《说郛》引《致虚阁杂俎》："司书鬼曰长恩，除夕呼其名而祭之，鼠不敢啮，蠹鱼不生。"

③ 簖（duàn）：拦插在水里捕鱼蟹用的竹栅栏。

④ 郭索：螃蟹爬行貌，亦指螃蟹爬行发出的声响。汉扬雄《太玄·锐》："蟹之郭索，心不一也。"

⑤ 长卿：蟛蜞的异名；晋崔豹《古今注·鱼虫》："蟛蜞，小蟹也。生长海边涂中，食土，一名'长卿'。"汉辞赋家司马相如，字长卿。隐沦：指隐者。杜甫《赠韦左丞丈》："此意竟萧条，行歌非隐沦。"

蜡梅

何期蒴藋吐灵葩，窗外横枝映月斜。①
黄为逋仙妻脸瘦，奇因端伯友情赊。②
偷香金蝶疑新侣，吮蜜寒蜂误旧家。
居五色中春独占，红浓素淡陋群花。

白秋海棠（翁系次红楼梦韵）

红装高烛厌朱门，肠断为花愿瓦盆。
洁皙墙东思妇面，迷离月下美人魂。③
缟衣微飏风无色，粉泪初收露有痕。
自是春阴难借得，绿章何必奏黄昏。

西台吊谢皋羽④

携樽独上子陵台，正气千秋薄九垓。⑤
弘范枉俘丞相去，武宁终破大都来。⑥

---

① 蒴藋（shuò diào）：灌木状高大草本植物。可入药，具抗菌消炎、清热解毒、祛风除湿、活血止痛、通经接骨等功效。

② 端伯：指宋人曾端伯。其称十花为十友：兰花芳友、梅花清友、蜡梅花奇友、瑞香花殊友、莲花净友、栀子花禅友、菊花佳友、桂花仙友、海棠花名友、荼蘼花韵友。

③ 墙东：指隐居之地。《后汉书·逸民传·逢萌》：“君公遭乱独不去，侩牛自隐，时人谓之论曰：‘避世墙东王君公。’”借指清雅居处。

④ 西台：宋谢翱哭文天祥处，在今浙江省桐庐县南富春山。谢皋羽，即谢翱：南宋爱国诗人，“福安三贤”之一。字皋羽，号晞发子。文天祥开府延平后，谢献出全部家产并招募乡兵数百投奔文相抗元，转战江西一带。文部败退后，谢潜回浦城务农，病逝浙东。

⑤ 子陵台：东汉严子陵的钓鱼台。九垓：中央至八极之地。

⑥ 弘范：即张弘范，涿州定兴人，原南宋将领，后降元，充元军南下灭宋先锋，崖山一战，全歼宋军余部，时文天祥被俘，陆秀夫背小皇帝投海，宋亡。

荩臣先死魂何往，胡虏旋亡运不回。[1]
埋骨富春公有侣，重泉晞发莫悲哀。

于山戚公祠[2]

御狄歼倭胆气豪，祠堂异代尚坚牢。
蓟门冰雪千军垒，左海风波一战袍。[3]
两部遗书兵略富，毕生勋绩史评高。
即今擂鼓声犹壮，浙北闽东吼怒涛。

---

① 荩（jìn）臣：帝王所进用的臣子，后称忠诚之臣。荩，古同“进”。

② 于山：即福州九仙山，山上有纪念戚继光的戚公祠。戚继光（1528—1588），字元敬，号南塘，卒谥武毅，山东蓬莱人。明朝抗倭名将，杰出的军事家、书法家、诗人、民族英雄。戚继光在东南沿海抗倭十余年，扫平多年倭患；后又在北方抗击胡虏部族内犯十余年，威镇北疆。著有《纪效新书》、《练兵纪实》等。

③ 蓟门：古地名，在北京城西德胜门外西北隅。

和均翁怀乡之作

（甲辰 1964年）

衡宇忆栖迟，言归总有时。①
橘香神妙药，梅影性灵诗。②
出蚌珠双颗，扶鸠杖一枝。
西山声望远，倾倒是羲之。③

① 衡宇：门上横木与房檐，代指房屋。

② 橘香："橘井泉香"省略语。传说苏耽以橘叶井水救治病患，得道成仙。

③ 西山：唐丘为诗《寻西山隐者不遇》抒发对隐者的崇仰。丘为，嘉兴（今浙江嘉兴）人。屡试不第，归山攻读，天宝初年进士及第，累官至太子右庶子。善诗，与王维、刘长卿时相唱和。八十余岁辞官还乡，贞元间卒，年九十六。羲之：东晋文学家、书法家王羲之，字逸少，曾任尚书郎。后常以逸少泛指美少年。南朝梁武帝《净业赋》："览当今之逸少，想后来之英童。"

均翁赠诗次韵奉答二律

（甲辰　1964 年）

一

江湖肥遁客，贤圣醉乡侯。[1]
长寿妻孥福，狂歌天地秋。
诗篇嗤鲁直，文字教言游。
何必为良相，壶中日月悠。

二

种菊宗三径，传鲭陋五侯。[2]
食贫身转健，笔老气横秋。
花国编新史，金山志旧游。
等身诗卷在，桑海任悠悠。

原注：

翁编著《闽江金山志》、《花城逸史》等书行世。

---

① 乡侯：汉制列侯的爵号名，次于县侯，高于亭侯。

② 三径：指隐士家园。引自蒋诩归隐的典故。鲭（qīng）：鱼和肉的杂烩。指五侯鲭，即汉代娄护合王氏五侯家珍膳而烹饪的杂烩。汉成帝母舅王谭等五人同日封侯，号五侯。

灶下作四首

（甲辰　1964 年）

一

筑灶工夫我未全，却凭通塞悟真诠。
疏棂窦顶横枝铁，团盖垆头透孔砖。
剔烬风从虚窍入，添煤火向上方传。
此间亦有小天地，大气絪缊任转旋。①

二

初寅数米事晨炊，入卯扬汤始见糜。
莫讶山人身起早，须防石炭火生迟。
用粮家口休超量，上课儿孙要守时。
一笑性迂年又老，作中郎将不相宜。②

三

辙涸多年鲋未枯，天教反哺有慈乌。③
忍抛余馂供禽畜，时拆残衫抹钵盂。

---

① 絪缊：亦作“烟氲”、“氤氲”，古指天地阴阳二气交互状态，亦喻云气湿热飘荡、烟云弥漫。

② 中郎：秦始置武官名，地位次于将军，宋初为虚衔，后废。

③ 辙涸（zhé hé）：即涸辙之鲋（fù），喻处于困境急需救助的人。《庄子·外物》载，庄子家贫，向监河侯借粟。监河侯说，等他拿到邑金后，再借给他三百金。庄子生气地比喻说，车辙中的鲋将干涸而死，急需斗升之水便能活，向我求救，我却对它说，我要去南方游说吴越之王，到时候引西江之水去接它。这岂不是存心要涸死鲋鱼。

道异阿衡偏负鼎，才非稚长亦监厨。[①]
春秋久废谁能读，倾听无从负据觚。[②]

四

短褐何嫌爨下身，年来差幸甑无尘。[③]
送悭白糗穷非鬼，祀乏黄羊腊岂神。[④]
自昔代庖须越俎，而今止沸免抽薪。
齑盐随分饔飧继，便是人间有福人。[⑤]

---

① 阿衡负鼎：指担当辅佐治国之任。《史记·殷本纪》：“伊尹名阿衡。阿衡欲奸汤而无由，乃为有莘氏媵臣，负鼎俎，以滋味说汤，致于王道。”意为负鼎事厨以亲近汤王，达到辅助帝王治理国家的愿望。稚长：东汉光禄大夫赵融，凉州汉阳郡人，汉灵帝设西园八校尉，赵为其中之一的助军左校尉，后任曹操属下荡寇将军。《后汉书·文苑传》载，有人问祢（mí）衡（东汉末年名士，个性恃才傲物）：“荀文若、赵稚长云何?”衡曰：“文若可借面吊丧（指荀彧长相不好），稚长可使监厨请客（指赵稚长大腹便便）”。

② 据觚（gū）：操觚、持觚。觚，古时用来书写的木简。

③ 爨（cuàn）：烧火做饭。《广雅》：“爨，炊也。”

④ 糗（qiǔ）：米面熟食。《说文》：“糗，熬米麦也。”黄羊：东汉阴识用黄羊祭祀灶神致福，后世以黄羊作为祭灶的供品。腊：古代农历十二月合祭众神叫作腊，十二月亦由此称作腊月。

⑤ 齑（jī）盐：指穷苦人的素食，泛指粗食。清张廷璐《南归》：“奉席儿能谢簪绂，扶节妇尚理齑盐。”饔飧（yōng sūn）：饭食。《孟子·滕文公上》：“贤者与民并耕而食，饔飧而治。”

观《红楼梦》电影十首

（甲辰　1964年）

一

罗幕银灯飐晚风，亭台金碧管弦通。
人间恩爱槐安梦，一剧红楼曲未终。①

二

变合阴阳造物奇，萧郎谢女两情痴。
误人最是氤氲使，牒下鸳鸯又仳离。②

三

白云亲舍望无家，踽踽芳原夕照斜。
黄土一抔停小锸，短诗和泪葬残花。

四

小字乌丝毁锦巾，可怜中表误青春，
多愁善感如花女，总是人间薄命人。

---

① 槐安梦：即“南柯梦”。

② 氤氲使：即氤氲使者，氤氲大使。泛指男女婚姻的撮合者，即媒人。明凌蒙初《初刻拍案惊奇》：“若道姻缘人可强，氤氲使者有何功？”

五

泪枯气结命终捐，欲拥吴妖已化烟。[①]

韩重此生难作配，伤心莫问再生缘。

六

灵床一哭穗帷低，烛影炉香夜惨凄。

解语雕笼鹦鹉在，清歌谁教小楼西。

七

披上袈裟苦恨多，凭将慧剑斩情魔。

六如真谛静中悟，陷溺人身是爱河。[②]

八

解脱红尘佛力深，从兹剃度入禅林。

香魂杳杳黄泉下，知否檀郎不负心。

九

怡红烟雨锁黄昏，斑竹潇湘满泪痕。

宝玉出家黛玉死，何人为吊大观园。

---

① 吴妖：引意干宝《搜神记》“玉生烟”故事。吴王夫差小女紫玉，年十八爱上家仆韩重，私订终身。韩自知学问不够，远赴齐鲁游学，临行托父母代提亲。三年学成归国，父母告知：吴王峻拒，紫玉郁结而死。韩重往吊，紫玉芳魂自墓中飘出相见，成合卺之礼，并赠珠为信物。韩重持珠告知吴王，王疑为盗墓所取，遂令逮捕。韩逃脱至墓地诉说经过，紫玉亲自返家禀报始末。王惊问：“人死怎会复生？”夫人见女归来，急趋拥之，紫玉即化青烟逝去。

② 六如：也称六喻。佛教以梦、幻、泡、影、露、电喻世事之空幻无常。

十

千界花花眼底收，是空是色细推求。
情天欲海无穷恨，闪电光中一霎休。

观演钗头凤长句

（甲辰　1964 年）

执中儒者贵知权，不告而婚舜自专。
斋慄夔夔邀允若，英娥妫汭喜团圆。①
后儒不解事亲旨，死读遗经钻故纸。
蒸藜小过亦休妻，骇俗惊愚称孝子。②
太息山阴陆务观，林亭感旧泪汍澜。③
香衾有意温残梦，妆阁无方拾坠欢。④
姑媳勃谿寻常事，至诚相感和平易。⑤
小杖则受大杖逃，乌可陷亲于不义。
教家自昔重彝伦，妻本温良母却嚚。⑥
号泣旻天同引慝，亲心一喜满家春。⑦
悻悻奈何甘铸错，镜破钗分欢情薄。
尊亲太过反辱亲，长使人间骂姑恶。

---

① 斋慄夔夔（kuí kuí）：即“夔夔斋慄”，敬畏审慎貌。《书・大禹谟》：“（舜）负罪引慝，祇载见瞽瞍，夔夔斋慄，瞽亦允若。”妫汭（wéi ruì）：舜的居住地。

② 蒸藜：煮野菜，古传孔子弟子曾参因其妻蒸藜不熟而出之。

③ 陆务观：南宋诗人陆游，字务观。汍澜：泪疾流貌。亦作“汍兰”。《隶释・汉金乡长侯成碑》：“号泣发哀，泣涕汍兰。”

④ 拾坠欢：引意成语“坠欢重拾”，指夫妻离而复合。唐明皇《首夏花萼楼观群臣宴宁王山亭回楼下又申之以赏乐赋诗序》：“足以缔夏首之新赏，补春余之坠欢。”

⑤ 勃谿：吵架，争斗。《庄子・外物》：“室无空虚，则妇姑勃谿。”

⑥ 嚚（yín）：暴虐，愚顽，奸诈。《书・尧典》：“父顽，母嚚。”

⑦ 旻（mín）天：泛指天。《书・多士》：“尔殷遗多士，弗吊旻天，大降丧于殷。”引慝（tè）：承认罪过。《书・大禹谟》：“帝初于历山，往于田，日号泣于旻天，于父母，负罪引慝。”

夜哭凄清遗妇魂，台荒柳老沈家园。
天穿莫补娲皇恨，海阔难填帝女冤。[①]
愚孝放翁空自讼，钩金舆羽昧轻重。[②]
伤心最是唐夫人，千古同悲钗头凤。

① 帝女：相传为炎帝之女，名瑶姬，未嫁而卒，葬于巫山之阳。

② 愚孝放翁：指陆游婚姻悲剧。陆游初娶表妹唐琬，夫妻恩爱，因唐琬不孕，为陆母所不喜，陆游被迫与唐琬分离，依母亲心意，另娶王氏为妻。唐琬也迫于父命改嫁。陆游与唐琬先后作词《钗头凤》，题写于沈园墙头。钩金舆羽：成语，意指不能说三钱多重的金子比一车羽毛还重。喻二者悬殊不可作比。《孟子·告子下》："金重于羽者，岂谓一钩金与一舆羽之谓哉？"

中元漫兴二首九叠次孙慕真先生韵

（甲辰 1964 年）

一

佳节中元景色奇，白头吟侣约题诗。
群生自昔皆刍狗，造化原来是小儿。①
几见俭妆高格调，谁能下笔妙言词。
嗜痂癖在诚堪笑，宋韵唐音已过时。

量才揣分合休休，偏逐骚人出郭游。
画阁高连青树杪，银灯烂映暮山头。
长天月满悬青夜，大地风凉入早秋。
我笔无花衰病久，不应辛苦效名流。

二

月名大庆太离奇，故事犹传近世诗。
腊果玉京桃李子，锦灯水阁雁凫儿。③

---

① 造化小儿：成语，对命运的风趣说法。造化，指命运。小儿，小子，系谐趣称呼。《新唐书·杜审言传》："审言病甚，宋之问、武平一等省候如何。答曰：'甚为造化小儿相苦，尚何言？'"

② 嗜痂癖：即"嗜痂成癖"，谓嗜好舔食伤疤。喻怪诞行为成癖。

③ 玉京：指京都。唐孟郊《长安旅情》："玉京十二楼，峨峨倚青翠。"

忏除黄建大斋箓，荐告青誊上相词。[1]
世界同声讴集福，天尊会见老君时。

果报轮回说不休，天堂地狱孰曾游。
目连救母悲然面，迦叶逢师笑点头。[2]
饿鬼畜生归六道，阎罗菩萨各千秋。
可怜释氏甚深法，传到而今已末流。

三

施食盂兰说法奇，撞钟僧唱释家诗。
庄严佛座金狮子，馥郁香炉宝鸭儿。
肴酒敷陈原陋俗，表章祷告亦虚词。
人心不净冥王忍，消灭三途待几时。

道场斋醮迓神休，赦罪灵官下界游。

---

① 忏除：忏悔以去除（恶业）。《华严经·普贤行愿品》：“复次善男子，言忏除业障者。”黄建大斋箓：即黄箓斋。道家洁斋法之一。《上清灵宝大法》序言：“黄箓者，开度亿曾万祖，先亡后化，处在三涂，沉沦万劫，超凌地狱，离苦升天，救拔幽魂，最为第一。荐告：祭祀告神。宋曾巩《移沧州过阙上殿札子》：“后嗣所以昭先人之功，当世之臣子，所以归美其上，非徒荐告鬼神，觉寤黎庶而已。”上相：皇家举行大典时，主持礼仪的官员。借指做道场的主持道士。

② 目连救母：《佛说盂兰盆经》故事：目连的母亲青提夫人吝啬贪婪，从不修善，死后被打入阴曹地府受尽苦刑。目连为救母出家修行祈求于佛。佛陀教目连建盂兰盆会，供养十方僧众以超度亡人，终使他母亲脱离地狱进入天堂。迦叶：摩诃迦叶，佛陀十大弟子之一。释迦牟尼佛于灵鹫山说法，拈起一朵金婆罗花，意态安详，一句话不说。众僧面面相觑，唯迦叶轻轻一笑。佛祖当即宣布，于教外别传一宗，以心传心，传给摩诃迦叶。即把金缕袈裟和钵盂授予迦叶。摩诃迦叶成为禅宗第一代祖师。

鬼度觉轮无焰口，人行迷岸孰回头。[①]
上清朝拜群真乐，阿鼻呻吟万劫秋。[②]
仙佛难成空语怪，怜他羽客与缁流。[③]

四

兴公才调夙称奇，箧里珍藏万首诗。
香象渡河追往哲，蚍蜉撼树陋群儿。[④]
蛮笺酒后卿云曲，檀板花间白纻词。[⑤]
一杆嵌金新水笔，尽情歌颂太平时。

我老无能慕四休，杜门三径且优游。[⑥]
眼疲易睡抛书卷，脑暖恒惛枕石头。[⑦]
尘境鸡虫空得失，诗天风月自春秋。[⑧]

---

① 焰口：饿鬼道中鬼的名字。向饿鬼施食的法事称为“放焰口”。

② 阿鼻：佛教语“阿鼻地狱”的省称，意译为“无间”，即痛苦无有间断之意，为佛教八大地狱中最下最苦之处。

③ 羽客：道士的别名。战国时有人想长生不老，学道，穿羽衣。缁(zī)流：僧徒。僧尼多穿黑衣，故称。北魏杨衒之《洛阳伽蓝记·城内胡统寺》：“(诸尼)常入宫与太后说法，其资养缁流，从无比也。”

④ 香象渡河：喻大乘菩萨修证，比喻悟道精深彻底。亦喻诗文精美透彻。《优婆塞戒经》：“如恒河水，三兽俱渡，兔、马、香象。兔不至底，浮水而过；马或至底，或不至底；象则尽底。”

⑤ 卿云曲：即《卿云歌》，上古时代诗歌，描绘政通人和的清明景象。相传舜帝让禅于大禹，与百官同唱《卿云歌》。白纻词：《白纻辞》是李白的组诗作品，描述夜宴歌舞的华美优雅和歌者舞者听者的情绪互动。

⑥ 四休：宋孙昉自号四休居士，黄庭坚问其含义，孙笑曰：“粗茶淡饭饱即休，补破遮寒暖即休，三平二满过即休，不贪不妒老即休。”杜门：闭门。 优游：生活闲适。

⑦ 惛(hūn)：古同“昏”，迷乱、糊涂。

⑧ 鸡虫得失：成语。谓如鸡啄虫，人缚鸡那样的得失。喻得失微小，无关紧要。杜甫《缚鸡行》诗：“鸡虫得失无了时，注目寒江倚山阁。”

子荆平昔知王济，招隐清谈误漱流。[①]

五

缘何仄陋近英奇，半为交情半为诗。
山水赏音几钟子，桂姜辨味独俞儿。[②]
巧思君久通三昧，佳什人难赞一词。[③]
有句自来相视笑，宛然濠濮会心时。[④]

贤劳暮齿未归休，焰段贪看惯夜游。[⑤]
久练针砭称老手，酷耽花月作遨头。[⑥]
灯前挥翰篇章逸，镜下持梳鬓发秋。
思想甚新声调旧，摛词偏不效时流。

六

裁锦雕琼意匠奇，风情绝世玉台诗。

---

① 子荆、王济、漱流：皆引意成语“漱流枕石”。孙楚，字子荆，西汉官员、文学家。王济，字武子，才华横溢，气盖一时。成语“漱石枕流”出自二人对话。

② 钟子：即钟子期，春秋战国时代楚国汉阳（今湖北省武汉）人。史载伯牙回国时在汉江边鼓琴，子期巧遇，因兴趣相投而成至交。钟死后，伯牙认为世上已无知音，终生不再鼓琴。俞儿：古代善于辨别味道的人。《庄子·骈拇》：“属其性于五味，虽通如俞儿，非吾所谓臧也。”

③ 三昧：佛教语。梵文音译。意译为“正定”。谓摒除杂念，心不散乱，专注一境。《大智度论》：“何等为三昧：善心一处住不动，是名三昧。”佳什：好诗，优美的诗作。唐许浑《酬钱汝州》：“汝州钱中丞以浑赴郢城，见寄佳什。”

④ 濠濮：“濠濮间想”缩简语，喻逍遥自在，清淡无为。《庄子》载：庄子与惠子同游濠梁之上，垂钓于濮水。

⑤ 焰段：金元正剧前附加的一段小故事。明陶宗仪《辍耕录·院本名目》：“又有焰段，亦院本之意，但差简耳。取其如火焰，易明而易灭也。”

⑥ 针砭（biān）：古代针刺疗法，已失传。砭，古代治病的石头针。

琴挑沧海携蛮女，帆树骚坛角健儿。[①]
村妪能知白傅语，井边尽唱柳卿词。[②]
句明如话真天籁，炉火纯青羡此时。

破砚难耕百念休，杖无钱挂怎生游？
固穷贤敢追龙尾，多辱痴难比虎头。[③]
地有旱田殷望岁，身非名士不悲秋。
儒酸将被山灵笑，不解开源枉节流。

七

腰酸脚软懒探奇，眼涩肠枯畏写诗。
壁上山川行看子，笔端文字倒绷儿。[④]
知非蘧子无遗行，好辨淳髡有遁词。[⑤]

---

① 琴挑：《玉簪记》的一折。北宋书生潘必正赴京赶考名落孙山，后到女贞观继续攻读。一日散步，遇尼姑妙常弹琴，两人交谈投机，相见恨晚。潘借琴抒发爱慕之情，二人由此相爱。

② 白傅：即白居易（772—846），唐诗人，文学家，字乐天，号香山居士，祖籍山西太原，晚年官至太子少傅。与李白、杜甫并称“李杜白”。现实派诗人，作品影响极大。代表作品有《白氏长庆集》、《长恨歌》、《琵琶行》、《卖炭翁》等。柳卿词：指柳永词作。柳永首对宋词施行革新，将铺陈叙事手法植于词作，充分运用俚词俗语，创建通俗白描、平淡无华的艺术个性。

③ 龙尾：名砚。借指学子成名。虎头：引意成语“虎头燕颔”，喻王侯的贵相或武将相貌的威武。《后汉书·班超传》：“生燕颔虎颈，飞而食肉。”

④ 行看子：画卷的别称。倒绷儿：引意成语“倒绷孩儿”，意为接生婆把初生婴儿裹倒了，喻一向做惯了的事，却因一时疏忽而弄错。

⑤ 蘧（qú）子：指战国时卫国先贤大夫蘧伯玉。蘧行为严谨，无有“遗行”。时常自检，“年五十而知四十九年非”。南子对卫灵公说：“伯玉贤大夫也，敬以事上，此其人必不以暗昧废礼。”孔子称其为真正的君子。

暗默此身如土偶，未曾趋拜郑当时。[①]

熙来攘往孰知休，仙枕听人说梦游。
坠地到呱声方出，观河华发忽盈头。[②]
晦明互替双丸老，寒暑相催一叶秋。[③]
俯仰乾坤已陈迹，银汉西下水东流。

八

循环往复正生奇，可否谈兵譬说诗。
部曲分明赵充国，偏师驰突李鸦儿。[④]
殚心刻画无佳构，信手拈来有妙词。
角逐吟坛吾惫甚，降旛不竖待何时。

粗茶淡饭饱宜休，扶杖何须五岳游。

---

① 郑当时：西汉大臣。字庄，汉初陈郡人。任太子舍人、鲁中尉、济南郡太守、江都相、大司农、丞相长史、汝南郡太守。郑位列九卿，为人行侠仗义，为官廉洁奉公，被罢官后家境清贫，死后家无余资。

② 观河：佛教故事，谓波斯匿王观看恒河，自叹发白面皱，而恒河不变。

③ 双丸：指日月。元朱德润《题陈直卿一碧万顷》诗："日月双丸吐，江山万古愁。"

④ 部曲：古代军队编制单位。大将军营五部曲，校尉一人，部下设曲，曲有军侯一人。赵充国：西汉著名将领，战功卓著。曾出击匈奴，领七百壮士突围；击败氐族叛乱，俘虏西祁王；督兵西陲，击败羌人进犯；主张以兵屯田，开荒垦边。累官蒲类将军、后将军、少府。卒后谥"壮"，为"麒麟阁十一功臣"之一。善于治军，爱护士兵。行必有备，止必坚营，战必先谋，稳扎稳打。李鸦儿：即五代后唐将军李克用。李骁勇善骑射，十五岁从军。在击退黄巢之战中立头功，受封河东节度使。再度南下大败齐军，迫使黄巢自杀。李茂贞等挟持唐昭宗，李克用率军勤王，救出昭宗，被封为晋王。此后长期割据河东。《新五代史·唐庄宗纪上》："克用少骁勇，军中号曰'李鸦儿'。"

庄子途中甘曳尾，米颠石下愿低头。[①]
星河寥廓黄姑恨，海岳萧条白帝秋。[②]
死后谁非无名鬼，衡量青史几风流。

九

是何狂客自矜奇，信口雌黄前辈诗。
陆顾东南不为宝，孔杨大小尽称儿。[③]
谈天空有如簧舌，摛管终无幼妇词。
孤负陈蕃下尘榻，茶旗烟草夜深时。[④]

原注：

陈君兴邦，以诸人雅集，盛意招待。

喋喋云何不肯休，无诗良夜负郊游。
盲人摸象如箕臼，名士成龙判尾头。

---

① 途中曳尾：引意成语“曳尾涂中”，原意“宁其生而曳尾于涂中”。喻与其当官显声扬名，还不如保全性命，生活在乡野。后亦喻在污浊环境里苟且偷生。米颠：北宋书画家米芾（1051—1107）别号。米初名黻，字元章，号海岳外史，湖北襄阳人。能诗文，擅书画，精鉴别，书画自成一家，创立“米点山水”，与蔡襄、苏轼、黄庭坚合称“宋四家”。行止脱俗不羁，人称“米颠”。痴迷异石砚台，将一奇石搬入寓所，每日下拜。

② 黄姑：牵牛星。《玉台新咏》：“东飞伯劳西飞燕，黄姑织女时相见。”

③ 陆顾：即陆游与顾恺之，皆为江南人。顾恺之，杰出画家、绘画理论家、诗人。博学多才，擅诗赋、书法，尤擅绘画，主张“迁想妙得”、“以形写神”，与曹不兴、陆探微、张僧繇合称“六朝四大家”。孔杨：即孔子与杨震。杨震通晓经籍，博览群书，有“关西孔子杨伯起”之称。二人名号中皆有“子”字。

④ 尘榻：喻优礼宾客贤士。《后汉书》载，陈蕃为太守时，在郡不接宾客，唯徐稺来特设一榻，去则悬之，徐稺不至则灰尘积于榻。茶旗：茶展开的芽，茶树嫩叶。唐皮日休《奉贺鲁望秋日遣怀次韵》：“茶旗经雨展，石笋带云尖。”

嗟彼眼中无泰斗，惹余皮里有阳秋。[1]
料因惯读大言赋，自命人间第一流。

原注：

此人常自称为第一流。

附诗：

中元夜即事（1964年8月）

孙崧樵

一

中元小集兴偏奇，只许论文不赋诗。
案上一盘鲜果子，座中四个老头儿。
谈天说鬼都无碍，品瘦评肥各有词。
忽听钟声惊坐久，团圆月影欲斜时。

二

扢雅扬风共尝奇，谁云子固不能诗？
板桥古怪原名士，摩诘虚灵是健儿。
戛玉敲金探上乘，寻幽访胜写新词。
骚坛我忝叨陪久，惭愧孙山落第时。

---

① 皮里阳秋：指藏在心里不说出来的评论。南北朝刘义庆《世说新语》：“褚季野皮里阳秋。”

三

敢向群公妄斗奇，自家创作打油诗。
绝尘几见空空手，学语徒惭八八儿。
半个文盲新简字，一生书蠹旧名词。
但闻击案狂吟起，便是开心得句时。

四

不好玄虚不好奇，平生喜读性灵诗。
洋洋水调渔家女，袅袅山歌田舍儿。
信手拈来成妙谛，随心唱去尽清词。
元轻白俗皆天籁，管领风骚各一时。

五

谁将腐朽化神奇，淡写轻描亦好诗。
准备蛮笺延老友，安排香茗倩娇儿。
厚今薄古容争议，新酒旧瓶费措词。
莫道同来都白首，风流不减少年时。

六

抒情咏物共搜奇，叠韵偏多近体诗。
借阅旧书常访友，欲询时事每呼儿。
非关格致参周易，不为牢骚读楚词。
老去渐无工拙念，漫吟俚语颂清时。

七

欣尝良宵兴未休，相将踏月作郊游。
元龙款洽垂青眼，玉兔清辉照白头。
人语犹喧三鼓夜，虫声初报一山秋。
品茶共话儿时景，转惜光阴逝水流。

八

盂兰箫鼓奏方休，携手城西信步游。
隐隐碑亭浑在眼，溶溶珀月正当头。
江山已改千年史，景物才装半夜秋。
寂寞科峰人去后，小桥渠水自奔流。

九

高谈雄辩未曾休，乘兴招携蹑屐游。
人影横穿街道口，蟾光斜挂树梢头。
叩门老友惊深夜，见句衰翁感早秋。
一字未安难罢手，推敲累得汗珠流！

十

一醉悠然万事休，逍遥物外梦中游。
也曾学习新思想，未许消磨硬骨头。
皎皎长空心印月，丝丝白雪鬓宜秋。
此情说与商山叟，应列人间第几流！

十一

连夜传笺写不休，各成真率与天游。
长歌短调搜诗料，累牍联篇积案头。
才过几时刚七夕，再圆一度是中秋。
无情岁序如流水，安得江河水不流！

十二

年来庶政喜咸休，大好河山任钓游。
东亚睡狮刚吐气，西方纸虎合低头。
五千历史光辉日，六亿同胞奋发秋。
为告吟坛诸父老，今朝人物最风流。

次韵和薇翁八十书怀二律

（甲辰 1964年）

一

一卷南华拜漆园，前朝青紫忍重论。①
名扬玉笋身偏隐，心冷冰壶貌转温。②
诗国但贪风月好，醉乡无碍地天翻。
乐成高士前徽在，苦竹丛深自掩门。③

二

桑海三看鬓发疏，伏生经卷劫灰余。④
齿尊尽有和堪养，行饬终无愤可摅。⑤

---

① 南华：指庄周编著的《南华经》。漆园：古地名，战国时庄周为吏之处，亦借指庄周。青紫：指古代高官印绶、服饰的颜色，借指高官显爵。《汉书·夏侯胜传》："胜每讲授，常谓诸生曰：'士病不明经术；经术苟明，其取青紫如俯拾地芥耳。'"

② 玉笋：喻才气出众。《新唐书·李宗闵传》："俄复为中书舍人，典贡举，所取多知名士，若唐冲、薛庠、袁都等，世谓之玉笋。"冰壶：成语"冰壶秋月"缩简语，喻洁白明净，多指为人品格。苏轼《赠潘谷》诗："布衫漆黑手如龟，未害冰壶贮秋月。"

③ 前徽：前人美好的德行。南朝宋颜延之《宋文皇帝元皇后哀策文》："钦若皇姑，允迪前徽。"

④ 伏生：汉代济南人，秦博士。司马迁《史记》载，秦时焚书，于壁中藏《尚书》，汉初，仅存二十九篇，以教齐鲁之间。文帝时求能治《尚书》者，以年九十余老不能行，乃使晁错往受之。今文《尚书》学者，皆出其门。

⑤ 齿尊：指受人尊崇的高寿。《孟子》："天下有达尊三，爵一，齿一，德一。"

延寿金精篱下菊，驻颜鸿宝枕中书。[1]
天留硕果人争仰，何幸文光照草庐。

原注：

公应惠安修志局之邀，曾枉顾舍下两次。

① 金精：传说中的一种仙药。《汉武帝外传》："太上之药，有风实云子，金精玉液。"鸿宝：引意成语"枕中鸿宝"，泛指珍秘的书籍。《汉书·刘向传》："上（宣帝）复兴神仙方术之事，而淮南有枕中《鸿宝》、《苑秘书》。书言神仙使鬼物为金之术，及邹衍重道延命方，世人莫见。"

六十初度四首

（甲辰 1964 年）

一

蘧蘧梦里蝶为周，偶现人身六十秋。①
坠地弧惭门左设，问天书畏壁间留。②
蓬蒿有分低翔鷃，樗栎非材大牦牛。③
怅触爷娘忧难日，蓼莪重诵涕横流。

二

属蛇星曜问虚中，箕斗三生入命宫。④
客路风霜艰橐笔，儒门经卷误裘弓。⑤
暮鹨栖棘成孤早，饥鼠搬姜作士穷。⑥

---

① 蘧蘧（qú qú）：悠然自得貌。《庄子·齐物论》："昔者庄周梦为蝴蝶，栩栩然蝴蝶也。自喻适志与，不知周也。俄然觉，则蘧蘧然周也。"

② 门左设：古俗生男于门左悬弧。

③ 鷃（yàn）：鷃雀，鹑的一种。樗栎（chū lì）：虽大但不成材，喻才能低下，用为自谦之辞。《庄子·逍遥游》："吾有大树，人谓之樗。其大本拥肿而不中绳墨，其小枝卷曲而不中规矩，立之涂，匠人不顾。"牦牛：野牛。《庄子·逍遥游》："今夫牦牛，其大若垂天之云。此能为大矣，而不能执鼠。"

④ 箕斗：星名。即箕宿与斗宿。《诗·小雅·大东》："维南有箕，不可以簸扬，维北有斗，不可以挹酒浆。"喻虚有其名。命宫：星相术专用术语，指人出生时在东方升起的星座，主宰一个人的天赋才能。

⑤ 橐（tuó）笔：持橐簪笔，指书吏，借指教员。裘弓：即弓裘，谓世代相传的事业。

⑥ 暮鹨（liù）：晚年所生的子女。鹨，小鸡。饥鼠搬姜：喻劳而无用。明朱国桢《涌幢小品·竹轩》："吾犹老鼠搬生姜，劳而无用也。"

老去糊涂耕砚破，无鱼甘作信天翁。

三

局促人寰虱处裈，坠茵坠溷不须论。
此生难继父兄业，到死宁忘母姐恩？
学稼荒山劳换骨，思乡孤枕梦归魂。
团圞真乐今消受，桑下分甘弄众孙。[1]

四

作息年来有课程，巾箱泥灶伴残生。
废兴今古诗书迹，阖阀乾坤橐籥声。[2]
但望诸儿为易箦，便登上寿敢称觥。[3]
食贫累叶余庆在，心事焚香告太清。[4]

---

① 团圞(luán)：圆貌。借指环绕，团聚。谢灵运《登永嘉绿嶂山》："团聚团圞润霜质。"

② 阖阀：关闭阀门，寓意开合。橐籥：古代鼓风吹火用的器具，犹今之风箱。《道德经》："天地之间，其犹橐籥乎，虚而不动，动而愈出。"

③ 易箦：更换床席，指人之将死。上寿：三寿中之上者。《庄子·盗跖》："人上寿百岁，中寿八十，下寿六十。"

④ 累叶：累世。《后汉书·耿弇传论》："三世为将，道家所忌，而耿氏累叶以功名自终。"余庆：指留给子孙后辈的德泽。《易·坤》："积善之家，必有余庆。"

自题小影

（甲辰　1964 年）

六旬须鬓白，顾影尚从容。
心迹晴空月，形骸古涧松。
人情本矛盾，吾道自中庸。
留眼看周易，尼山是正宗。[①]

---

① 尼山：孔子出生地，借指孔子学说。

甲辰岁暮和竹均先生作次原韵

（甲辰　1964 年）

蓬蒿市巷绝嚣尘，随分齑盐敢怨贫。
有命老犹难作鬼，无才壮已不如人。
冰霜衰鬓三冬影，经卷寒灯六秩身。
历尾算来余几日，乾坤转眼是芳春。

甲辰除夕和均翁作次原韵

（甲辰　1964 年）

祭诗珍此夕，盆火耀庭垣。[①]
黑帝宫辞坎，青阳轴转坤。[②]
太呆人岂买，多病我犹存。
预把桃符贴，知春将到门。

---

① 祭诗：唐贾岛常于每年除夕取酒脯祭祀自己往年诗作以自勉。

② 黑帝：五天帝之一，为北方之神，主冬天。《史记·天官书》："黑帝行德，天关为之动。"宫辞坎：即"辞坎宫"，从所住宫阙离开坎位。坎宫，居北方位，于时为冬，于五行为水。辞离坎宫，喻春天即将到来。

中秋月

（甲辰　1964 年）

一轮满涌海门东，万顷琉璃炫太空。
丹桂最香飘玉宇，素娥绝艳舞金风。
今来古往秋无极，地迥天高夜正中。[①]
有斧吴刚仙术浅，嗟渠仍寓广寒宫。

---

① 迥：本义遥远。清洪亮吉《治平篇》："天高地迥。"

四亭古迹

（甲辰　1964 年）

朴亭

山川风物助疏慵，魁捷南宫已曳筇。①
画隐如今遗址杳，龙津秋老止鸣蛩。②

鉴亭

方塘水澈傍城墉，曾照当年太守容。
积庆门东皆畎亩，不知何处卧元龙？③

龙见亭

侍御名园孰媲踪，在田九二得中庸。④
园荒灵物犹嘘气，时有云烟绕岳峰。

---

① 南宫：北宋书画家米芾，湖北襄阳人，曾官礼部员外郎，因称“米襄阳”、“米南宫”。

② 画隐：指宋山水画家李公麟，字伯时。黄庭坚咏李伯时摹画诗句：“李侯画隐百僚底，初不自期人误知。”李博学好古，尤善画山水。隐居龙眠山庄，号龙眠居士，龙眠山人。龙津，指其住处遗址。

③ 畎（quǎn）亩：田地，田野。元龙：东汉广陵太守、伏波将军陈登，字元龙。陈学识渊博，智谋过人，二十五岁举孝廉，任东阳知县，能体察民情，抚弱育孤。后任徐州牧典农校尉，主管农耕，开发农田灌溉，百姓感念。

④ 在田：引意天象术语“见龙在田”，意指每年春季，龙星从田间地平线升起，有利于大德之人担职治事。九二：乾卦第二爻，示意有胸怀大志的人已崭露头角。

直钓亭

元真风操远堪宗，无饵垂纶兴转浓。[①]
张令已随云鹤去，板桥流水尚淙淙。

① 元真：指元真子，即玄真子，唐张志和别号。张三岁能读，六岁能文，十六岁及第，太子李亨亲赐御名志和，留用翰林，供奉东宫，掌诸曹及五府、外府之事。后辞官隐居太湖流域（亦即郑板桥故里）一带，渔樵为乐，自称烟波钓徒。

治山治水纪念碑

（甲辰 1964 年）

名亭五角丽无双，屹立科峰气势庞。
秃岭植林风共护，巨潴筑坝石争扛。[①]
山灵听命愚公喜，水正宣威旱魃降。[②]
从此惠安不贫瘠，年年鱼米裕乡邦。

---

① 巨潴（zhū）：指水库。潴，蓄洪贮水。宋苏轼《申三省起请开湖六条状》：“昔之水面，半为葑田，霖潦之际，无所潴畜。”

② 水正：古官名，五行官之一。《左传·昭公二十九年》：“故有五行之官，是谓五官……木正曰句芒，火正曰祝融，金正曰蓐收，水正曰玄冥，土正曰后土。”旱魃：传说中引起旱灾的怪物。

惠女水库二首

（甲辰 1964年）

一

螺黛千秋绿，微和少女风。①
细流成大泽，巾帼尽英雄。
稻欲年年熟，渠应处处通。
从兹无旱魃，人力补天功。

二

束水长堤稳，涛声尽日开。
石疑女娲炼，山岂巨灵分。②
捍患夫人垒，宣劳娘子军。③
富民原有术，青史著殊勋。

---

① 螺黛：盘旋高耸的青山。惠安简称“螺城”，亦借指惠安山峦。少女风：指轻微和煦的风。宋王之道《秋兴八首追和杜老》：“宦情藩似贤人酒，诗思清于少女风。”

② 巨灵：传说中劈开华山的神灵。

③ 夫人垒：即“夫人城”。东晋太元初，前秦苻坚率军围攻襄阳，守将朱序之母韩氏发现西北角不固，遂率百余家婢及城中女丁增筑内城固守，击退来犯之敌。此段城墙称为“夫人城”。

卷三

1965—1974

乙巳元旦　和均翁作次原韵

（乙巳　1965 年）

七秩今开一，初钟子夜鸣。
干支周复始，心眼老仍明。
如愿是谁婢，孔方非我兄。
添香鸡报曙，陋巷亦春声。

人日　用竹均翁韵

（乙巳　1965 年）

菜羹随分寄人寰，多谢天公与健闲。
七叶蓂开宁可信，六旬须葑不应删。[①]
怡情自有花当眼，长命何须酒驻颜。
芳躅难追韩吏部，新诗赋就未登山。[②]

---

① 七叶蓂（míng）：指正月初七，即“人日”——众人生日。《竹书纪年》载：传唐尧庭阶前有一瑞草，名蓂荚，每月初一起日生一荚，至十五日共生十五荚，然后从十六日起日落一荚，至三十日落尽，可据此测算日子。宋赵希蓬《满江红·七叶蓂开》：“七叶蓂开，正祈巧、穿针时节。”须葑（fèng）：可取之长。成语“采葑采菲”，喻取其所长。《诗·邶风·谷风》：“采葑采菲，不以下体。”《方言》中说：“陈楚谓之葑，齐鲁谓之荛，关西谓之芜菁，赵魏之部谓之大芥……即葑也，须也，芜菁也，蔓菁也，葑苁也，荛也，芥也，七者一物也。”意指葑、须、芜菁、蔓青等，皆为植物可取部分，不受根茎影响。

② 韩吏部：即韩愈，晚年官至吏部侍郎，故称。韩愈是唐杰出文学家、哲学家。两任节度推官，累官监察御史，参与讨平“淮西之乱”。卒后追封昌黎伯，从祀孔庙。韩愈倡导唐代古文运动，被尊为“唐宋八大家”之首，与柳宗元并称“韩柳”，有“文章巨公”和“百代文宗”之名。

元夜　用均翁韵

（乙巳　1965 年）

携筇市上看灯来，漫衍鱼龙舞未回。①
宇县云烟妨月出，人寰萧鼓报花开。②
有孙我感身将老，无母谁怜心尚孩。
六十度逢天不夜，寿长樗栎却非材。

① 漫衍：绵延伸展，不受约束。《后汉书·和熹邓皇后传》："弘德洋溢，充塞宇宙；洪泽丰沛，漫衍八方。"

② 宇县：代指天下。《史记·秦始皇本纪》："大矣哉，宇县之中，承顺圣意。"

梅花四首 和均翁作次原韵

（乙巳 1965 年）

一

孤标终古寄云根，唯有仙姝可比论。①
醉许游人歌入梦，宠宜高士礼行昏。
迂疏岂解繁华逐，老死犹能气韵存。②
百首诗题喜神谱，画图无恙赖长恩。③

二

色相庄严自在天，点尘不染此心坚。
得逢何逊知名日，相识林逋未嫁年。④
烟淡多情来月姐，水清疏影现天仙。⑤
竹松而外谁同调，三友图应奕世传。⑥

---

① 孤标：引意成语“孤标傲世”，孤高自赏，傲然一世；喻人格傲然不群，不与俗流。

② 迂疏：意犹迂远疏阔。唐权德舆《自杨子归丹阳初遂闲居聊呈惠公》诗：“蹇浅逢机少，迂疏应物难。”

③ 长恩：传说中的书神名。《致虚阁杂俎》：“除夕呼其名而祭之，鼠不敢啮，蠹虫不生。”

④ 何逊：南朝梁诗人，八岁能诗，二十岁举秀才。其诗善于写景，工于炼字，为杜甫所推许。诗作《咏早梅・扬州法曹梅花盛开》：“兔园标物序，惊时最是梅。”林逋：字君复，北宋著名隐逸诗人。浙江奉化人。幼时刻苦好学，通晓经史百家。脾性孤高自好，隐居西湖孤山，终生不仕不娶，唯喜植梅养鹤，自谓“以梅为妻，以鹤为子”，人称“梅妻鹤子”。

⑤ 月姐：嫦娥。

⑥ 奕世：累世，代代。

三

品题自昔属诗家，索笑巡檐兴味赊。[①]
清净易开新悟境，酸寒宁厌旧生涯。
烟霞偃蹇龙如干，冰雪凭陵蝶作花。[②]
为有冷香堪细嚼，诱他铁脚诵南华。[③]

四

冬心独抱老江乡，近腊才看破蕊忙。[④]
欲傲岁寒迟入世，怕逢俗艳早收场。
香清邓尉铺疑雪，貌洁江妃凛似霜。[⑤]
与鹤同为仙眷属，仙家未戒色禽荒。[⑥]

---

① 索笑巡檐：引援杜甫《舍弟观赴蓝田取妻子到江陵》诗句“巡檐索共梅花笑”。索笑，逗趣；巡檐，来往于檐前。

② 偃蹇（yǎn jiǎn）：形容委曲婉转。汉淮南小山《招隐士》：“桂树丛生兮山之幽，偃蹇连蜷兮枝相缭。”

③ 铁脚：海南地区常用于形容一起打麻将的铁杆雀友，逢叫必到，简称“铁脚”。此处借指铁杆诗友。

④ 冬心：冬日孤寂凄清的心情。南朝江淹《灯赋》：“冬膏既凝，冬箭未度，悄连冬心，寂历冬暮。”江乡：多江河的地方，多指江南水乡。

⑤ 邓尉：山名，在苏州市西南，汉代邓尉曾隐居于此，故名。以产梅著称。江妃：指江采萍，唐玄宗宠妃之一，号梅妃，闽地莆田人。善吟诗作赋，器乐歌舞琴棋书画无所不通，后妃八大才女之一。喜梅，气节若梅。

⑥ 色禽荒：引意《尚书·夏书·五子之歌》：“内作色荒，外作禽荒。”色荒，沉迷于女色；禽荒，沉迷于田猎。

均翁挈眷还乡诗来，次韵和之

（乙巳　1965 年）

六桥烟水旧家乡，白首言归趁棹忙。[①]
踪迹半生留药圃，才名一代压诗场。
垂纶江畔严光月，采菊篱边靖节霜。[②]
方剂文章并传世，砚田身老不曾荒。

---

① 六桥烟水，借意“六桥烟柳”，代指钱塘。六桥烟柳为钱塘十景之一。六桥名映波、锁澜、望山、压堤、东浦、跨虹，皆位于苏堤。棹：泛指船桨，代指船。《宋史·太祖本纪》：“发战棹东下。”

② 严光：东汉光武帝刘秀同窗挚友，助刘秀起兵。刘秀即位后，严光数拒延聘，隐居富春江畔，每日耕读垂钓。后人把垂钓处命名为严陵濑。靖节：陶渊明自号“靖节征士”、“靖节先生”。“采菊东篱下，悠然见南山”乃其诗作名句。

玄悟 和均翁作次原韵

（乙巳　1965 年）

阴阳消长本相因，世事休论幻与真。
观物六虚皆积气，谈空千界属微尘。
升沈日月昏和晓，旋转乾坤秋复春。
乘化将归吾未尽，尚存三宝气精神。[1]

---

① 乘化：顺随自然。化，造化。陶渊明《归去来兮辞》：“聊乘化以归尽，乐夫天命复奚疑。”意姑且顺其自然走完生命路程，乐安天命，还有什么疑虑呢？三宝：指德行三宝：慈、俭、不居先。《老子》：“我有三宝，持而保之：一曰慈，二曰俭，三曰不敢为天下先。慈，故能勇；俭，故能广；不敢为天下先，故能成器长。”

题均翁游金山寺后次原韵

（乙巳 1965 年）

江心有寺感檀那，佳会金山未易遭。
诸老笔端饶玉屑，吾师镜里满霜毛。[①]
诗天月最中秋丽，酒兴人皆上顿豪。[②]
我亦卧游披画卷，遮栏临水塔尖高。

---

① 玉屑：喻美好的文辞。

② 上顿：指豪饮。宋明帝《文章志》曰：“忱嗜酒，醉辄经日，自号上顿。”

题均翁扫墓诗后次原韵

（乙巳　1965 年）

作健强登山，秋高枫欲殷。
夕阳坡上墓，古木路边湾。
焚楮呼儿拜，携筇觅句还。[1]
先灵泉下慰，孙竹满篱间。[2]

---

① 楮（chǔ）：落叶乔木，树皮为造宣纸原料，代指纸，转指焚化纸品。

② 孙竹：竹的枝根末端所生的竹。《周礼・春官・大司乐》："孙竹之管，空桑之琴瑟，《咸池》之舞，夏日至，于泽中方丘奏之。"

祝世界和平　和均翁作次原韵

（乙巳　1965 年）

陆不烟尘海不波，大同世界乐如何。
清时共说麟游野，善政争看虎渡河。①
偃武修文冤鬼少，丰衣足食寿人多。
雍熙重见唐虞世，鼓腹家家击壤歌。②

---

① 麟游：喻吉祥之兆。《淮南子》："麒麟游于郊。"虎渡河：借喻德政。《后汉书·宋均传》：宋迁九江太守，郡多虎豹，数为为患，宋主张"务尽奸贪，思进忠善，可一去槛阱，除削课制"。后传虎相与东游渡江。《后汉书·刘昆传》：刘任江陵令三年，"仁化大行，虎皆负子度河"。传德政所致。

② 雍熙：喻和乐升平。《文选·张衡》："百姓同于饶衍，上下共其雍熙。"唐虞世：指唐虞盛世。即唐尧与虞舜时代的并称。古人以为其时为太平盛世。《论语·泰伯》："唐虞之际，于斯为盛。"鼓腹击壤：喻民众温饱，有闲暇娱乐。《隋书·儒林传·何妥》："上古之时，未有音乐，鼓腹击壤，乐在其间。"

题慕询老兄像四首

（乙巳　1965 年）

一

棱棱风骨古须眉，潦倒乾坤笔一枝。
豪气逢场双陆戏，狂怀斫地四愁诗。①
眼中阮籍无余子，名下杨修是小儿。②
格调唯应阿婆比，甚难梳裹合时宜。

二

暗更童耄记观河，沙数沧桑劫刹那。
驱去饥曾施讲帐，学来稼亦换农蓑。
五年长我肩随幸，一著输人目睆多。
风月江山无恙在，管教丁卯客吟哦。③

---

① 双陆，古代博戏用具，也是一种棋盘游戏。清时民间用以赌博，乾隆下令封杀，今已失传。从文史记载和文物看，双陆曾相当流行。斫（zhuó）地：砍地，表示愤激。四愁诗：汉天文学家、诗人张衡所著。四章分别列举东西南北四方位的一远处地名，表达诗人寻找所爱而不可得的惆怅忧伤。唐皇甫冉《刘方平西斋对雪》："自然堪访戴，无复四愁诗。"

② 阮籍：三国魏诗人，建安七子之一。时文人风气虚无放诞。阮对玄学有所轻慢，饮酒纵放，持有横决礼俗的人生态度。杨修：三国魏主簿，家学渊源，才高八斗，因恃才放旷，终为曹操所杀。

③ 丁卯：指《丁卯集》。宋陆游："许用晦居于丹阳之丁卯桥，故其诗名《丁卯集》。"

三

斋期咬得菜根甘，梵夹莲台朔望参。[①]
逐逐何来飞野马，绿绿未了吐春蚕。[②]
儒酸产业书盈箧，禅悦因缘佛共龛。
却笑题襟阿所好，盟鸥三友我何堪。[③]

四

滨池居访凤山边，择母论交二十年。[④]
倾倒平生诗莫敌，侵寻迟暮病相怜。[⑤]
趋庭兰墨垂芬远，贻砚荪枝继志贤。
片玉赠余光片影，写君余奈笔非椽。[⑥]

---

① 斋期：斋戒期间，转指礼佛期间。梵夹：佛书，佛书以贝叶作书，贝叶重叠，用板木夹两端，以绳穿结，故称。

② 野马：借指逍遥出游。《逍遥游》：“野马也，尘埃也，生物之以息相吹也。”

③ 盟鸥：谓与鸥鸟订盟，同住水乡。后喻退隐。陆游《雨夜怀唐安》：“小阁帘栊频梦蝶，平湖烟水已盟鸥。”三友：《论语·季氏》：“益者三友，损者三友。友直，友谅，友多闻，益矣。友便辟，友善柔，友便佞，损矣。”谓益友和损友各有三，后多指益友。

④ 论交：结交，交朋友。唐高适《送前卫县李寀少府》：“怨别自惊千里外，论交却忆十年时。”

⑤ 侵寻：渐进，渐近，渐次发展。《史记·孝武本纪》：“是岁，天子始巡郡县，侵寻于泰山矣。”

⑥ 片玉：比喻群贤之一。《晋书》：“犹桂林之一枝，昆山之片玉。”

科学世界四首

（乙巳　1965 年）

一

发动机推惯性轮，电能汽力猛惊人。
工厂操作车床快，矿藏钻探马达驯。
凿石毁伤浑沌窍，开河截断巨灵身。
楼台高筑田畴辟，面貌乾坤日日新。

二

造物精华发泄多，玩奇赏异乐如何。
影来银幕灯为戏，声出金筒电唱歌。
人巧卫星旋地轴，神工火箭入天河。
祝它宇宙沟通后，世界三千尽协和。

三

科学昌明武器佳，钩心斗角赖专家。
水中破敌鱼雷艇，陆上攻坚坦克车。
核弹烧天烟结蕾，机枪扫地火开花。
若将原子和平用，造福人群岂有涯。

四

智慧今人比昔优，发明创造几时休？

神奇斥堠装雷达，巧妙机关串电流。[1]
导弹远堪洲际射，飞船高可月宫游。
未来六合知何似，天总难崩莫杞忧。

① 斥堠：亦作“斥候”，古代瞭望敌情的土堡，亦指侦察、候望的人。

代题梅花书屋诗集

（乙巳　1965 年）

词人心血此留痕，风雅才名萃一门。
笔与孤山争气韵，学从淮海溯渊源。
移家三世裘弓嗣，创业千秋铅椠尊。
余绪还同王实甫，谱将艳段唱黎园。[①]

① 王实甫：元代戏剧家。与关汉卿齐名，其作品继承唐诗宋词的语言艺术，吸收元代民间的生动语言，创造了文采璀璨的元曲词汇，成为戏曲史上“文采派”杰出代表。著有杂剧十四种，代表作有《西厢记》、《丽春堂》、《破窑记》等。

挽林莱荪先生

（乙巳　1965 年）

福寿全归九一龄，诒谋芝玉久充庭。①
吟坛犹树春初帜，处士俄沈曙后星。②
心迹平生虚室白，名场前代子衿青。③
深情棣萼伊川在，今为纯公作墓铭。④

原注：

公系竹均先生之从兄，清诸生，文望甚高，毕生任省中国文教员，享年九十一。本春主持闽江诗钟，函邀古田李若初及余为评定名次。

---

① 诒谋：谓为子孙妥善谋划，使子孙平安。唐李德裕《〈黠戛斯朝贡图传〉序》："臣伏思太宗往日之惧，致我唐百代之隆，则圣祖诒谋，可谓深矣。"

② 曙后星：指文曲星。

③ 虚室白：成语"虚室生白"缩简语，喻心无杂念，则能悟道，生成智慧。常用以形容清澈明朗的心灵境界。《庄子・人间世》："瞻彼阕者，虚室生白，吉祥止止。"子衿：即学子、生员。《诗・郑风・子衿》："青青子衿，悠悠我心。"

④ 棣萼：比喻兄弟。《晋书・孝友传序》："性合则华承棣萼。"伊川：宋理学家程颐的别号。程颐一生诲人不倦，故学者出其门最多，渊源所渐，皆为名士。

慕询兄饷谈所作悼亡诗十三首，次原韵慰之

（乙巳　1965 年）

一

流年六五苦吟身，凌厉风霜白发新。
炊臼梦醒闻腊鼓，张瞻病妇不回春。①

二

老来砚破笔难耕，鳏眼长开倍怆情。
缱绻司中盟誓在，因缘未了续来生。②

三

丁卯桥边隐士庄，鹿皮冠畔宝钗光。③
为何迟暮耽禅悦，偏要清斋学太常。④

---

① 炊臼：指丧妻。引意成语“炊臼之戚”。唐段成式《酉阳杂俎·梦》：“贾客张瞻将归，梦炊于臼，问王生。生言：‘君归，不见妻矣。臼中炊，固无釜也。’贾客至家，妻果卒已数月。”“无釜”谐音“无妇”。腊鼓：古人于腊日（十二月初八）出鼓驱疫，称“腊鼓”。

② 缱绻司：传说中掌管婚姻的仙界官署。

③ 鹿皮冠：古代隐士所戴的帽子，鹿皮做成，亦称“鹿巾”、“鹿皮巾”。《后汉书·杨震传》：“乃授光禄大夫，赐几杖衣袍，因朝会引见，令彪着布单衣、鹿皮冠，杖而入，待以宾客之礼。”

④ 太常：指后汉太常（执掌社稷宗庙礼仪的官职）周泽。周为官清廉，勤奉宗庙，常卧疾斋宫。其妻前往问疾，泽大怒，以妻犯禁收狱。时人讥讽曰“生世不谐，作太常妻，一岁三百六十日，三百五十九日斋”。

四

绛帷教泽久停施，诗国沉沦老拾遗。[1]

并体山栖同命鸟，夕阳西崦认皆非。[2]

五

一角诗天蛰镜湖，懒将三浅问麻姑。

年来豪气消磨尽，卢雉床头不再呼。[3]

六

泽畔行吟岂楚狂，离骚一卷吊沉湘。[4]

病梅本是诗人妇，修到三生愿再偿。

七

居鸠笄总记于归，敬戒浑忘仪与非。[5]

壶教共夸妫汭好，宜男卵翼众雏肥。

---

① 绛帷：亦称“绛帐”，指师门，讲席。《随园诗话补遗》引清吴蕙诗：“有志红窗学咏诗，绛帷深幸侍良师。”教泽：教化或教育的恩泽。《战国策・齐策六》：“田单之爱人！嗟，乃王之教泽也！”

② 西崦：指崦嵫山 。传说中的日落处。南朝梁王僧孺《忏悔礼佛文》：“东榑才吐，西崦已仄。”

③ 卢雉（zhì）：成语“呼卢喝雉”缩简语，指掷骰赌博。

④ 沉湘：指屈原沉入湘江支流汨罗江自尽。汉王褒《九怀・尊嘉》：“ 伍胥兮浮江，屈子兮沉湘。”

⑤ 笄总：谓插笄束发。亦借指成年。《礼记・内则》：“子事父母，鸡初鸣，咸盥漱，栉纵笄总。”于归：女子出嫁。《幼学琼林・婚姻类》：“女嫁曰于归，男婚曰完娶。”

八

相夫老尚案齐眉，定省慈姑敢后时？[①]
兴废人家关妇德，固应瓜瓞茂宗支。

九

力田辛苦众咸闻，穷送何烦郎伯文。[②]
麦秆豆箕甘薯荸，添薪不待古槐焚。

十

望夫石上迹谁亲，香火莲龛叩祷频。
听唱刀环心疾愈，低眉佛护有情人。

十一

倡随到老鬓霜寒，换骨今生别有丹。
齐物读来盆可鼓，不烦灵药乞列安。[③]

十二

往日鷦鷯但一枝，前尘回首不应悲。
后昆轮奂恢先绪，佳气充闾正此时。[④]

---

① 后时：失时，不及时。

② 郎伯：古代妇人对丈夫的一种称谓。杜甫《元日寄韦氏妹》："郎伯殊方镇，京华旧国移。"

③ 齐物：指庄子《南华经》中的《齐物论》。

④ 先绪：祖先的功业。晋夏侯谌《昆弟诰》："维我后府君侯，祇服哲命，钦明文思，以熙柔我家道，丕隆我先绪。"充闾：光大门庭。唐房玄龄等撰《晋书·贾充传》："父逵……晚始生充，言后当有充闾之庆，故以为名字焉。"

十三

荣枯乏味久名埋，兰玉阶前手自栽。
太息悼亡空好句，几多知己和诗来。

附诗：

悼先孺人陈氏十三章

许钟奇

一

相期蝼屈鹿门身，乡国杖看社事新。
青鸟无端呜咽唤，春婆梦觉六三春。

二

一操笔砚一农耕，四九年钟伉俪情。
百事黔娄多负汝，料应比翼厌他生。

三

语怜羞涩度端庄，荆布居然老孟光。
忆昔青毡郎伯困，泥他戟搞理家常。

四

自干唾面任横施，不拾人家路草遗。
赢得评高乡月旦，原无刘四骂人非。

五

流离只影怅江湖，闭户关心慰老姑。
底事干卿愁苦甚，为牛为马大家呼。

六

劫余心悸病颠狂，几自濒危欲赴湘。
乞得安心丝绣佛，业缘空再十年偿。

七

颓唐野外荷锄归，生产力争计未非。
怪底一肩旁贷少，昨犹麦圃自施肥。

八

憔悴衰年莫展眉，半愁身病半忧时。
蹉跎铸错长怜我，力应潮流怕不支。

九

消昼书声耳惯闻，呼孙着我课诗文。
残编旧卷珍先泽，不许抛些付丙焚。

十

儿孙满眼老堪亲，勿再耽诗劝我频。
风雪楼中吟独夜，惓惓冷暖问何人？

十一

药垆忙碌暑更寒，莫窬嫦娥不死丹。
尽道好人婴恶疾，身呼腹负席难安。

十二

三行子妇五孙枝，风木声吞腊鼓悲。
无计薄营斋与奠，家贫况复此非时。

十三

一锸匆匆死便埋，先人陇畔白杨栽。
不知人世沧桑感，我待何年并鹤来。

在红旗医院联句　五律

（乙巳　1965 年）

五夜流连客（许），疑因听雨来。[①]
穿窗初闪电（孙），震瓦忽鸣雷。[②]
箸落乾坤动（王），樽倾垒块开。[③]
老狂三笑拟（许），放浪外形骸（孙）。[④]

---

① 许：许钟奇（1900—1974），原名毓麒，字慕询，惠安东岭人，泉州桐荫诗社成员，惠安登社成员。生于书香之家，早年于惠安荷山中学任教，后在家务农。著有《许钟奇先生吟遗稿》等书，与同乡庄棣荫（字贻华）系好友、诗友。

② 孙：孙崧樵（1902—1987），字慕真。归国华侨。惠安著名中医，惠安红旗医院院长。亦工于诗词，在泉州诗词界享有盛誉。著有《樵叟医话》、《张锡纯方歌诀》、《樵叟诗词集》、《悔堂诗词对联选集》等书。

③ 王：本诗词集原著。

④ 三笑：引意典故“虎溪三笑”。晋代释慧远、陶渊明、陆修静三名高士于庐山论道，与语甚契，相送时不觉过溪，虎辄号鸣，三人大笑而别。放浪外形骸：引意成语“放浪形骸”，指言行纵怀，不受拘束。王羲之《兰亭序》：“或取诸怀抱，悟言一室之内；或因寄所托，放浪形骸之外。”

联句　七绝三首

（乙巳　1965 年）

一

酒后聊为夜雨吟（许），相看真个是知音。
沧桑阅遍垂垂老（孙），珍重人间焦尾琴（王）。[①]

二

风月螺山孰主持（王），圭峰吾野火薪迟。[②]
百家济济争鸣日（许），振藻扬葩正此时（孙）。[③]

三

少年文采各风流（孙），名久相知面未谋。
击钵催诗珍此夕（王），雨声灯影共登楼（许）。[④]

---

① 焦尾琴：与齐桓公的“号钟”、楚庄王的“绕梁”和司马相如的“绿绮”同为中国古代的四大名琴。《后汉书·蔡邕传》：“吴人有烧桐以爨者，邕闻火烈之声，知其良木，因请而裁为琴，果有美音，而其尾犹焦，故时人名曰焦尾琴。”

② 风月：风雅吟唱。圭峰：指圭峰塔。湄洲港重要航标。位泉州泉港区峰尾（原属惠安县）滨海，元代进士卢琦所建，明崇祯年间倒塌，清嘉庆三年重建。卢琦，字希韩，号奎峰，后龙峰尾人，元代著名诗人，元末闽中文学四大名士之一。

③ 振藻扬葩：喻文章华丽多彩。《北史·文苑传序》：“汉自孝武之后，雅尚斯文，扬葩振藻者如林。”

④ 击钵催诗：成语，指限时成诗，喻诗才敏捷。清文康《儿女英雄传》：“七步八叉，具有成例，古人击钵催诗，我要击钵了。”

在侨联会楼上联句

（乙巳　1965 年）

银灯灿烂绕高亭（许），一角科山照眼明。
万里晴空孤月上（孙），半渠秋水小桥横。
星河扫尽天无色（王），木叶飘来夜有声。
三百六宵今最好（许），可无诗句纪升平（孙）？

许君来诗，次韵赠之

（乙巳　1965 年）

海角云山暗几重，词人身懒未心慵。
书多尚入吟眸古，衾冷难伸老脚冬。
知命梦宁寻覆鹿，违时技止嗜屠龙。[1]
浊醪镜里三杯酽，光怪须髯发醉容。

① 覆鹿：成语“覆鹿寻蕉”缩简语。喻把真事看作梦而一再失误。《列子·周穆王》载，郑国人砍柴时打死一只受伤的鹿，把死鹿藏入小沟，砍蕉叶覆盖。天黑后他想把鹿扛回家，可怎么也找不到。于是放弃，就当做梦罢了。后来他反复把真事当梦，把梦当真事儿。屠龙：《庄子·列御寇》：“朱泙漫学屠龙于支离益，单千金之家，三年技成而无所用其巧。”后以“屠龙之技”喻本领高超但不切实际。

中秋和许君作次原韵

（丙午　1966 年）

凤山西角小楼明，诗老凭栏得句清。
月满长天开夜色，风凉大地起秋声。
忍温失釜张瞻梦，难遣停云栗里情。①
消息盈虚君久悟，云何顾兔尚心惊。②

---

① 张瞻梦：指张瞻梦炊臼，即“失釜”丧妻。停云：引意成语“停云落月”，喻思念亲友。晋陶潜《停云诗序》：“停云，思亲友也。”栗里：地名，今九江市西南。晋陶潜曾居于此。

② 消息盈虚：成语，指事物的盛衰变化或行为的出处进退。《易·剥》：“君子尚消息盈虚，天行也。”顾兔：亦作“顾菟”，月亮的别名。《楚辞·天问》：“厥利维何，而顾菟在腹？”

迭上韵再寄赠许君

（丙午 1966 年）

能守能知黑白明，此身微贱此心清。
寒窗自可寻书味，空谷何须听友声。
褒贬古今谁定论，结交人世几真情。
南华一卷从头读，宠辱年来总不惊。

重阳得许君来诗，次韵和之

（丙午　1966 年）

重阳烟雨尚迷天，山骨经秋瘦可怜。
蕾小待霜难绽菊，音清抱叶未僵蝉。
登高有约随人后，寄兴无诗献佛前。
却笑耽吟丁卯客，邮筒佳句诘朝传。[①]

---

① 诘朝：诘旦，清晨。《左传·僖公二十八年》：“戒尔车乘，敬尔君事，诘朝将见。”

重阳共登科山，孙君口占“天将秋色付吾曹”一句，戏依次嵌入律诗五首

（丙午 1966年）

一

天将秋色付吾曹，咫尺科峰约共遨。
人为授衣惊岁晚，我因披帽畏风高。①
境清石木皆成趣，路坦腰肢未觉劳。
学稼多年诗兴减，吟坛作手让时髦。

二

红叶飘萧万木号，天将秋色付吾曹。
有泉自可烹蝉翼，无酒何须忆蟹螯。②
梦得稼轩皆逸老，孙鲂郑谷尽诗豪。③

---

① 授衣：谓制备寒衣，古代以九月为授衣之时。

② 蝉翼：古以“轻如蝉翼，嫩似莲须”赞誉西湖龙井，后以此泛指茶叶。

③ 梦得：唐中晚期诗人刘禹锡，字梦得。彭城人，祖籍洛阳。文学家，哲学家，曾任监察御史。书香门第，世代儒学相传。主张革新，后来永贞革新失败被贬为朗州（今湖南常德）司马。有“诗豪”之称。稼轩：南宋豪放派词人辛弃疾，字幼安，号稼轩。一生以恢复中原为志。然备受排挤，壮志难酬。但他爱国信念没有动摇，把对国家兴亡、民族命运的关切寄寓于词作之中。其词以豪放为主，沉雄豪迈又不乏细腻柔媚。与苏轼合称“苏辛”，与李清照并称“济南二安”。孙鲂（fáng）：字伯鱼，五代南唐诗人。孙出身贫寒，从小聪明好学，拜郑谷为师。孙诗颇似郑体，清婉明白，不过分追求华丽辞藻，民间俚语皆能入诗。郑谷：字守愚，唐末著名诗人。七岁能诗，光启三年进士，乾宁四年任都官郎中，因称郑都官。诗风清婉明白。

座中更有孤山客，衰鬓风吹见二毛。[①]

三

跛僧禅已色中逃，不比阿难戒体牢。[②]
佛有慈航通彼岸，天将秋色付吾曹。
尘蒙明镜心应洗，霜压飞蓬手可搔。
呈佛自知无好句，妙香相对惮挥毫。

四

云路春台绝市嚣，最高峰顶望周遭。[③]
摩穹西列千层岫，浴日东环万顷涛。
人重晚晴嘉此会，天将秋色付吾曹。
老夫不怕山灵笑，补破遮寒自缊袍。[④]

五

偷闲半日出城濠，芳躅难追栗里陶。
阮士心清欣摘菊，诗人胆小畏题糕。[⑤]

---

① 二毛：斑白的头发，常用于指老年人。

② 跛僧：惠安城西科山寺当年有一跛僧，因犯色戒而逃。阿难：指阿难陀，佛经说他是释迦十大弟子之一。

③ 春台：科山近峰顶一崖刻雕凿“春台”二字。

④ 缊袍：以乱麻为絮的袍子，泛指贫者秋冬御寒之衣衫。《论语·子罕》：“衣敝缊袍，与衣狐貉者立，而不耻者，其由也与？”

⑤ 阮(yǔn)士：高士。阮，高。题糕：指重阳赋诗，亦喻引经据典慎重严谨。宋邵博《闻见后录》：“刘梦得作《九日诗》，欲用糕字，以《五经》中无之，辍不复为。宋子京以为不然。故子京《九日食糕》有咏云：‘刘郎不敢题糕字，虚负诗中一世豪。’”

避灾宁必师桓景，知命还应反楚骚。[①]
此约明年期再践，天将秋色付吾曹。

附诗：

天将秋色付吾曹　重九登科山偶得此句成七律五首

孙崧樵

天将秋色付吾曹，领略重阳又一遭。
明秀山川开画卷，苍茫云树入吟毫。
篱边人比黄花瘦，塞上霜催白雁号。
小憩半山亭子下，时闻松壑起波涛。

白雪丝丝上鬓毛，天将秋色付吾曹。
新诗载赋低回久，旧地重临记忆牢。
云路即今无捷径，春台终古属同袍。
盈虚消长皆真理，建设河山左券操。

去年今日此登高，今日登高兴更豪。
人插菊花寻古迹，天将秋色付吾曹。
杯茶谈屑情偏洽，寺壁题痕痒又搔。
更羡群公腰脚健，科峰上下不知劳。

---

① 桓景：南朝梁吴均小说集《续齐谐记》故事：桓景为驱除瘟疫，入深山向费长房拜师学艺，获赠青龙剑，于九月初九日引乡亲登高避灾，桓景则以青龙剑降妖，乡民摆脱瘟疫。后九月九俗成重阳节。楚骚：指楚屈原所作的《离骚》，亦泛指《楚辞》。

浊世浮名未可逃，聊寻古刹避尘嚣。
傍山曲径松千树，绕郭长渠水半篙，
谁为诗人留此境，天将秋色付吾曹。
扳登绝顶舒双眼，高唱乐观反楚骚！

云罗霞彩断江皋，瑟瑟金风似剪刀。
此际有谁能送酒，当年底事不题糕。
芦花白拟三冬雪，枫叶红于二月桃。
消受年年秋色惯，天将秋色付吾曹。

次和微翁八一五首

（丙午 1966 年）

一

乐土温陵旧卜居，年年觞举菊花初。①
儒门岂晓呼钱术，道藏犹存炼汞书。②
得寿神姿还朗朗，忘机心境本舒舒。
岁星入巳人开九，鲁殿灵光万劫余。③

二

笺题好句鸟衔传，艳羡先生作地仙。
老尚耽诗原是癖，近曾知老岂非缘。
井华浇药晨升液，炉火烧丹夜吐烟。④

---

① 卜居：择地居处。杜甫《寄题江外草堂》："嗜酒爱风竹，卜居必林泉。"

② 炼汞：道家烧炼金石药物，以制成丹药。《云笈七签》："炼汞投金，修金合药。"

③ 岁星：即木星。木星约十二年运行一周，因将其轨道分为十二分，称十二次，木星每年行经一次。即以其所在星次用纪年，故称岁星。《史记·天官书》："察日月之行，以揆岁星顺逆。"鲁殿灵光：成语，喻仅存的有声望的人或事物。汉王延寿《鲁灵光殿赋》序："鲁灵光殿者，盖景帝程姬之子恭王余之所立也。"该殿屡经战乱而岿然独存。

④ 井华：亦作"井华水"。清晨初汲的水。北魏贾思勰《齐民要术·法酒》："秔米法酒：糯米大佳。三月三日，取井花水三斗三升，绢簁曲末三斗三升，秔米三斗三升。"石声汉注："清早从井里第一次汲出来的水。"

道士邹䜣骖鹤久，小山谁兴共谈玄。①

三

成针磨杵镜磨砖，诗入高龄句更妍。
凤阙久停千叟宴，鸡窗长对百家篇。②
苦思拊背兄衣薄，难得焚须姐面愆。③
至性过人犹孺慕，偶瞻手泽痛穷天。④

四

满腹诗书类孝先，踌人有则埴归埏。⑤
摛词宁祖张三影，讲学兼宗陆九渊。⑥
颐养不穷缘井井，身修无咎赖乾乾。

---

① 邹䜣(xī)：南宋理学家朱熹晚年化名“崆峒道士邹䜣”，为道经《周易参同契》作注。朱熹(1130—1200)，字元晦，号晦庵，晚称晦翁，世称朱文公。儒学集大成者，世尊称为朱子。是唯一非孔子亲传弟子而享祀孔庙。与程颢、程颐合称“程朱学派”。所著《四书章句集注》为钦定教科书和科考标准。骖(cān)鹤：引意成语“驭凤骖鹤”，意驾凤骑鹤，喻仙人或得道之士。唐吴融《和皮博士赴上京观中修灵斋》：“鹤驭已从烟际下，凤膏还向月中焚。”

② 千叟宴：清昭梿《啸亭续录·千叟宴》载，康熙、乾隆于乾清宫数次举行千人酒宴，专事宴请老人。鸡窗：指书斋。南朝宋刘义庆《幽明录》载：“宋处宗买得一长鸣鸡，爱养甚至，恒笼著窗间。鸡遂作人语，与处宗谈论，极有言智，终日不辍。处宗因此言巧大进。”后唐罗隐《题袁溪张逸人所居》：“鸡窗夜静开书卷，鱼槛春深展钓丝。”

③ 焚须：引意成语“煮粥焚须”，喻兄弟友爱。《新唐书·李勣传》：“性友爱，其姊病，尝自为粥而燎其须。”面愆(qiān)：即愆面，久未谋面。言久不见面。班固《汉武帝内传》：“天事劳我，致以愆面。”

④ 孺慕：对父母的怀念。南朝陈徐陵《陈文帝哀册文》：“充穷靡寄，孺慕奚凭。”手泽：为手汗所沾润，指先人遗物。《礼记·玉藻》：“父没而不能读父之书，手泽存焉尔。”

⑤ 埴(zhí)归埏(yán)：意为造屋归造屋，做墓归做墓。埴，黏土。埏，墓道。

⑥ 张三影：宋词人张先的别号，其词含蓄工巧，情韵浓郁，意象繁富，语词凝练，于两宋婉约词史上颇具影响。陆九渊：南宋理学家、教育家，与朱熹齐名，而见解多有不一，为宋明两代“心学”开山之祖。

螺阳文献咨遗老，秋扇今仍未见捐。[①]

五

风光如画住沧洲，回首黄垆失旧俦。[②]
古寺树扶双塔出，澄江月托两峰浮。
教严五子薪能荷，行饬终身经不由。[③]
酬唱今唯邀小友，许浑笔老气横秋。[④]

---

① 秋扇：引意成语“秋扇见捐”，意秋凉以后，扇子就被抛弃不用。

② 黄垆：借指与亡友欢聚之处。南朝宋刘义庆《世说新语·伤逝》记述在黄公酒垆和亡友曾与友人酣饮，“今日视此虽近，邈若山河”。

③ 饬(chì)：谨慎。经不由：不经由。借指不曾返回。朱熹《次韵择之发临江》：“千里烟波一叶舟，三年已是两经由。”

④ 许浑：晚唐最具影响力的诗人之一，诗歌偶对整密、诗律纯熟，吟诵水、雨景色居多，后人将其比与杜甫，称“许浑千首诗，杜甫一生愁”。

题惠安近代名人诗集　次询兄原韵

（丙午　1966年）

临流叹逝操于陬，乡邑名贤墓木秋。[1]
气孕山川才间出，笔惊天地句终留。
残编吐焰长恩护，轮劫生身短梦浮。[2]
赖有汝南工月旦，拾珠沧海未曾休。[3]

原注：

此集经许君编辑完，孙君拟为付梓，因事未果。

① 陬（zōu）：隅，角落，山脚。

② 长恩：传说中的书神名。

③ 汝南月旦：成语，谓品评人物。《后汉书·许劭传》："劭与靖俱有高名，好共核论乡党人物，每月辄更其品题，故汝南俗有'月旦评'。"宋欧阳修《谢胥学士启》："鲁衮垂乎一字，宠极于华章；汝月更乎坐评，自成于往法。"

孙君自题旧影以诗索和，次原韵报之

（丙午　1966 年）

万有咸乘化，休论幻与真。
观河今昔面，涉世苦甘身。
风雅谁知己，岐黄有替人。[①]
朱颜安可驻，珍重镜中春。

附诗：

自题旧影

孙崧樵

世间原草草，镜里唤真真。
错杂灯前稿，疏狂物外身。
一生常作客，万事不如人！
愿乞杨枝水，长回指下春。

---

① 岐黄：指岐伯与黄帝。《黄帝内经》托名岐伯与黄帝讨论医术而编著。代指中医学。徐珂《清稗类钞·艺术》："李畏斋，湘潭人，善岐黄，自号医隐。"

偶　得

（丙午　1966年）

四民最是老农优，文士乾坤一赘疣。[1]

千古聪明沮与溺，短蓑欹笠傲公侯。

① 四民：旧称士、农、工、商为四民。《书·周官》："司空掌邦土，居四民，时地利。"班固《汉书》："士、农、工、商，四民有业：学以居位曰士，辟土殖谷曰农，作巧成器曰工，通财鬻货曰商。"

询兄题逊帝遗篇诗来，因和之（非次韵）[1]

（丙午 1966年）

玉函珍秘世传观，末路君王作裨官。[2]
万古乾坤留信史，两朝文献出宸翰。[3]
强邻牵制存身易，新学张皇复辟难。
兴废由来关气数，休论正统与偏安。

附诗：

读前清宣统自传《我的前半生》感作

许钟奇

武汉轰天霹雳雷，觉罗王气冷然灰。
身为龙种怜鱼服，手拱虾夷误鸩媒。
袍笏三生秦鹿挺，乾坤末路楚囚哀。
分明五十年心史，自向东风诉几回。

---

① 逊帝：指前清逊帝宣统皇帝爱新觉罗·溥仪。遗篇：指溥仪著作《我的前半生》。
② 裨（bài）官：低位小官吏。班固《汉书·艺文志》：“小说家者流，盖出于稗官。”
③ 宸翰：帝王的墨迹。

薇翁题聊斋志异曹操冢诗来，因和之①

（丙午　1966 年）

百战能开魏国基，葬身大事费谋维。
为臣早欲周文比，有子终教汉祚移。②
天下归心夸握发，河中藏骨避鞭尸。③
龙宫闹热漳南冷，想见君王爱水嬉。④

---

① 聊斋志异曹操冢：指清代小说家蒲松龄所著短篇小说集《聊斋志异》中的《曹操冢》。文中记述：许昌城外一河道发现崖岸下有一深洞，洞口装一插满利刃的转轮，拆除转轮入洞，现一以汉篆字体写着曹操墓的石碑，原来水中深洞是曹操墓葬。后代贤人作诗说："尽掘七十二疑冢，必有一冢葬君尸。"千年以后，曹操尸骨终究被挖掘抛弃。

② 为臣早欲周文比：建安二十四年（219）孙权取荆州后，上表向曹操称臣，谏曹操代汉自立。操说：孙权想把我放在火炉上！侍中陈群、尚书桓阶等乘机劝操称帝，操说："若天命在吾，吾为周文王矣。"意为即使称帝时机成熟，也会像周文王一样让儿子去做皇帝。周文王，即姬昌（前 1152—前 1056），岐周（今陕西岐山县）人。周朝奠基者，中国历史上一代明君。汉祚：指汉朝的皇位和国统。汉班固《东都赋》："往者王莽作逆，汉祚中缺。"

③ 握发：引意成语"握发吐哺"，喻国家礼贤下士，殷切求才。《韩诗外传》载："成王封伯禽于鲁，周公戒之曰：'要一沐三握发，一饭三吐哺，犹恐失天下之士。'"

④ 漳南：许昌在漳河之南。

寿岩冥寿樵兄承题

（丙午　1966 年）

衣钵河汾共一源，宗风夙昔缅松村。
儒门继志三生幸，阴府添筹七秩尊。
笙补兰陔儿报德，觞称华屋客招魂。[①]
文章旷代张燕国，特为知交撰寿言。[②]

原注：

其友张某为撰寿序，甚夸诞。[③]

---

① 觞称：成语“举觞称庆”缩减语，谓举杯庆贺，表示喜悦。觞，古代盛酒器。谓摆酒做冥寿。明无名氏《三化邯郸》：“我所生五子，皆有国器，并膺宠爵，每语夫人崔氏，言及于此，未尝不举觞称庆。”

② 张燕国：指唐燕国公张说。张说早年参加制科考试，策论为天下第一。

③ 夸诞：言词夸大虚妄，不合实际。《荀子·不苟》：“言已之光美，拟于舜禹，参于天地，非夸诞也。”

回文四首

（丙午年　1966 年）

一　东先韵

东流水去望年年，白鬓铺霜映镜悬。
通塞换时翻否泰，暑寒更处转坤乾。
翁衰寄世斯心净，汉钝输人有寿延。
功用大应深学道，中宵起孰着鞭先。

二　冬萧韵

冬深下雪瑞花飘，绿萼梅开雪映娇。
筇曳不常犹健脚，笔操难久欲伸腰。
庸才是福绥身老，寡欲能眠稳夜遥。
龙虎炼停丹鼎旧，松风北动听萧萧。

三　江肴韵

江澄映午日，好景览西郊。
窗小装新竹，屋卑茨旧茅。
淙淙涧水串，叆叆岫云包。
双菊金瓶插，节佳陈酒肴。

四　支豪韵

支干系月日，历算准厘毫。

移晷催天老，运星扶地高。
曦升望昱昱，水逝叹滔滔。
饥苦犹荒岁，有谁诗兴豪。

无题 和孙君次原韵三首

（丙午 1966 年）

一

云鬟梳罢入园时，纤手攀花露满衣。
媚眼流波空自绿，香腮生晕为谁绯？
罗裙开小春风软，宝钏光沈晓日微。
无事颦眉栏独倚，睨它蝴蝶一双飞。

二

多情季女岂斯饥，芳草怀人愿总违。[①]
已卷芭蕉心转细，未灰蜡炬泪添肥。
下阶细语择新月，登阁无言送晚晖。
韩重难求谁可婿，罗衾春冷怅空帏。[②]

三

天龙一指出迷津，苦海茫茫幸有垠。[③]
瞻拜黄金诸佛面，保全白璧女郎身。

---

① 季女：少女、小女儿。

② 韩重：春秋时期吴国人，有道术。吴王夫差小女紫玉年方十八，才貌出色，爱上韩重。韩外出求学，托父母求婚。吴王不许，紫玉郁闷而死。三年后韩回，得悉悲极，赴墓祭典。紫玉魂出相见，邀韩入坟，结为夫妻，并将一明珠托转吴王。韩依所托拜见，吴王斥其盗墓欲加拘捕。韩逃告紫玉，紫玉即回跪求父王免究。吴王夫人听闻欲抱小女，紫玉消失如烟。

③ 天龙：佛教语，谓诸天与龙神。

爱穿木槵寻丝线，不织璇图弃锦巾。[①]
端坐蒲团空五蕴，禅门归宿扫眉人。[②]

① 木槵（huàn）：高大乔木，枝叶似椿，果核圆而坚，黑如漆，可做念珠。又名菩提子，借指念珠。璇图：指国家的版图，亦引申为国运。亦作“璿图”。南朝梁江淹《萧骠骑庆平贼表》：“赖皇威遐制，璿图广驭，四海竞顺，其会如林。”

② 五蕴：佛教指人的色、受、想、行、识五种刹那变化的成分，由这五种成分的暂时结合而形成了个我。修行的最高境界为“五蕴皆空”。《心经》：“照见五蕴皆空，度一切苦厄。”

有题　叠前韵三首

（丙午　1966 年）

一

娇憨谢女破瓜时，来与王章共寝衣。①
眉敛未遑施浅黛，身卑无望著深绯。②
极能恕物存心厚，不许谈情用意微。
郎伯他乡要糊口，东西劳燕愿分飞。

二

辛勤作活忘调饥，奉侍慈姑不敢违。③
惜福野蔬充膳美，宜男香乳哺雏肥。④
机声灯下催宵漏，鞭影犁头迓晓辉。
所望岁除夫婿还，寒暄甘苦话房帏。

---

① 王章：西汉京兆尹。王章一次患病，没有被子，卧牛衣中流泪。其妻呵斥："京师尊贵在朝廷的人，有谁超过你？你不自励反哭泣，卑鄙！"后王章当了京兆，要上书加封，其妻又制止说："人当知足，记不得牛衣中哭泣啦？"

② 未遑：没有时间顾及。汉扬雄《羽猎赋》："立君臣之节，崇贤圣之业。未遑苑囿之丽、游猎之靡也。"

③ 调饥：朝饥，早上没吃的饥饿状态。借喻渴慕。《诗·周南·汝汝》："未见君子，惄如调饥。"

④ 宜男：旧时祝颂妇女多子之辞。明陈继儒《珍珠船》："韦庶人妹以豹头枕辟邪，白泽枕辟魅，熊枕宜男。"

三

江村生长早知津，引水归田碧四垠。
两颊胭脂霜后色，一春蓑衣雨中身。
沙粗护脚新芒屦，风猛蒙鬟旧布巾。[①]
谁与并耕谁馌亩，怜卿误嫁读书人。[②]

① 芒屦(jù)：芒鞋。苏轼《梵天寺见僧守诠小诗次韵》："幽人行未已，草露湿芒屦。"

② 馌(yè)亩：亦作"馌田"，指送饭到田头。清纪昀《阅微草堂笔记》："次月至村中，果闻一妇馌田，为旋风所扑，患头痛。"

重阳和许君作次原韵

（丙午　1966 年）

重阳节届又霜繁，醉插黄花卧故园。
济胜君孤玄度具，尽欢我忆杜陵言。①
泽衣雾雨藏文豹，善剑箖箊隐白猿。②
为问柴桑陶处士，酒边襟素共谁论。③

---

① 济胜：登临胜景。清赵翼《偕孙渊如汪春田两观察游牛首山》："衰老自怜难济胜，层椒临眺亦忘还。"玄度：东晋文学家许询，字玄度。祖籍高阳（今属河北），寓居会稽（今浙江绍兴）。有才藻，善属文，与王羲之、孙绰等皆以文义冠世；参与兰亭雅集。终身不仕，好游山水，体便登陟。具：指"济胜具"，即攀登胜景的好身体。南朝宋刘义庆《世说新语》："许（许询）非徒有胜情，实有济胜之具。"杜陵：杜甫自号"少陵野老"，世称"杜少陵"，亦称"杜陵"。其重阳诗《九日蓝田崔氏庄》曰："老去悲秋强自宽，兴来今日尽君欢。"

② 藏文豹：引意"隐豹"典故。《列女传・陶答子妻》："南山有玄豹，雾雨天七日而不下食者，何也？欲以泽其毛而成文章，故藏而远害。"后以"隐豹"喻胸有远志，洁身自好。箖箊（lín yū）：竹名。晋戴凯之《竹谱》："箖箊，叶薄而广，越女试剑，竹是也。"白猿：指"白猿公"，传说中古代善剑术的人。唐李白《结客少年场行》："少年学剑术，凌轹白猿公。"

③ 柴桑：陶渊明故里，亦其晚年隐居处。

孙君学太极拳，诗来，次韵和之

（丙午 1966 年）

炼形老习内家拳，丹鼎常温省衣绵。①
任督降升精爽聚，牝玄出入气机联。②
指尖橘叶医家井，脐下芝苗道者田。③
共说真人衣钵在，擅长祛病与延年。

---

① 内家拳：我国拳术流派之一。拳术有内家和外家之分。外家相传起于少林，以主动搏击为主；内家相传起于宋张三丰，以静制动，包括太极拳等拳种。

② 任督：即任督二脉。任督二脉通，则八脉通，继而百脉通，能促进循环，改善体质，强筋健骨，是养生、祛病及武功等方面的经络理念。牝玄：即玄牝。道教指天地，在人体上指鼻口。气机：指人体内气的运行机制，包括脏腑经络等功能活动。

③ 橘叶：引意成语“橘井泉香”。脐下：指脐下关元穴，阳元阴元汇合之穴位，主培元固本。

对　镜

（丙午　1966 年）

行不能成业不精，身前身后总无名。
贫求微利鬼将笑，老写恶诗人岂惊。
一气犹联天地我，六尘偏绝味香声。
面皮黝黑鬓须白，对镜深惭忝所生。[①]

① 忝（tiǎn）：有愧于，羞愧。

次韵和薇翁八三书怀四首

（丁未　1967 年）

一

字容诗骨喜双遒，对菊称觞九月秋。
高躅雾中玄隐豹，前盟汀上白寻鸥。①
身强不倩筇扶老，心逸何烦酒扫愁。
一事萦怀唯望岁，恒旸占雨听鸣鸠。②

二

殊途毕竟得同归，画岂葫芦样可依。
坟典飘零探索罢，朋侪凋谢唱酬稀。③
久居安宅颜能驻，早奋名场志不违。
恒与儿孙谈故实，风生座上尘频挥。

---

① 高躅（zhú）：引意成语“高躅大年”。谓品德高尚而年纪高迈。寻鸥：寻鸥鹭盟，谓与鸥鸟订盟为友。元黄庚《渔隐为周仲明赋》：“不羡渔虾利，惟寻鸥鹭盟。”

② 恒旸、占雨、鸣鸠：引意唐佚名《占雨》：“乾星照湿土，明日依旧雨。云行西，星照泥。朝霞不出门，暮霞行千里。天将雨，鸠逐妇。”意为：无论晴雨，鸠鸣即归。

③ 坟典：三坟五典的并称，后为古代典籍的通称。《南史·丘巨源传》：“少好学，居贫，屋漏，恐湿坟典，乃舒被覆书；书获全而被大湿。”

三

儿齿重生发更黄，眼中东海几尘扬。[①]
风霜又促秋山瘦，天地终留老圃香。
稳睡床根无斗蚁，避嚣叶底尚鸣螗。[②]
女媊永作文昌伴，南斗光辉夜未央。[③]

四

身兼福命德音敷，局蹐深知世路纡。[④]
启箧无书怜脉望，游濠有水羡娵隅。[⑤]
神丹脐下铅和汞，奇句毫端玉与珠。
遐算八三犹矍铄，几时高会阮咸俱。[⑥]

---

① 儿齿、发黄：即成语“黄发儿齿”，喻长寿。儿齿，老人落齿后重新长出的牙。《诗·鲁颂·閟宫》：“既多受祉，黄发儿齿。”东海、尘扬：即成语“东海扬尘”，喻世事变迁。

② 斗蚁：谓病虚耳鸣。南朝宋刘义庆《世说新语》：“殷仲堪父病虚悸，闻床下蚁动，谓是牛斗。”螗(táng)：一种较小的蝉，喜鸣，声清亮。

③ 女媊(qián)：古代星宿名，在文昌星旁。

④ 局蹐(jí)：引意成语“蹐地局天”，形容谨慎小心。《诗·小雅·正月》：“谓天盖高，不敢不局，谓地盖厚，不敢不蹐。”纡(yū)：弯曲。

⑤ 娵隅（jū yú）：古代西南少数民族对鱼的称呼。

⑥ 遐算：高寿。宋邹浩《谒女贞何氏祠》：“门墙旦暮祝遐算，长守富贵无与俦。”高会：与人会面的自谦用语。宋范仲淹《答赵元昊书》：“某与大王虽未尝高会，向者同事朝廷。”阮咸：晋名士阮籍从子，与籍齐名。后以“阮咸”为侄子的代称。唐李端《寄上舍人叔》：“阮咸虽别巷，遥识此时心。”

次和薇翁见忆一绝

（丁未　1967 年）

曳杖寻芳愿久违，沉绵经岁出门稀。①
启窗南望文星白，一点秋心若个知。

① 沉绵：谓疾病缠绵，经久不愈。杜甫《送高司直寻封阆州》："长卿消渴再，公干沉绵屡。"

蒙薇翁为拙稿题词，次原韵道谢

（丁未　1967 年）

家近双江久漱流，品评花月兴偏遒。①
地行清福良堪继，竹隐高风孰与侔。②
驱石秦鞭奇赏政，射潮越弩怪称镠。③
化工随处供诗料，放眼乾坤看蜃楼。④

---

① 漱流：成语“枕石漱流”缩减语，喻隐居生活。

② 地行：即地行仙，佛典中所记长寿神仙，后喻高寿或隐逸闲适的人。侔（móu）：相等，齐。

③ 驱石：引意神助秦始皇驱石造桥的典故。晋伏琛《三齐略记》：“始皇作石桥，欲过海观日出处，于时有神人，能驱石下海，城阳一山石，尽起立……云石去不速，神人辄鞭之，尽流血，石莫不悉赤。”后称造桥神奇技艺为“驱石神鞭”。政：秦始皇嬴政。射潮：引意吴越王钱镠（liú）射潮筑塘的典故。《宋史·河渠志七》：“浙江通大海，日受两潮。梁开平中，钱武肃王始筑捍海塘，在候潮门外。潮水昼夜冲激，版筑不就，因命强弩数百以射潮头，又致祷胥山祠。既而潮避钱塘，东击西陵，遂造竹器，积巨石，植以大木。堤岸既固，民居乃奠。”

④ 化工：自然形成的工巧。

寒月　和薇翁作次原韵

（丁未　1967年）

夜色开千界，阴宗上太清。
止容柔雪映，不许众星明。
物性原憎冷，天心本忌盈。
一年圆几度，忽忽到嘉平。[①]

---

① 嘉平：腊祭的别称。《史记·秦始皇本纪》：“三十一年十二月，更名腊曰‘嘉平’。”代指腊月。元方回《留丹阳三日苦寒戏为短歌》：“自从书云入嘉平，一月曾无三日晴。”

玫瑰花　和薇翁作次原韵

（丁未　1967 年）

好花如锦簇庭前，傅粉施朱正妙年。
气息露凝添郁郁，神姿风拂倍娟娟。
妆从西子分浓淡，开任东君定后先。
多刺共惊难亵玩，仅容诗老笔争妍。

次韵和薇翁咏花二绝

（丁未　1967 年）

月季

月季芬芳并蒂开，白头伉俪宴春台。
此花别有长春号，合为诗翁祝福来。

玫瑰

玫瑰绝艳酒边开，相狎何殊拥夜来。
笑问花何偏爱叟，花言身是叟栽培。

次和许君遣怀三首

（戊申　1968年）

一

不须沓沓与謇謇，得失忘怀足引年。①
有水芝田苗可养，无风丹灶火难燃。
泥丸默守朝天帝，尘鞅全抛证地仙。②
底事杜陵吟太苦，如潮心血呕云笺。③

二

镜中白雪替青丝，刍狗人生幻可知。④
作意春花迷凤子，会心秋水跃鱼儿。⑤
山危便有将隤势，月缺应从最满时。⑥
天地盈虚如转毂，劝君学道莫耽诗。

---

① 沓沓（tà tà）、謇謇（qiān qiān）：语多且张扬。柳宗元《乞巧文》：“沓沓謇謇，咨口所言。”

② 泥丸：即“泥丸宫”。道教称脑神，名精根，字泥丸，居泥丸宫。后泛指人头。宋李纲《嘉禾道中遇夏侯子阳》：“年逾七十两颊红，真气上泝泥丸宫。”尘鞅：世俗事务的束缚。鞅，套在马颈上的皮带。唐牟融《寄羽士》：“使我浮生尘鞅脱，相从应得一盘桓。”地仙：方士称居住在人间的仙人。也称遍知真人。葛洪引《仙经》：“上士举形升虚，谓之天仙；中士游于名山，谓之地仙；下士先死后蜕，谓之尸解仙。”

③ 杜陵：即杜甫，自号“杜陵野老”。其诗作《登高》曰：“艰难苦恨繁霜鬓，潦倒新停浊酒杯。”

④ 刍狗：古代祭祀时用草扎成的狗。祭祀前很受重视，用后即被丢弃。

⑤ 凤子：大蛱蝶。

⑥ 隤（tuí）：下坠，崩溃。《说文》：“隤，下坠也。”司马迁《报任安书》：“李陵既生降，隤其家声。”

三

老友原无恙，音书雁足还。
睡余恒觅句，酒后每看山。
孤榻羲皇上，新诗庾鲍间。[①]
滨池风月好，息迹闭柴关。

① 羲皇上：即“羲皇上人”，指伏羲氏以前的人，即太古人。喻无忧无虑、生活闲适的人。庾鲍：指南北朝时的诗人庾信和鲍照。庾信为南北朝时期文学家、诗人。其家“七世举秀才”、“五代有文集”。鲍照为南朝宋杰出文学家、诗人，被宋文帝封为中书令、秣稜令。

敬挽张仰薇老先生四首

（戊申　1968 年）

一

二铭家学祖关中，间气生才洛水东。①
海内簪缨推巨室，榜头名姓属神童。
可怜终贾夸腾达，恰值伊周辅幼冲。②
利器未施清社改，成均一贡负文雄。③

二

蜃沫嘘空世界新，盛年息迹作遗民。

---

① 二铭：北宋关学学派创始人张载于其学堂东西双牖各书所著《正蒙·乾称篇》节录为铭言，分别称“东铭”、“西铭”。张载（1020—1077），字子厚，凤翔郿县（今陕西眉县横渠镇）人。北宋思想家、教育家、理学创始人之一。去世后谥横渠先生，封先贤，奉祀孔庙西庑第三十八位，与周敦颐、邵雍、程颐、程颢合称“北宋五子”。其“为天地立心，为生民立命，为往圣继绝学，为万世开太平”之名言传颂不衰，获称“横渠四句”。有《正蒙》等著述留世。

② 终贾：汉代终军和贾谊的并称，两人皆早成，后指年少有才。终军，西汉外交使者，少好学，十八岁被选为博士弟子，擢升谏大夫。曾先后成功出使匈奴、南越。二十余岁被南越相吕嘉杀害。贾谊，西汉文学家。少有才名，十八岁以善文为郡人所称。任博士，迁太中大夫，后任梁怀王太傅。梁怀王坠马致死，贾谊歉疚抑郁而亡，时三十三岁。伊周：商伊尹和西周周公旦，皆曾摄政，后常并称。伊尹乃商朝第四位君主太甲的太傅、摄政、辅政，规引太甲终成有为之君，被尊为“大宗”。周公旦即周文公。周武王死后，周成王年幼，周公旦摄政当国，出师平定三监之乱。并将疆域势力扩展至东海。后建成周洛邑，称“东都”。幼冲：谓年龄幼小。《书·大诰》：“洪惟我幼冲人，嗣无疆大历服。”

③ 成均：泛指官设最高学府。《周礼·春官》：“大司乐掌成均之法，以治建国之学政，而合国之子弟焉。”

谁知荒野采薇客，曾是名场拾芥人。
鹿洞仪型夫子铎，蠔山风味故乡莼。①
平生水不贪泉饮，一亩儒宫措大贫。②

三

宗周禾黍感离离，四海兵戈画角悲。③
卜宅鲤城缘避寇，乘桴鲸海欲居夷。④
菊芳栗里斟谁酒，柯烂长安弈几棋。⑤
老爱道经万念息，仅余一癖是耽诗。

四

翰墨因缘五载多，蓬庐我喜达尊过。
履綦已乏同侪接，诗句唯供小友哦。⑥

---

① 鹿洞：指白鹿洞，宋朱熹讲书处。在江西庐山五老峰下。唐贞元中李渤与兄涉隐居读书于此，畜一白鹿而得名。铎：大铃，古代宣布政教法令用的。盛行于春秋至汉代。

② 水不贪泉饮：没有饮过“贪泉”水。《晋书》载，石门有水名贪泉，有“饮者怀无厌之欲”之说。吴隐之为广州刺史，经石门时，酌贪泉水饮之，并赋诗志，抵任后清操逾厉。后以“饮泉清节”指廉洁清白的节操。儒宫：古代官立学校。唐韩愈《祭窦司业文》：“命守高平，命副儒宫。朱衣银鱼，象服以崇。”措大：古称贫寒的读书人。

③ 禾黍：引意成语“禾黍之悲”，喻悲悯故国破败、胜地废圮。《诗·王风·黍离序》载：“周大夫行役至于宗周，过故宗庙宫室，尽为禾黍。闵宗周之颠覆，彷徨不忍去而作是诗也。”画角：古管乐器。传自西羌。以竹木或皮革等制成，表面彩绘，故称。发声哀厉高亢，古时军中多用以警昏晓，振士气，肃军容。南朝梁简文帝《折杨柳》诗：“城高短箫发，林空画角悲。”

④ 夷：平安，太平。

⑤ 栗里：地名，陶渊明曾居于此。柯烂：引意成语“樵柯烂尽”，喻世事变迁。

⑥ 履綦（qí）：足迹，踪影。《汉书·外戚传下·孝成班婕妤》：“俯视兮丹墀，思君兮履綦。”小友：年长者对所敬佩的年轻者的称呼。清黄景仁《赠程生人中》：“孔融有小友，王充多稚交。”

寿永生堪方伏胜，行高死不畏阎罗。[①]

明年射策逢周甲，寄慨何人发浩歌。[②]

① 伏胜：字子贱，秦国博士，世称伏生。为伏羲的后裔，享年99岁。其墓尚存，位于山东邹平县魏桥镇冢子村，有“徽君伏生墓”、“伏生墓序”石碑。历代文人多赋诗称颂。唐王维画《伏生授经图》，现藏日本大阪美术馆。明崔子忠画《伏生授经图轴》，现藏上海博物馆。

② 射策：汉代考试取士的方法之一，借指应试。《汉书·萧望之传》：“望之以射策甲科为郎。”

和许君七十自寿次原韵七首

（己酉　1969 年）

一

生身倏届古稀年，大手何人识许燕。
黄卷有情温梦里，青山无恙侍吟边。①
乐天福且清闲享，斫地才休抑塞怜。②
洗尽儒酸衣钵弃，后昆堂构已光前。

二

宽衣大带老经师，绕膝儿孙祝介眉。③
未敢放歌将进酒，为难挥翰补亡诗。
濠梁游欲寻庄乐，泽畔吟非效屈悲。④
静里烂柯看世界，废兴今古几枰棋。

三

刻叶雕花兴欲飞，茶壶烟管忍相违。

---

① 黄卷：书籍。古人写书用纸，以黄蘗汁染之防蠹，故称。

② 乐天：安于处境而无忧虑。陶渊明《自祭文》：“勤靡余劳，心有常闲。乐天委分，以至百年。”

③ 介眉：祝寿之词。《诗・豳风・七月》：“以此春酒，以介眉寿。”

④ 濠梁：即成语“濠梁之上”。指自得其乐的境地。《庄子・秋水》载，庄子与惠子游于濠梁之上，庄子曰：“鲦鱼出游从容，是鱼之乐也。”惠子曰：“子非鱼，安知鱼之乐？”庄子曰：“子非我，安知我不知鱼之乐？”泽畔吟：常用以指失意时所作诗文。《楚辞・渔父》：“屈原既放，游于江潭，行吟泽畔。”

暮年吟骨梅枝瘦，春日斋盘菜甲肥。
灯影西园青镂管，雨声南亩绿蓑衣。[1]
弥天霞绮桑榆好，难怪人间重晚晖。

四

自制新诗自擘笺，绳床危坐暖铺毡。[2]
步艰登阁菻烟助，眼涩看书叆叇悬。
证果夫人归佛国，宣劳令子补娲天。
重重影事从头忆，童耄观河感昔年。

五

所欲从心力未痡，霜堆两鬓雪盈颅。[3]
六虚积气天宁坠，万劫扬尘海几枯。
调瑟已难宫羽换，挚骰敢复雉庐呼。
暮年海内知交少，除却孙鲂便忆吾。[4]

六

乡邦遗宝缅东南，扛鼎文章椽笔堪。[5]

---

① 青镂管：青色玉雕的笔管，借指用这种笔管做成的毛笔。《南史·文学传》："少瑜尝梦陆倕以一束青镂管笔授之，云：'我以此笔犹可用，卿自择其善者。'"

② 擘笺：谓裁纸。宋陆游《阆中作》："擘笺授管相逢晚，理鬓薰衣一笑哗。"绳床：可折叠的坐具。《晋书·艺术传》："遁与弟子法首等数人至故泉上，坐绳床，烧安息香，咒愿数百言。"

③ 痡（pū）：疲劳致病。《说文》："痡痡，病也。"

④ 孙鲂：五代南唐诗人。与第六首"（西晋诗人孙）子荆"皆代指诗友。

⑤ 扛鼎：喻有大才，能负重任，可作砥柱。明张煌言《祭监国鲁王表文》："徒蕴扛鼎之怀，愈抱号弓之痛。"

息影涑中迂叟一，题襟汉上故人三。①
久无亲养终身慕，每爱禅观何处参。
我约子荆将访戴，明春开八听鸡谈。②

七

吾野圭峰左海滨，是谁私淑艺通神。③
久知文锦能成贝，遍拾遗珠已化尘。
局蹐乾坤余我辈，主持风月赖斯人。
问君七十称觞日，可有新沽石冻春。

附诗：

七十岁回忆自省每十周年各缀一章

许钟奇

其一

忆从金鼠我生年，八国联军陷北燕。
龙再中兴回日下，鹗虚两度荐秋边。
呕心长去呵兄哭，识字童乌少子怜。
浅小滨池庐独爱，曾栽桃李满门前。

---

① 涑中：指涑水，在山西，为宋司马光的故乡。后以“涑水”代指司马光。明胡应麟《少室山房笔丛・经籍会通四》：“涑水语见《梁溪漫志》。”题襟汉上：指《汉上题襟集》。唐温庭筠、段成式、余知古常题诗唱和，抒写胸怀，集成《汉上题襟集》十卷。后以“题襟”指诗文唱和、抒发胸怀。清钱谦益《和东坡西台诗韵》：“肝肠迸裂题襟友，血泪模糊织锦妻。”

② 访戴：南朝宋刘义庆《世说新语》载，王子猷雪夜造访戴安道，经宿方至，不遇而返。后借指访友。鸡谈：玄妙之言。唐卢照邻《南阳公集》：“爱客相寻，鸡谈满席。”

③ 私淑：指未得到某人亲身教授却崇仰其学问并尊之为师的。《孟子・离娄下》：“予未得为孔子徒也，予私淑诸人也。”

其二

鲁斋燕国老经师，学把生花笔扫眉。
世变朝廷惊改玉，庭趋晨夕爱问诗。
泉明种花蕨薇咏，思肖画兰禾黍悲。
弱冠长缨无路请，干戈南北一枰棋。

其三

学不趋新早悔非，童蒙求我与心违。
志孤弧矢桑莲壮，味惯栏杆苜蓿肥。
赵帜拔还张汉帜，彩衣舞罢泣麻衣，
韵光坐负惭而立，未有涓埃报落晖。

其四

桐阴登社漫分笺，旗鼓东南着一鞭。
雀戏逢场柯每烂，鱼歌作客榻谁悬。
征人笛里关山月，横海戈头炮火天。
四十无闻离乱叹，楼居半逸卧穷年。

其五

大陆沉沦寇毒痡，健儿争掷好头颅。
雄飞食肉囊中饱，蛰伏游鱼釜底枯。
书厌不教豚犬读，名埋早任马牛呼。
天翻地覆知非屈，谁认今吾是故吾。

其六

冥鸿戢影晋江南，踯躅归迟悔不堪。

萱谢百龄天靳五，菊开九日径荒三。

华亭鹤泪知交怆，函谷鸡鸣劳动参。

耳顺且欣家聚顺，付将失马塞翁谈。

其七

歌听沧浪惠女滨，无聊奉倩老伤神。

忍看陵谷摧枯骨，强把诗书付劫尘。

天壤虚生夫己氏，儿孙乐事古稀人。

自怜自慰自家笑，海水桑田又几春。

次和孙君七十自寿八首

（辛亥　1971 年）

一

一艺专精尽可观，有鱼长铗不须弹。[①]
枝针补泻论深浅，杷草辛甘辨燠寒。[②]
念祖审方医学易，越人设问内经难。[③]
妙年克践元儒学，先夺治生第一关。

二

暮齿欣看德业成，杏林三指久蜚声。
全交眼未垂青改，救患心犹保赤诚。[④]
手挈药笼劳不怨，身栖草野老无争。
人间何限风波苦，安用乘桴道已行。

---

① 长铗（jiá）：长剑。铗，剑柄。《楚辞・九章》："带长铗之陆离兮，冠切云之崔嵬。"

② 燠（yù）寒：即寒燠，冷热。燠，暖，热。

③ 内经：即《黄帝内经》。中国传统医学四大经典之首，获称医之始祖。相传为黄帝所作，故名。后世公认成型于西汉，由历代医家传承增补发展而成。分《灵枢》、《素问》两部分。《灵枢》早称《针经》；《素问》最早见于东汉张仲景《伤寒杂病论》。《内经》基于"人与天地相参"，强调以人为本，望闻问切，辨证施治。书中所载药方已具药理基础；所叙经络、腧穴、针刺、灸祔多种补泻手法被后世沿用。

④ 全交：谓保全，维护交谊或友情。《礼记・曲礼上》："君子不尽人之欢，不竭人之忠，以全交也。"

三

晋南滨海数家村，挟册曾经课兔园。
酷爱童蒙施教泽，苦从风雅觅诗源。
南楼文酒三生好，西席仪型十载尊。①
盈箧语冰吟社稿，至今犹在赖长恩。②

四

远蹈炎荒值壮年，椰风蕉月马留天。③
输赢局定棋高下，清浊杯分酒圣贤。④
花国流连文写艳，词坛角逐笔攻坚。
平生旷达人谁比？爱读蒙庄内外篇。⑤

五

克期结伴故乡回，同唱刀环笑口开。⑥

---

① 文酒：谓饮酒赋诗。《梁书·江革传》：“优游闲放，以文酒自娱。”西席：亦作西宾，家塾教师或幕友的代称。古时主位在东，宾位在西。清梁章钜《称谓录》：“汉明帝尊桓荣以师礼，上幸太常府，令荣坐东面，设几。故师曰西席。”

② 语冰：论说冰的话题，寓意见识受到时间地域限制。《庄子·秋水》：“夏虫不可以语于冰者，笃于时也。”

③ 炎荒：指南方炎热荒远之地。晋傅玄《述夏赋》：“清征泛于琴瑟，朱鸟感于炎荒。”马留：同“马流”，古代南海民族名。《新唐书·南蛮传》：“又有西屠夷盖援还留不去者，才十户，隋末孳衍至三百，皆姓马 。俗以其寓，故号‘马留人’。”

④ 酒圣贤：《三国志·魏志》载，当时法禁饮酒，徐邈却偷饮至沉醉。校事赵达询问朝务，徐回答“中圣人”。赵报与曹操，曹大怒。度辽将军鲜于辅进谏：“平常人们喝醉称醒者为圣人，大醉不醒者为贤人，徐邈本性谨慎，只是偶然醉酒。”徐因此免受处罚。后任陇西太守。

⑤ 蒙庄：指庄周。其主要著作《庄子》被称为《南华真经》，分为内篇、外篇、杂篇。庄子出生于宋国蒙（现代地理位置有河南商丘、安徽蒙城、山东东明等说法），故亦称蒙庄。

⑥ 克期：严格限定的期限。《东周列国志》：“彼守则不固，攻则无力，可克期而下。”

铁舰浃旬冲巨浪，火车万里走轻雷。①
观光国蔚新风气，颂美文沿旧体裁。
塞北江南踪迹遍，乐游山水不凡才。

六

京国归来众友俱，途经东鲁见颛臾。②
庇人广厦箸筹远，应世雄文椽笔粗。③
讲学医融新与旧，编诗稿禁乙兼涂。④
多能宜造枌乡福，肯忘童年弋钓娱。⑤

七

把箸何尝畏迅雷，护身不藉避风台。
美成朝隐填花犯，务观山居吃芋魁。⑥
闭阁烧丹炉火发，倚窗镊白镜奁开。
问君七十悬弧日，可有知交共举杯？

---

① 浃(jiā)旬：一旬，十天。浃，整个。《隶释·汉卫尉衡方碑》："受任浃旬，庵离寝疾，年六十有三。"

② 颛(zhuān)臾：春秋国名，故城在今山东费县西北，为鲁国附庸。

③ 箸筹：即筹箸，亦作"筹笋"，竹筹和筷子，用以计算。引申为谋划。苏曼殊《娑罗海滨遁迹记》："虽析诸峰草木，以为筹箸，不能算之矣。"

④ 乙兼涂：又差又乱。乙，次等。涂，乱写乱画。

⑤ 枌乡：即"乡枌"，泛指故里。汉高祖刘邦的故乡系枌榆社，后借称家乡为"乡枌"。苏轼《子由生日以檀香观音像及新合印香银篆槃为寿》："问君何时返乡枌，收拾散亡理放纷。"

⑥ 美成：北宋著名词人周邦彦（1057—1121），字美成，号清真居士，钱塘（今浙江杭州）人。精通音律，格律谨严，为格律派词人所宗，被称为"词家之冠"或"词中老杜，影响甚大。有《清真居士集》，已佚，今存《片玉集》。朝隐：旧谓虽居位在朝，但淡泊恬退与隐居无异。汉扬雄《法言·渊骞》："或问，柳下惠非朝隐者与？"花犯：词牌名，又名"绣鸾凤花犯"。以周邦彦《花犯·梅花》为正体。芋魁：引意成语"芋魁豆饭"，喻食物粗劣。《汉书·翟方进传》："王莽时常枯旱，郡中追怨方进，童谣曰：'坏陂谁？翟子威。饭我豆食羹芋魁。'"

八

频年征逐仰诗豪，投李何妨报木桃。[1]
春半寿花朝览胜，秋中酹月夜登高。
长安献赋尊时彦，汉上题襟让我曹。
玄度子荆各无恙，不胜欢喜起酣歌。

附诗：

七十书怀（1971 年 7 月 14 日）

孙崧樵

一

十年旧调复重弹，自我批评岂等闲。
不效古人称福寿，欲寻远客报平安。
豪情壮志消沉易，傲骨枯肠改变难。
但愿心清腰脚健，从容过此晚年关。

二

自惭学求总无成，错认权威骂几声。
万里归家非下策，一生爱国是真诚。
不因白发悲衰老，也共青年学斗争。
辨别是非明敌我，康庄大道任吾行。

① 征逐：引意成语“诗酒征逐”，指互相邀约，饮酒作诗。唐韩愈《柳子厚墓志铭》：“今夫平居里巷相慕悦，酒食游戏相征逐。”

三

劳燕东西年复年，年年望断碧云天。
同胞共慰应无恙，小辈相亲或有缘。
海上狂涛何日静，庭前明月几时圆。
惟将怀念新诗稿，当作家书寄数篇。

四

盛世躬逢足自豪，权将龙眼当蟠桃。
七旬从古虽非易，百岁于今不太高。
尝抒壮怀扬祖国，每谈大节教儿曹。
何时解放台湾去，痛饮玉山同放歌！

次和许君岁暮四首

（辛亥　1971 年）

一

城十手已七年分，忽得君诗怎肯焚。
筋骨常劳宜有寿，子孙知孝胜能文。
变迁世界陵为谷，翻覆人情雨与云。
休羡邻儿传旧业，邻翁消息不堪闻。

二

怀古毋烦怅倚栏，谁家封树不摧残。①
青编往事空褒贬，白骨微尘任暑寒。②
螺盏举宜醇酒饮，凤岗登莫劫灰看。③
孔林岳冢今安在，少保区区偏袒难。

---

① 封树：古代士人去世后入葬，堆土为坟，植树为饰。指葬礼，亦指坟墓。《礼记·王制》：“庶人县封，葬不为雨止，不封不树，丧不贰事。”

② 青编：即青丝简编，借指史籍，亦泛指书籍，唐冯贽《云仙杂记》：“徐州尚书妓女多涉猎。人有借其书者，往往粉指痕并印于青编。”

③ 螺盏：螺壳制作的酒杯。唐王建《送从侄拟赴江陵少尹》：“沙头欲买红螺盏，渡口多呈白角盘。”劫灰：指战乱或大火毁坏后的残迹，借指劫难史迹。陆游《数年不至城府丁巳火后始见》：“陈迹关心已自悲，劫灰满眼更增欷。”

三

读无书卷抚无琴，陵薮安身异陆沉。[1]
小阮壶中天窄窄，健行圭表日骎骎。[2]
蓬蒿满径避人久，珠玉连篇忆我深。
汉上题襟一弹指，诗缘未了去来今。

四

无钱风月不须赊，天许年年玩物华。
两面青山一池水，数竿修竹半窗花。
三人作伴堪联句，百岁为朝望赐茶。[3]
将与子荆同访戴，故庄丁卯是君家。

原注：

君邻翁许君锡畤，其子任教员，不负责赡养，畤君已七旬余，挨饿自杀。

---

① 陵薮（sǒu）：山陵和湖泽，泛指山野。晋王康琚《反招隐诗》："小隐隐陵薮，大隐隐朝市。"指隐逸之士。唐白居易《送张南简入蜀》："昨日诏书下，求贤访陆沉。"

② 小阮：指晋阮咸。咸与叔父阮籍同为"竹林七贤"之一，故称咸为小阮。阮咸开朗豁达，豪饮任性，晋武帝以为好酒虚浮，不予任用。圭（guī）表：我国古代测量日影长度的天文仪器，由"圭"和"表"组成，和日晷一样，利用测量正午日影长度以定节令，定回归年。骎骎（qīn qīn）：马疾速奔驰貌，喻疾速。晋陆机《挽歌》："翼翼飞轻轩，骎骎策素骐。"

③ 赐茶：乾隆在位期间，文治武功兼修，诏重臣编撰《四库全书》，其诗作《文渊阁赐茶》："待钞藏事遗百一，月课督程仍校讹。"

附诗:

岁暮感作二首

许钟奇

一

茶癖偏浓酒兴阑，未教炉冷拨灰残。
顾厨垂老身拘束，郊岛穷愁骨瘦寒。
祛病药尝知己馈，感时诗厌别人看。
右军怀旷兴公雅，天遣贫交得二难。

二

空负微吟债莫赊，还无语句谱年华。
伴将偃蹇寒松鹤，数遍荣枯野草花。
贫里疗饥难煮字，病余消渴自煎茶。
村居落落芳邻少，敷艾萧兰各一家。

次和孙君忆旧

（辛亥　1971 年）

一

城乡咫尺信音乖，露白葭苍莫遣怀。
相见片时疑梦里，子荆乘便到茅斋。

二

序齿旌阳长五年，鬓毛三老各皤然。[①]
何时文酒张灯会，联句重吟夜雨篇。

三

星云回转乾坤古，科学昌明世界新。
不尽风光供玩赏，吾曹有福作今人。

四

尽心知性更知天，锡嘏相期寿百年。
陆顾东南双宝在，赓酬我亦喜随缘。[②]

---

① 旌阳：即许逊，字敬之，曾任旌阳县令，故称。晋代著名道士，被尊为天师，世称许真君。皤（pó）然：白貌，多指须发。《南史・范缜传》："年二十九，发白皤然，乃作《伤春诗》、《白发咏》以自嗟。"

② 陆顾：通常称为"顾陆"，东晋画家顾恺之与南朝宋画家陆探微的并称。顾恺之（348—409），字长康，晋陵无锡人（今江苏省无锡市）。著名画家、绘画理论家、诗人，尤善绘画，意在传神，为中国传统绘画的发展奠定了基础。陆探微（？—约 485），吴县（今苏州）人，南朝刘宋时期画家，是正式以书法入画的始创者。赓酬：谓以诗歌与人相赠答。宋王安石《题正觉相上人箨龙轩》："此地七贤谁笑傲，何时六逸自赓酬。"

孙君嫡配物故，将侧室扶正，叠前韵嘲之二首[①]

（辛亥　1971 年）

一

居安处泰命非乖，上药金丹夙称怀。[②]
私淑容成容有漏，何如长学太常斋。[③]

二

客游寻藕近中年，被底蒙庄栩栩然。[④]
白发老来偷染否，有人伴诵玉台篇。[⑤]

① 物故：亡故。《荀子·君道》："人主不能不有游观安燕之时，则不能不有疾病物故之变焉。"

② 上药：疗效极高的上等药物。《旧唐书·职官志三》："凡药有上、中、下三品，上药为君，中药为臣，下药为佐。"

③ 容成：指容城公，相传为黄帝大臣，亦是黄帝养生的导师。曾栖太姥山炼药，后隐居崆峒山，寿二百岁。太常斋：指后汉太常周泽虔敬宗庙，卧疾斋宫，其妻哀其老病，窥问疾苦，泽以妻干犯斋禁，收送诏狱，时人讥之不近人情。

④ 客游：指在外寄居或游历之人。被底：引意成语"被底鸳鸯"，喻恩爱夫妻。

⑤ 玉台：指玉台体，一种诗体名，以南朝陈徐陵所编诗集《玉台集》得名。

静观四首（用许君岁暮韵）

（辛亥　1971 年）

一

混沌乾坤合后分，团团烈火太空焚。
精微哲学殊科学，广大天文压地文。①
毫末窝藏亿原子，穹隆回转万星云。
新书格致深如海，消息前贤哪得闻。②

二

朝暾乍上忽更阑，沙数沧桑史册残。③
不夜何知时有昼，无温那识岁能寒。
智愚善恶人中见，治乱兴衰世上看。
悟得阴阳相对律，安身立命谅非难。

---

① 地文：即地貌。指地面山岳河流丘陵平原之形态。《庄子・应帝王》："乡吾示之以地文，萌乎不震不正。"

② 格致："格物致知"的省略语，意为推究事物原理，从而获得知识。"格物致知"为古代儒家思想一重要概念，乃专事研究事物道理的理念。清末引入西学，以"格致"用作物理、化学等自然科学的总称。《礼记・大学》："致知在格物，物格而后知至。"

③ 沙数：引意佛教用语"恒河沙数"，喻数量巨大像恒河的沙子那样无法计算。《金刚经》："以七宝满尔所恒河沙数三千大世界，以用布施。"

三

神农造瑟宓羲琴，庄子尊生屈子沉。
墨不突黔行汲汲，孔无席暖驾骎骎。①
耶回两教争高下，释道双家较浅深。
一切人文关气运，何劳品古与评今。

四

养生悟后愿偏赊，云粉刀圭拌井华。②
劳不厌人身草草，老贪看世界花花。
六尘久失声香味，七件常亏酱醋茶。
福果善因容可信，余庆长在吉人家。

---

① 墨不突黔：成语“墨突不黔”，指墨翟东奔西走，每至一地，烟囱尚未熏黑，又到别处去了，后喻事务繁忙。孔无席暖：成语“孔席不暖”，指孔子急于推行其道，到处奔走，每至一处，座席未暖，又急急他往，无暇安居。

② 云粉：云母粉缩减语，泛指中药。刀圭：中药量器，亦借指中药。白居易《题李山人》：“每日将何疗饥渴？井华云粉一刀圭。”

许君来诗，次韵与答

（壬子　1972年）

忆昔西园握管从，登山联句未扶筇。
渐惊身似风前烛，敢效人趋饭后钟。[①]
玩物天机嗟我浅，饯春诗兴羡君浓。[②]
旌阳自有长生诀，高会年年许再逢。

---

① 饭后钟：喻贫苦落魄遭受冷遇。唐王播少年孤贫，客居扬州寺庙随僧斋食，日久众僧厌恶，故意斋后才敲钟，王播闻钟往食扑空，因《题木兰院二首》："上堂已了各西东，惭愧阇黎饭后钟。"

② 饯春：饮酒送别春光。清王士禛《应天长·闺人刺绣》："饯春时节深深院，睡起金衣花外啭。"

孙君诗来，次韵奉答

（壬子　1972 年）

老尚耽吟我辈痴，沧桑万劫鲜民遗。①
人身要悟无生处，世界休惊有尽时。②
久预鸥盟心似水，惯看蜃幻鬓成丝。
聩龄胜会原同好，文酒天涯几故知。③

---

① 鲜民：无父母穷独之民。《诗・小雅・蓼莪》："鲜民之生，不如死之久矣。"

② 无生：佛教语，谓没有生灭，不生不灭。

③ 聩（kuì）：泛指耳聋。《说文》："聩，生而聋也。从耳，贵声。"《国语・晋语四》："聋聩不可使听。"

在上阪医院小集，互谈健康状况，许谓“赐也何敢望回”[1]，归味此语，乃并成一律赠许

（壬子 1972年）

赐也言何敢望回，回贫能乐异凡材。
送行客要成三笑，遣兴诗休仿七哀。[2]
人世有情空代谢，乾坤无极任关开。[3]
西山隐士丹成久，相与谈玄逸少来。[4]

---

① 赐也何敢望回：子贡自谦不敢与颜回相比。《论语·公冶长》：“子谓子贡曰：‘女与回也孰愈？’对曰：‘赐也何敢望回？回也闻一以知十，赐也闻一以知二。’子曰：‘弗如也；吾与女弗如也。’”

② 三笑：引意佛门故事“虎溪三笑”。相传晋僧慧远居东林寺时，送客不过溪。一日陶渊明、陆修静来访于庐山论道，相谈甚契，送行时不觉过溪，虎辄号鸣，三人大笑而别。仿：效法，照样做。七哀：魏晋乐府的一种诗题，起于汉末。曹植等著有《七哀诗》。泛指哀伤频频。杜甫《垂白》：“甘从千日醉，未许七哀诗。

③ 代谢：更替，交替变换。《文子·自然》：“（道）轮转无穷，象日月之运行，若春秋之代谢。”

④ 西山隐士：唐丘为诗《寻西山隐者不遇》描述隐逸生活的情趣，抒发崇敬隐者的情绪，寓意相见叙谈的期待。谈玄：引意成语“谈玄说妙”，指谈论玄妙事理。南朝宋刘义庆《世说新语·容止》：“王夷甫容貌整丽，妙于谈玄。”逸少：东晋文学家、书法家王羲之，字逸少。曾任尚书郎。后泛指美少年。南朝梁武帝《净业赋》：“览当今之逸少，想后来之英童。”

迭前韵分赠许孙二君

（壬子 1972年）

东海扬尘看几回，庄樗能寿是无才。①
唯应对酒逢花笑，安敢评今品古哀。
心织文章原物役，眼收图画是天开。②
许询五绩耽山水，都被孙登啸引来。③

---

① 庄樗：《庄子》中所指的樗，喻无用之材。《庄子集释》："惠子谓庄子曰'吾有大树，人谓之樗。其大本拥肿而不中绳墨，其小枝卷曲而不中规矩，立之途，匠者不顾。今子之言，大而无用，众所同去也。'"唐黄滔《南海韦尚书启》："而某器同魏瓠，凡若庄樗。"

② 心织：引意成语"心织笔耕"。唐张著《翰林盛事》："王勃所至，请托为文，金帛丰积，人谓心织笔耕。"后喻靠卖文生活。物役：指为外界事物所役使。《荀子·正名》："故向万物之美而盛忧，兼万物之利而盛害……夫是之谓以己为物役矣。" 天开：引意成语"异想天开"。

③ 许询五绩：许询终身不仕，好游山水。其诗文今多不存，仅《竹扇诗》一首"良工眇芳林，妙思触物骋。篾疑秋蝉翼，团取望舒景"及《白尘尾铭》等文。《世说新语·文学篇》载，晋简文帝称"玄度五言诗，可谓妙绝时人"。孙登：魏晋时期隐士，字公和，号苏门先生。博才多识，熟读《易经》、《老子》、《庄子》，会弹一弦琴，善长啸。长年隐居苏门山。《晋书》载，阮籍于苏门山遇孙登，相谈往古及方术，孙登不答，阮籍长啸而退。行至半山，听得如鸾凤音响回荡，正是孙登长啸。后喻游逸山林，长啸放情。

许君次孙君及余两诗绝佳，百读不厌，因再作排律赠之

（壬子　1972 年）

饷读新诗字字珠，与前人较亦何输。[①]
谁知南国雕花客，即是东山拾粪夫。[②]
侍坐残书教子检，伴眠凉簟待孙铺。
屡经病卧神偏旺，不断愁吟性太迂。
肠欲涤烦寻陆羽，背因搔痒忆麻姑。[③]
屠龙技绝将焉用，隐豹文多尚可虞。
齐物养生归至道，乐天安命属真儒。[④]
愿消垒块加餐饭，作手如君此世无。[⑤]

---

① 饷：用酒食招待客人，引申为赠送。晋胡冲《吴历》：“以诗赋饷孙权。”

② 雕花：引意成语“雕花刻叶”，谓雕琢花和叶，喻构思诗赋吟咏。唐司空图《力疾山下吴村看杏花》：“才情百巧斗风光，却笑雕花刻叶忙。”

③ 涤烦：消除烦恼。古人称“茶为涤烦子，酒为忘忧君”。麻姑：常指仙人。晋葛洪《神仙传》谓麻姑手指纤长如鸟爪，可搔背痒。

④ 齐物：指庄子《南华经》中《齐物论》。

⑤ 垒块：引意成语“胸中垒块”，喻心中郁积的不平之气。南朝宋刘义庆《世说新语·任诞》：“阮籍胸中垒块，故须酒浇之。”

次和林丈竹均八十自寿

（壬子 1972年）

一

那堪七载断鳞鸿，存殁难知杳杳中。
不信世犹匿梅福，但期梦可见周公。①
鸣鸡风雨空离愫，嘘蜃乾坤任化工。
狂喜新诗来意外，故人无恙在墙东。②

二

先生生计近如何，钱物收支两孰多。
餐饭加宜荆妇劝，论文细要酒朋过。
仍前针砭甦深痼，或已纶竿钓浅波？③
梓舍双珠操甚业，可曾唱罢合欢歌？

三

光炎篇章彻宇寰，养丹辛苦九回还。

---

① 梅福：汉九江郡人，官南昌尉，及王莽当政，乃弃家隐居，其成仙的传说甚多，江南多地有其修炼成仙的遗迹。周公：西周初期杰出的政治家、军事家，被尊为儒学先驱。曾两次辅佐周武王东伐纣王，并制作礼乐，厘定典章制度，天下臻于大治。

② 墙东：指隐居之地。《后汉书·逸民传》："君公遭乱独不去，侩牛自隐，时人谓之论曰：'避世墙东王君公。'"因有成语"避世墙东"。

③ 针砭：古代一种针刺疗法。砭，石针。

心澄已似清溪水，身瘦何惭饭颗山。[①]
一院寒梅娱白首，八旬寿酒返朱颜。
期颐有例君应享，筹数天公不忍删。

四

小春芳讯报南枝，觅句携筇任所之。
神契十年谋面靳，暌违卅铺寄声迟。[②]
苔岑臭味真难忘，泉石膏肓哪可医？[③]
君百岁时吾八八，属蛇并世两长眉。[④]

---

① 饭颗山：相传在长安附近。《本事诗·高逸》载，李白才气高逸，趣说杜甫作诗拘谨，曰“饭颗山头逢杜甫，头戴笠子日卓午。借问何来太瘦生，总为从前作诗苦”。后喻诗人拘守格律、刻苦写作。宋黄庭坚《次韵吉老十小诗》：“学似斫轮扁，诗如饭颗山，室中余一剑，无气斗牛间。”

② 神契：犹神交，喻彼此慕名而没见过面的交谊。唐牛僧孺《玄怪录·岑顺》：“明公养素畜德，进业及时，屡承嘉音，愿托神契。”靳：吝惜，不肯给予。暌(kuí)违：分离，分隔。南朝何逊《仰赠从兄兴宁寘南》：“一朝异言宴，万里就暌违。”卅铺：三百里。铺，古时指驿站，在闽浙一带十里设一铺。闽南语现今依然称十里为“一铺”。

③ 苔岑：引意成语“谊切苔岑”，指朋友志同道合。晋郭璞《赠温峤》：“人亦有言，松竹有林，及余臭味，异苔同岑。”泉石膏肓：谓爱好山水成癖，如病入膏肓。《新唐书·田游岩传》：“臣所谓泉石膏肓，烟霞固疾者。”

④ 长眉：纤长的眉毛，指男性老者。

许君中秋忆友用前韵作诗二首寄来，次韵奉答

（壬子　1972年）

一

皮妍敢怨骨仍痴，珍重吾身父母遗。
一岁又逢端正月，百年已跨艾耆时。[①]
夜阑玉兔犹舂药，秋冷青虫正吐丝。
共喜逋仙尚无恙，诗筒千里馈相知。[②]

二

少年见月每低回，今老嫦娥厌朽材。
微命犹延天眷眷，衰亲何在我哀哀。[③]
朋侪顾寡门常闭，书卷存稀箧罕开。
佳节中秋等闲度，不虞知己寄诗来。

---

① 艾耆（qí）：即“耆艾”，指尊长；师长。亦泛指老年人。《庄子·寓言》：“重言十七，所以已言也，是为耆艾。”耆，六十岁以上老人。

② 逋仙：即“梅妻鹤子”的林逋。

③ 眷眷：引意成语“眷眷之心”，指爱恋不舍之心。汉荀悦《汉纪·文帝纪》：“既定汉室，建立明主，眷眷之心，岂有异哉。”

附诗：

和崧樵别后寄作原韵

许钟奇

两三个老旧诗痴，囊笑书无半卷遗。
坠溷残花狂雨后，衔山佳气夕阳时。
敢言贫病纷心绪，为阅桑榆感鬓丝。
信宿分携还怅怅，愧教量药累相知。

林翁为弥甥徐昭君寄诗赠惠安三老用翁自寿韵，因迭前韵呈翁，并答徐昭君[①]

（壬子　1972 年）

一

风流左海踵林鸿，领袖词坛卌载中。
丁卯诗清交用晦，天台赋丽契兴公。[②]
爱梅此老真高士，牧豕吾身本贱工。
终古惠安番薯县，休称遗宝在南东。

二

才华宅相拟阴何，饷我新诗谬奖多。[③]

① 弥甥：远甥，外甥之子。《左传·哀公二十三年》：“以肥之得备弥甥也。”

② 用晦：北宋宰相张知白，字用晦。性节俭，卒于任上，赠太傅、中书令，谥文节。《宋史》载，张在宰相位上，慎用车服爵号，无一点私心。常以骄盛自满为戒，虽显贵，自清廉节俭如寒士。兴公：即东晋诗人、书法家孙绰。孙善书博学，擅长文赋，尤工书法，参与王羲之兰亭修禊。曾任临海章安令，著《天台山赋》，工丽细致，词旨清新。

③ 宅相：指住宅风貌。《晋书·魏舒传》：“魏舒，字阳元，任城樊人也。少孤，为外家宁氏所养。宁氏起宅，相宅者云：‘当出贵甥。’”后代称外甥。唐赵元一《奉天录》：“王赍侍郎，即令公之宅相也，志大气雄，酷似其舅。”阴何：南北朝梁陈时代诗人阴铿和何逊的并称。杜甫《解闷》：“孰知二谢将能事，颇学阴何苦用心。”阴坚博涉史传，善五言诗，以文才为陈文帝所赏，累迁晋陵太守、散骑常侍。何逊八岁能诗，弱冠州举秀才，官至尚书水部郎。两人艺术风格相似，并称“阴何”。

敢比赵图得程揖，难方陈榻待徐过。[①]
但堪问讯乘风便，哪可传真托电波。
遥想渭阳上寿日，一篇天保抢先歌。[②]

三

肇基祖肯认仙寰，采药楼船久未还。
伟长才名家比海，武宁勋业国中山。
观文人骥尚书德，摩顶天麟常侍颜。
恢绪贤能随代出，裔皇谱牒不容删。[③]

---

① 赵图：指赵孟頫。赵博学多才，能诗善文，懂经济，工书法，精绘艺，擅金石，通律吕，解鉴赏。尤其书法和绘画成就最高。其绘画开创元代新风，获称“元人冠冕”；被行台侍御史程钜夫举荐而受元世祖忽必烈的礼敬。陈榻：即“陈蕃榻”。陈蕃为太守时，不接宾客，唯设一榻专为接待徐稚，徐稚去则悬之。后以“陈蕃榻”喻礼贤下士。

② 渭阳：即《国风·秦风·渭阳》，系我国古代第一部诗歌总集《诗经》中一首外甥送别舅舅的诗，表达甥舅情谊。杜甫《奉送卿二翁统节度镇军还江陵》：“寒空巫峡曙，落日渭阳情。”天保：即《诗·小雅·天保》。该诗以奔放、类比的句式祝颂君主，表达殷切期望。《宋书·武帝纪中》：“我世祖所以抚归运而顺人事，乘利见而定天保者也。”

③ 绪：绪业，即事业，遗业。裔皇：辉煌，光辉。《南齐书·萧颖胄传》：“天地为之裔皇，山渊以之崩沸。”

四

山城我老托鹪枝，故宅梦中犹见之。
性为耽吟怜贾岛，身曾学稼爱樊迟。[①]
存书太少难稽古，取友无多半业医。
君有外亲亦奇士，弥甥大舅竟须眉。

---

① 贾岛：唐苦吟诗人。贾骑驴回长安。半途斟酌诗句，闯入韩愈仪仗队。韩问为何乱闯，贾念诗给韩愈听，并说“僧推月下门”一句用“推”还是“敲”，拿不定主意。韩说月夜访友，敲门示礼，且静中有动，岂不更好。后贾和韩愈交友。贾作诗以刻苦认真著称，自谓“二句三年得，一吟双泪流”。樊迟：即樊须，字子迟，春秋末鲁国人。孔子七十二贤弟子之一，继承孔子兴办私学。推崇儒家学派受各朝代礼遇，唐赠“樊伯”，宋封“益都侯”，明称“先贤樊子”。从小读书刻苦，懂得种田。从政主张重农重稼。

孙君出示送弟南渡诗甚佳，因次韵和之

（壬子　1972年）

新诗一首酒盈杯，问弟南游何日回。
友爱深从离别见，文章佳自性情来。
阳关绝唱今堪继，洪范彝伦久已摧。[①]
难怪此君轻去国，蛮姬未老尚香腮。

附诗：

送兴成弟重渡星洲（1973年11月）

孙崧樵

万种情怀酒一杯，鹧鸪声里共低回。
也知此日留难住，且问何时得再来？
顾我衰残心力尽，怜君蕉萃鬓毛摧！
迟迟归复匆匆去，挥手长亭泪满腮！

---

① 阳关：即古曲《阳关三叠》，因唐王维《送元二使安西》“渭城朝雨浥轻尘，客舍青青柳色新。劝君更尽一杯酒，西出阳关无故人”而得名。后入乐府，以为送别之曲，反复诵唱，遂谓之《阳关三叠》。洪范：楷模。《汉书·王莽传上》：“陛下奉天洪范，心合宝龟，膺受元命，豫知成败。”彝伦：伦常。一般指君臣、父子、夫妇、兄弟、朋友五种关系的处置方式，即五伦。

均翁命少子参军，以诗索和，谨次其韵

（壬子　1972年）

衰亲暮子两心关，抚育成丁转瞬间。
投笔一朝别桑梓，驱车万里越孱颜。[1]
门庭光彩严君乐，世界和平战士闲。
廿载军中堪进取，开期颐宴故乡还。[2]

---

① 孱颜：高耸险峻的山岭。唐李商隐《荆山》：“压河连华势孱颜，鸟没云归一望间。”

② 期颐：百岁，亦指高寿。汉戴圣所辑《礼记·曲礼篇》载，方氏悫曰：“人生以百年为期，故百年以期名之。”唐李华《四皓铭》：“抱和全默，皆享期颐。”

三　友

（壬子　1972年）

腊梅（限东韵）

遗世奇姿十友中，冷金蕊破腊前风。①
粘霜蝉翼迷君特，割蜜蜂脾讶放翁。②
春有万花开独早，位分五色占当中。
瘦肌黄脸为妻久，不怨孤山处士穷。③

古松（限先韵）

冒雪冲霜不计年，后凋止为此心坚。④
盘桓笑抚苍髯叟，问汝前身可姓篯。⑤

---

① 十友：宋诗人曾端伯以十种花各题名目，称为花中十友，分别为兰花芳友、梅花清友、腊梅花奇友、瑞香花殊友、莲花净友、栀子花禅友、菊花佳友、桂花仙友、海棠花名友、荼蘼花韵友。

② 粘霜蝉翼：南宋词人吴文英咏梅词作《天香·腊梅》："蝉翼粘霜，蝇苞缀冻，生香远带风峭。"吴文英，字君特，一生未第，游幕终身，游踪所至，每有题咏。著有《梦窗词集》。割蜜蜂脾：指陆放翁咏梅诗作《荀秀才送蜡梅十枝奇甚为赋此诗》："色疑初割蜂脾蜜，影欲平欺鹤膝枝。"

③ 孤山处士：指隐居于杭州孤山"梅妻鹤子"的宋代诗人林逋。

④ 后凋：引意成语"松柏后凋"，喻有志之士艰辛奋斗始终。《论语·子罕》："岁寒然后知松柏之后凋也"。

⑤ 篯（jiǎn）：竹名，亦作姓氏，代指彭祖。彭祖名篯铿，是彭姓、钱姓、韦姓族人共同的祖先。是远古道家先驱，也是寿星的象征。

晚菊（限先韵）

待霜破蕊不争先，闽峤霜迟最后妍。
若问众芳今孰殿，东篱寿客在南天。[①]

① 寿客：指菊花。宋姚宽《西溪丛语》罗列三十品花客："牡丹为贵客，梅为清客，兰为幽客……菊为寿客，木芙蓉为醉客。"

孙君以元旦试笔三首索和次其韵

（癸丑　1973 年）

一

野蔬番薯足残年，饥火从今冀不然。①
得养生闻解牛说，须还债待卖猪钱。②
笥存梦里温经史，酒断樽中失圣贤。③
禅榻黎明恒独坐，想它混沌未开前。

二

万物胚胎共一天，难言巨细与媸妍。
星云外有群星运，粒子中犹微粒联。
簇锦桃花春得意，赛针蚊喙夏当权。
清癯谁识松间鹤，饱看沧桑不记年。④

三

奔轮岁月又东风，何限烟云闪眼中。
高士与居唯木石，端人所欲岂鱼熊。

---

① 然：同“燃”。
② 解牛：引意成语“庖丁解牛”，喻掌握了事物客观规律，做事得心应手，运用自如。
③ 笥（sì）：盛饭或盛衣物的方形竹器。
④ 清癯（qú）：清瘦。

蜗庐焦子终身乐，狮吼牟尼万世雄。[①]
不信青门种瓜客，还遇季主问穷通。[②]

附诗：

元旦试笔（1974年）

孙崧樵

一

爆竹声喧又一年，梅花应笑我依然。
耽吟或免赊诗债，戒饮何曾剩酒钱？
不事奢华衣食足，能知劳动子孙贤。
庭院蓬勃多生气，且看春光布眼前。

二

承平气象艳阳天，锦绣江山分外妍。
处处笙歌迎节日，家家门户贴春联。
积粮挖洞非常事，济弱扶倾不霸权。
备战备荒遵政策，全民争取大丰年。

---

① 焦子：生活清贫的寒士。狮吼：佛教语泛指传经说法。《维摩经·佛国品》："请饭上方香积中，化座灯王狮子吼。"喻佛传经说法时震慑邪道的神威。狮吼观音即为观音菩萨化身之一。

② 青门：泛指退隐居处。秦破后，东陵侯召平退隐于长安城青门外种瓜。三国魏阮籍《咏怀》："昔闻东陵瓜，近在青门外。"季主：汉代卜筮者司马季主。司马迁《史记》："司马季主者，楚人也。卜于长安东市。"后借指代卜筮者。穷通：困厄与显达。《庄子·让王》："古之得道者，穷亦乐，通亦乐，所乐非穷通也，道德于此，则穷通为寒暑风雨之序矣。"

三

五洋波浪五洲风，小小寰球动荡中。
半岛定将驱纸虎，神州终必搏冰熊。
权威正反成三极，经济东西起两雄。
最是外交微妙处，纵横各自展神通！

许君寄移榻诗来，次韵报之

（癸丑 1973 年）

不吮吟毫秋复春，愧孤知己寄诗频。[①]
天宽风月任君取，地窄豺狼与我邻。
田野会心皆妙境，市阛败兴是嚣尘。
吾侪都似髯松古，霜雪恁陵未死身。[②]

① 孤：古同“辜”，辜负；负恩。《后汉书·光武十王传》：“孤负重恩，衔恨黄泉。”
② 陵：古同“凌”，欺侮，侵犯。《礼记·中庸》：“在上位，不陵下。”

次孙君韵分赠许孙二君

（癸丑　1973 年）

蜀道凋朱颜，恒河感白首。①
思邈折肱三，叔元还丹九。②
我每望肩随，高会难常有。
倘可并宅居，愿栽交让柳。③
吟苦何必诗，饮甘但宜酒。
再经卅度春，躯壳各已朽。
世态起伏波，人情翻覆手。
所贵耐久交，昔贤慎取友。

---

① 恒河：引意佛教故事波斯匿王观恒河，喻世态变迁。

② 思邈：即孙思邈，唐医药学家、道士。史载活了一百四十岁，被尊为“药王”。孙出身贫困，成人后爱好道家老庄学说，后隐居陕西终南山，集录民间医疗经验，完成《千金要方》。入唐后编辑世界首部国家药典《唐新本草》。折肱：喻指良医。先秦左丘明《左传·定公十三年》：“三折肱知为良医。”叔元：西汉道家杨何，字叔元。曾受《易》于王同，武帝时任中大夫。著有《易传杨氏》。

③ 交让柳：代指交让木。相互谦让。晋左思《蜀都赋》：“交让所植，蹲鸱所伏。”刘逵注：“交让，木名也。两树对生，一树枯则一树生，如是岁更，终不俱生俱枯也。”

许君用前韵来诗约会，次韵报之

（癸丑 1973 年）

背囊哪有小奚从，消夏遨游恃短筇。①
妇已下堂停织素，僧因退院免敲钟。
放翁世味闲来薄，白傅诗情老去浓。②
留面旧交天与寿，年年高会喜相逢。

附诗：

暮春偶感寄孙王二吟友

许钟奇

数载蹉跎莫过从，东风约又倦携筇。
病多思冷成灰炬，春尽归迟未晓钟。
苌楚无知忧外乐，芝兰有味淡中浓。
待沽蒲酒寻消夏，饭颗山头杜笠逢。

---

① 小奚：即“小奚奴”，小男仆。

② 世味：指人世滋味，功名宦情。唐韩愈《示爽》：“吾老世味薄，因循致留连。”其诗作《临安春雨初霁》：“世味年来薄似纱，谁令骑马客京华？”白傅：即白居易，唐代诗人，文学家，晚年曾官太子少傅。其诗作《对酒闲吟，赠同老者》：“百事尽除去，尚余酒与诗。兴来吟一篇，吟罢酒一卮。”

许君病中遣闷诗来，次韵报之

（癸丑　1973年）

三舍犹堪返夕晖，且开丹灶闭松扉。[①]
问安堂上儿孙众，赓韵天涯故旧稀。[②]
困悟柳州暗默是，病嗟昌谷呕心非。[③]
剡溪我未扁舟访，系帛书先付雁飞。[④]

附诗：

六月病中遣闷

许钟奇

望里崦嵫薄落晖，养疴养晦掩柴扉。
沉沦风雨谈心少，冷暖亲朋问病稀。
诗血呕枯吟草草，石头行滑悔非非。
北窗一枕浑忘夏，残梦犹迟化蝶飞。

---

① 三舍：引意成语“退避三舍”。借指喻避开尘寰，不与世争。

② 赓韵：写诗和韵。宋楼钥《客省中次适斋韵》：“诗筒才到先赓韵，酒兴方浓莫算杯。”

③ 柳州：指唐柳宗元。柳乃唐宋八大家之一，亦为唐代文学家、哲学家、诗人，被贬后官终柳州刺史，又称“柳柳州”。所著《与萧翰林俛书》：“读《周易·困》卦，至‘有言不信，尚口乃穷’也，往复益喜……用是更乐喑默，思与木石为徒，不复致意。”昌谷：即唐诗人李贺。家居河南福昌昌谷，世称李昌谷。其诗词创作成就斐然，与李白、李商隐获称“唐代三李”。因长期抑郁感伤，焦思苦吟，二十七岁英年早逝。李贺把诗歌作为呕心沥血的追求，其母说“是儿呕出心乃已”。

④ 剡溪：引意“剡溪船”故典，指隐居逸游，造访故友。南朝刘义庆《世说新语》：“王子猷居山阴……忽忆戴安道，时戴在剡，即便夜乘小船就之。经宿方至，造门不前而返。”

中秋前凤山小集，许君用上韵诗来，次韵纪其事

（癸丑 1973 年）

来寻玄度约灵晖，多谢村姑替款扉。①
鹤发相看人瘦削，凤山重到路依稀。
文章左海新知寡，堂构滨池旧制非。
座上巧逢同砚友，南楼高会兴遄飞。②

原注：

中秋前（八月十一日）余与孙君赴东岭东山大队探望许君，君旧居翻筑一新，时西堡许君贻谋亦在座，渠系余惠中同年级同学，四人谈笑甚欢，是晚余等告别。翌日，许君诗成即付邮寄来，余与孙君各次韵报之。

---

① 玄度：东晋文学家许询，字玄度。有才藻，善属文，与王羲之等以文义冠世。终身不仕，好游山水，常游宴吟咏，曾参与《兰亭雅集》。善析玄理。灵晖：太阳，亦指日月光辉，借喻佛道的玄理。晋王齐之《念佛三昧诗》："寂寞何始，理玄通微，融然忘适，乃廓灵晖。"款扉：扣门。柳宗元《钴鉧潭记》："一旦款门来告曰。"

② 同砚：同学。语本《汉书·张安世传》："彭祖又小与上同席研书。"研，通"砚"。遄（chuán）飞：勃发；疾速飞扬。唐王勃《滕王阁序》："遥襟甫畅，逸兴遄飞。"

次和竹均先生九秩开一[①]

（癸丑　1973年）

一

捧读新诗喜不胜，搜肠赓韵屡宵兴。[②]
齿尊君尚文坛主，身贱吾唯鄙事能。
鸡唱汝南余许劭，凤鸣汲北胜孙登。[③]
关河阴隔知交少，消息鳞鸿望有恒。[④]

二

六桥风月最相关，开九高龄老未顽。[⑤]

---

① 九秩开一：秩，十年。八十一岁生日称作“九秩开一”，余类推。白居易《喜老自嘲》：“行开第八秩，可谓尽天年。”

② 宵兴：引意成语“夕寐宵兴”，指晚睡早起，勤奋不息。《南史·宋纪上·武帝》：“是故夕寐宵兴，搜奖忠烈；潜构崎岖，遇上履虎；乘机奋发，义不图全。”

③ 汝南：古属豫州。豫州为九州之中，汝南居豫州之中，故有“天中”之称。自春秋战国时期建制以来，距今已有2700多年的建城史。自秦、汉至明、清，系郡、州、军、府治所，为八方辐辏之地。许劭：东汉著名评论家。传许每月品评当时要人，被称为“月旦评”。许劭故里汝南产鸡善鸣，唐陆龟蒙《古别离》：“何事离情畏明发，一心唯恨汝南鸡。”凤鸣：引意成语“凤鸣麟出”，指凤凰鸣唱，麒麟出现。喻推举贤才。汲：汲引，喻提拔或荐推人才。孙登：孙权长子，去世时年仅三十三岁，谥号宣太子。临终时上疏举荐贤才。

④ 关河：关山河阻。喻旅途艰难，陆游《夜游宫·记梦寄师伯军》：“想关河，雁门西，青海际。”鳞鸿：鱼雁。指书信，晋傅咸《纸赋》：“鳞鸿附便，援笔飞书。”

⑤ 六桥：指杭州西湖外湖苏堤上之六桥：映波、锁澜、望山、压堤、东浦、跨虹。为宋苏轼所建。

椎髻妻甘偕隐去，戎装子欲凯歌还。[①]
小春讯报梅枝上，中圣香生玉爵间。[②]
料得逋仙介寿日，联翩吟侣到孤山。

---

① 椎髻：引意成语“椎髻布衣”，指女眷居家俭朴。《后汉书·梁鸿传》：“乃更为椎髻，着布衣，操作而前。”

② 中圣：酒醉的隐语。李白《赠孟浩然》：“醉月频中圣，迷花不事君。”

甲寅元旦次和林老

（甲寅　1974年）

杖国今朝始，天鸡报好风。①
星移长历准，物播大钧公。②
燎竹迎新岁，焚香礼上穹。③
寿筹堪几下，不问李虚中。④

---

① 杖国：指年龄上了七十。《礼记·王制》："七十杖于国。"称人到七十岁可柱杖在都城街道行走。天鸡：神话故事中天上的鸡。天鸡一鸣，天下鸡皆鸣。好风：喻世风和谐。曹雪芹《临江仙·柳絮》："好风凭借力，送我上青云。"

② 大钧：指自然造化，天或自然。汉贾谊《鹏鸟赋》："云蒸雨降兮，纠错相纷。大钧播物兮，块圠无垠。"

③ 燎竹：以火燃竹，毕剥有声，用以驱鬼。宋袁文《瓮牖闲评》："岁旦燎竹于庭。所谓燎竹者，爆竹也。"

④ 李虚中：唐命理家，借指相命者。李年少喜学，无所不通，最善于五行书，以人之始生年月日所直日辰支干，相生胜衰死王相，斟酌推人寿夭贵贱利不利。世传《李虚中命书》乃我国早期算命书。据考证，以八字算命，属李虚中较早。

癸丑除夕次和林老

（甲寅　1974 年）

劳动吾应寿，年终寿未终。
眼昏尘镜似，骨瘦老梅同。
埋砚砚已破，祭诗诗不工。[①]
虚生六十九，于世百无功。

① 祭诗：唐贾岛常于每年除夕祭诗。

七十书怀

（甲寅 1974年）

一

欲不从心矩已逾，圣功难养陋凡夫。
平居止道人皆直，被贩方知我最愚。①
路屡经过歧莫辨，棋虽通晓赌终输。
行年七十身差健，俯仰乾坤一腐儒。

二

世情过眼尽云烟，一瞬蓬瀛几变迁。
何处遗踪寻白屋，吾家旧物剩青毡。②
诗书徒读才宁废，糠覈长供寿转延。③
修短穷通皆定命，三分人事七分天。④

---

① 止道：只说是，只以为。

② 白屋：引意成语“寒门白屋”，指清贫士子的居家。元高文秀《谇范叔》：“未亨通，遭穷困，身居在白屋寒门。”青毡：引意成语“青毡旧物”，指以前使用过的旧物。晋裴启《语林》：“子敬卧而不动，偷遂登榻，欲有所觅。子敬因呼曰：‘石染青毡是我家旧物，可特置否？’于是群偷置物惊走。”

③ 糠覈（hé）：指粗劣的食物。覈，米麦舂余的粗屑。《史记·陈丞相世家》：“人或谓陈平曰：‘贫何食而肥若是？’其嫂嫉平之不视家生产，曰：‘亦食糠覈耳。’”

④ 修短：指人的寿命长短。王羲之《兰亭集序》：“况修短随化，终期于尽。”

三

移家选近入城坊，买地艰辛构草堂。
劳顿发须留有碍，沉沦襦袴敝何妨。
抚醪思友空元亮，举案窥妻岂孟光。①
一笑涂中堪曳尾，南华千古养生方。②

四

杜门弹指十三春，执爨人兼牧豕人。③
未断炊烟矜跨灶，长留火种悟传薪。④
印煤模上腌臜手，拾粪栏边局蹐身。⑤
多谢天公频眷佑，子孙安分作齐民。⑥

---

① 元亮：陶渊明，字元亮，曾任彭泽令，因不愿为五斗米折腰而归隐。陶渊明是写有大量饮酒诗词，以“醉人”的语态，或指责上流社会是非颠倒，或反映仕途腐败险恶，或抒发隐退后怡然陶醉，或表达困顿中牢骚不平。

② 曳尾：引意成语“曳尾涂中”，指庄子推拒入朝做官，愿意如曳尾的龟出没涂中。喻甘于隐居乡野过清贫生活。

③ 执爨(cuàn)：司炊事。《诗・小雅・楚茨》：“执爨踖踖，为俎孔硕，或燔或炙。”

④ 跨灶：指好马奔跑时后蹄印跃过前蹄印，喻良马，亦喻儿子胜过父亲。三国魏王朗《杂箴》：“家人有严君焉，井灶之谓也，是以父喻井灶。或曰：灶上有釜，故生子过父者，谓之跨灶。”

⑤ 腌臜：肮脏。局蹐：引意成语“局蹐无地”，指惶恐不安、无地容身的样子。

⑥ 齐民：平民。《庄子・渔父》：“上以忠于世主，下以化于齐民。”

叠七十书怀韵，奉酬省垣赐和诸公

（甲寅　1974 年）

一

一步雷池曷敢逾，毕生雌伏信非夫。[1]
亦知狷介违中道，奈昧圆通等下愚。[2]
七十古稀今不罕，竞争优胜劣终输。
髫龄就傅学堂里，未读儒经愧冒儒。[3]

二

螺阳僻邑万村烟，支祖初元此播迁。
地瘠农家多植薯，气温客座不铺毡。
醉吟却老调云粉，务观持斋进玉延。[4]
霞衬科峰明似画，晚晴珍重故乡天。[5]

---

① 曷（hé）：谁。

② 奈昧：无奈不懂得。昧，糊涂，不明事理。《战国策・赵策》：“愚者昧于成事。”

③ 就傅：从师。《礼记・由则》：“十年，出就外傅，居宿于外，学书记。”

④ 醉吟、务观：借指南宋诗人陆游。陆游，字务观，吟咏酒诗最多。其诗作《游近村》：“薯蓣傍篱寒引蔓，菖蒲络石瘦生根。”《秋夜读书每以二鼓尽为节》：“秋夜渐长饥作祟，一杯山药进琼糜。”山药古亦称薯蓣。却老：避免衰老，保持年轻。唐陈子昂《卧病家园》：“还丹奔日御，却老饵云芽。”

⑤ 晚晴：唐李商隐《晚晴》：“天意怜幽草，人间重晚晴。”

三

通邮灵便是街坊，早喜瑶缄到草堂。①
左海阔无鳌钓碍，南天遥不雁飞妨。
恶诗偏荷群公和，华衮堪增陋室光。②
对酒谈心何日可，吾曹缩地本无方。③

四

冬半添丁暖似春，谁知添个斗筲人。④
延生口不茹灵草，获咎肩曾荷鬼薪。⑤
弧矢悬门思往日，严慈遗体视吾身。
诵诗三复劬劳句，凄绝王裒一鲜民。⑥

原注：

1. 惠安产地瓜粉有名，云粉系借作比方。2. 地瓜很像薯蓣，玉延乃薯蓣之别名。3. 贱辰在十一月。

---

① 瑶缄：对他人信札的美称。唐王勃《宇文德阳宅秋夜山亭宴序》："遂令启瑶缄者，攀胜集而长怀；披琼翰者，仰高筵而不暇。"

② 华衮（gǔn）：古代王公贵族的多彩礼服。晋范宁《春秋谷梁传·序》："一字之褒，宠逾华衮之赠。"

③ 缩地：引意成语"缩地补天"，指改造天地宇宙，亦喻缩短距离。《旧唐书·音乐志一》："高祖缩地补天，重张区宇；反魂肉骨，再造生灵。"

④ 斗筲（shāo）人：斗，容器；筲，竹器，容一斗两升。形容人的气量小、见识浅。《论语·子路》："斗筲之人，何足算也。"

⑤ 鬼薪：秦汉时的一种刑罚，即从事官府杂役等重体力劳动，因最初为宗庙采薪而得名。《史记·秦始皇本纪》："尽得毐等……车裂以徇灭其宗。及其舍人，轻者为鬼薪。"

⑥ 三复：谓反复诵读。李白《任城寺大钟铭》："天书褒荣，辉之简牍，稽首三复，子孙其传。"劬劳：劳累，劳苦。《诗·小雅·蓼莪》："哀哀父母，生我劬劳。"王裒（póu）：王裒哭墓，二十四孝故事之一。王裒容貌绝俗，气度方正，博学多艺，以礼律己。悲于屈死的父亲，不朝西而坐以示不仕，朝廷三征七辟，他都拒绝应召。隐居授学，在父母坟墓旁筑庐，时常跪拜，墓树因其滴泪而枯萎。逢雷即告母墓"儿裒在侧"。每读《诗经》"哀哀父母，生我劬劳"便痛哭流涕。

七十摄影有感

（甲寅 1974 年）

耳久双聋眼久昏，内观自在谷神存。
但留魂魄还天地，不蓄诗书馈子孙。
心欠圆通人共笑，身应贫贱我何言。
二亲遗体知珍重，七十年衔鞠育恩。

七十题影寄吟侣

（甲寅　1974年）

览揆一阳复，虚生七十年。①
严慈遗体在，游钓故居迁。
质钝身宜贱，筋劳寿可延。
写真伸缩镜，寄慨短长篇。
装束乌衣旧，爮梳白发妍。②
穷来憎面目，老去悟因缘。
有住空中色，无遮忙里禅。
知交不相见，小影倩邮传。③

---

① 览揆（kuí）：观察衡量。《楚辞·离骚》：“皇览揆余初度兮，肇锡余以嘉名。” 一阳复：引意“一阳来复”。古人认为天地间有阴阳二气，每年至夏至日，阳气尽而阴气始生；至冬至日，则阴气尽而阳气开始复生。元侯克中《春前一日》：“岁月催人不易禁，一阳来复又成临。”

② 爮（páo）梳：抓搔梳理。

③ 倩：请别人代替自己做事。

赵君味莼少女出嫁，以诗索和，次韵答之

（甲寅 1974年）

最小偏怜女已婚，迎春花发鸟争喧。
现身天水英雌队，同梦孤山处士门。①
画阁筝弹夫度曲，诗筒邮递父征言。②
遥思冠帔催妆夕，彩幅词香照酒樽。

---

① 英雌：指英明勇武的女性，泛指女英雄、女志士。此语词出自晚清民国年间，后渐少用。1903年，《湖北学生界》："世世儒者，赞诵历史之人物，曰大丈夫，而不曰大女子；曰英雄，而不曰英雌。鼠目寸光，成败论人，实我历史之污点也。"

② 度曲：作曲。《汉书·元帝纪赞》："鼓琴瑟，吹洞箫，自度曲，被歌声，分刌节度，穷极幼眇。"征言：验证言辞。南朝刘勰《文心雕龙》："将覈其论，必征言焉。"《梁书·沈约传》："徒征言于石椁，遂延灾于金缕。"

梅花 次和林老

（甲寅　1974 年）

大地冻无尘，南枝吐蕊新。
美人林下影，高士雪中身。
有品偏遗世，能香不待春。
逋仙吟癖在，岁岁狎花神。

萧翁拙叟第二次叠韵赠诗，再依韵奉答

（甲寅　1974年）

一

木瓜投未一旬逾，卅铺琼琚报鄙夫。[①]
神笔何人堪竞捷，嘉言争友欲砭愚。[②]
优游林下君知退，角逐词场我认输。[③]
旷达孰为晏几道，空山自老笑群儒。[④]

二

千秋匰主祀香烟，数典兰陵几代迁。[⑤]
闽峤雾多评有荈，建州雪少衣非毡。[⑥]

---

① 木瓜：引意自《诗经·木瓜》。该诗是先秦时期卫国的一首民歌，通过赠答表达深厚情意。其中有诗句“投我以木瓜，报之以琼琚”。

② 争友：能直言规劝的朋友。争通“诤”。《荀子·子道》：“士有争友，不为不义。”

③ 优游：悠闲游乐。汉班固《东都赋》：“莫不优游而自得，玉润而金声。”

④ 晏几道：北宋著名词人，字叔原，号小山。性孤傲。任乾宁军通判、开封府判官等。与其父晏殊合称“二晏”，词风似其父而造诣过之。工于言情，语言清丽，表达情感率真旷达，是婉约派重要代表。有《小山词》一卷留世。

⑤ 匰（dān）：古代宗庙里安放神主的器具。匰主，神位。兰陵：指兰陵郡，在今山东省临沂市兰陵县。兰陵萧氏为古时名门望族，兴起于西汉宣帝时期大臣太子太傅萧望之。

⑥ 荈（chuǎn）：采摘较晚的茶，泛指茶。

鄚侯示俭徽猷在，梁武行仁玉牒延。[①]
咫尺金山堪雅集，塔江风月丽诗天。

三

珂里曾闻远市坊，天潢疏派望堂堂。[②]
游山脚劲闲偏兴，看史眸明老不妨。
桂子弓裘堪继美，莱妻钗镜尚生光。[③]
夹居莲渚皆龙种，赵北萧南各一方。[④]

四

观河暗里换秋春，髫龀俄成皱面人。[⑤]

---

① 鄚侯：汉萧何的爵号。刘邦平定天下后，论功行赏，分封诸侯，因萧何“镇国家、抚百姓、供军需、给粮饷”，功绩卓著，定其为首功，封之为“鄚侯”。史载萧何虽功勋卓著，依然克尽辛劳，与民休养生息。示俭：表现勤奋节俭。唐韩愈《顺宗实录五》：“敦本示俭，庆裕格天；恩翔春风，仁育群品。”徽猷：美善之道。猷，道，指修养、本事等。《诗·小雅·角弓》：“君子有徽猷，小人与属。”梁武：指南朝梁武帝萧衍，梁朝开国者，在位四十八年。其出身兰陵萧氏，为西汉相国萧何裔孙。晚年笃信佛法。玉牒：记载帝王谱系历数及政令沿革之书。

② 珂里：对别人家乡的敬称。元王国器《踏莎行·破窗风雨为性初微君赋》：“碧疏吹溜湿灯花，客乡无梦寻珂里。”天潢：引意成语“天潢贵胄”，指皇族或后裔。疏派：即远亲。

③ 桂子：引意成语“桂子兰孙”，对别人子孙的美称。莱妻：春秋楚老莱子之妻，借指贤妇。《列女传》载，莱子逃世耕于蒙山，楚王遣使聘其出仕，其妻曰：“今先生食人酒肉，受人官禄，为人所制也，能免于患乎？妾不能为人所制。”遂行不顾，老莱子乃随其妻而居之。

④ 赵北萧南：萧姓、赵姓皆出自嬴姓。舜帝赐姓给贤士伯益为“嬴”，并把女儿嫁给嬴。嬴传至造父乃为赵姓始祖；伯益善用火，带族人焚荆辟田开河建功，后辈得以封赏，其孙孟亏分封至萧地建立了萧国，并以国为氏。

⑤ 髫龀（tiáo chèn）：幼年，幼童。《后汉书·董卓传》：“其子孙虽在髫龀，男皆封侯，女为邑君。”

轹下谁堪称幸草，爨余我自惜劳薪。[①]

庄生胡蝶梦中梦，佛祖莲花身外身。

龙汉延康知几转，忘怀君是葛天民。[②]

原注：

1. 邱阳萧姓，系兰陵萧衍之后。2. 邱阳居莲渚桥之南。

① 轹（lì）：车轮碾过。劳薪：用久受损的木轮拆了当柴火。《世说新语》谓木轮车车脚最受力，使用数年，析为薪柴。苏轼《贫家净扫地》：“慎勿用劳薪，感我如薰莸。”

② 龙汉、延康：皆为元始天尊年号。元始天尊生于太元之先，历经五劫，龙汉为始劫。葛天：传说中的远古帝王葛天氏。

赵君味莼第二次叠韵赠诗，附送女出阁一律，再依前韵奉答

（甲寅　1974 年）

一

诗筒郡越又州逾，叠赠螺阳拾粪夫。
偏欲下交君太怪，未能上达我真愚。
心花有本堪培植，觉海无涯费灌输。①
当世唯应信科学，莫耽章句效前儒。

二

一庭花鸟锁春烟，送女登车以贿迁。②
钗钿光回双面镜，帏衾香袭满床毡。
名闺涿郡仪雍肃，佳胥长林路宛延。③
临别不须谈敬戒，今无卑地与尊天。

---

① 觉海：指佛教。佛以觉悟为宗。海，喻其教义深广。唐杨炯《和旻上人伤果禅师》："法门摧栋宇，觉海破舟船。"

② 贿迁：指带着财物出嫁。《诗・卫风・氓》："以尔车来，以我贿迁。"

③ 涿郡：古地名，在今天的河北省涿州市。用以说明祖籍。雍肃：和睦庄重。《北齐书・段荣传》："教训子弟，闺门雍肃。"长林：高大的树林，喻才能出众。三国魏嵇康《琴赋》："涉兰圃，登重基。背长林，翳华芝。"

三

牙筹金管托街坊，老未身归绿野堂。[①]

学解因时言不失，才堪应世士何妨。[②]

沙堤卜宅源流远，炎宋开基史册光。[③]

子舍二难夸竞爽，季方哪必逊元方。[④]

四

我虽腹尺似青春，失却聪明亦废人。[⑤]

耳塞近难闻响屧，眼昏远不见舆薪。[⑥]

愧无修柏含贞性，空剩枯桐半死身。

独羡伏波今矍铄，尚能服务为人民。[⑦]

---

① 牙筹金管：借指文玩器具。牙筹，象牙或骨做成的计数算筹。《晋书·王戎传》："每自执牙筹，昼夜算计，恒若不足。"金管，指名贵乐器。南朝梁江淹《萧被侍中敦劝表》："结象弭于前衡，奏金管于后阵。"绿野堂：唐裴度的别墅名，借指晚年居屋。裴度晚年辞官退居洛阳建别墅，名绿野堂，不问世事。

② 学解：犹学识。《宋书·恩幸传·徐爰》："先朝尝以刍辈之中，粗有学解。"

③ 沙堤：时晋江沿海一地名，现属石狮市。炎宋：赵宋自称以火德王，故称炎宋。

④ 子舍：诸子嗣所居的屋舍。借指儿子、儿女。二难：谓兄弟皆佳，难分高低。南朝刘义庆《世说新语·德行》："（陈群与陈忠）各论其父功德，争之不能决，咨于太丘。太丘曰：'元方难为兄，季方难为弟。'"竞爽：引意成语"二惠竞爽"，喻两兄弟皆聪明精干。《左传》："二惠竞爽犹可，又弱一个焉，姜其危哉。"

⑤ 腹尺：腹的阔度，比喻食量大。

⑥ 响屧（xiǎng xiè）：女子的步履声。宋张先《菩萨蛮》："翠幕动风亭，时疑响屧声。"舆薪：满车薪柴，喻大而易见的事物。《孟子·梁惠王上》："明足以察秋毫之末，而不见舆薪。"

⑦ 伏波：指古代将军封号伏波将军。其名意为降伏波涛。战国时各国多以卿、大夫领军。秦置将军，应时领兵征战。汉初承秦制，汉武帝时战事频仍，将军广置，名位最高为大将军及骠骑、车骑、卫将军，其次是前、后、左、右将军，还有多种封号将军，伏波将军为其中之一。最著名为东汉光武帝时的马援。

次和许君寄怀原韵

（甲寅 1974年）

开缄细读寄怀诗，私喜眠蚕尚吐丝。
赠我诗当浴佛日，次君韵是饯春时。①
居维摩室病何害，鼓伯牙琴音孰知。②
再与君赓酬廿载，道山归去莫嫌迟。③

原注：

君此诗四月八日寄，余系四月十四日和去，十六日立夏。

---

① 浴佛日：谓农历四月八日，释迦诞生日。是日佛教徒用名香浸水洗佛像。

② 维摩：即维摩诘，与释迦牟尼同时，是一位大乘居士，也是佛典中现身说法、辩才无碍的代表人物。一次维摩称病在家，佛陀派被誉为智慧第一的文殊菩萨前往探视，两位菩萨互论佛法，义理深奥，妙语连珠，使同去探访的菩萨、罗汉更为崇敬与推崇。其居室仅一丈见方，却容量广大。伯牙：传说为春秋时代音乐家。善弹七弦琴，技艺高超，琴声高妙，唯钟子期知音，子期死，知音难觅，伯牙则破琴绝弦，终身不复鼓琴。

③ 赓酬：即“酬赓”，谓诗词应和。道山：旧时称人死去为归道山。

许君患肺疾已数载，月前去信问安，承回书告存，喜甚，赋此赠之

（甲寅　1974 年）

乡国无双笔，痕襟后一人。①
瘦躯松柏古，老眼海桑频。②
才大截流象，时穷失水鳞。
圭峰芳躅远，私淑火传薪。③
于我五年长，肩随好弟兄。
南山师豹隐，左海订鸥盟。
茶叶禅家味，梅花故友情。
相看头总白，一任老成精。
艾已三年蓄，人还百岁期。④
肺声闻隐隐，心血见丝丝。
壶缺吟呻后，珠圆欬唾时。⑤

---

① 痕襟：据惠安县志载，清末民初，回城一群诗友交往酬唱，自号为“痕襟诗友”，有张泗滨、庄贻华等人。

② 海桑：引意成语“海桑陵谷”，义近“沧海桑田”。

③ 圭峰：指惠安峰尾镇元代进士卢琦所建的圭峰塔。

④ “艾已”句：即蓄艾，指以蓄藏多年之艾治病，后以“蓄艾”喻长期积蓄以备急用。《孟子·离娄上》：“今之欲王者，犹七年之病，求三年之艾也；苟为不畜；终身不得。”

⑤ 壶缺：引意成语“唾壶击缺”。喻心情忧愤或感情激昂。南朝宋刘义庆《世说新语》载：东晋初期权臣王处仲（王敦，临沂人）喜酒后咏唱曹操的“老骥伏枥，志在千里。烈士暮年，壮心不已”，边唱边以如意击打唾壶，以致壶沿全是缺口。后以“击缺唾壶”喻对文学作品的赞赏，也用以形容有志之士激越之情。欬（kài）：亦作“咳”，咳嗽。

谷神原不死，二竖欲何为。[①]
间气凤岗美，诗翁厚得天。[②]
赓酬侪辈寡，定省子孙贤。
示疾维摩诘，耽吟贾浪仙。[③]
后山香一瓣，敬为祝延年。

① 二竖：指病魔。《左传·成公十年》："公梦疾为二竖子。"
② 间气：《太平御览·春秋演孔图》："正气为帝，间气为臣，宫商为姓，秀气为人。"
③ 贾浪仙：借指贾岛诗作。《贾浪仙》传为宋诗人叶茵所作："举世知心独有韩，为何无发强加冠。若人了得推敲事，僧服僧衣一样看。"诗中引用贾岛邂逅韩愈的故事。

均翁代其门生林君逸菊六十自寿征和，次韵报之

（甲寅　1974年）

一

赠金万里海帆斜，故国耆英鬓发华。①
只为受诗尊白傅，非关仗义效朱家。②
儒宫一帐先生铎，春雨六桥盈屿花。③
我与乃师神契久，江云渭树漫相遮。④

原注：

逸菊在香港经商，对均翁馈赠不绝，可嘉也。

二

攘往熙来逐孔方，生财手腕几人强。
深知寒畯终身苦，敢怨通都尽日忙。⑤

---

① 耆英：高龄硕德者。唐司空图《太尉瑯琊王公河中生祠碑》："宾筵备礼，耆英尽缀于词林。"

② 朱家：秦汉之际的游侠，鲁国（今山东曲阜）人，代指侠士。《汉书·游侠传》："鲁朱家者，与高祖同时。鲁人皆以儒教，而朱家用侠闻。"

③ 儒宫：古代官立学校。铎：古代宣布政教法令或战事使用的大铃，盛行于春秋至汉代，借指学堂用铃。

④ 江云渭树：成语，喻深厚的离情别意。唐杜甫《春日忆李白》："渭北春天树，江东日暮云，何时一樽酒，重与细论文。"

⑤ 寒畯（jùn）：出身寒微而才能杰出的人。五代王定保《唐摭言·好放孤寒》："李太尉德裕颇为寒畯开路，及谪官南去，或有诗曰：'八百孤寒齐下泪，一时南望李崖州。'"通都：通达的都市。苏辙《民政策下》："今天下所谓通都大邑，十里之城，万户之郭。"

去越朱公终殖货，在陈夫子竟无粮。[①]
身参商战儒巾弃，雄略多君独擅场。

四

鸿前�后尽同乡，风雅林家掌握长。
十子闽山推领袖，六鳌左海钓苍茫。[②]
异香天上中秋桂，好月人间六秩觞。
衣钵君凭亲炙得，三篇自寿见诗肠。[③]

---

① 朱公：即陶朱公，范蠡的别称。蠡既佐越王勾践灭吴，以越王不可共安乐，弃官远去，居于陶，称朱公，以经商致巨富。殖货：增殖财货。《孔丛子·公孙龙》：“居家理治，可移于官，良能殖货，故欲仕之。”夫子竟无粮：即“在陈绝粮”。《论语·卫灵公》：“(孔子)在陈绝粮，从者病，莫能兴。”

② 十子闽山：闽山十子，福建十位著名文人。六鳌：神话中负载五仙山的六只大龟。相传渤海之东有岱舆、员峤、方壶、瀛洲、蓬莱五山，乃仙圣所居之地，皆浮于海，常随潮波往还。龙伯之国有大人连钓六鳌，岱舆、员峤二山流于北极沉于大海。左海：福建别称，借指东海，以衔接“六鳌”传说，喻世事苍茫浮沉。

③ 亲炙(zhì)：指直接受到传授、教导。《孟子·尽心下》：“非圣人而能若是乎？而况于亲炙之者乎？”朱熹集注：“亲近而熏炙之也。”

许君病中伏枕题影寄赠，次韵慰之，此诗系甲寅九月十七日付邮，而许君已先一日仙逝，竟不及见，伤哉

（甲寅　1974 年）

经年不相见，忆旧两心同。
人互贻真影，天从送好风。
一身老来赘，万念病中空。
且喜桑榆补，晴霞向晚红。

原注：

末书七十五岁吟弟慕询许钟奇伏枕涂鸦，九月二日，此诗竟成许君绝笔之诗矣。

附诗：

许君原作

面目老多变，年更岁不同。
人光尘与土，秋病雨兼风。
草草零朝露，星星闪晚空。
蓬莱清浅度，休问劫灰红。

山妻长句

（甲寅 1974年）

贫而无怨岂人情，休怪山妻气不平。
善骂宁同狮子吼，烦言却异牝鸡鸣。
持家自昔需财贿，不解治生应忏悔。①
服能整为何曾贤，机不下因苏季罪。②
为何天壤有书痴，柴米油盐价不知。
活计长为中馈累，残编空欲古人期。③
富厚人生乌可忽，我卿卿我身相熨。
神通囊内孔方兄，恩爱床头阿堵物。④
钗分镜破欲谁尤，穷士伤心失耦秋。
翁子行讴妻竟去，志坚赠句妇难留。
粮空总被诗书误，裘敝终贻粉黛羞。

---

① 财贿：财货，财物。《周礼·天官·大宰》：“以九赋敛财贿。”

② 何曾：西晋开国元勋。主张为政之本在于得人，颇为时人称颂。为人孝敬仁慈，遵守礼法，不好声色，循规蹈矩，年老时与妻共坐都端正衣冠。苏季：指苏季子，即苏秦。《战国策·秦策一》：苏秦游说秦王未果，资用匮乏，潦倒而归。“妻不下纴，嫂不为炊，父母不与言”。于是苏秦闭室不出，发愤攻读，引锥刺股。一年学成后游说列国，合纵诸侯抗秦，佩六国相印，名震天下。

③ 中馈：指家中供膳诸事。《易·家人》：“无攸遂，在中馈。”

④ 阿堵物：指银钱。南朝刘义庆《世说新语·规箴》载：“王夷甫雅尚玄远，常嫉其妇贪浊口未尝言钱字。妇欲试之，令婢以钱绕床不得行。夷甫晨起，见钱阂行，呼婢曰：‘举却阿堵物。’”

何限坠欢无计拾，仳离往事使人愁。[①]
莱妇黔妻高躅古，孟光后起风声树。[②]
恪遵阃教从唯三，敬听夫歌噫有五。[③]
案举齐眉愿处卑，臼舂椎髻甘尝苦。
悲哉光后永无光，谁伴梁鸿羁赁庑。[④]
爱河容易起风波，嘉耦无多怨耦多。[⑤]
我劝山妻暂勿怨，相看鬓发各皤皤。

原注：

得铮中君信，内云："文人多穷，往往受山妻之气。"余有同感，赋此解嘲。

---

① 坠欢：称往日夫妻间的欢乐。《后汉书·光武郭皇后纪论》："欢队，故九服无所逃其命。"队，同"坠"。本谓失去宠爱，后亦称往日之欢乐。唐明皇赋诗序："足以缔夏首之新赏，补春余之坠欢。"仳离：夫妻分离。

② 莱妇：即莱妻。任昉《刘先生夫人墓志》："既称莱妇，亦曰鸿妻。"喻妇人贤惠。

③ 阃（kǔn）教：指妻室的常矩。清蒲松龄《聊斋志异·二商》："二商以贫始，以素封终。为人何所长？但不甚遵阃教耳。"噫有五：即《五噫》，古诗歌名篇，相传为东汉梁鸿所作，全诗共五句，句末均有"噫"字。唐皎然《咏史》："五噫谲且正，可以见心曲。"

④ 梁鸿：引意典故"举案齐眉"。汉书生梁鸿读完太学回家务农，与县上孟财主的女儿孟光成婚后，放弃孟家富裕生活，隐居山区，后帮皋伯通打短工。每次孟光给梁鸿送饭时把托盘举得跟眉毛一样高。喻夫妻恩爱，相互敬重。羁：《集韵》："羁，旅寓也。"作为暂时的居住者而停留。赁庑：租借的房子。清沉秉钰《香畹楼忆语·跋》："迁寿母以同居，桥边赁庑。"

⑤ 嘉耦：互敬互爱，和睦相处的夫妻。宋洪迈《夷坚丁志·孙五哥》："郑人孙愈，王氏甥也，年十八九岁时到外家，与舅女真真者，凭阑相视，有嘉耦之约。"

为徐君自明题素履斋　悼亡小草后

（甲寅　1974 年）

一

檀郎无术唤真真，一幅青绡榻影新。①
角折外家柱五鹿，顶摩中表誉天麟。②
良缘枕上金针缔，嘉耦台边玉镜亲。
相伴唯应兰与蕙，由来香草是前身。

二

河阳愁鬓怯西风，月缺花残往事空。③
画舸几时来沪上，新诗卅首动闽中。
美人恩爱余抔土，穷士流离类转蓬。④
赖有毛锥堪镂恨，千秋共惜艳妆红。

原注：

1. 夫人朱姓。2. 徐君系夫人中表亲。

---

① 檀郎：《晋书・潘岳传》："晋潘岳美姿容，尝乘车出洛阳道，路上妇女慕其丰仪，手挽手围之，掷果盈车。"岳小字檀奴，后以"檀郎"为妇女对夫婿或所爱慕男子的美称。

② 角折：即"折角"，喻指雄辩。引意"五鹿岳岳，朱云折其角"典故，喻"外家"宗祖智慧显扬。顶摩：即"摩顶"。抚摩头顶，以示喜爱。清吴伟业《病中别孚令弟》："挽须怜尚幼，摩顶喜堪狂。"中表：指内外亲戚。内为中，外为表。天麟：天上的麒麟。喻人才出众。宋梅尧臣《叶大卿挽辞》："石马天麟肖，松枝国栋成。"

③ 愁鬓：因愁发白的鬓发。陆游《南乡子・归梦寄吴樯》："愁鬓点新霜，曾是朝衣染御香。"

④ 抔（póu）土：一捧之土，借指坟墓。明屠隆《昙花记・郊游点化》："恨无情抔土，断送几英豪，今古价，有谁逃。"转蓬：蓬草随风飘转，喻行踪无定或身世飘零。

哭许慕询老友

（甲寅　1974 年）

一

伏枕吟呻力不支，一篇赠我已濒危。
奈何题影伤心句，却是归真绝笔诗。
地下唱酬容有日，人间把晤永无期。
路遥我未灵床哭，抱痛衰年负故知。

二

风闻往日侍高堂，老母期颐久卧床。
便器晨昏恒自涤，膳馐凉热必先尝。
终身孺慕初心在，遗体全归结念偿。
至性过人吾感动，相知岂独为文章。

三

荷山泥爪忆犹新，卅载苔岑气味亲。①
长恸山丘即华屋，何期孝子是诗人。②
偶吟赠稿心如祷，一睹遗容泪满巾。③

① 苔岑（cén）：喻志同道合的朋友。晋郭璞《赠温峤》："人亦有言，松竹有林。及余臭味，异苔同岑。"指不同青苔长于同一座山。岑，小而高的山。

② 山丘、华屋：引意成语"土丘华屋"，谓华丽建筑化为土堆，喻衰颓。曹植《箜篌引》："生在华屋处，零落归山丘。"

③ 如祷：靠近棺木。

玄度风流嗟顿尽，从今无处觅音尘。①

四

盟鸥三友记题襟，往事烟消感慨深。
上阪风清秋聚会，科峰月满夜登临。
张灯高馆传花饮，听雨层楼刻烛吟。②
今剩孙鲂与我在，重弹旧调不成音。

---

① 玄度：东晋清谈名士许询，字玄度。南朝宋刘义庆《世说新语·言语》："刘尹云：'清风朗月，辄思玄度。'"《晋中兴士人书》引注："许询能清言，于时士人皆钦慕仰爱之。"

② 刻烛：引意成语"刻烛成诗"，谓在蜡烛上刻痕计时，同时提笔作诗。喻才思敏捷。《南史·王僧孺传》载：南齐竟陵王萧子良，曾夜集学士作诗，刻烛计时，作四韵诗则刻烛一寸。

萧翁拙叟以所绘红梅一幅题句寄赠，赋此谢之

（甲寅　1974 年）

一

一抹胭脂便占春，情甘遗世貌同尘。
庄严独现空中色，香艳谁传静里神。
未许夭桃称后辈，但凭明月证前身。
丹成永作逋仙妇，岁岁新妆点绛唇。

二

当窗呵笔写横枝，赠我生绡感色丝。
倚醉高人踏雪后，施朱仙女映霞时。
温文风度坚强骨，冷淡心肠妩媚姿。
标格唯君堪与比，为能师惠以全夷。[1]

---

① 师惠以全夷：引意清陆次云《杂感》："君子处浊世，师惠以全夷。何必登首阳，高歌怀《采薇》。"夷，侪辈，同辈。

挽萧君笃如

（甲寅　1974 年）

一

寻藕岑江畔，青春咏玉台。
赤绳游子足，红杏彼姝腮。
此地轻齐赘，何人重楚材。①
嘤鸣偏友我，频送好诗来。②

二

活计因时异，中途废笔耕。
火炉燃兽炭，汤鼎沸鱼羹。
村市踟蹰影，津关吟叫声。
蓝桥岂仙窟，失算恋云英。

三

末路谁相识，孤穷活死人。
担夫重茧趾，病汉赘疣身。
故旧闻声避，妻孥见面瞋。③

---

① 齐赘：战国时齐之赘婿淳于髡，以诙谐著称，后借指善于诙谐的人，亦借指入赘者。

② 嘤鸣：鸟相和鸣，比喻友人意气相投。《诗·小雅·伐木》：“嘤其鸣矣，求其友声。相彼鸟矣，犹求友声；矧伊人矣，不求友生。”

③ 瞋（chēn）：睁大眼睛。

诸观应已彻，业火忏前因。[①]

四

物化君休憾，神交我未忘。
文辞颖士奥，书法子云长。[②]
一枕惊春梦，三山认故乡。[③]
游魂归去好，泉下侍爹娘。

原注：

萧君福州人，弱冠来晋江工作，与西岑施女士淑琼结婚。因家于岑，君貌韶秀，有俊才，诗极飘逸，书法亦甚工，当地士人，无出其右者。时余在岑校任教职，独与君酬唱甚欢，余离岑后，鲜通音问。近承施君少谷函告，以君自失业后，在渡头卖鱼羹度日。妻子不贤，视若路人。近年贫病交迫，已物化云云。余爱其才，伤其遇，赋此哭之。

---

① 业火：佛教谓恶业害身如火，亦指地狱焚烧罪人之火。

② 颖士：指萧颖士，字茂挺，今安徽阜阳人。唐朝文人、名士。萧高才博学，著有《萧茂挺集》。擅长书法，尤古籀文体。工古文辞，语言朴实；诗多清凄之言。藏书数千卷，安禄山谋反后，他把藏书移入石洞，独身走山南，文多散佚。子云：西汉学者扬雄，字子云。扬博览群书，长于辞赋，是继司马相如之后西汉最著名的辞赋家，古诗谓“文章两汉愧扬雄”。

③ 三山：福州的别称，福州城中有闽山、九仙山、越王山，故称。

均翁为次子完婚，并祝双寿，以诗索和，谨次韵寿贺

（甲寅　1974年）

贺婚祝寿趁春和，四壁词章写绛罗。
梓舍衾帱熊甫梦，椿庭诗礼鲤频过。[①]
姑公乐为痴聋备，儿妇佳因孝顺多。
待彼三郎瓜代返，关雎天保再高歌。[②]

---

① 熊甫梦：引意典故“文王梦熊”。典出唐韩愈所著《幽兰操》：商朝末年，周文王姬昌急需能人辅佐，一天梦见双翅异兽飞入怀中，次日请人占卜，按预示带人往渭水边寻到直钩钓鱼的姜尚（姜子牙，自号飞熊），即聘朝中。后姜尚辅弼文武两代周王，为周兴第一功臣。鲤频过：引意典故“孔鲤过庭”，指子妇或学生受教，亦指对尊长敬哺之礼。后以“过庭”指尊长或老师的培育，多指父教。《论语・季氏》载，孔鲤敬畏父亲孔子，快步经过孔子所在厅堂，受到孔子学诗、学礼的教诲。

② 瓜代：《左传・庄公八年》：“齐侯使连称、管至父戍葵丘。瓜时而往，曰：‘及瓜而代。’”谓到明年瓜熟时派人接替。后称官吏任职期满由他人接替为“瓜代”。宋贺铸《答杜仲观登丛台见寄》：“行将及瓜代，暂喜摆羁束。”

卷四

1975—1979

题林翁八三影片后

（乙卯　1975 年）

深衣筇杖古遗贤，短发长髯斗雪妍。[1]
眼亮著书犹握管，心灵得韵便传笺。
感公邮赠八三影，与我神交十二年。
一树寒梅一高士，分明花下立逋仙。

① 深衣：古代服装。属汉服，起源于虞朝，衣、裳连在一起，分开裁但上下缝合，因为“被体深邃”而得名。特点是使身体深藏不露，雍容典雅。

林君胸端题影寄赠，次韵和之

（乙卯　1975 年）

坚强气骨认斯人，春日天边赠影新。
得过何妨开口笑，有爱不效捧心颦。
好诗君复终贻范，妙笔长康为写真。
瘦削恰如老松柏，风霜成就岁寒身。

氐州第一[①]　胸端先生填此词为余祝嘏，次原韵致谢

（乙卯　1975 年）

同气相求，同声相应，往哲以文会友。意若醴甘，宜如水淡，交谊贵能耐久。薄责于人，问侪辈、躬谁自厚[②]。独羡先生，尚谦持恕，穷经皓首。

鸡报初寅钟送酉，驹隙里、变童为叟。不必认真，烟云过眼，一笑付乌有。乐天知命不忧。念此语、堪铭座右。与君倘共访君平[③]，莫询休咎[④]。

---

① 氐（dī）州第一：词牌名，又名《熙州摘遍》。

② 自厚：重于自责。《论语・卫灵公》：“躬自厚而薄责于人，则远怨矣。”

③ 君平：汉高士严遵，字君平。严隐居不仕，曾卖卜于成都。

④ 休咎：吉凶，善恶。《汉书・刘向传》：“向见《尚书・洪范》，箕子为武王陈五行阴阳休咎之应。”

陈君英捷题影寄赠，次韵和之

（乙卯　1975 年）

一

幕中磨盾客，市上握筹人。①
归隐陶元亮，疏狂贺季真。②
举杯浇垒块，闭户拒嚣尘。
大宅供吟啸，篇章一代新。③

二

四龄长于我，辛丑是生年。
福相丰颐载，寿征长耳延。
寻梅约君复，学杜踵庭坚。④
知己天涯影，瞻之已在前。

---

① 磨盾：在盾牌把手上磨墨拟文。借指军中文书。宋岳珂《桯史·吴畏斋谢贽启》："或可执鞭，愿供磨盾。"筹：签筹，算筹。

② 贺季真：即唐诗人贺知章。

③ 吟啸：高声吟唱、吟咏。晋葛洪《抱朴子·畅玄》："吟啸苍崖之间，而万物化为尘氛。"

④ 君复：林逋，字君复，隐居以梅为伴。庭坚：指宋诗人黄庭坚。其诗作与陈师道、陈与义以杜甫为师祖，素有"一祖三宗"之称。

陈君英捷赐题贱影，次韵致谢

（乙卯　1975年）

鬓丝禅榻久疏慵，空谷跫音忆去冬。
画卷知交堪晤对，诗筒酬唱且从容。
白头始识陈惊座，青眼长怀阮嗣宗。①
多谢挥毫题小影，瑶缄披读楮三重。②

---

① 陈惊座：《汉书·游侠传·陈遵》："（陈遵，字孟公）所到，衣冠怀之，唯恐在后。时列侯有与遵同姓字者，每至人门，曰陈孟公，坐中莫不震动，既至而非，因号其人曰陈惊座云。"后用以借指名震于时的名士。苏轼《陈季常自岐亭见访戏作陈孟公诗》："汝家安得客孟公，从来只识陈惊座。"青眼：指以黑眼珠对人正视，表示对人尊重。与白眼相反。杜甫《短歌行·赠王郎司直》："仲宣楼头春色深，青眼高歌望吾子。"阮嗣宗：三国魏诗人阮籍，字嗣宗。阮系"竹林七贤"之一。阮籍不经常说话，常用"白眼"、"青眼"看人。对待讨厌的人用白眼；对待喜欢的人则用青眼。

② 楮（chǔ）：落叶乔木，树皮是制造宣纸的原料。代指纸，借指信函。三重：三层，多层。《礼记·礼器》："天子之席五重，诸侯之席三重，大夫再重。"杜甫《茅屋为秋风所破歌》："八月秋高风怒号，卷我屋上三重茅。"

郭君镜秋以八十自寿诗索和，次韵报之

（乙卯 1975 年）

一

大耋觞称大庆月，中元佳节太平年。[①]
和诗亲友拈银笔，介寿儿孙择锦毡。
福履八旬昆裕后，儒冠五世绪光前。
路遥祝嘏吾难与，螺岫狮峰各一天。

二

我年廿一君三十，戏写诗歌各擅场。[②]
逐臭枉憎蝇蚋秽，偷香错怪蝶蜂忙。
追思往事良堪笑，不息先生尚自强。
见说白奇属回族，分明谱系出汾阳。

---

① 大耋：高龄老人。古八十曰耋。

② 擅场：压倒全场，技艺出众。汉张衡《东京赋》：“秦政利觜长距，终得擅场。”唐杜甫《冬日洛城北谒玄元皇帝庙》：“画手看前辈，吴生远擅场。”

味莼先生命子善枝来访，赋此诗谢之

（乙卯 1975年）

何来嘉宾饷饧饴，道是沙堤赵善枝。①
炎宋文明龙种在，壮侯威武虎钤垂。②
羡吾远地神交友，生此高才宁馨儿。③
多谢故人情意厚，未能访戴愧微之。④

原注：

沙堤赵姓系赵宋苗裔。善枝现任职戎幕。

---

① 饧饴（xíng yí）：即“饴饧”，指饴和饧，亦泛指饴糖。宋范成大《上元纪吴中节物俳谐体三十二韵》：“宝糖珍粔籹，乌腻美饴饧。”

② 虎钤（qián）：虎形印鉴，引意为兵符。宋秦观《鲜于子骏使君生日》：“使者旌旄易，将军印绶添。鸳鸿随步武，虎豹入韬钤。”钤，印章，盖印。

③ 宁馨儿：晋宋时俗语，意为“这样的孩子”。后用以赞美孩子或子弟。宁馨：“如此”、“这样”。《晋书·王衍传》：“王衍，字夷甫，神情明秀，风姿详雅。总角尝造山涛，涛嗟叹良久，既去，目而送之曰：‘何物老妪，生宁馨儿！’”

④ 访戴：意指访友。南朝刘义庆《世说新语》：“王子猷居山阴，夜大雪……忽忆戴安道。时戴在剡，即便夜乘小船就之。经宿方至，造门不前而返。人问其故，王曰：‘吾本乘兴而行，兴尽而返，何必见戴。’”微之：唐朝著名诗人、文学家元稹，字微之。借喻诗友。元稹与白居易齐名，共同提倡新乐府，常有书信往来，邮简传诗，结为莫逆之交，被称“元白”。白居易《与元九书》：“虽骖鸾鹤、游蓬瀛者之适，无以加于此焉，又非仙而何？微之，微之！此吾所以与足下外形骸、脱踪迹、傲轩鼎、轻人寰者，又以此也。”

次和林丈竹均八三自寿二律

（乙卯 1975 年）

一

倚天拔地八三翁，清苦生涯著作中。
下笔有神文泻水，运斤无对技成风。[①]
孤山气骨逋仙瘦，左海才名子羽雄。[②]
领袖词坛五十载，寿星高烛七闽东。[③]

二

文采千秋重豹皮，人间好景晚晴时。[④]
天边存问门生礼，海内赓酬故友诗。[⑤]
祝嘏春醪延寿纪，传真秋月比风仪。

---

① 运斤：引意成语“运斤成风”，谓手法熟练，技艺高超。《庄子・徐无鬼》：“郢人垩漫其鼻端；若蝇翼；使匠石斫之。匠石运斤成风；听而斫之，尽垩而鼻不伤；郢人立不失容。”

② 子羽：即孔子弟子、教育家澹台灭明。澹台，字子羽。初孔子认为他缺乏才干。子游把他推荐给孔子说：“澹台做事为他人着想，让他人得益。”后澹台成为孔门七十二贤之一。澹台往南游学，弟子三百多人，且制度严谨。

③ 七闽：古代居住在今福建和浙江南部及广东潮汕地区的闽人，分为七部，故称。《周礼・夏官》：“辨其邦国、都鄙、四夷、八蛮、七闽、九貉、五戎、六狄之人民。”

④ 豹皮：引意成语“豹死留皮”，喻将好名声留传于后世。《新五代史・王彦章传》：“豹死留皮，人死留名。”

⑤ 存问：慰问，多指上对下；亦指问候；探望。唐张籍《答刘竞》：“昨日街西相近住，每来存问老夫身。”

斑衣红粉登堂择，满眼儿孙足解颐。[①]

原注：

翁今春以八三近影见赠。

① 斑衣：引意成语“斑衣戏彩”。《孝子传》言老莱子年七十，父母尚在，因常服斑衣，为婴儿戏以娱父母。

次和赵君味莼六四自寿三首

（乙卯　1975 年）

一

天水先生鬓雪滋，作家翁岂便聋痴。
习劳士行心何壮，忘老文渊力未衰。①
为善孳孳晨起早，奉公勉勉夜归迟。②
闽中市隐工诗久，不效扬州杜牧之。③

二

大同盛世祝千春，远景乾坤不断新。
古代文明输现代，后人智慧胜前人。
但教各国行公道，将使寰球绝战尘。
饱阅沧桑迁叟在，和平愿望出天真。

---

① 士行：士大夫的操行，多含褒义。《旧唐书·文苑传》：“崔颢者，登进士第，有俊才，无士行，好蒲博饮酒。”

② 孳孳：同“孜孜”。《礼记·表记》：“俯焉日有孳孳，毙而后已。”陈澔集说：“孳孳，勤勉之貌。”勉勉：力行不倦。《诗·大雅·棫朴》：“勉勉我王，纲纪四方。”朱熹集传：“勉勉，犹言不已也。”宋陆游《自规》：“修身在我尔，勉勉尽余生。”

③ 杜牧之：唐诗人杜牧，字牧之。其诗以七言绝句著称，咏史抒怀，多切经世之物。曾居扬州数年，喜宴游，诗作寓情于景，以景表情，豪爽劲健，倜搅不羁。其《遣怀》句：“十年一觉扬州梦，赢得青楼薄幸名。”

三

人见新生代后期，造人独巧大钧私。①

腾空船到中千界，志怪车通上六睽。②

精妙入神科技学，浅明如话报章诗。

遵循格律兼声调，思路吾侪转自縻。③

---

① 大钧：指大自然。陶潜《神释》："大钧无私力，万物自森著。"

② 中千界：佛教语，代指深空。志怪：记述怪异之事的古典小说一类作品。借指神话故事。上六睽：谓与阴爻"上六"相隔，借喻阴阳变幻无定。《易》卦第六位阴爻称"上六"。

③ 自縻：自我约束。縻，拴牛绳。谓自修己德，好运自来。《易经》："天行健，君子以自强不息。"谓自强自立而后有好前景，故称"自縻"。

樵兄以孙儿汤饼会诗饷读，次韵贺之[①]

（丙辰　1976 年）

冢郎多子慰高堂，多子今轮到次郎。[②]
胜会此时具汤饼，良才他日验圭璋。[③]
千金医匠长生诀，七步诗翁急就章。
我是凤雏大父执，擘笺和韵敢言忙。[④]

原注：

君年已高，而诗才敏捷如昔。

---

① 汤饼会：旧俗寿辰或小孩满月、周岁举行的庆贺宴会，因备有象征长寿的汤面，故名。

② 冢郎：犹冢嫡，嫡长子。《晋书·吕纂载记》："臣虽年长，陛下国家之冢嫡，不可以私爱而乱大伦。"

③ 圭璋：皆为玉制礼器，喻高尚的品德。《诗·大雅·卷阿》："颙颙卬卬，如圭如璋。"

④ 父执：父亲的朋友。《礼记·曲礼上》："见父之执，不谓之进，不敢进；不谓之退，不敢退；不问，不敢对。"唐杜甫《赠卫八处士》："怡然敬父执，问我来何方？"擘（bò）笺：谓裁纸。宋陆游《阆中作》："擘笺授管相逢晚，理鬓熏衣一笑哗。"

闰中秋夜望月二首

（丙辰　1976 年）

一

众星回避薄云收，独把清光布五洲。
百岁能逢几闰八，一年难得两中秋。
赋诗文孺应重召，制曲明皇合再游。①
休怪世人心向往，乘莺仙女满琼楼。

二

穆穆阴宗亘古存，广寒故事耐评论。②
金蟾岂是山川影，丹桂宁无斧凿痕。③
为欲乘风苏子去，非关窃药美人奔。
老夫崇择新科学，深喜飞船入帝阍。④

原注：

苏子指坡仙和苏联人；美人，指嫦娥和美国人。

---

① 明皇：指唐明皇李隆基。李喜好音乐，通晓琵琶、羯鼓等多种乐器，擅长作曲，作有《霓裳羽衣曲》等百余首乐曲，设立“梨园”。《异闻录》载有《唐明皇游月宫》。

② 阴宗：指月亮。《礼记・月令》：“（孟冬之月）天子乃祈来年于天宗。”汉蔡邕曰：“日为阳宗，月为阴宗。”

③ 金蟾：月亮的别称。神话传说月中有蟾蜍，故称。唐令狐楚《八月十七日夜书怀》：“金蟾著未出，玉树悲稍破。”

④ 帝阍（hūn）：天门，天帝的宫门。借指月宫。汉扬雄《甘泉赋》：“选巫咸兮叫帝阍，开天庭兮延群神。”

次和林丈竹均八四感怀两首

（丙辰　1976 年）

一

八四高龄健在身，添筹东海几扬尘。
伯淳道可通天地，太白诗堪泣鬼神。①
与我唱酬交有素，爱公謦欬晤无因。②
惟应相约加餐饭，共庆升平不老春。

二

隐士衫兼处士冠，寻梅杖履惯冲寒。③
暮年著录心犹壮，清夜吟哦兴未阑。
举案孟梁相伴老，奉觞元季竞承欢。④
桑榆蔗境从兹补，风月闽江无限宽。⑤

---

① 伯淳：宋理学家程颢，字伯淳，学者称其“明道先生”。其诗作《秋日》句：“道通天地有形外，思入风云变态中。”泣鬼神：杜甫《寄李十二白二十韵》：“笔落惊风雨，诗成泣鬼神。”

② 謦欬（qǐng kài）：咳嗽声，引申为言笑。引意成语“久违謦欬”，指长久没有听到对方谈笑声，很久不通消息。南朝梁简文帝《六根忏文》：“得彼天聪，闻开塔关钥之声，弹指謦咳之响。”

③ 处士：本指有才德而隐居不仕的人，后泛指未做过官的士人。《孟子·滕文公下》：“圣王不作，诸侯放恣，处士横议，杨朱、墨翟之言盈天下。”

④ 元季：指兄弟。元为第一，季为最小。

⑤ 蔗境：喻晚年幸福。《晋书·文苑传·顾恺之》：“恺之每食甘蔗，恒自尾至本。人或怪之，云：‘渐入佳境。’”宋刘辰翁《双调望江南·寿谢寿朋》：“欲语会稽仍小待，不知文举更堪怜。蔗境在顽坚。”

次和孙君诊余杂感八章

（丙辰　1976 年）

一

精医带下验临床，不许河魁永在房。[①]
一卷妇科新辑要，匡扶无数扫眉娘。[②]

二

大年七五尚婆心，方剂龙宫取次寻。[③]
休笑老僧不退院，老僧度世有神针。

三

铁舰横冲碧海烟，携来蛮女喜团圆。
韦郎最爱红裙小，花钿眉间认夙缘。

四

达士何尝赋七哀，书窗初日镜奁开。[④]
香衾绣出鸳鸯字，相伴分明有夜来。

---

① 河魁：指月中凶神。系术士用语，指阳建之月，前三辰为天罡，后三辰为河魁，阴建之月则相反，这一日诸事不宜。《新唐书・吕才传》："历阳成湖，不共河魁；蜀郡炎火，不尽灾厄。"

② 扫眉：画眉，指妇女。

③ 取次：第次，依次。

④ 达士：指心胸豁达，学识渊博的人。杜甫《写怀》："达士如弦直，小人似钩曲。"七哀：魏晋乐府的一种体裁，为抒发悲伤感情的五言诗。杜甫《垂白》："甘从千日醉，未许七哀诗。"镜奁（lián）：镜匣。《后汉书・皇后纪上》："帝从席前伏御床，视太后镜奁中物，感动悲涕。"

五

豚栅我忘矢溺秽，药园君爱芷蘅香。

粪篮放下拈金笔，试和阳春曲八章。

六

吾侪室迩未人遐，岐伯承宫各一家。①

阅报欣登高阁便，新闻纸贵感难赊。②

七

顽躯虽健却非闲，冬冷眠迟起早难。

遮眼枕边庄子在，不须清酒涤襟烦。

八

稽古悲无前代史，耽吟幸有故交诗。

残年愿享庸庸福，担粪何妨不著棋？

原注：

林君复尝言：“吾于世间事，唯不能担粪着棋耳。”余昔年在牧场，对担粪颇熟悉，今在家牧豕，亦不断拾粪，但尚不能着棋，可笑也。

① 室迩、人遐：房屋就在近处，可是房屋主人却离得远，多用于思念远方的人。汉徐淑《答夫秦嘉书》：“谁谓宋远，企予望之，室迩人遐，我劳如何。”岐伯：我国古代名医，后世尊称为“华夏中医始祖”。《黄帝内经·素问》即采用岐伯与黄帝的对话形式编撰的。承宫：东汉琅琊人，少孤，年八岁为人牧豕，后苦读成才。永平中，迁左中郎将，颇有政绩。

② 纸贵：引意成语“纸贵洛阳”，喻著作有价值，流传广。《晋书·左思传》：“豪贵之家竞相传写，洛阳为之纸贵。”

附诗：

诊余杂感

孙崧樵

一

新裁锦被覆新床，桌椅全新若洞房。
怪底天真孙女道：今朝祖母是新娘。

二

观书阅报总随心，细字无须戴镜寻。
休怪老妻仍爱我，窗前每唤替穿针。

三

挑灯坐起拥寒衾，尽有诗怀不敢吟。
只恐老妻偏敏感，一闻平仄又担心。

四

封姨去后花争艳，青帝归来草亦香。
准备残笺搜剩墨，尽收光景入诗篇。

五

回思风雨剧堪哀，红紫凋残久不开。
且喜百花今又放，案头分得一瓶来。

朱仙镇二首[①]

（丙辰 1976 年）

一

露布朱仙镇上扬，南朝天子转惊惶。[②]
敢期一统封疆复，但愿偏安国祚长。[③]
皇帝称儿原不害，故君复辟却应防。[④]
主和自是康王意，贼桧焉能祸鄂王。[⑤]

二

万古青编一至人，死生心不忘君亲。[⑥]
十年功为金牌废，五岳盟犹血泪新。[⑦]

---

① 朱仙镇：地属河南开封。《宋史·岳飞传》载，岳飞北伐抗金，朱仙镇之役取得大捷，宋高宗却一日之内以十二道金牌召其班师。

② 露布：战报。古时战场上士兵快马加鞭，高举露布，传递捷报。亦指不缄封的文书、布告。南朝：指南北朝时期的宋、齐、梁、陈等朝，亦指南宋、南明，借指南宋。

③ 国祚：国运。《陈书·吴兴王胤传》："皇孙初诞，国祚方熙。"

④ 皇帝称儿：五代时后晋皇帝石敬瑭向契丹称臣，称契丹主公耶律德光为父，自称儿皇帝。借嘲宋高宗。

⑤ 康王：宋高宗赵构登基前曾于宣和三年被进封康王。鄂王：岳飞。

⑥ 青编：即青丝简编，泛指史籍。南朝梁简文帝《长沙宣武王北凉州庙碑》："功书绿字，事烛青编。"至人：指古时道德修养极高，超脱世俗，顺应自然而长寿的人。《荀子·天论》："故明于天人之分，则可谓至人矣。"

⑦ 五岳盟：指《五岳祠盟记》，即岳飞于南宋建炎四年（1130）败金兵、收复建康后，在宜兴五岳祠的题壁誓词（盟记），再表剿灭敌寇、迎还二帝的志愿。

盍入虏庭迎二圣，同归京阙斩奸臣。[①]
将军在外方摧敌，君命何妨暂不遵。

① 盍（hé）：何不。《左传・桓公十一年》："盍请济师于王？"虏庭：古时对少数民族政权的称呼。靖康二年（1127），金兵俘虏宋徽、钦二帝及后妃、宗室，解往金朝京师。

次和孙君自题所著《医话》后

（丙辰 1976年）

隐沦鼓吹耳边蛙，医匠针砭肘后夸。①
游艺名成人有几，著书身老笔无差。
丹成火久呈青焰，玉美纹恒带赤瑕。
信口雌黄谁氏子，嗟渠见笑大方家。②

---

① 隐沦：神人等级之一，泛指神仙。晋郭璞《江赋》：“纳隐沦之列真，挺异人乎精魄。”肘后：即“肘后方”。晋葛洪曾撰医书《肘后备急方》，简称《肘后方》，谓卷帙不多，可悬于肘后，后指随身携带的医书或药方。杜甫《寄张十二山人》：“肘后符应验，囊中药未陈。”

② 渠：同“佢”，他（吴语、粤语、客家话、赣语）。宋赵蕃《送晁元默自潭还抚二首》：“临汝差池再，长沙邂逅初。飘零渠念我，留滞我嗟渠。”

和孙君“双大”，次韵二首

（丁巳　1977 年）

大寨

昔阳山水丽并州，瓜菜分区谷画畴。[①]
后稷肇基田万顷，神农垂教史千秋。[②]
彻宵灯火耕兼凿，遍地机车种与收。
举国观摩推楷式，嘉宾接踵此乡游。

大庆

兴凯湖西瀚海东，大荒竖立井阑雄。[③]
岩层混混脂膏出，工业源源血液通。
抽汲筒深连地脉，钻探机快显神功。
全华厂矿咸矜式，标语墙头五字同。[④]

---

① 并州：古州名，相传禹治洪水，划分域内为九州，并州为其中之一，约在保定、太原、大同一带。

② 后稷：名弃。相传弃始种稷和麦，尊其为百谷之神，周之始祖。尧舜时任农官。神农：即炎帝，是我国上古部落首领，号神农氏。传说首识用火，发明刀耕火种，教民垦荒种植、制造陶器，并亲尝百草，发明医药，被尊为神农大帝。

③ 瀚海：亦作翰海。汉魏六朝时指北方的海名。唐代指蒙古大沙漠以北地区。元代指古阿尔泰山一带。明以来用以指戈壁沙漠。《史记・卫将军骠骑列传》：“（霍去病）封狼居胥山，禅于姑衍，登临瀚海。”

④ 矜式：敬重和取法，亦指示范、楷模。《孟子・公孙丑下》：“我欲中国而授孟子室，养弟子以万钟，使诸大夫、国人皆有所矜式。”

次和郑君仰乔赠诗

（丁巳 1977 年）

兔走乌飞西复东，茫茫宇宙理难穷。[①]
看棋洞里初移晷，还箭溪头忽转风。[②]
休想碑铭传有道，且耽曲蘖效无功。[③]
应侪来可相标榜，等是尘寰一倮虫。[④]

① 兔走乌飞：成语。喻光阴迅速流逝。乌，古代传说日中有三足乌，故称太阳为金乌；兔，古代传说中月中有玉兔，故称月亮为玉兔。唐韩琮《春愁》："金乌长飞玉兔走，青鬓长青古无有。"唐韦庄《秋日早行》："行人自是心如火，兔走乌飞不觉长。"

② 晷(guǐ)：日影。

③ 曲蘖（qū niè）：酿酒的曲。宋李曾伯《水调歌头·幕府有和，再用韵》："肺腑尽霜雪，曲蘖不能醺。"

④ 倮(luǒ)虫：身无羽毛鳞甲的动物，指人。汉王充《论衡·遭虎》："夫虎，毛虫；人，倮虫。毛虫饥，食倮虫，何变之有？"

次和孙君赠诗

（丁巳　1977 年）

半生落寞寓墙东，饮啄随缘未算穷。①
失路诗情乌鹊月，杜门世事马牛风。②
敢云修已吾无漏，若说活人君有功。
交谊多年淡如水，赓歌不是应声虫。

---

① 饮啄：饮水啄食，引申为吃喝，生活。唐李益《罢秩后入华山采茯苓逢道者》："何事逐豪游，饮啄以膻腥？"

② 失路：喻不得志。汉扬雄《解嘲》："当涂者升青云，失路者委沟渠。"杜门：闭门。司马迁《史记·陈丞相世家》："陵怒，谢疾免，杜门竟不朝请。"

回文　韵自微歌至删咸

（丁巳　1977 年）

一　微歌韵

微风好日夏晴多，陇上人来舍笠簑。
肥荚集萁铺众豆，小花粘穗孕嘉禾。
飞蝗坠水浮灯巧，怒黾登田夹韵和。①
衣带缓兮薰解愠，徽弦入拍叶行歌。②

二　鱼麻韵

鱼龙看后听鸣笳，闹市灯灯制纸花。
初上月圆团扇比，乍来人丽艳妆夸。
薯甘饭店留新客，笛响重城入慢车。
舒用国兴农政善，渠通库水利桑麻。

三　虞阳韵

虞唐盛世远，表海被荣光。
吁可嚚兼讼，配堪英及皇。③

① 黾（měng）：古书上说的一种蛙。

② 徽弦：即挥弦，指弹琴。晋葛洪《抱朴子・博喻》：“故有不能下棋而经目识胜负，不能徽弦而过耳解郑雅者。”

③ 嚚（yín）兼讼：奸诈而好争讼。《书・尧典》：“吁！嚚讼，可乎？”孔传：“言不忠信为嚚。又好争讼可乎？”

衢当颂极则，帝若见羹墙。①
敷教诸宽在，道为阴与阳。②

四 齐庚韵

齐物诸观达，去来犹死生。
西东自日驭，远近有人行。
啼鸩伤春暮，唤鸠欣夏晴。③
泥途烂白骨，短甲与长庚。④

五 佳青韵

佳食眠难老，夜中瞻斗星。
怀开妙句得，步止倦筇停。
柴米饶丰岁，子孙亲永龄。
槐庭望瑞霭，树树入春青。

六 灰蒸韵

灰飞劫后谷为陵，定数因时有废兴。

---

① 极则：谓最高准则。《景德传灯录·智洪大师》："（僧）问如何是极则处？师曰：'懊恼三春月，不及九秋光。'"羹墙：引意成语"见羹见墙"，指对圣贤的思慕。《后汉书·李固传》："昔尧殂之后，舜仰慕三年，坐则见尧于墙，食则见尧于羹。"

② 敷教：布施教化。《书·舜典》："汝作司徒，敬敷五教，在宽。"

③ 鸩：杜鹃鸟。

④ 短甲、长庚：谓年龄长短。甲庚，科第与年龄。元杨弘道《哭刘叔京》："甲庚俱旧识，类聚不同方。"

雷霁怒威前莽操，火传残简旧颜曾。①
灾和福别祥移转，正与邪分气降升。
杯酒遣怀忘物外，来风大海积云蒸。

七　真尤韵

真皈幻舍释忘忧，坐榻禅观内行修。
身亿现从莲蕊破，手千垂似柳条抽。
神精与气称三宝，贼盗及王藏一丘。
因果悟深思妙法，尘嚣避久寡愆尤。②

八　文侵韵

文明重立法，亿兆遍欢心。
筋骨劳人健，舌喉穷汉喑。
薰莸别爱恶，巧拙判升沉。
军垒诸边守，敌强防入侵。

九　元覃韵

元元共土地，遍历苦辛甘。
温饱欲耕织，嫁婚宜女男。
繁声水畔树，翠色野前庵。

---

① 莽操：指王莽、曹操。王莽，新朝开国皇帝。西汉末年，汉哀帝早亡，王莽乘机窃取大权，威慑朝野，刚愎自用。曹操，三国曹魏政权奠基人。他精通兵法，重贤爱才，气魄雄伟，亦专横跋扈，摄政弄权。颜曾：指颜回、曾参。颜回十四岁拜孔子为师，终生师事之，是孔子最得意的门生。孔子对颜回称赞最多，赞其好学、仁人。曾参系孔子晚期弟子之一，主张孝恕忠信、修齐治平，参与编制《论语》，著写《大学》、《孝经》、《曾子十篇》。

② 愆尤：过失，罪过。汉张衡《东京赋》："卒无补于风规，祇以昭其愆尤。"

蕃殖生民庶，广恩推下覃。①

十　寒盐韵

寒士正心欢寿添，僻栖卑牧自谦谦。
兰如蕙草香宜佩，岱与嵩山峻欲瞻。
餐饱昼劳身运甓，息调夜定眼垂帘。②
难吟小箧诗焚尽，安分素来供菜盐。

十一　删咸韵

删改诗书把笔严，缥缃铺架一函函。
孱王大错屡谗信，虐主共惊将谤监。③
艰险历多良将老，困穷居久贱夫馋。
关荆美稿画林竹，寰宇清风高籍咸。④

---

① 下覃（tán）：向下延展。覃，延长，延及。覃恩，广施恩泽。《旧唐书·赵宗儒传》：“今覃恩既毕，庶政惟新。”

② 运甓（pì）：引意成语“陶侃运甓”，喻不安悠闲，勤勉自励。《晋书·陶侃传》：“侃在州无事，辄朝运百甓于斋外，暮又运于斋内。”息调：呼吸调匀。《云笈七签》：“气运息调，荣枝叶也。”

③ 孱王：懦弱的君王。《史记·张耳陈余列传》：“赵相贯高、赵午等年六十余，故张耳客也。生平为气，乃怒曰：‘吾王孱王也！’”谤监：谓压制舆论。《国语·周语上》：“厉王虐，国人谤王。邵公告曰：‘民不堪命矣！’王怒，得卫巫，使监谤者。以告，则杀之。”韦昭注：“监察也。”

④ 关荆：指五代画家关仝、荆浩。皆为五代后梁画家。关仝，师法荆浩，所画山水表现关陕山川的特点和气势，超出荆浩格局，显露独具风貌。荆浩师从张璪，作画“有笔有墨，水晕墨章”，吸取北方山水雄峻气格，气势坚凝挺峭，高深堂堂，为北方山水画派之祖。所著《笔法记》为古代山水画理论经典之作。籍咸：指魏晋时期名士阮籍和阮咸叔侄，两人都位列“竹林七贤”，并称“大小阮”。

原注：

余于乙巳六十一时，拟作上下平回文十五首，按照次序，将上平韵嵌在最先一字，下平韵嵌在最后一字，倒读则反是。后因败兴，仅作东先至支豪四首而已，今夏稍闲，乃续至删咸止，十五首告成。

咏电灯二首

（丁巳　1977 年）

一

玻璃泡内绾钨丝，脉络分明吐焰奇。[①]
动静互根成两极，阴阳交感显双仪。
气流银线传通速，度数金盘转运迟。
活力源头来不尽，水轮风扇任相推。

二

一室虚明夜不迷，禅床趺坐察天倪。[②]
六尘俱净圆光满，五蕴皆空内热低。
从此匡衡休凿壁，省他太乙再燃藜。[③]
枕边得句防忘却，便利中宵纸背题。

---

① 绾（wǎn）：线型物品盘绕、卷起。

② 趺（fū）坐：盘腿而坐。唐王维《登辨觉寺》："软草承趺坐，长松响梵声。"天倪：天边，自然分际。唐高适《宋中遇林虑杨十七山人因而有别》："遥见林虑山，苍苍戛天倪。"

③ 凿壁：引意成语"凿壁借光"，指勤奋读书。晋葛洪《西京杂记》："匡衡字稚圭；勤学而无烛；邻舍有烛而炽不逮；衡乃穿壁引光；以书映光而读书。"燃藜：指夜读或勤学。晋王嘉《拾遗记·后汉》："刘向于成帝之末，校书天禄阁，专精覃思。夜，有老人着黄衣，植青藜杖，登阁而进，见向暗中独坐诵书。老父乃吹杖端，烟然，因以见向，说开辟已前。向因受《洪范·五行》之文，恐辞说繁广忘之，乃裂裳及绅，以记其言。"宋刘克庄《灯夕》："蓬窗亦有精勤士，何必燃藜向石渠。"

消夏杂咏

（丁巳 1977 年）

一 咏广播机

二仪交感电波生，雕匣笼纱壁上轻。
劝我加餐朝午夕，语人观象雨阴晴。
歌喉屡换诸方调，拍掌欢呼万众声。
惆怅衰翁双耳冷，三时倾听未分明。

二 咏收音机

玲珑匣子饰泥金，满腹机关电学深。
通路不需天地线，辨方任选北南音。
清宵法曲疑仙奏，虚室香词岂鬼吟。①
从此索居非寂寞，遍听歌唱得随心。

三 咏自鸣钟

发条转紧齿轮行，右束推时左报更。
不羡殷夔刻龙漏，肯师诸葛枕鸡鸣。②

---

① 法曲：隋唐宫廷燕乐中的一种形式，隋称为法曲。其曲调及所用乐器接近汉族清乐，亦称清雅大曲。著名曲子有《赤白桃李花》、《霓裳羽衣》等。白居易《江南遇天宝乐叟》：“能弹琵琶和法曲，多在华清随至尊。”

② 殷夔（kuí）：古代天文学家，发明“漏刻法”。梁佚名《漏刻经》：“至冬至，昼漏四十五刻。冬至之后日长，九日加一刻。以至夏至，昼漏六十五刻。夏至之后日短，九日减一刻。”枕鸡鸣：相传为诸葛亮发明的鸡鸣枕，陶瓷制成，供司号兵使用以防误时。经同类文物分析，鸡鸣时陶瓷筒共振引发声响与微震。

双针盘上迟迟影，单摆箱中细细声。
机件犹新形式旧，当年铸造十分精。

四　咏闹钟

榻畔钟声闹不休，更阑速罢睡乡游。
未甘蚁国行昏礼，应倩鸡人报晓筹。
粉蝶庄生魂甫返，黄粱吕祖梦初收。[①]
起身紧慢咸随意，似比前贤警枕优。

五　咏热水瓶

夹层瓶胆抹银膏，汤入真空热不逃。
贮水数升容量大，保温累日效能高。
难于三伏调云粉，恰好重阳下菊糕。
记得那年风雪夜，一瓯灯下助挥毫。

原注：

瓶系前年冬买来。

---

① 吕祖：吕洞宾，道教全真派祖师。北宋期间应铁拐李邀会石笋山入八仙之列。吕赴长安应试，途中一梦及第，五十年升迁落寞，醒来一饭未熟，侍厨者云房微笑曰："黄粱犹未熟，一梦到华胥。"吕顿悟觉人世一梦。

六 咏寒暑表

水晶管内酒精红，涨缩盈虚四序中。
位有改移凭幻化，心无挂碍悟真空。
高低地势寒温异，今昔人情冷暖同。
度数时时看表上，深知进退是衰翁。

七 咏风琴

半音十二管中藏，四组相连卌八簧。
何必阴阳分律吕，只须正变叶宫商。
键盘黑白春纤巧，气柜开关素履忙。
天籁希声中外一，不愁秦火乐经亡。[①]

原注：

乐器以十二半音为一组，即十二管，亦即所谓六吕六律也，若叶歌唱，十二管只有六个全音，歌唱仅需五音，即宫、商、角、徵、羽，有时加两个半音，变宫和变徵，则称为七音。五音即1、2、3、5、6，两半音即4、7，西人不分阴阳。

八 咏原子弹

核弹烟升锦伞开，轩辕孙子不凡材。
东风果压西风倒，止战端从备战来。
照耀乾坤千丈火，震惊世人一声雷。
雄狮睡久今方醒，野老欣看国运回。

---

① 秦火：指秦始皇焚书坑儒。司马迁《史记·儒林列传》：“及至秦之季世，焚诗书，坑术士，六艺从此缺焉。”

九　咏脚踏车

曲拐踏翻钢链随，前轮端赖后轮推。
匆匆云雾身边过，滚滚风尘足下驰。
胜地遨游遐似迩，壮夫驾驭险如夷。
惭吾胆小虞蹉跌，空抚金鞍不敢骑。①

十　咏望远镜

精制银筒束束联，筒中三嵌水晶妍。
眼前远岫朝来近，意外芒星夜里圆。
不羡长房符缩地，宛如庄子管窥天。②
乾坤俯仰成陈迹，金目真堪测大千。

十一　咏显微镜

金质胶皮一管悬，欹斜伸缩任螺旋。
光辉全赖三重镜，价值真堪万贯钱。
病毒小非微菌比，纤维长有细胞连。
为何明已秋毫察，原子今仍未了然。

---

① 蹉(cuō)跌：失足跌倒，喻失误。南朝宋范晔《后汉书·蔡邕传》："专必成之功，而忽蹉跌之败者也。"

② 缩地：指"缩地法"，可化远为近。晋葛洪《神仙传》："费长房有神术，能缩地脉，千里存在，目前宛然，放之复舒如旧也。"

十二 咏缝纫机

韦带拖轮运若飞，佳人窗下理鸣机。[①]
悬针起落驹过隙，踏板掀翻马脱羁。[②]
丝绝应输工迅速，夜来难比艺精微。
我哀慈母先前苦，手线密缝游子衣。

十三 咏手表

摆轮逐逐秒针移，防震全钢结构奇。
轴孔耐磨装钻石，发条灵动惹游丝。
袖藏玉镜明如晷，臂系银环滑似脂。
太息耿询马上漏，巧思终不及西夷。[③]

十四 咏手枪

铸成曲尺铁心坚，黑面将军美号传。
压缩钢圈机自动，脱开铜夹弹相连。
长途保险真镖客，昏夜锄强亦剑仙。
大侠荆轲如有此，秦王末帝可升天。[④]

---

① 韦带：古指布衣束带，引申为约束修身。汉贾山《至言》："夫布衣韦带之士，修身于内，成名于外，而使后世不绝息。"借指传动皮带。

② 羁(jī)：马嚼子，马笼头。借喻牵制，束缚。

③ 耿询：陈隋时期大臣，天文仪器制作家。《隋书·列传》载，耿询技巧绝人，创意造浑天仪，不假人力，以水转之，施于暗室，候天时皆合。王世积上奏高祖，入使太史局。

④ 荆轲：引意荆轲刺秦王典故。公元前227年，荆轲带燕督亢地图往秦国刺杀秦王嬴政。燕太子丹在易水边为荆轲送行，荆轲唱道："风萧萧兮易水寒，壮士一去兮不复还。"荆轲在咸阳宫向秦王献地图时，图穷匕见，行刺失败被杀。

原注：

俗称手枪为曲尺，又名黑面将军。

十五　挽冯·布劳恩[①]

屡将火箭祸烝民，助桀为非是此人。[②]
怪物凌空探月窟，机心入妙运天钧。[③]
乾坤摇动生前手，功罪昭彰死后身。
通往星球推鼻祖，专家今古孰堪伦。

十六　咏摩托车

内燃机发汽筒蒸，动力源源仗热能。
骏马岂须求伯乐，飞车不复羡奇肱。[④]
坦途驰骤日千里，峻岭盘旋云几层。
攘攘熙熙何处客，短衣缚袴抢先登。

十七　咏飞机

挥发油筒正内燃，机身推进仗螺旋。
钢轮空转难离地，银翼微倾始上天。

---

① 冯·布劳恩：普鲁士火箭专家。1936年领导A-4火箭研制计划，后命名为V-2导弹，1942年10月3日V-2首次发射成功。战后移居美国，主持设计阿波罗4号运载火箭，担任马歇尔太空飞行中心总指挥，主持研发土星5号，1969年7月实现人类首次登陆月球的壮举。

② 烝(zhēng)民：民众，百姓。宋司马光《谢胡文学九龄惠〈水牛图〉二卷》："引耒刺中田，粒食烝民赖。"

③ 天钧：指极北之地。借指深空。

④ 奇肱：神话中的国名。《山海经·海外西经》："奇肱之国在其北，其人一臂三目，有阴有阳，乘文马。"晋郭璞注："其人善为机巧，以取百禽；能作飞车，从风远行。"

自昔御风称列子，而今驾雾胜飞仙。①
文明世界交通便，万里关山似眼前。

十八 咏火车

车头气力大无伦，锅水翻腾炉火纯。
通塞汽筒回活罨，去来鞲鞴动飞轮。②
煤囱雾贯天三界，铁轨雷惊地四垠。
任重可怜又道远，穿山越岭冒风尘。

十九 咏轮船

蒸汽机关力可惊，烟波万里鼓轮行。
升空雾黑千寻直，照海灯青一道明。③
瑶岛桑蓬开拓志，金闺砧杵别离情。④
乘风破浪华侨惯，多半南洲创业成。

---

① 列子：即列御寇，先秦著名道学者。传说列子修道九年后即能御风而行。《述异记》载，列子常在立春日乘风而游八荒，立秋日反归“风穴”，风至则草木皆生，去则草木皆落。

② 罨（yǎn）：覆盖，掩盖，借指盖型器件。鞲鞴（gōu bèi）：即活塞。

③ 千寻：形容极高。古以八尺为一寻。晋左思《吴都赋》：“擢本千寻，垂荫万亩。”

④ 桑蓬：引意成语“桑弧蓬矢”，谓志向远大。《礼记·内则》：“射人以桑弧蓬矢六，射天地四方。”

挽林介愚先生　榕西征稿

（丁巳　1977 年）

不弃儒巾计已差，空凭破砚度生涯。
过时诗赋人谁买，失路泥途我共嗟。
香骨枕函兰有梦，孤踪野屋絮无家。
书痴今古知多少，至死贫穷为嗜痂。[①]

① 嗜痂：引意成语“嗜痂成癖”，喻爱好怪诞，成为癖好。《宋书·刘邕传》：“邕所至嗜食疮痂……灵休先患灸疮，疮痂落床上，因取食之。灵休大惊。答曰：‘性之所嗜。’”明冯梦龙《智囊补》：“请教于海内之明哲，往往滥蒙嘉许，而嗜痂者遂冀余有续刻。”

蝶恋花四阕

（丁巳　1977 年）

一

扫地焚香茅屋住，双眼迷离，咫尺笼烟雾。人语听来无半句，谈心耳爱亲朋附。

结习味寻书里趣，蛛坠蝇飞，密密眸中布。食字无功吾自误，不成脉望成痴蠹。

二

截取柑枝盈尺秀，铁线烧红，穿得圆心透。烟斗要肥筒要瘦，小刀细凿闲雕镂。

一撮草妖装妥后，信手拈来，圣火轻轻灸。吐纳烟霞人有寿，瘾君镇日香盈袖。

三

檐脚窗头堂北角，广播机悬，时奏钧天乐[①]。休怨老来听不确，太平万姓沾恩渥。

零杂米盐妻掌握，伊已衰残，魂未离躯壳。我亦耳聋兼眼瞀，两人大

---

① 钧天乐：即“钧天广乐”，指天上的音乐，仙乐。《列子・周穆王》：“王实以为清都紫微，钧天广乐，帝之所居。”

梦[1]谁先觉。

四

糊口诸儿居异县，分道扬镳，敢说风尘倦。自昔远游难视膳，问安书信凭邮传。

新妇比邻来往便，汲水浣衣，朝夕恒相见。守护门庭双老忭[2]，延禧锡嘏蒙天眷。

---

① 大梦：代指人生。《庄子。齐物论》："方其梦也，不知其梦也。梦之中又占其梦焉，觉而后知其梦也。且有大觉而后知此其大梦也。"

② 忭(biàn)：高兴，喜乐。

临江仙四阕

（丁巳 1977 年）

一

夜半挑灯起坐，脑间影事重重。凄清四壁泣寒蛩。爹娘在何许，梦里不相逢。

髫龀曾闻诰鲤[①]，藐孤更见丸熊[②]。而今岵屺[③]望无踪。蓼莪[④]空三复[⑤]，双袖泪龙钟。

二

高冢犁平种谷，白杨斫下为薪。祖宗白骨化微尘。沧桑如转毂，世相幻耶真。

已少清明扫墓，更无冬祭迎神。年来风俗尽更新。人间焚谱牒，不讲旧彝伦。

---

① 诰鲤：指孔子诰鲤，喻父教。诰，告诉，上对下为诰，延伸为告诫、教导。鲤，孔子的儿子名鲤。

② 丸熊：引意成语“画荻丸熊”，意赞母亲教子有方。宋欧阳修幼时，母郑氏以荻画地教子读书。唐柳仲郢幼嗜学，母韩氏用熊胆和制丸子，使郢夜咀咽以提神醒脑。

③ 岵屺（qǐ hù）：指父母。《诗·魏风·陟岵》：“陟彼岵兮，瞻望父兮……陟彼屺兮，瞻望母兮。”

④ 蓼莪：《诗·小雅》篇名，此诗表达子女追慕双亲抚养之恩，亦指对亡亲的悼念。

⑤ 三复：重复言说三遍。语出《新唐书·忠义传中》。

三

斗室数间临小院，廊前结个瓜棚。龙蹄[①]风味踵东陵[②]。不忧岁歉，吃得腹膨脝[③]。

新辟一畦秋韭茂，雨来剪尽还生。庾郎[④]下箸胜何曾[⑤]。食箪侈甚，面色未光莹。

四

番石榴高量丈八，移栽止十三年。累累果实绣球圆。送亲友外，还卖许多钱。

东畔数竿修竹美，得风一笑天然。平安频报主人前。此君不俗，惜未遇坡仙。

---

① 龙蹄：瓜的一种。《广雅 · 释草》："龙蹄，瓜属。"

② 东陵：指秦时东陵侯邵平。秦亡后沦为平民，家贫无以自给，靠种瓜谋生。所种瓜甜味美，颇有名气，被称为"东陵瓜"。

③ 膨脝（hēng）：肚胀。《证治要诀 · 蛊胀》："蛊胀，俗谓之膨膨脝。"

④ 庾（yǔ）郎：指南朝齐庾杲之，位至尚书左丞、常侍。自守清贫，唯食韭菹，三韭杂菜，人戏之曰"谁谓庾郎贫，食鲑常有二十七种"。三韭谐音三九。

⑤ 何曾：西晋开国元勋。年老时请求让位，司马炎不许，反晋升太宰，朝会时可佩剑、穿薄底鞋、坐轿子上殿，特权无人可及，但何曾遵守礼法，不喜好声色，生活循规蹈矩。

望江南十阕

（丁巳　1977 年）

一

头脑好，百体尔称尊。元帅坛前施号令，君王殿上发丝纶[①]，势位总无伦。

人进化，思想是根源。创造发明该众妙[②]，致知格物付专门，史上记功勋。

二

双耳好，唯尔是知音。叔夏[③]清溪三弄笛，公和[④]土窟一弦琴[⑤]，余韵感人深。

防非礼，利欲易薰心。洗去永忘唐位让[⑥]，掩来哪晓郑声[⑦]淫，听德有规箴。

---

① 丝纶：皇帝诏书的泛称。《礼记·缁衣》："王言如丝，其出如纶。"

② 众妙：一切深奥玄妙的道理。《老子》："玄之又玄，众妙之门。"

③ 叔夏：周代八士之一，相传为掌管山泽的官员。

④ 公和：即三国时期魏汲郡共人孙登，字公和，孑然一身，在北山挖掘土窟独住，游逸山林、长啸放情。

⑤ 一弦琴：古琴的一种。晋王嘉《拾遗记·殷汤》："拊一弦琴则地祇皆升，吹玉律则天神俱降。"

⑥ 唐位让：引意典故"许由洗耳"。帝尧在位时，率领许姓部落在所居地（今河北行唐县许由村一带）活动，见到贤人许由，想传位于他。许由认为是对他的羞辱，便到颍水河洗耳。

⑦ 郑声：原指战国时郑国的音乐，因其与孔子所倡雅乐相悖，受儒家排斥，凡与雅乐相背，皆斥为"郑乐"。

三

双眼好，如漆亦如珠。酒客白时浇垒块，诗翁青处见垂珠[①]，劳逸状应殊。

色界里，代代有仙姝。巧遇传情银作海，相思承泪玉为壶，肠断几登徒[②]。

四

鼻观好，呼吸浃元流[③]。入牝出玄[④]纯不已，清来浊去运无休，佛向白端[⑤]求。

司嗅觉，灵敏辨薰莸[⑥]。海上臭夫[⑦]亲眷弃，江南香祖[⑧]子孙留，彼此不相侔[⑨]。

---

① 垂珠：引意成语“飞蝇垂珠”，谓眼前像有群蝇飞动，串珠垂挂。喻眼睛昏花，《旧唐书·白居易传》：“既壮而肤革不丰盈，未老而齿发早衰白，瞀瞀然如飞蝇垂珠在眸子中也，动以万数，盖以苦学力文之所致。”

② 登徒：即登徒子。楚国宋玉《登徒子好色赋》中的角色，后被代指好色之徒。

③ 浃（jiā）元流：流束通畅。浃：通达。元流，微笑束流。

④ 入牝出玄：老子《道德经》：“谷神不死，是谓玄牝。”河上公注：“玄，天也，于人为鼻；牝，地也，于人为口。”后以玄牝指人的鼻和口。唐李白《北山独酌寄韦六》：“于焉摘朱果，兼得养玄牝。”

⑤ 白端：指“观鼻端白”，即佛教修行方法之一，意为注目谛观鼻尖，时久鼻息成白。

⑥ 薰莸：香草和臭草。喻善恶、贤愚、好坏等。语本《左传·僖公四年》：“一薰一莸，十年尚犹有臭。”

⑦ 海上臭夫：谓体味奇臭。《吕氏春秋·遇合》：“人有大臭者，其亲戚兄弟妻妾知识，无能与居者，自苦而居海上。”

⑧ 香祖：兰花的别名。

⑨ 相侔（móu）：亦作“相牟”。相等；同样。隋江总《摄山栖霞寺碑》：“地祇来格，天众追游。五时无爽，七处相牟。”宋王禹称《黑裘》：“晏婴三十年，庶几迹相侔。”

五

口腔好，齿舌个中藏。佳士固应编似贝，端人安可巧如簧，喑默[①]我知方。

味根在，咬菜亦能香。胆苦蔗甘贫不怨，柔茹刚吐[②]老何妨，从不羡膏粱。

六

胸腔好，心脏在中间。气入肺泡频涨缩，血通脉管任循环，巧妙布机关。

稽往古，文思贵安安。有芥蒂时难自在，无鳞甲[③]处始清闲，器量海天宽。

七

腹腔好，内脏巧相连。食物胃中消化尽，精华肠里吸收全，滋养得延年。

非经笥[④]，因甚见便便。虑少将军原有负，体胖师傅合高眠，脐上是丹田。

---

① 喑（yīn）默：缄默。闭口不言。唐柳宗元《与萧翰林俛书》："读《周易·困》卦，至'有言不信，尚口乃穷'也，往复益喜……用是更乐喑默，思与木石为徒，不复致意。"

② 柔茹刚吐：成语，谓软的吃下去，硬的吐出来，喻欺软怕硬。《诗经·大雅·烝民》："人亦有言，柔则茹之，刚则吐之。"转指老年人食物随己所能。

③ 鳞甲：引意成语"胸有鳞甲"、"腹中鳞甲"，喻存心险恶。《三国志·蜀志·陈震传》："诸葛亮与长史蒋琬、侍中董允书曰：'孝起前临至吴，为吾说正方腹中有鳞甲，乡党以为不可近。'"

④ 经笥：喻博通经书的人。南朝宋范晔《后汉书·文苑传上·边韶》："腹便便，'五经'笥。"

八

背部好，结构脊椎牢。亚父[①]追随疽不发，麻姑[②]接侍痒堪搔，仙客乐陶陶。

有三甲，鲐耇寿[③]宜高。倘浃汗流因胆怯，苟生芒刺是肤挠[④]，荒谬相人[⑤]豪。

九

双手好，操作一生勤。赳赳执戈夫尚武，彬彬握笔士能文，提挈不忘君。

明赏罚，邪正可区分。豪杰扪天兼捧日，憸壬[⑥]覆雨以翻云，人事尚纷纭。

十

双足好，宜立又宜行。空谷闻来音可喜，沧浪濯后色斯莹，白似古先

---

① 亚父：指项羽的亚父范增。司马迁《史记·高祖本纪》记述“鸿门宴”载：“亚父南向坐。亚父者，范增也。”相传范增“疽发背而死”。

② 麻姑：传说中的仙女，指长擅搔背。

③ 鲐耇（tái gǒu）：成语“鲐背苍耇”缩简语。指长寿老人，亦泛指老年人。鲐背，指老人背上生斑如鲐鱼背。耇，老年人。《诗·大雅·行苇》：“黄耇鲐背，以引以翼，寿考维祺，以介景福。”

④ 肤挠：谓肌肤被刺而挠屈。喻示人以弱。《孟子·公孙丑》：“北宫黝之养勇也，不肤挠，不目逃。”唐段成式《酉阳杂俎》：“荆州街子葛清，勇不肤挠，自颈已下，遍刺白居易舍人诗。”

⑤ 相人：观察人的体貌以推断其吉凶祸福。班固《汉书·蒯通传》：“仆尝受相人之术，相君之面，不过封侯，又危而不安；相君之背，贵而不可言。”

⑥ 憸（xiān）壬：指奸佞的人。《新唐书·封伦传》：“伦宠极生前，而罪暴身后，所历官不可尽夺，请还赠改谥，以惩憸壬。”

生[①]。

练跳踢，下重上身轻。踏实温公[②]犹有地，步虚庾信[③]已无声，趺坐望三清[④]。

---

① 古先生：借指佛及佛像。东汉末传说老子入夷狄为浮屠，谓老子西游化胡成佛，并以佛为其弟子，自号“古先生”。唐王维《过乘如禅师萧居士嵩邱兰若》诗：“深洞长松何所有，俨然天竺古先生 。”

② 温公：司马光故里属温国，死后封温国公。司马光累进龙图阁直学士，主持编纂《资治通鉴》，历仕仁宗、英宗、神宗、哲宗四朝，官至尚书左仆射兼门下侍郎。史载其做事皆有法度，言行皆合礼节。

③ 庾信：南北朝著名文学家，因诸侯割据被滞留北方，虽身居显贵，却思念故土，为身仕敌国而羞愧、怨愤。最终老死北方。

④ 三清：即道教所指玉清、上清、太清“三清境”。

菩萨蛮十二阕

（丁巳　1977 年）

一

真元妙合凝成孕，乾男坤女斯时定。十月妊期终，冲胞出子宫。
剪脐薰浴妥，衣被新包裹。此际百无知，但啼寒与饥。

二

人生三岁离怀抱，能行能语形躯好。模仿力殊强，天机渐渐昌。
食羹知执匕[①]，舞蹈频抛履。哭笑性情真，孩提知爱亲。

三

我从十岁跟师傅，当时失计[②]崇章句。中学业修完，无钱读大专。
可怜钻故纸，成个书呆子。出校口难糊，随身一艺无。

四

韶华二八来天癸[③]，分明生理牵心理。少艾费寻思，上床辗转时。

---

① 匕：古代一取食器具，长柄浅斗，形类汤勺，后代的羹匙由它演变而来。

② 失计：失算；谋划失误。《韩非子·六反》："赴险殉诚，死节之民，而世少之，曰'失计之民也'。"

③ 天癸：中医指元阴，肾精。《素问》："丈夫八岁，肾气实，发长齿更，二八肾气盛，天癸至，精气溢写，阴阳和，故能生子。""女子七岁肾气盛，齿更发长，二七而天癸至，任脉通，太冲脉盛，月事以时下，故有子。"

成年婚娶毕，并体罗浮[①]一。缔得好姻缘，双栖愿百年。

五

两磁异极能相吸，素心牵手揖花烛。伊自破瓜来，初怀第一胎。
夫妻皆大喜，世味今尝起。离合与悲欢，崎岖客路难。

六

谋生乏术吾殊憾，作村学究竽堪滥。弱冠到琅玕，清泉初出山。
兔园原有册，教到霜颠白。卅载走风尘，东西南北人。

原注：

大墌(zhǐ) 村学校。

七

层层儿女须培养，岂容穷汉抛尘鞅[②]。家计一肩挑，筋疲髀肉消。
数庚犹未老，衰鬓斑白早。劳瘁不知休，甘为孺子牛。

八

蒙师难作离乡校，改充会计商场闹。天赋本难齐，嗟余智力低。
狂言曾获罪，事过才知悔。肩担手中锄，投荒四载余。

① 罗浮：引意典故“师雄梦梅”。传说隋人赵师雄于罗浮山（在今广东惠州博罗县）遇一仙女，相饮竟醉，及觉，乃在大梅树下。

② 尘鞅：世俗事务的束缚。鞅，套于马颈的皮带。唐牟融《寄羽士》：“使我浮生尘鞅脱，相从应得一盘桓。”

九

奔轮岁月群雏大，嫁婚循序门庭泰。新妇亦宜男，孙枝慰老憨。

于家无小补，失路[①]惭称祖。耕砚破难磨，流年半百过。

十

追思我别农场日，壬寅仲夏之端一[②]。从此掩柴门，匆匆十六春。

娄猪[③]帮妇饲，折阅[④]因粮贵。今岁已无猪，无憀[⑤]自看书。

十一

余今八秩开三岁，形容枯槁官能废。妻亦病常生，低余仅四龄。

夕阳虽可爱，怎奈光华退。鲐耇与鸠槃[⑥]，都将返道山。

十二

乾坤终古由能管，低能身晦高能显。自度我无能，食贫心太平。

此生将结束，来世何须卜。蕃衍有儿孙，吾身固永存。

---

① 失路：喻不得志。

② 端一：农历五月初一的别称。

③ 娄猪：母猪。

④ 折阅：谓商品减价销售。《荀子·修身》："良农不为水旱不耕，良贾不为折阅不市。"

⑤ 无憀(liáo)：空闲而烦闷的心情，闲而郁闷。唐李商隐《杂曲歌辞·杨柳枝》："暂凭樽酒送无憀，莫损愁眉与细腰。"

⑥ 鸠槃：梵语音译词，也译作鸠盘荼，恶神的名字，后以形容老丑的妇女。

醉花阴 连夜梦亡友

（丁巳 1977 年）

什九[①]旧朋登鬼录[②]，那可相征逐。梦里却频来，握手交欢，促膝谈衷曲。

睡时似伴游魂宿，醒后呼横目。莫复怅离群，死鬼生人，与我仍亲睦。

① 什九：十分之九，指绝大多数。明胡应麟《诗薮·近体中》：“惟变化二端，勘覈未彻，故自宋以来，学杜者什九失之。”

② 鬼录：所谓阴间死人的名簿。三国魏曹丕《与吴质书》：“观其姓名，已为鬼录，追思昔游，犹在心目。”

贺孙君病愈出院四截（1—3 次郑君韵）

（丁巳　1977 年）

一

郑樵高会约孙樵，谈助茶神接草妖。[①]
捧读嘉篇需次韵，奈余笔秃景难描。

二

世界花花付蜃楼，历看七十六春秋。
禁方肘后随身艺，便利天南塞北游。[②]

三

医师近代孰堪伦，笔底风雷指下春。
有志名山勤著述，锡纯去后见斯人。

四

能酒能诗赖此肠，那堪偏坠入阴囊。
弥缝深佩华佗巧，老马从今不脱缰。

---

① 茶神：指唐陆羽。陆羽一生嗜茶，精于茶道，撰写世界第一部茶叶专著《茶经》。长期研究茶树栽培、育种和加工，并擅长品茗。因其精于茶，故尊之为“茶圣”。也善诗作，但存留不多。

② 禁方：珍贵的药方或其他配方。《史记·扁鹊仓公列传》：“我有禁方，年老，欲传与公，公毋泄。”

渔家傲

（丁巳 1977 年）

资产集中推美帝，工人亿万皆精锐。没有英雄来鼓励。遭壅蔽，至今革命悲无计。

落后帝俄工业滞，提前革命功偏济。天赋列宁无上慧。除帝制，英雄毕竟造时势。

次和竹均翁八五自寿二首

（丁巳　1977 年）

一

桑落梅开作酿天，小春眉寿介年年。
烟霞笑傲倪文一，山水逍遥员半千。①
青鸟诗来长庆体，白衣酒到养生篇。②
再过十五星霜后，饷我期颐索和笺。

二

暮年著述力犹堪，览胜寻幽故事谙。
山爱金旗分志二，友称梅石并身三。
风情未减嘲瓯北，月旦犹存慕汝南。③
休怪名心公未淡，士今可说肉同甘。

原注：

君表号竹，与梅石为三友。

① 倪文一：宋代诗人。福州福安人，字元芳。度宗咸淳间进士。授安仁县尉。邻境峒人欲起事，单骑至营谕服之。再授潮州，理狱无冤。擢知清流县。元兵南下，遂归隐。元世祖征之不起，以寿终。员半千：唐正谏大夫、平原郡公。本名余庆，其同师学士王义方说："五百年一贤，足下当之矣。"遂改名"半千"。武则天任其为正谏大夫兼供奉，半千认为之前无此官职，且担此事务者皆浅薄轻浮，故请武则天收回成命。

② 青鸟：传说中受西王母役使的神鸟，后借指传递信息的使者。长庆体：唐诗人元稹和白居易的诗体，两人诗风相近，各有以唐长庆年号编辑的诗集。

③ 月旦：指"月旦评"。《后汉书·许劭传》："劭与靖俱有高名，好共核论乡党人物，每月辄更其品题，故汝南俗有'月旦评'焉。"

漫咏七首

（丁巳 1977 年）

叶伯巨[①]

封章奏后悔婴鳞，错认求言上意真。[②]
几见独夫能罪己，从来屠伯不饶人。
刍荛有议空希世，霹雳无情竟杀身。[③]
素位而行明训在，嗟渠中热未书绅。[④]

朱元璋[⑤]

凶残猜忌史无伦，佛子云何昧果因。
不断镬中烹走狗，未曾苑内致游麟。

---

① 叶伯巨（？—1376）：明浙江宁海人，字居升。洪武时以国子生授平遥县训导，通经学，有见识。洪武九年上书，称天下可患者三事，分封太侈，用刑太繁，求治太急。明太祖大怒，谓其离间骨肉，下刑部狱，病死狱中。

② 封章：言机密之章奏皆用皂囊重封以进，故名封章。汉扬雄《赵充国颂》："营平守节，屡奏封章。"

③ 刍荛：割草砍柴的人。《诗·大雅·板》："先民有言，询于刍荛。"希世：迎合世俗。《庄子·让王》："原宪笑曰：'夫希世而行，比周而友……宪不忍为也。'"

④ 素位而行：成语，谓依所处之位行事。《礼记·中庸》："君子素其位而行，不愿乎其外。"书绅：把要牢记的话写在绅带上。后亦称牢记他人的话为书绅。《论语·卫灵公》："子张书诸绅。"绅，大带。

⑤ 朱元璋（1328—1398），字国瑞，濠州钟离人（今安徽凤阳）。明朝开国皇帝，帝号太祖。幼时曾为地主放牛，六岁入皇觉寺；青年时参加红巾军反抗元朝，被部下奉为吴国公，立应天府；以"驱逐胡虏，恢复中华"为旨北伐中原，结束蒙元在华夏的统治，收回丢失四百年的燕云十六州；1368 年在应天府称帝，国号大明，年号洪武；后先平定西南、西北、东北等地，统一中国。

常洵福禄他时血，永历零丁末代身。[①]

国破子孙亦难保，九原羞见旧功臣。[②]

刘秀[③]

真人文叔重斯文，三代而还第一君。[④]

励节严光成隐士，任贤马援作将军。[⑤]

股肱效命画图在，元首推心谤牍焚。[⑥]

保护功臣安反侧，颂扬帝度汉书存。[⑦]

---

① 常洵：即明福王朱常洵，为明神宗所宠郑贵妃所生，为第三子。神宗最宠郑贵妃，欲废长立幼，众大臣及太后极力反对，史称“国本之争”。永历：指永历帝朱由榔，号昭宗，南明最后一位皇帝。吴三桂攻入云南后，朱由榔流亡缅甸，被缅甸王解送吴三桂，在昆明遭绞杀。

② 九原：山名，在今山西新绛县北。相传春秋时晋国卿大夫墓葬在此山，后称墓葬为“九原”。

③ 刘秀（前5—57）：汉光武帝，东汉开国皇帝。新莽末年，天下分崩，汉室宗亲刘秀起兵，公元25年登基称帝，重兴汉室，史称“东汉”。经十二年征战，结束割据局面。刘秀在位三十三年，改革官制，整治官风，大兴儒学，推崇气节，息兵养民，提壮国力，东汉被后世史学家推为盛世。

④ 文叔：刘秀，字文叔。三代：指夏商周“三代之治”。西汉儒家首先提出，认为是中国国家治理最好的时代典范，其政治形式最有利于国家安定和民众福祉，夏禹、商汤、周文武被称“三王”，历代帝王宣称仿效。

⑤ 严光：东汉隐士。少有高名，与刘秀同游学。刘秀即位后屡次延聘入朝，严隐姓埋名，隐居富春山，八十岁卒于家中。马援：汉著名军事家，东汉开国功臣，为刘秀统一天下立下赫赫战功。东汉立国后，马援虽已年迈，仍请缨东征西讨，西破羌人，南征交趾，官至伏波将军。成语“老当益壮”、“马革裹尸”出自马援。

⑥ 画图在：刘秀聚集股肱将臣，发幽州十郡经激战迫降收编数十万铜马军，实力大增，称“铜马帝”，“跨州据土，带甲百万”，于河北鄗城（今河北邢台）千秋亭即皇帝位，重兴汉室，依旧使用“汉”朝国号，史称 东汉。

⑦ 汉书存：刘秀善待功臣，分封三百六十多位功臣为列侯，给予尊崇地位，解其兵权。重用文人贤士，大量扩充皇家藏书。

赵匡胤[①]

不违母命孝堪称，创业艰难弟守成。
崇尚宽仁文运启，消除猜忌祸心平。
陈宣曾篡侄儿位，明惠难防叔父兵。[②]
禅让休嫌先帝误，须知先帝最聪明。

李世民[③]

化家为国建奇功，四海归心帝望隆。
战伐韬钤咨李靖，治平方策问梁公。[④]
姿如龙凤安民主，威震戎夷命世雄。[⑤]

---

① 赵匡胤（927—976）：字元朗，涿郡（今河北涿州）人，五代至宋初军事家，宋开国皇帝。赵早年屡建战功，任殿前都点检，掌管禁军，后受命抵御北汉及契丹联军，陈桥兵变中被拥立帝，建立宋朝，统一全国。

② 陈宣：即陈宣帝陈顼，陈文帝陈蒨之弟，南北朝时期陈朝第四位皇帝。天康元年陈顼之兄陈文帝去世，文帝之子陈伯宗即位，陈顼为辅佐大臣。光大二年陈顼废陈伯宗，自立为帝，改年号为太建。明惠：即明朝惠帝朱允炆，朱元璋之孙，明朝第二位皇帝，号建文，即位四年，其四叔燕王朱棣起兵“靖难”，攻占京师，惠帝不知所终。

③ 李世民（598—649）：即唐太宗，杰出政治家、军事家、诗人。生于武功（今陕西武功）。少年从军，曾于雁门关营救隋炀帝。先后率部平定军阀，为唐朝的建立与统一立下赫赫战功。武德九年发动“玄武门之变”，被立为太子，于唐高祖李渊退位后即位，改元贞观，开创了历史上著名的贞观之治。

④ 韬钤：古代兵书《六韬》和《玉钤篇》的并称，借指用兵谋略。宋孙光宪《北梦琐言》：“赵蕤者，梓州盐亭县人也，博学韬钤，长于经世。”李靖：杰出军事家，唐开国大将。长于谋略，南平萧铣、辅公祏，北灭东突厥，西破吐谷浑，战功赫赫。历任中书令、兵部尚书、尚书右仆射等职，封卫国公。为凌烟阁二十四功臣之一。梁公：指房玄龄，唐初政治家、宰相，凌烟阁二十四功臣之一，李世民得力谋士之一。参与玄武门之变，为并功第一的五人之一。李世民即位后，房为中书令，综理朝政。历任尚书左仆射、司空等职，封梁国公。

⑤ 命世雄：引意成语“命世之雄”。原指顺应天命而降世的人才。后多指名望才能为世人所重的杰出人才，亦作“命世之英”、“命世之才”。《三国志·魏书》载：“玄谓太祖曰：‘天下将乱，非命世之才不能济也，能安之者，其在君乎！’”

可惜终身有惭德，收留嫠妇杀储宫。①

刘彻②

暮年怕死乐生悲，服食频遭方士欺。
好色寡人身已老，招魂妃子影来迟。
未能文治追三代，却有雄图定四夷。
刘据自经钩弋绞，茂陵遗恨坐多疑。③

李广④

醉尉无辜死可悲，少年辱信信饶之。⑤
将军量比淮阴小，永不封侯岂数奇。⑥

---

① 嫠妇：寡妇，隐指武则天。武则天（624—705），本名珝，后改名曌(zhào)，今山西文水人。武先后废黜李贤太子、幼帝李显，立李旦为帝而自专朝政，后将李唐宗室杀戮殆尽，谋夺社稷，改唐为周，自立为帝，定都洛阳，建立武周王朝。

② 刘彻（前156—前87）：汉武帝。十六岁登基，施行察举制选才；“罢黜百家，独尊儒术”；开辟丝绸之路；攘夷拓土，制服匈奴，奠定汉地基本范围，开创了汉武盛世。后期穷兵黩武，造成“巫蛊之祸”，征和四年下罪己诏。

③ 刘据：汉武帝长子，被立为太子，代理朝政，为政宽仁。巫蛊之乱中被诬陷，举兵诛杀乱臣。刘彻以为刘据谋反，遣兵镇压，刘据兵败逃亡，拒捕自杀。自经：上吊自杀。《汉书·戾太子刘据传》：“吏围捕太子，太子自度不得脱，即入室距户自经。”钩弋：即钩弋夫人，汉武帝刘彻的宠妃，汉昭帝刘弗陵的生母赵氏。刘彻立刘弗陵为太子后，恐其母干预朝政，赐死赵氏。

④ 李广（？—前119）：西汉名将。少年因战功封中郎；任边域七郡太守、未央宫卫尉、骁骑将军；领军出击匈奴因伤被俘，乘隙夺马返回；被称为“飞将军”，匈奴数年不敢来犯；漠北之战中迷路错失战机，愤愧自刎。一生未得封侯。

⑤ 醉尉：指阻止李广通行的霸陵亭醉酒亭尉。《史记·李将军传》载，李广被俘返回后贬为庶民，赋闲狩猎，夜经霸陵亭，亭尉酒醉，说今将军都不得夜行，何况前将军。李广复职率军出战，亭尉被杀。信：指汉初名将淮阴侯韩信，西汉开国功臣，杰出军事家，与萧何、张良并列为汉初三杰。年轻时曾受胯下之辱。

⑥ 数奇：引意成语“飞将数奇”，比喻能人而遭遇不佳。飞将，指飞将军李广。数奇，即奇数，俗称单数。古人认为单数不吉利。因李广屡建奇功，却命运多舛，世人称之“飞将数奇”。

次和郑君漫兴八首

（丁巳 1977 年）

一

瑟瑟西风万象秋，竹间开径故人游。
海桑三老筹添几，握手相看皆白头。

二

蜗中蛮触已收场，从此升平岁月长。[①]
四海苍生沾雨露，吾曹安可不称觞。

三

晓起披衣一欠伸，为周为蝶梦中身。
粗衣淡饭随时过，亦是人间有福人。

四

高空银汉往还频，亘古群星拱北辰。
太息有情徒扰扰，到头白骨付微尘。

---

① 蛮触：成语“蛮触相争”，指蜗牛角中的蛮氏与触氏的争斗。《庄子·则阳》：“有国于蜗之左角者，曰触氏；有国于蜗之右角者，曰蛮氏。时相与争地而战，伏尸数万。”后以“蛮触”喻为小事而争斗者。

五

移住城坊廿二年，前尘脑海尚牵缠。
族中前辈俱无恙，归访家山梦有权。

六

修短穷通总听天，无成一事感残年。
闲来扫榻焚香坐，温习唐诗四五篇。

七

须知冷暖是人情，覆雨翻云不必惊。
诗体日新吾辈老，索居今已少嘤鸣。

八

偷闲读报日三回，苏美争衡可制裁。
世界和平人尽喜，祝它大战勿重来。

丑奴儿四阕

（丁巳　1977 年）

一

惠安农产推番薯，翠蔓纷披。实类蹲鸱①。耐旱年荒岁不饥。
干藏鲜食随人意，削蒂髡②皮。切片刨丝。瓦甑炊来味似饴。

二

惠安亦产长生果，花托遥抽。钻地胚留。结荚成堆可榨油。
上依光合繁荣速，下恃根瘤。氮素全收。暮闭朝开绿叶稠。

三

惠安盐产山腰富，卤汁成浆。久晒阳光。在籍丁男战斗忙。
干来铲扫成堆后，如雪如霜。如阜如冈。装满舟车运入仓。

四

惠安崇武鱼场大，队队渔船。纲布钩联。北上舟山浪接天。
将来光召兼泵吸，舷上鱼鲜。舱里冰坚。满载银鳞奏凯旋。

---

① 蹲鸱（dūn chī）：指大芋，其状如蹲伏的鸱，故称。《史记·货殖列传》："吾闻汶山之下沃野，下有蹲鸱，至死不饥。"张守节正义："蹲鸱，芋也。"

② 髡（kūn）：剃去毛发，借指切削。

鹧鸪天二阕　南平陈瘦愚[1]杨贞安重谐花烛，并八十双寿，征文，赋此报之

（丁巳　1977 年）

一

笄冠青春喜结缡[2]，香匼[3]犹记定情诗。布衣修士称三教，闺范名姝出四知[4]。

双脸皱，二根[5]疲，风光细腻异前时。镜中丽影真人瑞，大耋夫妻尚唱随。

原注：

南唐隐士陈陶自号三教布衣。

---

① 陈瘦愚：即陈守治（1897—1990），字瘦愚，号乐观词客。出生于南平樟湖坂农家，9 岁入私塾，后考入北平大学，因家贫辍学回乡任印山小学、西芹小学教员，曾任陆军一旅三营书记长、南平县督学、尤溪教育科长，亦于尤溪中学及省立沙县师范等校任教。中华诗词学会、福建诗词学会会员。20 世纪 50 年代后参与编写中小学书籍，著有《国语同音韵字典》、《注音符号手册》、《作文指导》、《酬世应用文》等。担任过多种报刊编辑、记者。19 岁起致力于古典诗词研究与创作，出版《神交唱和集》、《愚窝诗词话》、《陈瘦愚词选》等。

② 结缡（lí）：古代女子临嫁，母为之系结佩巾，以示至夫家后奉事舅姑操持家务。《诗·豳风·东山》："亲结其缡，九十其仪。"

③ 匼（ē）：古指一种头巾。杜甫《七月三日戏呈元二十一曹长》："晚风爽乌匼。"

④ 四知：谓廉洁自持。《后汉书·杨震传》载，杨震举荐荆州茂才王密为昌邑令，王密夜怀金十斤欲遗震，并曰"暮夜无知者"。震曰"天知，神知，我知，子知。何谓无知？"《隋书·韦世康传》："志除三惑，心慎四知，以不贪而为宝，处膏脂而莫润。"

⑤ 二根：佛教语，指意根、身根，即思维和感觉器官。

二

屈指婚姻六十年，鹿门[①]偕隐拟神仙。笑谈玉镜台[②]犹在，情爱金刚石比坚。

陵变谷，海成田，知他龙汉[③]几回旋。乐安广主通音律，自谱新词入管弦。

原注：

欧俗以六十年夫妻为金刚石婚。乐安廣主为瘦愚别号。

① 鹿门：借指夫妻相偕隐居。《高士传》载，东汉庞德公携妻登鹿门山采药，拒绝刘表的礼请，隐居鹿门山而终。

② 玉镜台：代指婚娶聘礼。《世说新语》载，晋温峤北征刘聪，获玉镜台一枚，从姑有女，嘱代觅婿，温有婚意，因下玉镜台为定。唐张纮《行路难》："君不见温家玉镜台，提携抱握九重来。"

③ 龙汉：道教五劫之一，道教鼻祖元始天尊年号之一。又为五劫之始劫。唐吴筠《步虚词》："敢问龙汉末，如何辟乾坤。"

次和郑君悼亡四首

（丁巳 1977 年）

一

人间无路见芳卿，白首难忘伉俪情。
赖有悼亡诗笔在，灯前吟罢酒频倾。

二

缘来应合尽应离，缱绻司中有主持。①
参透六如无挂碍，不师我佛更师谁？②

三

枕冷衾寒怅故帏，人生如寄死如归。
精诚感召原无据，梦里温存醒后非。

四

退休养粹爱岩阿，满眼儿孙乐事多。③

① 缱绻司：仙界掌管人间婚姻的官署。

② 六如：也称六喻。佛教以梦、幻、泡、影、露、电，喻世事之空幻无常。出自东晋十六国时期后秦鸠摩罗什所译《金刚经》："一切有为法，如梦幻泡影，如露亦如电，应作如是观。"

③ 岩阿：山的曲折处。汉王粲《七哀诗》："山冈有余映，岩阿增重阴。"

学习久通无鬼论，不妨箕踞鼓盆歌。[①]

① 箕踞：两脚张开，双膝微曲地坐着，形状像箕，是一种不拘礼节的坐姿。借喻不拘小节。《史记·张耳陈余列传》："高祖箕踞骂。"鼓盆歌："鼓盆击缶"为丧礼习俗，即"鼓盆之戚"。后亦指对生死的达观态度。《庄子·至乐》载：庄子丧妻时箕踞鼓盆而歌，他辩称："人的生死如四季运行。人家已静息于自然，我却在啼哭，岂不是不通情理吗？所以停止哭泣。"

永遇乐 次陈翁瘦愚见赠

（丁巳 1977 年）

左海风骚[①]，南平耆宿，独当方面。晋水艺人，湘山词客，咸遂赓酬愿。读书万卷，行程万里，不尽烟云过眼。夕阳好、樟湖笑傲，春风老树非晚。

惠安余子[②]，不通音律，怎可倚声消遣。斟酌宫商，安排平仄，何处寻样板。皤皤白发，从头探讨，太息余年已短。逢强敌、知难而退，兢兢战战。

① 风骚：诗经中的《国风》和屈原的《离骚》，指诗文。清赵翼《论诗》："江山代有才人出，各领风骚数百年。"

② 余子：谓劫后余生的人。叶叶《九秋诗・秋望》："谁成谁败悲余子，几帝几王付劫灰。"

玉珥坠金环 次胡苹秋韵[①]

（丁巳 1977 年）

绝代艺人，珠歌翠舞繁华处。登场幻作女儿身，飘泊萍和絮。早已蜚声海宇。却非关阳台行雨。何郎[②]脂粉，杨妃鬟鬓，莲花解语。

檀板阑珊，钗环彻尽寻归路。灵和柳[③]老尚风流，可爱如张绪。梦里追欢几度。去无踪，云烟缕缕。天涯知己，骊驹[④]载唱，送君南浦[⑤]。

---

① 胡苹秋（1907—1983）：原籍合肥，出生于保定。13 岁丧父，次年因养家而弃学。先后投吴佩孚之直鲁豫巡阅使署及段祺瑞之北京执政府任文员。19 岁曾由吴佩孚荐为河南遂平县县长（未就任）。20 岁入张学良之东北军何柱国部，24 岁加入国民党，28 岁官至骑兵军少将秘书处长，以枢密位亲历“九一八事变”、“西安事变”等重大军政活动。1939 年曾为随员密访延安，受到毛泽东接见。1945 年东北军解散后，先后任陕西省陕北行署和省民政厅秘书。1949 年加入中国人民解放军，任贺龙之一野西北军区平剧院研究员，旋随军入重庆为西南军区京剧团编导。1954 年由军队转业至成都京剧团任导演。1960 年调山西实验剧院任编导。胡少时自习京剧，17 岁登台票演，20 岁演花旦，为民国军界名票之首，与南铁生、朱啸秋、徐素椿并称票界四大名旦。胡尤以其盖世之诗词才华名载于史。现存世诗作近 3000 首，词逾 2000 首。与陈瘦愚等多有唱和。在诗坛交往中曾数度托身女性诗家，堪称千古一人。

② 何郎：借指喜欢修饰或面目姣好的青年男子。《世说新语・容止》载，三国魏驸马何晏仪容俊美，平日喜修饰，人称“傅粉何郎”。

③ 灵和柳：引意典故“张绪风流”。《南史・张绪传》：“绪吐纳风流，听者皆忘饥疲，见者肃然如在宗庙。虽终日与居，莫能测焉。刘悛之为益州，献蜀柳数株，枝条甚长，状若丝缕，时旧宫芳林苑始建，武帝以植于太昌灵和殿前，常赏玩咨嗟，曰‘此杨柳风流可爱，似张绪当年时。’”借喻学识渊博，吐纳自如。

④ 骊驹：纯黑色的马，亦泛指马。《陌上桑》：“何用识夫婿，白马从骊驹。”

⑤ 南浦：古诗词中的意象为送别之地，饱含离愁别情；时光荏苒，物华不再。南朝梁江淹《别赋》：“春草碧色，春水渌波，送君南浦，伤如之何。”

临江仙　和陈翁

（丁巳　1977 年）

十九岁曾当邑宰[①]，旋来莲幕[②]为宾。少年终贾[③]俊才伸。人间夸夙慧，佛说有前恩。

投劾[④]不甘名姓改，歌台舞榭安身。女郎装束混红尘。戏场看世界，旷古此奇人。

---

① 邑宰：县邑之长，即县令、县长。晋潘岳《河阳县作》："谁谓邑宰轻，令名恐不劭。"

② 莲幕：指幕府，借指官署。《南史》载，南朝齐王俭功高勋殊，德重学深，时人把他的官署比作莲花池，萧缅以此盛赞他僚属庾杲之。后以"莲幕"称幕府、幕僚。唐李商隐《自桂林奉使江陵途中感怀寄献尚书》："下客依莲幕，明公念竹林。"

③ 终贾：汉代终军和贾谊的并称，二人皆早成。后借指年少有才的人。《后汉书・胡广传》："终贾扬声，亦在弱冠。"终军十八岁被选为博士弟子，受汉武帝赏识，擢升谏大夫。成功出使匈奴，并请缨出使南越。贾谊少有才名，十八岁时以善文为郡人所称。文帝时任博士，迁太中大夫。司马迁将其与屈原并称"屈贾"。

④ 投劾：呈递弹劾自己的状文，古代弃官的一种方式。《东观汉记・崔篆传》："'吾闻伐国不问仁人，战阵不访儒士，此举奚至哉？'遂投劾归。"

卜算子　陈翁问潘君住址，以此代柬

（丁巳　1977 年）

潘姓镜高名，往日曾相遇。彼在惠安当牧师，携眷惠安住。

彼是晋江人，早返晋江去。双髻山前水磨村，是彼通邮处。

水调歌头 纪念词人节次坡仙韵，中秋

（丁巳　1977 年）

堪作词人节[①]，端正月明天。乐安廔主提议，已十六周年。遥想髯苏[②]当日，酒后金山起舞，酣畅不知寒。仙袂飘飘举，身恍在云间。

看今世，科技士，不遑眠[③]。专心创造，火箭环绕望舒圆。冯·布劳恩设计，几度飞船登陆，往返庆安全。代有人才出，蟾影永娟娟。

① 词人节：传有词人提议将农历七月初七定为词人节。著名词人李煜出生之日、辞世之日皆为七月初七。李煜（937—978）字重光，南唐最后一位国君，世称南唐后主、李后主。精书法、工绘画、通音律，诗文均佳，词作最获盛誉，语言明快、用情真挚，别树一帜，对后世词坛影响深远。陈瘦愚（别号乐安廔主）曾提议将中秋节定为词人节。廔（lóu）：屋蠡（lí），屋脊，屋宇。

② 髯苏：苏轼的别名，因其多髯而称之。宋苏轼《客位假寐》诗："同僚不解事，愠色见髯苏。"

③ 遑（huáng）眠：闲暇而眠。明杨爵《嫠子行》："燕街寡妇泪涟涟，自言夫死未期年。昼勤织纺为衣食，夜抚孤儿不遑眠。"遑，闲暇。

金缕曲　次和陈翁《填词有感》

（丁巳　1977 年）

世事虚空耳，细思量，前人表演，寻橦[①]绝技。向上攀缘忘危险，到底功难归已。终黄土，欢场能几。一切有情徒扰扰。付六如，陈迹谁曾记。观白骨，动遐思。

梦中做梦知何似，蝶为周，周仍为蝶，乐天居易。与物推移[②]无闷好，休怪东皋[③]昏醉。待他年、革新文字。符号全盘拉丁化。将取消，篆隶草真体。问词老，怎树帜。

---

① 寻橦（tóng）：古代百戏杂耍之一。橦，杆，据现存汉画，系一人手持或头顶长竿，另有数人缘竿而上表演。汉张衡《西京赋》：“乌获扛鼎，都卢寻橦。”

② 与物推移：事物衍化。齐黄石公《三略·上略》：“天地神明，与物推移，变动无常。”

③ 东皋：初唐著名诗人王绩。王自号东皋子。性简傲，嗜酒，能饮五斗，作《五斗先生传》，撰《酒经》、《酒谱》。其诗近而不浅，质而不俗，真率疏放，旷怀高致，直追魏晋高风。后世公认为五言律诗奠基人。

念奴娇　赠苹秋次陈韵

（丁巳　1977 年）

奇人奇事，刹那间，已越卅年寒暑。读到惊才绝艳句，引我倾心羡慕。春透儿心，风扬泥絮，此语堪千古。苗条体态，京华谁不争睹。

阳曲代有英贤，山川钟秀，自昔如邹鲁。百里遂平初试骥，绮岁为民父母。幕里谈兵，盾头草檄，脱险邀纯嘏。现身说法，散花妆作天女。

七律四首　赠苹秋先生

（丁巳　1977 年）

一

实沉分野古并州，表里河山人物优。①
兴晋一匡文定霸，存唐三矢勖歼仇。②
梁公勋业高难企，温子词章俊寡俦。
闲气生才俱命世，奇男今日有苹秋。

原注：

狄仁杰温庭筠皆太原人。

---

① 实沉：星次名，黄道十二宫的双子座，古时为晋的分野。《国语·晋语》："岁在大梁，将集天行，元年始受实沉之星也。实沉之墟，晋人是居，所以兴也。"分野：古以十二星次位置划分地面州国位置与之对应。天文为分星，地面为分野。后指区分事物的范围、界限。《国语·周语下》："岁之所在，则我有周之分野也。"表里河山：成语，谓有山河天险作屏障。《左传》："战而捷，必得诸侯。若其不捷，表里河山，必无害也。"通常指山西省。

② 一匡：引意成语"一匡九合"。春秋时管仲辅助齐桓公，"一匡天下，九合诸侯"，建立霸业。后亦指立国大事。《旧唐书·郑畋传》："臣始仕从戎，爰承指顾，禀三令五申之戒，预一匡九合之谋。"文定霸：指晋文公兴晋定霸业。晋文公（前 697—前 628），姓姬，名重耳，春秋时期晋国第二十二任君主，文治武功卓著，与齐桓公并称"齐桓晋文"。在位期间施行通商宽农、明贤良、赏功劳等策，置三军六卿建制，国力大增，于城濮大败楚军，并召集齐、宋等国会盟，开创了晋国百年霸业。三矢：引意典故"三矢雪恨"。相传后唐开国皇帝李克用临终时交给其子李存勖三箭，并道："梁贼朱温是我国不共戴天之仇，燕王刘仁恭是我所立，契丹耶律阿保机与我约为兄弟，但都背叛，投靠朱温。我未能灭此三贼，死有余恨。给你三箭，你定要灭此三敌。"李存勖将三箭供奉家庙，凡出征即祭祀，将箭矢置于锦囊背负上阵，战胜后送回。其平桀燕、败契丹、灭后梁皆如此。

二

遂平作宰抚琴弦，小试牛刀正少年。
献策不输贾谊早，着鞭更比祖生先。[①]
愿随戚帅同驱寇，肯与倭奴共戴天？
盾鼻关东频草檄，谈兵莲幕秘书贤。

三

乾坤俯仰几沧桑，顿悟尘寰是戏场。
艳段百篇才子艺，歌台半世美人妆。
晓风杨柳追三变，初日芙蓉拟六郎。[②]
左海新知空向往，天涯无计睹容光。

四

十分春透女儿心，好句鲰生辗转吟。[③]
世有周郎堪顾曲，人非钟子孰知音。
青云客莫惭巾帼，白首朋犹望盍簪。[④]
胡旦文章称第一，固应传砚到于今。

原注：

宋胡旦，渤海人，著书三百余卷，有砚可数尺，留与后人。

---

① 着鞭：引意典故“祖鞭先着”，喻奋勉争先。《世说新语》载，晋尚书郎刘琨少怀大志，曰：“吾枕戈待旦，志枭逆虏，常恐祖生先吾着鞭耳！”祖生：即东晋名将祖狄，率部渡长江时中流击楫，誓复中原，因东晋内部纠纷，不加支持，大功未成，忧愤而死。

② 三变：宋著名词人柳永原名三变。柳永是婉约派代表人物，词风平淡无华，善用俚词俗语，铺叙淋漓尽致。《雨霖铃》中吟唱：“今宵酒醒何处？杨柳岸，晓风残月。”六郎：指张昌宗，他貌美，面如莲花，与其兄均为武则天男宠，因排行第六，故称六郎。

③ 十分春透女儿心：为胡君魇句。鲰（zōu）生：犹小生，多作自称的谦词。

④ 盍簪（hé zān）：《易·豫》：“勿疑，朋盍簪。”意为群朋合聚而疾来也，后指士人聚会。

似娘儿　次和苹秋

（丁巳　1977 年）

老去感新交。贻锦缎，堪拥寒宵。美人秋水娟娟隔，桃源深远，何时渔父[①]，得泛兰桡[②]。

一曲郁轮袍[③]。真绝唱、引我魂销。今生聚晤怜无计，但祈赠影，王郎膜拜，永不相抛。

---

① 渔父：出自《楚辞》，东汉王逸语："《渔父》者，屈原之所作也。"为屈原被流放后，人生遭遇困顿的作品。

② 兰桡（ráo）：小舟的美称。

③ 郁轮袍：古曲名，相传为王维所作。王维在大考前假作艺人至公主第内奏《郁轮袍》，为公主所激赏，乃为之说项，维遂"大魁天下"。

丑奴儿　次和苹秋

（丁巳　1977年）

闻名未见红妆面，江左夷吾[①]。搔首踟蹰，缘分三生缔得无。

徐娘半老风情在，云髻慵梳。瞒却檀奴[②]，偷绘春宫秘戏图。

---

① 江左夷吾：《晋书·温峤传》："于时江左草创，纲维未举，峤殊以为忧。及见王导共谈，欢然曰'江左自有管夷吾，吾复何虑。'"夷吾，即春秋时期管仲，相助齐桓公成霸业。后借指有辅国救民之才的人。

② 檀奴：女子对丈夫或情郎的昵称。清陈维崧《海棠春·题美女图为闺人称寿》："檀奴笑觅南朝手，图倩女为娘称寿。"

一半儿　一至四自嘲，五至八赠苹

（丁巳　1977 年）

一

眼久昏花耳久聋，虚生七十有三冬，鸡皮鹤发太龙钟。百骸慵，一半儿酸酸一半儿痛。

二

残烛风中百念灰，柴门虽设不常开，蓬蒿满径独徘徊。检书堆，一半儿烧光一半儿在。

三

老伴犹存结发妻，玳梁[①]海燕惯双栖，何尝举案便齐眉。我和伊，一半儿同心一半儿异。

四

糊口儿孙客异乡，年关双老倚门望，祈天保庇夜焚香。有余庆，一半儿论心一半儿相。

---

① 玳梁：玳瑁梁，画梁的美称。唐宋之问《宴安乐公主宅》：“玳梁翻贺燕，金埒倚晴虹。”

五

休说怜才我过情，人寰几辈似先生，英年献赋步云程[①]。宰[②]遂平[③]，一半儿文章一半儿命。

六

见说关东正抗倭，立抛铜印执金戈，八年虎帐树功多。返吟窝，一半儿难挨一半儿哿[④]。

七

脱却戎装着舞衣，英雄突变作歌姬，一生心事寓香词。墨淋漓，一半儿真情一半儿戏。

八

久混红尘白发侵，诗僧退院尚耽吟，笔尖挑出女儿心。感人深，一半儿牢愁一半儿艳。

---

① 云程：喻事业成就丰厚，仕途顺畅，前程远大。宋陆游《答发解进士启》："万里抟风，莫测云程之远；一第溷子，行闻桂籍之传。"

② 宰：古代官吏的通称，县宰、邑宰。《周礼·目录》："宰者，官也。"

③ 遂平：遂平县，位于河南省南部。

④ 哿（gě）：可嘉。

满庭芳　次韵谢陈翁赠俪影

（丁巳　1977 年）

推仔楼[①]高，鸳鸯被暖，安乐自可名窝。唱酬嘉耦，镇日麝煤[②]磨。福慧[③]几生修到，甜于蜜、敢怨情魔。今虽老，诗怀未减，花下尚同哦。

须眉携巾帼，各悬叆叇，无复横波。夫妻皆八一，世孰如佗[④]。共作词坛盟主，歌水调、直溯东坡。止可惜，刚柔两惫，相荡[⑤]不相摩。

---

① 推仔楼：寓意夫妻情深。明末清初，反清义士归庄起兵抗清事败逃亡，其妻不离不弃，因而将内室取名推仔楼，蕴意才子佳人合抱（推仔两字拆开为才、佳、人、子）。归庄（1613—1673），书画家、文学家，昆山人。与顾炎武并称“归奇顾怪”。善草书、画竹，文章胎息深厚，诗多奇气。

② 麝煤：即麝墨，泛指香墨。唐韩偓《横塘》：“蜀纸麝煤沾笔兴，越瓯犀液发茶香。”

③ 福慧：原指福德和智能修养至善，现指有福气又聪敏。唐慧立《大慈恩寺三藏法师传》：“菩萨为行，福慧双修，智人得果，不忘其本。”

④ 佗：表示第三人称，他、她、他们。

⑤ 相荡：共与推移，轮回运动。《礼记·乐记》：“阴阳相摩，天地相荡。”

再赠莘秋四首，叠前韵

（丁巳　1977 年）

一

祖国江山十二州，人民血性北方优。
环钗岂少须眉气，匣剑宁忘睚眦仇。①
红线出身由婢女，朱家倾产为朋俦。②
从来慷慨称燕赵，万古悲歌易水秋。

二

青春曾鼓武城弦，老大朋交半耄年。③
君隐梨园托优孟，我居蜗舍比焦先。④
因缘杭县三生石，魂梦并州万里天。⑤

---

① 睚眦（yá zì）：瞋目怒视，瞪眼看人，借指微小的怨恨。《汉书·孙宝传》："我与稺季幸同土壤，素无睚眦。"

② 红线：相传为唐代一女侠，原为潞州节度使薛嵩的青衣。唐袁郊《甘泽谣·红线》载，魏博节度使田承嗣将并潞州，红线夜潜田寝室，盗出金盒以示儆戒。嵩复遗书承嗣，还以金盒。承嗣遣使谢罪，愿结姻亲。朱家：汉初鲁地侠士。《史记·游侠列传》："鲁朱家者，与高祖同时。鲁人皆以儒教，而朱家用侠闻。所藏活豪士以百数。"

③ 武城弦：《论语·阳货》："子之武城，闻弦歌之声。"后借指礼乐教化。

④ 优孟：春秋时楚国艺人，名孟，以优伶为业，故称。擅长表演，滑稽讽谏。焦先：汉末隐士，孑然无亲。见汉室衰，遂不语。露首赤足，结草为庐，数日一食。传说死时百余岁。后借指有道的隐士。

⑤ 三生石：喻前因宿缘。唐袁郊《甘泽谣》载，李源与僧圆观同游三峡，僧指一汲水妇人乃身之所托。十二年后中秋会于杭州，是夜圆观殁而孕妇产。及期，源赴约闻牧童歌《竹枝词》"三生石上旧精魂，赏月吟风不要论。惭愧故人远相访，此身虽异性长存"，因知牧童即圆观之后身。

绝世风情人共羡，怎教余子不思贤。

三

天鸡往日唱扶桑，贾勇亲登矢石场。①
百战归来余白刃，诸观彻后换红妆。
词坛才压张三影，曲部名高计五郎。②
休怪老夫频膜拜，而今真个睹容光。

四

香祝南丰一片心，缠绵诗向解人吟。
春风图在瞻颜色，空谷书来听足音。
垆里火青无石煮，樽前发白有花簪。③
屈伸往复东陵悟，龙笛风蝉任昔今。④

---

① 天鸡：传说中天上的鸡。南朝任昉《述异记》：“东南有桃都山，上有大树，名曰桃都。枝相去三千里。上有天鸡，日初出照此木，天鸡则鸣，天下鸡皆随之鸣。”贾勇：喻鼓足勇气。《左传·成公二年》：“欲勇者，贾余余勇。”杜预注：“贾，卖也。言己勇有余，欲卖之。”矢石场：引意成语“躬蹈矢石”，指将领亲临前线，敢冒敌人的箭矢擂石，不怕牺牲。曹操《褒扬泰山太守吕虔令》：“卿在郡以来，擒奸讨暴，百姓获安，躬蹈矢石，年征辄克。”

② 张三影：宋词人张先的别号。《石林诗话》：张先“能诗及乐府，至老不衰”。计五郎：指乾隆年间昆曲名伶计赋琴（一作季赋琴），以字行，艺名计五官。常熟人。扬州洪班小旦，演技超群。乾隆六十年（1795）被扬州知府谢蕴山赐字赋琴，清文学家袁枚诗云：“赋琴新把嘉名锡，乍唤知卿听尚生。”

③ 煮石：引意典故“沈敬煮石”，喻虔诚修炼。沈敬云游钟山，一太婆给他一块白石，说用山泉煮石，变软即可吃下。未软则不可停火。然烧煮十年不软，沈泄气停火。太婆复来，指沈用心不诚。沈斋戒重煮，白石次日变软。

④ 东陵悟：《庄子·骈拇》：“伯夷死名于首阳之下，盗跖死利于东陵之上。二人者，所死不同，其于残生伤性，均也，奚必伯夷之是而盗跖之非乎！”谓当悉心品悟。龙笛：指笛，其声似水中龙鸣，故称。汉马融《长笛赋》：“龙鸣水中不见已，截竹吹之声相似。”风蝉：秋风中蟋蟀和知了的鸣声，泛指虫鸣。明刘基《郁离子》：“露蛬风蝉，昔日之凤笙龙笛也；鬼磷萤火，昔日之金釭华烛也。”

玉珥坠金环　叠前韵赠苹秋

（丁巳　1977 年）

艳曲连篇，轻描淡写销魂处。老夫被诱发颠狂，心似随风絮。镇日思瞻眉宇。得传真、如逢今雨[①]。止怜尚未，西窗剪烛[②]，吟床对语。

梦里相寻，天涯难认并州路。中宵起读抒情词，万样千般绪。红豆安骰几度。念壮秋、歌残金缕。乞君裁帛，书频系足，雁声盈浦。

---

① 今雨：引意成语“今雨新知”，指新交结的友人。杜甫《秋述》：“秋，杜子卧病长安旅次，多雨生鱼，青苔及榻，常时车马之客，旧，雨来，今，雨不来。”

② 西窗剪烛：成语。原指思念远方的妻子，盼望团聚夜话。后泛指亲友聚谈。唐李商隐《夜雨寄北》：“何当共剪西窗烛，却话巴山夜雨时。”

三赠苹秋四首，倒叠前韵

（丁巳　1977 年）

一

三浅蓬莱看到今，早抛犀甲与珠簪。[①]
挥毫尚挟幽并气，度曲何妨郑卫音？[②]
濠上且寻蒙叟乐，泽边不效屈平吟。[③]
倭奴覆灭关东复，已遂书生报国心。

二

退隐林泉自葆光，肯因衰鬓感潘郎？
风云际会夸戎幕，脂粉生涯恋女妆。
拔剑酣歌宁斫地，弹丝绮梦尚登场。
子推祠畔饶松栝，不羡成都八百桑。[④]

---

① 三浅：引意典故“东海扬尘”，喻时势变迁，世事起伏。

② 郑卫音：指战国时郑国和卫国的音乐，借指爱情歌曲。

③ 濠上：借指会心、自得其乐之地。《庄子集释》载，庄子与惠子游于濠梁之上，见鲦鱼出游从容，因辩论鱼知乐否。庄子即蒙叟。泽边：引意宋张镃《玉照堂观梅》“越女信知天下白，屈平那是泽边穷”诗意。屈平即屈原。

④ 子推：即春秋晋国人介子推。《庄子·盗跖》：“介子推至忠也，自割其股以食文公，文公后背之，子推怒而去，抱木而燔死。”松栝（guā）：松树和桧树。八百桑：借指晚年生活自给自足。《三国志·诸葛亮传》：“亮自表后主曰：‘成都有桑八百株，薄田十五顷，子弟衣食，自有余饶……’”

三

阀阅门高继志贤，宦游兄弟隔云天。①
择星月慢和君特，读典坟多类孝先。②
与我赓酬闲暇日，随人歌颂太平年。
插床翡翠生花笔，频写新声付管弦。

四

才人乐府有千秋，四大名伶讵足俦。
方面一官弘父业，沙场八载复民仇，
萧粮张策功俱伟，薛凤荀龙学并优。③
留美专家访英法，尚余博士住兰州。

---

① 阀阅：指有功业的世家。汉王符《潜夫论·交际》："虚谈则知以德义为贤，贡荐则必阀阅为前。"宦游：指外出求官或做官。《汉书·司马相如传上》："长卿久宦游，不遂而困，来过我。"

② 君特：南宋词人吴文英（约 1200—1260），字君特，四明（今浙江宁波）人。一生未第，游幕终身。游踪所至，每有题咏。有《梦窗词集》一部。典坟：三坟五典的省称，代指古代文籍。《淮南子·齐俗训》："衣足以覆形，从典坟，虚循挠便身体，适行步。"孝先：三国时期毛玠，字孝先，陈留平丘人也。少为县吏，以清公称。曾进谏于郡主："今天下分崩，国主迁移，生民废业，饥馑流亡，公家无经岁之储，百姓无安固之志，难以持久。今袁绍、刘表，虽士民众强，皆无经远之虑，未有树基建本者也。夫兵义者胜，守位以财，宜奉天子以令不臣，修耕植，畜军资，如此则霸王之业可成也。"郡主敬纳其言，委以幕府功曹。

③ 薛凤荀龙：用于祝贺人得子或得女的贺词。薛凤，唐薛郧生一女薛涛，八岁能诗，薛郧曾以咏梧桐为题吟了两句诗"庭除一古桐，耸干入云中"，薛涛应声即对"枝迎南北鸟，叶送往来风"。荀龙，东汉荀淑有子八人，皆享才名，人称八龙。

拜星月慢　次梦窗韵赠苹秋

（丁巳　1977 年）

蝉鬓蛾眉，歌衫舞扇，佼僚[①] 出人头地。谁信参军，竟恃才傲世。独浓艳，舍了太真[②]，谁敢当夕。对镜卷帘梳洗。玉貌冰肌，肯输他比里？

到而今、兰尽霜凝砌。思鲈脍[③]、正值秋风起。披上赋遂初[④] 衣，奈难忘香腻。昼屈原醒，夜列郎醉，犹橐籥、交互门开闭。脂粉录、鸿爪留痕，悟浮名身外。

---

① 佼僚：喻女子貌美内秀。僚，通“嫽”，美好，敏慧。

② 太真：杨贵妃号。

③ 鲈脍：引意成语“莼羹鲈脍”，喻思乡心切。《晋书・张翰传》：张翰“在洛，见秋风起，因思吴中菰菜、莼羹、鲈鱼脍，曰：‘人生贵得适意尔，何能羁宦数千里以要名爵？’遂命驾归。”

④ 赋遂初：晋孙绰著《遂初赋》，反映作者乐于隐居生活。后以“赋《遂初》”借指辞官隐居。清吴敬梓《儒林外史》：“在风尘劳攘的时候，每怀长林丰草之思，而今却可赋《遂初》了。”

寿楼春　赠瘦愚

（丁巳　1977 年）

君如陈元龙①，有高楼百尺，佳酿千盅。翰墨驰名湖海，蔚为辞宗。歌白纻②、扶青筇。似渥丹③、神仙仪容。每自写新声，长篇小令，流水入丝桐。

词人节，怀髯翁。约知交唱和，去雁来鸿。内有三忠④子弟，抗倭英雄。温顾老、杭徐公。病鹤花、龄俱乔松⑤。晚晴最堪珍，霞粘紫穹斜照红。

---

① 陈元龙：三国魏陈登，字元龙，曾被封伏波将军。陈体察民情，抚弱育孤，开发水利，粳稻丰积，深得百姓敬重。

② 白纻：乐府吴舞曲名，始于晋代“白纻舞”。

③ 渥丹：润泽光艳的朱砂，多形容红润的面色。《诗·秦风·终南》：“颜如渥丹，其君也哉！”

④ 三忠：指三臣，三卿，亦泛指重臣。

⑤ 乔松：引意成语“乔松之寿”，喻长寿。乔、松，传说中的仙人王子乔和赤松子，皆长寿。司马迁《史记·范雎蔡泽列传》：“世世称孤，而有许由、延陵季子之让，乔松之寿，孰与以祸终哉？”

绕佛阁　次原韵贺陈杨八二双寿

（戊午　1978 年）

岁同八二。夫艺具六[①]，妻德备四[②]。酬唱毕世。玉台体艳，佳人耦名士。伟词杰句[③]。层见叠出，精进无已。箫弄仙侣。拟龙与凤，樟湖乐窝寄。

共夸夕阳好，大耋征文循旧例。恰值首春，莺歌花解语。有九省俊人，三晋才子。赓扬[④]四起。早举国知名，何待青紫[⑤]。是豪雄，始能臻此。

---

① 六艺：指儒学《诗》、《书》、《礼》、《乐》、《易》、《春秋》六种典籍，亦指礼、乐、射、御、书、数等六种才艺。

② 四德：引意成语“三从四德”，指古时对妇女的礼教约束。三从，未嫁从父、既嫁从夫、夫死从子；四德，妇德、妇言、妇容、妇功。

③ 杰句：谓佳句。宋苏轼《太虚以〈黄楼赋〉见寄作诗为谢》：“我诗无杰句，万景骄莫随。”

④ 赓扬：谓飞扬轻舞连续而歌。清荻岸散人《平山冷燕》：“但天子至尊，九重穆穆，即《国风》居三百之首，然绝不敢入于《雅》《颂》者，赓扬固自有体也。”

⑤ 青紫：引意成语“青紫被身”，谓古代高官印绶、服饰颜色，喻高官显爵。汉扬雄《解嘲》：“纡青拖紫。”唐李善注引《东观汉记》：“印绶，汉制，公侯紫绶，九卿青绶。”

向湖边　赠陈翁　次胡和江纬韵

（戊午　1978 年）

我住闽南，君居闽北，莫得相逢倾盖[①]。饷读瑶篇，但银错钉[②]为对。愧钝根，尚未深谙，新颁简字，巨制难全神会。学步填词，汉应称门外。

白酒盈樽，狗肉盘中脍。湖畔隐士老，已三看浅海。大地春回，慰良辰可再。有花香鸟语非钱买。传笺远，笔下珠玑飞玉碎。旧友无多，但新交尚在。

---

① 倾盖：指路上停车，两盖交接。引意成语“倾盖之交”，喻一见如故。盖，车盖。《孔子家语・致思》：“孔子之郯，遭程子于途，倾盖而语终日，甚相亲。”

② 银钉：银白色的灯盏、烛台。南朝梁元帝《草名》：“金钱买含笑，银钉影梳头。”

迎新春　次韵赠胡　贺乃弟归国

（戊午　1978年）

丁巳历翻尽，又是人间春到。正旦鸣鞭爆。喜开泰，阴爻[①]少。岭梅芳、枝头鹊报。迈七秩、发白风情难老。恩怨总忘掉。前尘梦、邯郸眠觉[②]。

战场筹策，舞榭歌笑。怀祖国、难弟从欧回棹[③]。专家欲献尖端技，显神通、似弩穿缟[④]。羡先生、花萼楼[⑤]中堪联句。追庾宗鲍[⑥]。才子两个，都是艺苑师表。

---

① 阴爻：构成《易》卦的两种爻之一，阴爻以“--”表示，阳爻以“—”表示。吉卦阴爻较少。

② 邯郸眠觉：引意汤显祖《邯郸梦记》。明代吕天成《曲品》：“《邯郸梦》，穷士得意，兴尽可仙。”

③ 棹(zhào)：指船桨，代指船。《宋史·太祖本纪》：“发战棹东下。”

④ 似弩穿缟：引意典故“强弩之末，力不能入鲁缟”(司马迁《史记·韩安国传》)。反其意用之。

⑤ 花萼楼：唐玄宗于兴庆宫建花萼相辉之楼，称“花萼楼”。《旧唐书·让皇帝宪传》：“玄宗时登楼，闻诸王音乐之声。”

⑥ 追庾宗鲍：庾，庾信，南北朝东宫学士，宫体文学标志人物，官至骠骑大将军。鲍，鲍照，曾任中书令、前军参军，世称“鲍参军”。两人皆南北朝杰出文学家、诗人。

上西平　赠胡郇[1]　次胡和程垓韵

（戊午　1978年）

慕先生，耽学术，钻研忙。凭试验，劳累无妨。炼钢炼铁，艺成归国锦帆[2]张。鼓风炉畔选英雄，姓字芬芳。

忆前时，西安市，京剧里，扮红妆。弟兄俩、唱叶[3]笙簧。云鬟高髻，婆娑舞蹈断人肠。廿年似梦到而今，鄂被[4]犹香。

---

① 郇：周朝国名，亦为姓氏。

② 锦帆：锦制的帆或装有锦帆的船，借指装饰华丽的船。南朝陈阴铿《渡青草湖》："洞庭春溜满，平湖锦帆张。"

③ 叶（xié）：和洽，相合，常指声调和谐。叶声，叶韵。

④ 鄂被：即"鄂君被"。春秋楚王母弟鄂君子皙乘舟，操舟越女以歌声表达对其爱慕之情，鄂君举绣被覆盖越女与其成亲。后喻男女真情相爱终成眷属。

临江仙　叠前韵赠胡

（戊午　1978 年）

天下英雄皆入彀[①]，吹笙竞宴嘉宾。才人蠖屈[②]忽龙伸。专家双小弟，归国岂无因。

行署鲁东持政柄，应缘作宰官身。马蹄骄踏九衢尘。衡阳遗爱[③]在，继志有贤人。

---

① 入彀（gòu）：引意成语“英雄入彀”，谓天下英雄均已就范，喻人才尽入掌控。《唐摭言》载，唐太宗见新进士鱼贯而出，喜曰：“天下英雄入吾彀中矣。”彀中，指箭能射及的范围。

② 蠖屈：引意成语“龙伸蠖屈”，原指笔势飞动，书法高超。南朝陈徐陵《玉台新咏·序》：“三台妙迹，龙伸蠖屈之书。”借喻时而蛰伏，时而彰显才能。

③ 遗爱：指留于后世而被人追怀的德行、恩惠、贡献等。班固《汉书·叙传下》：“淑人君子，时同功异，没世遗爱，民有余思。”

念奴娇　赠胡，再叠瘦愚先生韵

（戊午　1978 年）

壶中日月[①]运如飞，嬗递[②]晨昏寒暑。畴[③]昔才人今已老，天下犹然争慕。将级高官，登场唱戏，此事前无古。英雄举动，宁容俗目先睹。

关东奏凯归来，职专[④]方面，行署在东鲁。手线[⑤]身衣，萦梦寐，故里遄[⑥]归觞母。一对珠娘[⑦]，五枝桂子，共嘏金萱嘏。庭闱南望，九天星耀婺女[⑧]。

---

① 壶中日月：成语，喻悠闲清静的生活。唐李白《下途归石门旧居》："何当脱屣谢时去，壶中别有日月天。"

② 嬗(shàn)递：演变，更替。

③ 畴昔：往日，从前。李白《赠从弟南平太守之遥》："一朝谢病游江海，畴昔相知几人在？"

④ 职专：谓专主某项业务或某个部门。明李本《重编〈诚意伯文集〉序》："自今观之，传世之文，宋王号为最著。二人者，职专文学，固其常耳。"

⑤ 手线：引意唐孟郊《游子吟》诗句"慈母手中线，游子身上衣。"指慈母为子女缝衣的线，借指母爱。

⑥ 遄(chuán)：急速，快。

⑦ 珠娘：古越俗呼女孩为珠娘。南朝任昉《述异记》："越俗以珠为上宝，生女谓之珠娘。生男谓之珠儿。"

⑧ 婺女：星宿名，即女宿，二十八宿之一。越地于南方，系婺女之分野。

玉珥坠金环　赠胡，三叠赵仲修韵

（戊午　1978 年）

露白葭苍，伊人秋水难忘处。真容许赠未投邮，休怪吾犹絮。高雅无双器宇，当不会、翻云覆雨。重君然诺①，追踪季布②，千金一语。

海晏河清，斯民同走康庄路。吾侪老眼看升平，亦有欢情绪。遥想汪汪叔度③，今也应、鬓霜千缕。颁来近影，须防殷羡④，掷沉书浦。

---

① 然诺：表示承诺，应允。然，是。诺，允诺。引申为言而有信。宋玉《神女赋》："含然诺其不分兮，喟扬音而哀叹。"

② 季布：汉初楚人，曾为楚霸王部将，屡屡建功，后转事刘邦拜为郎中，官至中郎将。以信守诺言、讲信用而著称，楚有"得黄金百斤，不如得季布一诺"之谚。成语"千金一诺"出自季布。

③ 叔度：引意成语"叔度陂湖"，喻宽宏大量。汉黄宪，字叔度，黄品学超群，尤以气量广远著称。南朝宋范晔《后汉书·黄宪传》："叔度汪汪若千顷陂，澄之不清，淆之不浊，不可量也。"

④ 殷羡：字洪乔，东晋豫章太守、光禄勋。唐房玄龄等《晋书·殷浩传》："洪乔为豫章太守，都下人士因其致书百余函。行次石头，皆投之水中曰：'沉者自沉，浮者自浮，殷洪乔不为致书邮。'"投书处后称沉书浦。

临江仙　填词自嘲

（戊午　1978 年）

我是词场门外汉，四声[①]未下功夫。偏随好友唱于喁[②]。和章贪次韵，依样画葫芦。

适履明知须削足，文情岂易相符。陈言滥调强枝梧[③]。西施如见面，应笑效颦愚。

---

① 四声：指中古汉语语音声调的四种分类，即平声、上声、去声、入声，代指词谱。

② 于喁：相和之声。《庄子》："前者唱于而随者唱喁。"

③ 枝梧：同"支吾"。

挽广东郑郁篁先生（寿八十三岁）

（戊午　1978年）

少小欢娱老大悲，寿长转恨反真迟。①
簪缨门地归春梦，珠玉篇章付故知。
才比太冲宜有妹，心如伯道竟无儿。②
可怜浊世佳公子，身后萧条数卷诗。

---

① 反真：道家语，谓复归本原，回返天然。或谓人死归于自然，返归淳朴。

② 太冲：西晋著名文学家左思（约250—305），字泰冲（《晋书》作太冲），齐国临淄（今山东淄博）人，其《三都赋》颇被称颂，引为“洛阳纸贵”。诗文语言质朴凝练。后人辑有《左太冲集》。其妹左棻被选入宫，举家迁居洛阳，任秘书郎。是“金谷二十四友”成员，因会首贾谧被诛，遂退居宜春里著述。伯道无儿：成语，叹惜他人无子。晋尚书邓攸，字伯道。唐房玄龄等《晋书·邓攸传》载，永嘉末，因避石勒兵乱，邓携子侄逃难屡遇险，恐难两全，乃弃己子，保全侄子，后终无子。时人为之感动说：“天道无知，使邓伯道无儿。”

鹧鸪天　次韵和瘦愚先生

（戊午　1978 年）

南国骚坛两老当。衔笺青鸟集华堂。妙龄眉妩[①]师京兆，暮齿心齐效太常[②]。

春细谷，簸残糠。皋桥[③]孟女伴梁郎。闲来对榻还稽古，典诰唐虞接禹汤。

---

① 眉妩：西汉京兆尹张敞为妇画眉，被称“眉妩”。宋周邦彦《法曲献仙音》：“缥缈玉京人，想依然京兆眉妩。”

② 太常：后汉周泽官为太常，虔敬宗庙，常卧疾斋宫，其妻窥问疾苦，泽以妻干犯斋禁收送诏狱，时人讥之曰“生世不谐，作太常妻”。喻夫妻不尽和谐。

③ 皋桥：引意唐李绅《皋桥》诗意：“犹有余风未磨灭，至今乡里重和鸣。”

减字木兰花十二首　和苹秋先生（第五至十二次原韵）

（戊午　1978 年）

一

合肥才子。万卷诗书装脑里。阳曲神童。平步青云记幼冲。①
初为县令。潘岳栽花桃李盛。旋作参军。八载沙场诩赞勋。②

二

关东消祲。将级官阶称简任。方面独当。行署翚飞矗鲁疆。③
观风察吏。人羡超宗能继志。先绪垂芬。政绩衡阳史乘存。④

三

一官拘束。渐觉难从心所欲。脱却樊笼。海阔天宽四顾空。

---

① 阳曲：属于山西太原，地处忻州与晋中脊梁地带，据太原门户。史称“三晋首邑 ”。幼冲：谓年幼。班固《汉书·循吏传序》：“孝昭幼冲，霍光秉政。”

② 潘岳：即潘安。潘任河阳县令时，依气候地理令满县栽种桃李，浇花息讼，得百姓拥戴，被称“花县令”。借喻勤于政务，善于治理。

③ 消祲（jìn）：消除不祥之气。借指抗战胜利。祲，古指不祥之气，妖气。宋苏舜钦《吴越大旱》：“滂沱消祲厉，甘润起稻稷。”简任：经选择而任用官员。南朝宋范晔《后汉书·申屠刚传》：“皇太子宜时就东宫，简任贤保，以成其德。”翚（huī）飞：引意成语“鸟革翚飞”，形容宫室高峻、壮丽。《诗·小雅·斯干》：“如鸟斯革，如翚斯飞。”翚，五彩羽毛的山鸡。

④ 超宗：引意佛教语“绝相超宗”，意指看破一切虚幻之相，超越一切宗门教派。《金刚经》宗旨在于让“心无所住”，“诸法空相”，超越一切言说。史乘：指正史，在史书上有所记载。《孟子·离娄下》：“晋之乘，楚之梼杌，鲁之春秋，一也。”

书生白面。雾隐南山终豹面。游戏人间。身列歌姬舞女班。[①]

四

得心应手。自制新词千万首。教导俳优。正旦身兼作主讴。[②]
悲欢离合。今古人生同此业。柔调清声。刻画香闺女子情。

五

庄谐两可。甘种兰因收絮果。一串珠来。脆管繁弦菊部开。[③]
婆娑顾影。鬓腻衣香犹记省。岁月潜过。傅粉谁知晏姓何。[④]

六

有妻有妾。乞食墦间谁款接。纸被堪糊。肆志林泉且把锄。[⑤]
麻姑老矣。三看蓬莱清浅水。龙虎攸分。金鼎神丹世外因。[⑥]

---

① 终豹面：豹子终于出现。引意典故“隐豹”，《列女传》载，南山有黑豹，为长出花纹躲避天敌，可在七天雾雨里不食。后以“隐豹”喻隐居伏处。

② 俳优：古代演滑稽戏杂要的艺人。《韩非子·难三》：“俳优侏儒，固人主之所与燕也。”

③ 兰因絮果：成语，喻美好姻缘最终离弃。兰因，喻美好的结合。絮果，喻离散的结局。清张潮《虞初新志·小青传》：“兰因絮果，现业维深。”脆管：笛的别称。唐白居易《〈霓裳羽衣歌〉和微之》：“清弦脆管纤纤手，教得霓裳一曲成。”菊部：即菊部头。宋周密《齐东野语·菊花新曲破》：“掖庭有菊夫人者，善歌舞，妙音律，为仙韶院之冠，宫中号为菊部头。”代指戏班。

④ 何晏：曹操爱妾尹氏的前夫之子，亦为曹操所宠爱，曹操将女金乡公主嫁与何晏。晏因而骄恃放纵，浪荡不羁，为曹丕所厌恶，称为“假子”。

⑤ 乞食墦间：引意成语“墦间乞余”，谓坟墓间乞讨祭饭，讽刺追求利禄的人一面乞讨，一面虚伪自得。墦，坟墓。苏轼《送安节》：“乞墦何足羡，负米可忘艰。”纸被：古时用藤纤维纸制成的一种被子。宋苏轼《物类相感志》：“纸被旧而毛起者将破。”肆志：快意，随心。《庄子·缮性》：“故不为轩冕肆志，不为穷约趋俗。”

⑥ 龙虎：青龙白虎。传说青龙、白虎、朱雀、玄武为四方之神。借指天地四方。

七

黄人守日。四海升平佳气积。内衅冰消。团结回蒙藏汉苗。①
轻舟出峡。猿自哀啼人自悦。好句传笺。千里江陵泛谪仙。

八

高楼绮阁。酒肉充厨粮满斠。真隐谁知。陋巷箪瓢亦乐之。②
骢青骊黑。老马何烦人执靮。白也非狂。珠玉随风有别肠。③

九

柔情似水。镂玉雕花诗博士。知政夔严。风采文章陆剑南。④
闽疆迂叟。空谷嘤鸣求好友。北国砂黄。神骏燕台仰上骧。

十

形躯抗脏。得失忘怀称寿相。屣弃功名。身似闲云野鹤轻。⑤
风吹梅信。赠影天涯蒙首肯。瞻拜鸦儿。镜里真容细护持。⑥

---

① 黄人守日：成语，喻政事清明，国力强盛。《太平御览》引《符瑞图》："日，二黄人守者，外国人方自来降也。"

② 斠(jiào)：古时量谷物的平斗斛（器具）。陋巷箪瓢：成语，谓生活穷困。《论语·雍也》："一箪食，一瓢饮，在陋巷，人不堪其忧，回也不改其乐。"

③ 靮(dí)：马缰绳。白也：指李白。杜甫《春日忆李白》："白也诗无敌。"非狂：引意苏轼《西斋》"昏昏既非醉，踽踽亦非狂"诗意。别肠：惜别的心情。韩愈与孟郊《远游联句》："别肠车轮转，一日一万周。"

④ 诗博士：教授诗歌官职。宋计有功《唐诗纪事》："帝好五言，自制品格多同萧代，而古调清峻。尝欲置诗博士。"知政夔严：指陆游任夔州知府，政风严谨。后转任川陕九年，著《剑南诗集》，被称为"陆剑南"。

⑤ 抗脏：喻高亢耿直。南朝宋范晔《后汉书·文苑传下·赵壹》："伊优北堂上，抗脏倚门边。"屣弃：引意成语"弃若敝屣"。

⑥ 鸦儿：指古时妇女用鸦黄粉化妆。苏轼《浣溪沙》："学画鸦儿正妙年，阳城下蔡困嫣然。"

十一

兰成所取。片石韩陵堪共语。良贾深藏。摊贩难窥策略长。[1]
青春女史。变作男儿已暮齿。优孟衣冠。蠹蚀尘封箧半残。[2]

十二

奇才无偶。海内诗家谁敌手。露胆披肝。刻烛成篇付友看。
迁乔入谷。遭遇难言荣与辱。牛绣为牺。不及龟涂活有知。[3]

---

① 兰成：北周诗人庾信的小字。唐陆龟蒙《小名录》："庾信幼而俊迈，聪敏绝伦，有天竺僧呼信为兰成，因以为小字。"片石韩陵：即"韩陵石"，借指好文章。唐张鷟《朝野佥载》载：庾信初至北方，文士多轻之。时温子升作《韩陵山寺碑》，"信读而写其本，南人问信曰：'北方文士何如？'信曰：'唯有韩陵山一片石堪共语。'"

② 优孟衣冠：喻假装古人或模仿他人。《史记·滑稽列传》载，楚相孙叔敖死后，其子穷困。优孟穿戴孙叔敖衣冠去见楚庄王。庄王感动，封孙叔敖儿子为官。明朱之瑜《答安东守约问三十四条》："王文成亦有病处……优孟衣冠；是其病也。"

③ 绣：装饰华丽，精致如绣。牺：即牺牲，作祭祀供品的牲畜。龟涂：即涂龟。《庄子·秋水》载，庄子以龟自喻，表示"宁其生而曳尾于涂中"，不愿"其死为留骨而贵"，后指隐居不出。明何景明《寄李郎中》："得失竟须知塞马，荣华终不易涂龟。"

为苹秋先生题影四首

（戊午　1978 年）

一

雁足书来反复看，画图今喜到闽山。
随园肖像程生拜，苏宅真容永叔颁。①
霜压秋蓬摧白发，风吹春水皱朱颜。
泥涂轩冕将军老，英气犹留眉宇间。②

二

半为巾帼半须眉，舒卷行藏旷世奇。
少壮留侯如女子，衰残平叔是男儿。③
弓刀队里神谋士，脂粉丛中绝色姬。

---

① 随园：清代诗人袁枚别号。袁亦为散文家、文学评论家，因仕途不顺，辞官隐居于南京随园，吟咏其中，广收诗弟子，女弟子尤众。七十岁入闽，其诗《试茶》及《随园食单·茶酒单》对制茶、品茶、藏茶等有细致描述。永叔：北宋文学家欧阳修，字永叔。苏轼进京应考，文有独创，为欧阳修所赏识与推举，谓“此人可谓善读书，善用书，他日文章必独步天下”。

② 泥涂轩冕：意指轻贱权贵，藐视世俗。范仲淹《桐庐郡严先生祠堂记》：“既而动星象，归江湖，得圣人之清，泥涂轩冕，天下孰加焉？”

③ 留侯：借指功臣。秦末，张良运筹帷幄，佐刘邦平定天下，功封留侯。唐张九龄《奉和圣制送尚书燕国公赴朔方》：“山甫归应疾，留侯功复成。”平叔：东汉护羌校尉邓训（40—92），字平叔，南阳新野（今河南新野南）人。初为郎中，喜施恩，礼贤士，士大夫多归依门下。曾受命理通漕运，报经汉章帝准许改用驴车运输，每年省用亿万计，保救劳役数千，升任护乌桓校尉。曾被罢免，又受命镇反，任武威太守、护羌校尉，安抚招纳羌胡各部，病故任上，受追封平寿侯，谥号敬侯。

自诧身非兼二体，雄飞雌伏两相宜。①

三

不识人间利和名，逢场作戏足平生。
弹琴岂碍升堂坐，负剑何妨出塞行。
桃叶竹枝歌宛转，折腰垂手舞轻盈。
花花世界无今古，儿女英雄总有情。

四

来世身甘作艳姝，痴情引我笑胡卢。②
再婚勿怨韦皋老，新嫁休惊嫪毐粗。③
音律精宜倾上客，文词富肯配庸夫？
宋祎深愿门墙托，金谷他生择绿珠。④

---

① 雄飞雌伏：谓要有雄心壮志，不能无所作为。南朝宋范晔《后汉书》："大丈夫当雄飞，安能雌伏！"

② 胡卢：喉间的笑声。陆游《书感》："成败只堪三太息，是非终付一胡卢。"

③ 韦皋：唐中宗时剑南川西节度使，镇守西南二十余年，战功赫赫。元曲《两世姻缘》编述：韦皋游学途中与韩玉箫相爱。韦上京赶考，玉箫相思成疾而终，转世为荆襄节度使张延赏义女，名张玉箫。韦皋中状元后因平患有功封镇西大元帅，班师回朝于张家宴上遇张玉箫，求婚遭拒，适韩母携画像至，表明张玉箫即韩玉箫转世。后奏明朝廷，奉旨成婚。嫪毐（lào ǎi）：战国末期秦宦官。时太后赵姬私通吕不韦，后改与嫪毐私通。嫪毐亦由此倍受宠信，飞扬跋扈，自称为秦始皇"假父"，被秦皇处以车裂。

④ 宋祎(huī)：为晋明帝宠妃，善歌舞，早逝。宋祎死后，葬在金城山南，对琅邪郡门。绿珠：西晋时美女，巨富石崇宠妾。宋祎为绿珠弟子。石崇在河南金谷涧筑有别馆，号"金谷园"。园内崇绮楼高可"极目南天"，以慰绿珠乡愁。

过涧歇　次韵和苹秋

（戊午　1978 年）

苏小。有两个、南宋及他南齐，一样著名夭姣。善歌早。串串骊珠[①]宛转，白雪阳春调。四海内、共羡钱塘彼姝少。

北国今有怪杰，工眉语目笑。卷帘梳洗，菱花对人俏。将级高官，金翠铅华，半生唱戏，身老绮梦犹萦绕。

① 骊（lí）珠：宝珠。传说出自骊龙之颔下，故名。《庄子·列御寇》：“夫千金之珠，必在九重之渊，而骊龙颔下。”

鹊桥仙四首

（戊午 1978 年）

一

花朝过了，春分又到，青帝司衡[①]期半。羡它红紫竞芳菲，藉雨露、乘时沃灌。

羸骀力尽，枯桐心直，形在精神未散。儿曹反哺效慈乌，养活此、无能老汉。

二

素丝为鬓，冻梨如面，长恨青春不再。发妻亦变作盘荼[②]，怎比得、从前恩爱。

缊袍[③]蔽体，芒鞋护足，所望清闲自在。眼昏耳冷百无知，早忘却、人情世态。

三

痰涎壅滞，便旋频数，肺肾增强分泌。遵医屡服缩泉汤，总难疗、残年痼疾。

唾壶可爱，长沾口泽，相伴维摩静室。睡时溺器更迷人，侍午夜、承

---

① 司衡：主管，主宰。南朝宋谢庄《宋明堂歌》：“帝在在离寔司衡，水雨方降木槿荣。”

② 盘荼：即鸠槃荼。佛书中谓啖人精气的鬼，常喻丑妇或妇人丑陋之状。

③ 缊（yùn）袍：以乱麻为絮的袍子。《论语》：“衣敝缊袍，与衣狐貉者立，而不耻者，其由也与？”

恩亲密。

四

箪瓢陋巷，蓬蒿仄径，掩了柴门枯坐。少时不敢汗漫游[1]，况老去、筋骸俱惰。

茶瓯烟飏，烟筒香溢，镇日残书自课。衔笺青鸟喜频来，有远地、吟朋唱和。

① 汗漫游：世外之游。喻漫游之远。唐杜甫《奉送王信州崟北归》："复见陶唐理，甘为汗漫游。"

题胡苹秋先生，王雅芳女士俪影四首，叠前韵

（戊午　1978年）

一

才人俪影竞传看，左海鲰生仰斗山。①
玉照一张诸友咏，金婚双寿彼苍颁。②
高踪直可追梁孟，乐处何尝觅孔颜。
信是王匡贤妹丈，胡班名在八厨间。③

二

春酒甘醇共介眉，葛仙神异鲍姑奇。④
霸才文武双全士，艳曲夫妻一半儿。
皇泽千秋祀天后，中郎万卷付文姬。⑤
陋它男性中心说，揆古衡今不合宜。

---

① 鲰（zōu）生：浅薄愚陋的人，亦作小生，多用以自谦。唐刘禹锡《谢中书张相公启》：“岂唯鲰生，独受其赐？”仰斗山：引意成语“久仰山斗”，表示钦佩、仰慕。山斗，泰山与北斗的合称，犹泰斗。清蒲松龄《聊斋志异·青凤》：“叟致敬曰：‘久仰山斗！’乃揖生入。”

② 彼苍：天的代称。《诗·秦风·黄鸟》：“彼苍者天。”

③ 王匡：东汉末年河内郡太守。曾起兵讨伐董卓，后因其妹夫胡毋班的亲属和曹操联手攻击，兵败离世。八厨：指东汉度尚等八人。《后汉书·党锢传序》：“度尚、张邈、王考、刘儒、胡毋班、秦周、蕃向、王章为八厨。厨者，言能以财救人也。”

④ 葛仙：即葛洪，东晋道士，医学家，炼丹术家。曾受封为关内侯，后隐居罗浮山炼丹，世称小仙翁。鲍姑：南海太守鲍靓女，葛洪妻，一起炼丹行医。医德高尚，擅长艾灸法，善于医治赘疣等病症，为百姓解除病痛，被尊称为“女仙”、“鲍仙姑”。

⑤ 中郎：指文姬之父蔡邕，曾任侍中、左中郎将等职，世称“蔡中郎”。

三

婚店曾闻月老名，良缘鸳牒注三生。
氤氲使好绳牵合，缱绻司尊笔画行。[①]
万古色空无垢净，四时消息有虚盈。
鹿门偕隐山盟在，珍重人间结发情。[②]

四

吉士篝灯伴彼姝，寻橦不复效都庐。[③]
闺房丝绝金针细，场屋文雄椽笔粗。
挽鹿少君真哲妇，乘龙萧史亦贤夫。[④]
侍中元是胡家女，继志承欢有掌珠。[⑤]

---

① 氤氲使：泛指媒人。明凌蒙初《初刻拍案惊奇》："若道姻缘人可强，氤氲使者有何功？"缱绻司：传说中的掌管人间婚姻之仙界官署。

② 鹿门偕隐：指后汉庞德公携妻登鹿门山采药不归，隐居山林。

③ 吉士：男子之美称，亦指贤人。《周书·立政》："继自今立政，其勿以憸人，其惟吉士，用劢相我国家。"寻橦（tóng）：古代百戏杂耍之一。都卢人善寻橦。

④ 挽鹿：引意典故"共挽鹿车"，谓西汉大夫鲍宣与其妻少君共挽鹿车回乡，喻夫妻同心，安贫乐道。萧史：相传为春秋秦穆公时人。《列仙传》载，萧史善吹箫，能致孔雀白鹤于庭。穆公以女弄玉妻之，萧史日教弄玉吹箫作凤鸣，后凤凰来集其屋，穆公筑凤台，使萧史夫妇居其上，数年后，皆随凤凰飞去。

⑤ 侍中：古代官职，借指官员。

洞仙歌（百廿四字体）　和瘦愚丈元韵

（戊午　1978 年）

春风时候。喜嫣红姹紫，河山装点。大块尽文章，齐放花千万。乐安赓主[1]，九旬开二，夕照堪珍，霞似绮、丽天半。藏斗酒，中馈[2]夫人能办。

兴叹。风雅道衰，同调无多，珠玉连篇，古色古香，枉抛心力，几人能看。翁年虽迈，情怀不减，得韵传笺，青鸟使、从未断。对翰墨因缘，依然留恋。虚心纳谏，智若愚，何尝持满[3]。宜镇日，理丝篁、新声自遣。

---

① 乐安赓主：陈瘦愚别号。

② 中馈：指家中供膳诸事，代指妻室。《周易·家人》："无攸遂，在中馈。"

③ 持满：引意成语"持满戒盈"，指端盛满之水而留心不外溢，喻居高位而能自警，不骄傲自满。曹操《善哉行》："持满如不盈，有德者能卒。"

洞仙歌（九十四字体） 和瘦愚丈元韵

（戊午 1978 年）

沧桑万古，天地亦须老。自昔至人[①]无苦恼。俯而察、渊里跃鱼，仰而观、空中飞鸟。心自在、幻真本难凭，莫想入非非、梦魂颠倒。

及时须行乐，玉液驻颜，镜下徜徉渥丹[②]照。五十载、翁主词坛，至今日、吟俦渐少。幸顾盛徐胡四先生，尚鲁殿岿然[③]、文心精巧。

---

① 至人：古时指具有很高道德修养，超脱世俗，顺应自然而长寿的人。道家指达到无我境界的人。孔子被尊称为“圣人”，老子则被尊称为“至人”。

② 渥丹：润泽光艳的朱砂。亦称面色红润。《诗・秦风・终南》：“颜如渥丹，其君也哉！”

③ 鲁殿岿然：喻硕果仅存的人或事物。汉王延寿《鲁灵光殿赋・序》：“鲁灵光殿者，盖景帝程姬之子恭王余之所立也……遭汉中微，盗贼奔突，自西京未央、建章之殿皆见隳坏，而灵光岿然独存。”

瑞龙吟（百三十三字体）　赠陈翁瘦愚

（戊午　1978 年）

湖之澨[①]。有个高士八旬，还添二岁。从丁年[②]到而今，填词万首，编排次第。

逢回陆（二火神名）。盘点犹存小半，篇篇绝艺。至人与物推移，革新鼓吹，尽堪传世。

请看惠安樵叟，旧瓶新酒，词章千计。有正确人生观，通达时势。者番[③]付印，经审查无弊。竣工后、花钱数百，堪为先例。翁亦时中睿。讴歌郅治[④]，雍容典丽。剞劂[⑤]功能济。条件备、纸张有何难贳[⑥]。十分需要，是人民币。

---

① 澨（shì）：水边。

② 丁年：男子成丁的年龄。亦泛指壮年。李陵《答苏武书》："丁年奉使，皓首而归。"

③ 者番：这番，这次。宋晏几道《少年游》："细想从来，断肠多处，不与者番同。"

④ 郅治：大治。清王韬《制战舰》："然中国向以文德致郅治之隆，武功非其所尚。"

⑤ 剞劂（jué）：雕刻的刀具，借指刻字凿碑。

⑥ 贳（shì）：赊，租借。

人月圆 和陈丈集稼轩[1]句见赠次原韵

（戊午 1978 年）

胸藏万卷饶香屑[2]。集句便成诗。真如己出，博方介甫[3]，捷比陈思[4]。金荃[5]兰畹，梅溪[6]竹屋，我百无知。深羞学步，由冬与夏，斗柄潜移。

---

① 稼轩：即南宋抗金将领、著名词人辛弃疾，字幼安，号稼轩。少年抗金归宋，曾任江西、福建安抚使。因与主和派不合被贬退隐。开禧北伐前后被起用任枢密都承旨等职。豪放派词人，与苏轼合称“苏辛”，与李清照并称“济南二安”。

② 香屑：香粉，香的粉末。借指前人诗赋的句式文辞。

③ 介甫：北宋政治家王安石，字介甫。曾任荆国公，故亦称荆公。任参知政事起主持变法，后被罢相。再次起用后旋又被罢免而退居，新法皆废。文学成就斐然，名列“唐宋八大家”。集句获称“惟荆公最长，《胡笳十八拍》浑然天成，绝无痕迹”。

④ 陈思：指汉魏文学家陈思王曹植。曹植系曹操第三子，曾为陈王，去世后谥号“思”，故亦称陈思王。

⑤ 金荃：指晚唐文学家温庭筠的别集《金荃集》，原有十卷，已佚失，只存诗七十首左右。温庭筠，唐代诗人、词人。太原祁（今山西祁县）人。有天赋，文思敏捷。恃才不羁，屡试不第，一生坎坷，官终国子助教。工诗，与李商隐并称“温李”。词作成就在晚唐词人之上，被尊为“花间派”鼻祖，与韦庄并称“温韦”。

⑥ 梅溪：宋王十朋与史达祖均号梅溪。王十朋（1112—1171），字龟龄，生于温州乐清（今浙江乐清）。南宋著名政治家、诗人，爱国名臣，宋高宗亲擢为状元。官秘书郎。数次建议整顿朝政，起用抗金将领。累官侍御史，力主抗金。历知饶、夔、湖、泉诸州，救灾除弊，有治绩，时人绘像而祠之。史达祖（1163—1220？）字邦卿，汴（今河南开封）人，南宋婉约派词人，推动宋词走向基本定型。一生未第，早年任过幕僚，受过黥刑，死于困顿。词作不乏身世之感，其出使金国的北行词充满沉痛的家国之感。传有《梅溪词》。

原注：

昔人谓集句自荆公始。[1]

---

① 荆公：对宋王安石的尊称。王曾被封为荆国公。王安石（1021—1086），字介甫，临川人，北宋思想家、政治家、文学家、改革家。历任扬州签判、鄞县知县、舒州通判、参知政事，拜相后主持变法，因守旧派反对被罢相，宋神宗再次起用旋又罢相，新法皆废。病逝后追赠太傅，获谥文，世称王文公。

人月圆　和陈丈集句赠徐公韵

（戊午　1978年）

天留硕果东南宝。立雪[①]感杨时。觿龄[②]曾见，翎垂金顶，龙绣黄旗。

石麟[③]早慧，神童榜上，泮璧[④]名题。今虽大耋，倚声斗韵，仍富奇思。

---

① 立雪：引意成语“程门立雪”，喻尊师重道。《宋史·杨时传》载，杨时在下雪天拜师著名学者程颐，程瞑目而坐，杨不敢惊动，站立门外等待。待程醒来，积雪盈尺深了。

② 觿(xī)龄：亦作“觿年”，童年。《诗·卫风·芄兰》：“芄兰之支，童子佩觿。”觿，以象骨制作的器件，可做儿童佩饰。

③ 石麟：即石麒麟，对幼儿的美称。苏轼诗句：“使君有令子，真是石麒麟。”

④ 泮(pàn)璧：泮宫之璧。泮宫，中国西周时所设的大学。汉蔡邕《独断》：“三代学校之别名：夏曰校，殷曰庠，周曰序。天子曰辟雍，谓流水四面如璧，以节观者。诸侯曰泮宫；泮言半也，义亦如上。”

洞仙歌（八十三字体） 和陈丈报邱韵舫先生原韵

（戊午 1978 年）

槐安[①]消息，是芹溪封寄。知己何妨隔千里。有吟魂聚会、互诉离衷，新梦觉，觅句付邮筒里。

陈翁湖畔隐，长主词坛，何肉周妻[②]累相似。严白是诗僧、崇福安身，空世相、孤高谁比。若序齿、都登八旬余，希范笃交情，可风也已。

原注：

1. 宋邱义[③]称芹溪小隐。2. 南朝梁丘迟[④]表字希范。

---

① 槐安：引意成语“一枕槐安”，亦即“南柯一梦”。唐李公佐《南柯太守传》载，淳于棼醉卧古槐树下，梦入大槐安国招其为驸马，任南柯太守三十年，享尽奢华。醒后见槐下有一大蚁穴，南枝有一小蚁穴，即梦中槐安国和南柯郡。

② 何肉周妻：即成语“周妻何肉”，指食色之欲。《南齐书·周颙传》载，周颙清贫寡欲，终日长蔬食，虽有妻子，独处山舍。当时何胤亦精信佛法，无妻妾。太子问周颙：“卿精进何如何胤？”颙说：“三涂八难，共所未免。然各有其累。”太子问所累是什么，周回答说：“我缺妻子，何胤缺肉。”借喻嗜好诗词，不贪食色，有如周何。

③ 邱义：宁化诸生（秀才入学的生员）。少慧敏则折其塾师。同邑饱学之士李世熊奇之，引为忘年交。

④ 丘迟：南梁文学家，官司空从事中郎，有《丘司空集》传世。所著骈文《与陈伯之书》劝陈伯之归梁，颇具文学影响。陈伯之是南北朝梁朝大将，受挑唆起兵反梁，兵败投降北虏，受封“平南将军”。梁武帝命王萧宏北伐，萧宏命记室（类似秘书）丘迟写信劝陈伯之归降。

永遇乐（一百零四字体）贺苹秋金婚，用陈丈题苹秋俪影韵

（戊午　1978 年）

选佛①风流，居官未冠，群称早慧。画锦还乡，河洲②甫咏，欢乐知何似。龙年蛇月，日逢初六，牢记昏③期如是。笑牛女、思凡被谪，来到人间游戏。

神仙伉俪，寿超七秩，黄发还生儿齿。纪岁干支，细推星降④，应在前丁未。徜徉句漏，护丹守灶，葛鲍⑤犹同卧起。金婚日、齐歌瑞木⑥，韵人韵事。

原注：

绍兴十四年四月六日，辰州瑞木见，内有"天下太平年"五字，因制《瑞木成文曲》。

---

① 选佛：指佛寺开堂、设戒、度僧。其寺院称选佛场。唐天然禅师初习儒，将入长安应举，途逢禅师，谓"选官不如选佛"。"今江西马大师出世，是选佛之场，仁者可往。"

② 河洲：引意《诗・周南・关雎》"关关雎鸠，在河之洲，窈窕淑女，君子好逑"诗意。

③ 昏，古同"婚"。

④ 星降：指诞辰。星，星纪，星次名，亦泛指岁月。晋陶潜《五月旦作和戴主簿》："发岁始俯仰，星纪奄将中。"降，降诞，诞生。唐元稹《贺降诞日德音状》："以降诞之辰，奉迎皇太后宫中上寿。"

⑤ 葛鲍：葛洪与其妻鲍姑一起隐居炼丹行医。

⑥ 瑞木：南宋王应麟所著大型类书《玉海》载，宋绍兴十四年，处州言木柱内有"天下太平年"五字，以四月六日诏送史馆，作《瑞木成文曲》。瑞木，即连理木，祥瑞之兆。《宋书・符瑞志》："木连理，王者德泽纯洽，八方合为一，则为生。元嘉中二十七见。"

莺啼序（二百四十字体）　次梦窗韵

（戊午　1978 年）

蓬门绮罗未识，愧贫家小户。梳妆俭、少不如人，何况今已迟暮。昔皇祖、开疆跃剑，古榕盘错闽山树。到元初支祖，播迁身如萍絮。

居奠螺阳，郊野可垦，少岚烟瘴雾，历朝有、名宦乡贤，遗篇时见缣素[①]。念吾家、穷经三世，先严续书香一缕。断晨炊，琴曲犹弹，忘机鸥鹭[②]。

人贫志短，何暇啖名[③]，乾坤当逆旅[④]。嗟我九岁成孤藐，赖母培养，暮鹨幺豚[⑤]，凄风苦雨。读完小学，再升中学，大专窭子[⑥]原无分，似挟

---

① 缣素：细绢，可供书画，借指书籍。晋葛洪《抱朴子・遐览》："缣素所写者，积年之中，合集所见，当出二百许卷。"

② 忘机鸥鹭：即成语"鸥鹭忘机"，指无巧诈之心，异类可近。后喻淡泊隐居，不以世事为怀。《列子・黄帝》："海上之人有好沤鸟者，每旦之海上，从沤鸟游，沤鸟之至者百住而不止。其父曰：'吾闻沤鸟皆从汝游，汝取来，吾玩之。'明日之海上，沤鸟舞而不下也。"

③ 啖（dàn）名：谓贪名之甚，犹如饮食。喻偏重名声。南朝宋刘义庆《世说新语》："简文在殿上行，右军与孙兴公在后。右军指简文语孙曰：'此啖名客。'简文顾曰：'天下自有利齿儿。'"

④ 逆旅：客舍，旅店。李白《春夜宴从弟桃花园序》："夫天地者，万物之逆旅也；光阴者，百代之过客也。"

⑤ 暮鹨（liù）幺豚：成语，谓暮年的鹨和排行最末的猪，借指晚年所生的子女。清袁枚《随园诗话》："沈永之与众同榜。五十年，官云南驿盐道，乞病归，途中信来，道生一女，适余生阿迟。念二人俱是幺豚暮鹨，遂相订为婚。"

⑥ 窭（jù）子：穷家小子。宋叶适《刘子怡墓志铭》："酸儒窭子相和趋之，饭羹不完饱，钱百物准作家计。"

山[①]、北海难飞渡。普通科学，都曾探索端倪，外国何让中土。

春晖罔极，手线身衣，缝冬棉夏苎。记弱冠、恭承慈命，糊口他乡，权作蒙师，褵褷[②]试舞。风尘卅载，笔耕结束，梓桑忽变为平地，祖茔迁、华表看无柱。移家已两周星[③]，夕惕朝乾[④]，天威霁否？

① 挟山：引意成语“挟山超海”，谓挟着泰山跨越北海，喻不可能做到的事。《孟子·梁惠王》：“挟太山以超北海，语人曰：‘我不能，’是诚不能也。”

② 褵褷（lí shī）：羽毛初生时濡湿粘合貌。喻年尚幼小。清曹寅《鸦鸣歌》：“雨鸣饥鸣鸦有时，累汝褵褷乳哺儿。”

③ 周星：古用以纪年，亦称岁星。岁星十二年循环一周，因借指十二年。

④ 夕惕朝乾：成语，指终日勤奋谨慎，不敢懈怠。《易·乾》：“君子终日乾乾，夕惕若厉，无咎。”

菩萨蛮四首　赠开铦世兄

（戊午　1978 年）

一

七句又四支离叟[1]，蓬蒿满径闲居久。天送好风来，柴扉为客开。
向余谈姓氏，知是张公子。巨口细鳞[2]颁，拜嘉[3]深赧颜。

二

君家种德经三世，粤民犹记甘棠惠[4]。清望孝廉船[5]，宦情琴鹤边。
余庆垂奕叶，科第神童接。射策[6]入成均[7]，分香贡树新[8]。

---

① 支离叟：亦作支离疏。《庄子・人世间》中人物，肢体畸形，坐受赈济。宋刘克庄《最高楼・乙卯生日》："此生惭愧支离叟，何功消受水衡钱。"

② 巨口细鳞：指鲈鱼。苏轼《后赤壁赋》："巨口细鳞，状如松江之鲈。"

③ 拜嘉：拜谢美好的惠赠。《左传・襄公四年》："《鹿鸣》，君所以嘉寡君也，敢不拜嘉。"

④ 甘棠惠：即成语"甘棠之惠"，谓对官员的爱戴。汉扬雄《甘泉赋》："函甘棠之惠，挟东征之意。"

⑤ 孝廉船：对有才识之士的美称。南朝宋刘义庆《世说新语》载："晋吴郡人张凭举孝廉，自负其才，造访丹阳尹刘惔，与诸贤清谈，言约旨远，一坐皆惊。"

⑥ 射策：汉代考试取士的方法之一。借指科举考试。

⑦ 成均：古之大学。《周礼》："大司乐掌成均之法，以治建国之学政，而合国之子弟焉。"泛指官设的最高学府。

⑧ 分香贡树：即成语"贡树分香"。谓前辈有功名，其后辈也有成就。

三

中原板荡①皇纲灭，衣冠几个矜名节。高士竹中居，食贫欢有余。

暮年同调尽，后学蒙推引。五稔唱酬殷，受知吾感恩。

四

草书入妙文章丽，芝前旭后②裘弓③继。卌载侍萱堂，今称八秩觞，

皱纹虽未现，却肖尊公面。我与纪群交④，风标赏凤毛。

① 板荡：《诗经·大雅》有《板》、《荡》两篇记述当时政治黑暗、民生痛苦。后以“板荡”借喻政局混乱，社会动荡不安。

② 芝前旭后：指张芝与张旭父子，均为草书大家，人称芝旭草。

③ 裘弓：即弓裘，谓世代相传的事业。唐高适《古乐府飞龙曲留上陈左相》：“相门连户牖，卿族嗣弓裘。”

④ 纪群交：累世之交。西晋陈寿《三国志·魏书·陈群传》：“鲁国孔融高才倨傲，年在纪群（纪为群之父）之间，先与纪友，后与群交，更为纪拜，由是显名。”

赠郑淑文四首

（戊午　1978 年）

一

美酒鲜花具，焚诗涕泪倾。
文章关骨肉，花萼亦师生。
鲍照才夸妹，班昭业踵兄。①
诔词廿六韵，呜咽断肠声。②

二

绮岁通文史，香闺女诫尊。
松关慈父政，通德外家门。③
满祚鹿终死，倭奴鲸欲吞。④
沧桑悲转毂，莫问大观园。

三

才女命多薄，双修福慧艰。

---

① 鲍照：南朝宋文学家，曾任临海王刘子项参军，世称“鲍参军”。明人辑有《鲍参军集》。其妹鲍令晖，是南朝宋、齐两代唯一留下著作的女文学家，曾有《香茗赋集》传世，后散佚。班昭：东汉女史学家。班彪之女，班固之妹。班昭博学高才，班固著《汉书》未竟而卒，班昭奉旨续写《汉书》。

② 诔(lěi)词：叙述死者事迹表示哀悼的文辞。

③ 通德门：东汉时为表彰郑玄之德，在其故乡所造之门。借喻德高望重。

④ 满祚：北满君主。借指伪满政权。祚，帝位，君主。

燕孤怜卫妇，鹄寡吊令娴。[①]
冰雪心肝白，风霜鬓发斑。
穴同终有日，莫上望夫山。[②]

四

南海多闺秀，赓酬调不孤。
侍中本胡女（俊芳），仙子是何姑（惠贤）。
坛可随园主（飞山），轮应燕国扶（海天）。[③]
余生容易过，文酒暂相娱。

---

① 鹄寡：引意成语“孤鸿寡鹄”，孤独失伴的天鹅。喻失去配偶的男女。明无名氏《鸣凤记·邹慰夏孤》：“向日蚕桑动，忽相逢孤鸿寡鹄，无门投控，飞鸟依人情可悯。”

② 望夫山：民间传说之古迹，各地多有，最著名为辽宁兴城望夫山，相传为春秋时孟姜女望夫之处，上有孟姜女庙。

③ 随园：清代诗人袁枚的别号，著有《随园诗话》。扶轮：谓扶翼车轮。喻维护正统。唐高彦休《〈唐阙史〉序》：“皇朝济济多士，声名文物之盛，两汉才足以扶轮捧毂而已。”

西子妆（九十七字体）　次和苹秋先生

（戊午　1978 年）

其一

施政中州①，鏖兵辽海②，终贾③功名非晚。关东名马任驰驱，何必将、爱姬来换④。沙场血溅。身许国，头颅可断。奏凯旋，现封侯贵相，颔丰如燕⑤。

烧尾宴。鲤上龙门，耀金鳞万片。梦醒投劾⑥便归田，似渊明、宦情偏浅。云浮鸟倦。历丘壑、频舒醉眼。谢牵丝⑦、木偶登场期满。

其二　叠前韵

蝶懒蜂疲，粉消黄褪，惆怅小园春晚。芳丛游冶几多时，俯仰间、星移物换。银钩⑧墨溅。笺上字，情丝未断。最难忘，是娇歌软语，莺莺

---

① 中州：河南的古称。古时认为所在方位处于国之中、天地之中，故称中州。亦是中原主要地域。史上近三十个王朝定都河南，所谓“得中原者得天下”。

② 辽海：指辽河流域以东至海地区。《唐书·薛仁贵传》载，仁贵“威震辽海”。

③ 终贾：汉代终军和贾谊的并称，两人皆早成，后因指年少有才的人。《后汉书·胡广传》：“终贾扬声，亦在弱冠。”

④ 爱姬换马：成语“爱妾换马”，喻风流倜傥。唐李冗《独异志》载，三国魏曹彰见好马便欲换来。遇一骏马，主人极惜。曹说，我有美妾任选可换。马主人指一妾，曹即换。白居易《酬裴令公赠马相戏》：“安石风流无奈何，欲将赤骥换青娥。”

⑤ 烧尾宴：唐时士子登第或官吏升迁的庆贺宴席。源于传说：老虎变人时烧尾；羊入新群时烧尾；鲤跃龙门时烧尾。

⑥ 投劾：呈递弹劾自己的状文，一种辞官的方法。

⑦ 牵丝：佩绶，谓任官。南朝谢灵运《初去郡》：“牵丝及元兴，解龟在景平。”

⑧ 银钩：喻遒媚刚劲的书法。《晋书·索靖传》：“盖草书之为状也，婉若银钩，飘若惊鸾。”

燕燕。

教坊宴。曲艳词香，听清吟花片。韩娥[①]三日绕梁音，笑秋娘[②]、善才艺浅。风尘老倦。思往事、云烟过眼。镜奁[③]开、两鬓飘萧雪满。

---

① 韩娥：春秋早期韩国一善歌女子，借指善歌者。《列子·汤问》："昔韩娥东之齐，匮粮，过雍门，鬻歌假食，既去，而余音绕梁欐，三日不绝。"

② 秋娘：通指聪明有才华的女子。唐李锜之妾杜秋才貌俱佳，被宣入宫受宠，年老时放回故乡。白居易《琵琶行》："曲罢曾教善才服，妆成每被秋娘妒。"。

③ 奁（lián）：古时梳妆用的镜匣。

减兰　次韵和莘秋先生

（戊午　1978 年）

其一

沧桑阅尽。息迹庞公[①]偕妇隐。谱合欢歌。乐府杨方[②]取譬多。
浮生任运。楼阁空中嘘海蜃。伉俪情深。犹记交杯酒渍襟。

其二　叠前韵

蚕丝未尽。白石词仙[③]山洞隐。击筑[④]高歌。自古幽并侠士多。
大钧载运。骇浪惊涛犹斗蜃[⑤]。翰墨缘深。唱和曾题汉上襟[⑥]。

---

① 庞公：指三国时庞德公。长居岘山南沔水鱼梁洲，日事耕作，以弹琴读书为乐，夫妻相敬如宾。后拒绝刘表的礼请，携妻登鹿门山采药不归。

② 杨方：东晋名士。少好学有奇才，与是时名士虞喜兄弟称誉，名震一时。贺循（两晋名臣）谓“其文甚有奇分，若出其胸臆，乃是一国所推”。任东安太守，迁司徒参军，不愿久留都城，求补远郡，出任高梁太守。年老弃归，拒入台阁。《乐府诗集》录有杨方《合欢诗》，多有比兴取譬。

③ 白石词仙：指南宋文学家、音乐家姜夔，与白石洞天为邻，号白石道人，著有《白石词》、《白石道人诗集》。

④ 击筑：喻慷慨悲歌。筑，古代乐器，似筝，以竹片击之，声音悲壮。司马迁《史记·刺客列传》：“高渐离击筑，荆轲和而歌。”

⑤ 斗蜃：与蜃蛟精怪争斗。

⑥ 题汉上襟：晚唐段成式编辑《汉上题襟集》十卷，集段成式、温庭筠、温庭皓、韦蟾、元繇等于襄阳的唱和酬答，喻畅襟抒怀。

答开铦世兄二律，次元韵

（戊午 1978 年）

一

悔把残经当课程，生无功德死无名。
文坛白话标新体，人物青编改旧评。
寿永谁超天定数，居卑孰念世交情。
感君寄赠诗双律，装入邮车向惠行。

二

百年遥溯我生初，世态沧桑付六如。
有欲岂能游物外，无憀止好读书余。
神难作马尻轮惫，心惮雕虫腹笥虚。[①]
明德达人良可信，双眉今为故交舒。

---

① 尻轮：引意成语“尻轮神马”，谓以尻为车舆而神游。喻随心所欲。元刘埙《隐居通议·骈俪三》：“尻轮神马，偏从尘外遨游。”腹笥：原指学识丰富，借指腹中学问。《后汉书·文苑列传上·边韶》：“韶口辩，曾昼日假卧，弟子私嘲之曰：‘边孝先，腹便便。懒读书，但欲眠。’韶潜闻之，应时对曰：‘边为姓’孝为字。腹便便，《五经》笥。但欲眠，思经事。寐与周公通梦，静与孔子同意。师而可嘲，出何典记？’”

再赠淑文女士四首，叠前韵

（戊午　1978 年）

一

其人应似玉，女伴共葵倾。[①]
善果修来世，孀闺了此生。
止亲管城子，不慕孔方兄。[②]
四首新诗和，精金掷地声。

二

半边天可顶，当世女权尊。
竞筑夫人垒，争登博士门。[③]
照空心顿悟，感逝泪潜吞。[④]
归宿关前定，羊城即故园。

---

① 葵倾：葵向日而倾，喻向往渴慕之情或对以赤心趋向之意。《宋史 . 乐志十五》："千官云拥，群后葵倾。"

② 管城子：毛笔的代称，亦称"管城君"。《全唐文》中《韩愈二十一 · 毛颖传》载：唐韩愈曾写《毛颖传》，说毛笔被封在管城，叫"管城子"。

③ 夫人垒：即"夫人城"。东晋太元初，前秦苻坚率军围攻襄阳，守将朱序之母韩氏发现西北角不固，遂率百余家婢及城中女丁增筑内城固守，击退来犯之敌。此段城墙称为"夫人城"。

④ 照空：引意《心经》句"照见五蕴皆空"。感逝：意为感念往昔。北魏高允《〈征士颂〉序》："昔岁同征，零落将尽，感逝怀人，作《征士颂》。"唐白居易《忆微之伤仲远》："感逝因看水，伤离为见花。"

三

生来有宿慧，不惮学文艰。①
书法仲姬擅，词章清照娴。②
畹兰终剩馥，湘竹永留斑。③
久已抛螺黛，何尝画远山。④

四

岁寒坚气骨，挺秀岭松孤。
高行方梁媛，修龄比鲍姑。⑤
卸钗无凤举，授杖有鸠扶。⑥
迟暮诸观彻，琴书足自娱。

---

① 宿慧：先天的智慧；先天聪慧。惮：怕，畏惧，忌惮。

② 仲姬：春秋时期齐灵公的姬妾，出身于宋国公族，子姓，亦称仲子。仲姬熟读诗书，识大体，贤惠淑德。清照：宋代女词人李清照，号易安居士，齐州济南（今山东济南）人，婉约词派代表，有“千古第一才女”之称。出身于书香门第，嫁与赵明诚。金兵入侵后流寓南方，境遇孤苦。所作词善用白描手法，语言清丽。

③ 湘竹：指宋诗人梅尧臣所写一首五言古诗《湘竹》。诗以湘竹（斑竹）劈开做成席子的演变，使“湘竹”有泪与“无穷似湘水”的情感融合，以歌颂舜帝与二妃的凄美爱情。

④ 螺黛：亦称“螺子黛”，古代妇女画眉的青黑色矿物颜料。欧阳修《阮郎归》：“浅螺黛，淡燕脂，闲妆取次宜。”后引申为蛾眉的代称。清陈端生《再生缘》：“螺黛蹙，凤眸凝，想罢机谋叫圣君。”亦喻指盘旋高耸的青山。明唐寅《登法华寺山顶》：“昔登铜井望法华，嵸巃螺黛浮蒹葭。”画远山：借指画眉。宋晏几道《虞美人·玉箫吹遍烟花路》：“玉箫吹遍烟花路。小谢经年去。更教谁画远山眉。”

⑤ 鲍姑：晋代女名医潜光（约309—363），陈留（今河南开封）人。中国古代四大女名医（晋代鲍姑、西汉义妁、宋代张小娘子、明代谈允贤）之一。著名炼丹术家，精通灸法，是我国医学史上第一位女灸学家。

⑥ 凤举：形容舞态优美。北周庾信《看舞》：“鸾回不假学，凤举自相关。授杖有鸠扶：拄着刻有鸠形杖头的拐杖。《太平御览》引汉应劭《风俗通》：“俗说高祖与项羽战，败于京索，遁藂薄中，羽追求之，时鸠正鸣其上，追者以鸟在，无人，遂得脱。后及即位，异此鸟，故作鸠杖以赐老者。”

题胡俊芳悼郑公诗复

（戊午　1978 年）

安国邦衡著逑优，外家清望占千秋。[①]
侍中史上无双女，都讲天南第一流。
联句十年称附骥，挽诗三律叙盟鸥。
意真情厚才华艳，闺秀当今孰与俦。

---

① 邦衡：南宋爱国名臣、文学家胡铨，字邦衡。金兵入侵时乞斩主和派秦桧等，遭除名流放，始终坚持抗金，反对议和，为名臣李光所看重，将孙女许配胡铨为妻。晚年任资政殿学士。弥留之际口授遗表，望孝宗安民和众，收复失地。逑优：即“逑好”，谓夫妻间情感真挚。逑，配偶。《诗·周南·关雎》：“窈窕淑女，君子好逑。”

题何惠贤悼郑公诗后

（戊午　1978年）

美眷如仙孰品题，翩翩裙履郑公堤。[1]
魂游蓬岛诗翁去，泪洒云笺词女啼。
枯柳灵和悲俊婿，官梅东阁记香闺。
自从珠海沈光后，孤燕难忘是故栖。[2]

---

① 郑公堤：指道光年间襄阳知府郑敦允主持修建之襄阳江堤。郑为官公正清廉，秉公断案，扶良抑暴，深受百姓拥戴。主修大堤积劳成疾，卒于任上。堤上立有“民不能忘”石匾，民众多往瞻仰。

② 珠海：泛指我国南部海疆。

题陈文凤悼郑公诗后

（戊午　1978 年）

家世清芬溯有妫，幼娴内则守闺仪。①
康成郑授生花笔，颖士萧赓落叶诗。②
左海传笺交硕老，南天坠泪哭良师。
联珠唱玉篇章富，才子如今属扫眉。③

---

① 妫：妫水，在河北。内则：《内则》是《礼记》的一部分，主要记载男女居室事父母、舅姑之规矩。即家庭礼则。

② 康成：东汉儒家学者郑玄，字康成。郑玄家贫好学，终为大儒。曾入太学，学归后聚徒授课，弟子达数千人，后潜心著述，晚年守节不仕。郑才学渊博，要求妻妾奴婢均须学习，并亲自教授。颖士：即唐文人、名士萧颖士。萧工古文辞，语言朴实；诗多清凄之言。家富藏书达数千卷。安禄山谋反后，藏书转隐石洞，独走山南。明人辑录《萧茂挺文集》。

③ 联珠：是一种修辞方法，亦称顶真、蝉联。指上句结尾与下句开头使用相同的字或词，用以修饰上下句子的声韵。

再赠俊芳，叠前韵

（戊午　1978 年）

七十高年齿德优，两篇咏柳判春秋。
易安才藻凌男子，道韫声华壮女流。①
放眼虚空频看蜃，忘机杖履不惊鸥。
欲瞻大士莲台远，宝相庄严定寡俦。

① 道韫：魏晋时期著名才女谢道韫，晋安西将军谢奕之女，书圣王羲之儿媳。与汉代班昭、蔡琰等成为中国古代才女的代表，《三字经》载："蔡文姬，能辨琴。谢道韫，能咏吟。"

咏柳二首，次俊芳韵

（戊午　1978年）

春柳

折腰随手两纤柔，邂逅封姨舞未休。①
万缕隋堤亡国主，五株陶宅醉乡侯。②
晓风残月怀人处，朝雨轻尘送客秋。
欲把长条系春住，怎知青帝不长留。

秋柳

商飙瑟瑟晚鸦愁，桥上销魂习别秋。③
莫向灵和怨摇落，风神张绪异凡流。④

① 封姨：古时神话传说中的风神，亦称“封夷”、“封十八姨”。宋张孝祥《浣溪沙·中秋坐上十八客》：“唤起封姨清晚景，更将荔子荐新圆。”

② 隋堤：指隋朝大运河河堤。隋炀帝开通济渠，引谷水、洛水入黄河；于板渚引黄河入汴水达淮河；又开邗沟，自山阳至江都入长江。旁筑御道，种柳浃水。白居易《隋堤柳》：“隋堤柳，岁久年深尽衰朽，风飘飘兮雨萧萧，三株两株汴河口。”五株陶宅：借指陶渊明。陶渊明曾任低层官吏，其自传文《五柳先生传》载：“宅边有五柳树，因以为号焉。闲静少言，不慕荣利。好读书，不求甚解；每有会意，便欣然忘食。性嗜酒，家贫不能常得。亲旧知其如此，或置酒而招之。造饮辄尽，期在必醉。”

③ 商飙：秋风。唐韦应物《拟古诗》：“商飙一夕至，独宿怀重衾。”

④ 张绪：即南朝齐国吏部尚书张绪，后迁金紫光禄大夫。《南史》载，绪每朝见，世祖目送之，谓王俭曰：“绪以位尊我，我以德贵绪也。”刘悛献蜀柳数株，武帝以植于太昌灵和殿前，常赏玩咨嗟，曰：“此杨柳风流可爱，似张绪当年时。”

再赠惠贤，叠前韵

（戊午 1978 年）

览胜相随好句题，昌华古迹荔湾堤。
玉楼待记鬼仙往，斑竹留痕帝子啼。①
谢韫篇章标艺苑，陶婴节操著孀闺。②
故雄恩义如山重，贞妇伤心愿独栖。

---

① 鬼仙：怪谲脱俗的人，指唐诗人李贺。李有“诗鬼”之称，与“诗圣”杜甫、“诗仙”李白、“诗佛”王维齐名。宋严羽《沧浪诗话·诗评》：“太白天仙之词，长吉（李贺字）鬼仙之词耳。”帝子：指湘夫人。舜妃为帝尧之女，故称帝子。屈原《九歌·湘夫人》：“帝子降兮北渚。”毛泽东《答友人》：“九嶷山上白云飞，帝子乘风下翠微。斑竹一枝千滴泪，红霞万朵百重衣。”

② 陶婴：春秋鲁陶门之女，少寡，以纺织为生，抚养孤儿长大成人。古时被誉为妇女贞节的典型。

题惠贤（慕贞）小印

（戊午　1978 年）

冰雪为心玉作身，慕贞小印镂贞珉。[①]
三高外氏多才女，百忍夫家有逸民。[②]
赐建金坊君有待，拜瞻宝相我无因。
红蕖榭主清河妇，独把坤仪式后人。[③]

① 贞珉：石刻碑铭的美称。明孔贞运《明兵部尚书节寰袁公墓志铭》："崇冈斧如，贞珉罔极。千百斯年，过者钦式。"

② 三高：《南史・何胤传》：" 胤以会稽山多灵异，往游焉，居若邪山云门寺。初，胤二兄求、点并栖遁……兄弟发迹虽异，克终皆隐，世谓何氏三高。"百忍：喻大度忍耐。唐郓州人张公艺，九代九百人同居。《旧唐书・孝友传》载，高宗祀泰山，路过其宅，问其由。公艺请纸笔书百余"忍"字。张氏家训题为《百忍歌》。后张姓多以"百忍"为堂名。

③ 红蕖：红荷花。蕖，芙蕖，荷花。南朝梁简文帝《蒙华林园戒诗》："红蕖间青琐，紫露湿丹楹。"唐李白《越中秋怀》："一为沧波客，十见红蕖秋。"清河妇：引意明古春兰公《张节妇辞》："妾本清河女，嫁作汝南妇。舅姑性严察，孝养无违迕。良人从吏弄刀笔，一朝犯法隶军伍。军逃之罪不容述，妻孥连捕心独苦。夫因抱病死囹圄，妾欲将夫死无所。虹河之水通淮浦，妾身一死能自许。六日浮尸波上来，相逢若与精灵语。生死同居复同处，愿魂化作双飞羽。岁岁春风返乡土，月明啼上新阡树。"

三赠淑文

（戊午　1978 年）

四篇叠韵出嫠门，满纸悲酸尽泪痕。
身藉鸠扶行缓缓，眼惊蛛坠视昏昏。
病来煮药烦孤女，闲处含饴弄稚孙。
就养婿家是良策，亲承色笑掌珠存。[1]

---

① 色笑：指和颜悦色的态度。《诗·鲁颂·泮水》：“载色载笑，匪怒伊教。”

再赠文凤，叠前韵

（戊午　1978 年）

齐女称姜陈女妫，金闺肃穆重坤仪。①
青山遗逸尚书笔，紫府高闲博士诗。
同调孤山梅作友，虚心嶰谷竹为师（指篁村）。②
八旬悬帨当初夏，绕膝孙曾为介眉。

---

① 齐、姜：齐侯之女名敬姜。其儿子公文伯朝见鲁君后回家，看见后她在织苎麻，儿子觉得没面子，她训诫道："夫民劳则思，思则善心生，逸则淫，淫则忘善，忘善则恶心生。"喻家风传承。陈、妫：陈姓先祖系舜帝，周武王灭商后追封先贤，舜的后裔遏父的儿子妫满受封于陈，国号陈，妫满的子孙有的姓妫，有的姓陈。借喻望族延脉。

② 嶰（xiè）谷：昆仑山北谷名。汉应劭《风俗通》："昔黄帝……取竹于嶰谷，生其窍厚均者，断两节而吹之，以为黄钟之管。"谓黄帝使伶伦取嶰谷之竹以制乐器。

次和文凤八旬生日志感

（戊午　1978 年）

振铎传经春复秋，宣文纱幔旧风流。①
旷观天地云中鹤，浪迹江湖水上鸥。②
满纸珠玑邀友和，廿年膏火为孙谋。③
凤鞋踏遍黔湘粤，有几须眉比壮猷。

---

① 振铎：谓公布法令前摇铃，借指从事教职。纱幔：即纱帐，古时讲堂常挂纱帐。

② 云中鹤：即成语“云中白鹤”，指有如云彩中的白鹤，喻志行高洁的人。《三国志·魏志·邴原传》裴松之注引《原别传》：“邴君所谓云中白鹤，非鹑鷃之网所能罗矣。”水上鸥：引意成语“鸥鹭忘机”，喻淡泊隐居，不以世事为怀。清王鹏运《红情》：“只闲闲鸥鹭忘机，云水任宽窄。”

③ 膏火：照明用的油火，也指供读书的津贴。杜甫《奉酬薛十二丈判官见赠》：“不是无膏火，劝郎勤六经。”

落叶十首，次陈文凤女士韵

（戊午　1978 年）

据省垣萧丈笙欢函告，此题原作者，系前清何琬碧佩玉[①]女史，随园[②]孙女袁柔吉次韵和之。何原作已失传，篁村先生觅得袁稿，给文凤为范本，文凤又次韵和之，并向萧丈索和。萧于客秋亦次和云云。今年初秋，余向文凤索此稿，文凤将柔吉原作抄赠余，余次韵和之如下：

一

数声孤雁暮云边，万象萧森感自然。
榆薄串钱空布地，柳疏垂手不遮天。
黄姑久别奔迎早，白帝将临隐遁先。[③]
一笑山灵今裸体，轻纱蒙面剩炊烟。

二

百草凋残万木稀，山河小劫亦灰飞。
飘摇带雨封樵径，零乱随风点客衣。

① 何琬碧佩玉：清代女诗人。《晚晴簃诗汇》载，何佩玉，字琬碧，歙县人。秉堂三女，祝麒室。有《藕香馆诗钞》。另著有《红薇馆学吟稿》。

② 随园：随园位于南京小仓山一带，原为曹雪芹祖上林园，清代江南三大名园之一，现仅存遗址。乾隆十三年（1748），文学家袁枚购此园，名之“随园”，死后葬于斯。

③ 黄姑：牵牛星。南北朝萧衍《东飞伯劳歌》：“东飞伯劳西飞燕，黄姑织女时相见。”白帝：古神话五天帝之一，白帝为西方之神，亦为司秋之神。代指秋天。

乘化形躯将本粪，反真魂魄向根归。①
云中孤鹤边关马，一样清秋异瘦肥。

三

为菀为枯不必惊，推迁寒暑大钧情。
残钟古寺秋来景，远杵深闺夜里声。
飞比鬓边蝉翼薄，舞同掌上燕身轻。
屈伸往复如何说，参透玄机有邵平。②

四

荪芷何尝胜艾萧，翻风都越野溪桥。③
满天飞似残龙甲，到处铺同覆鹿蕉。④
枯树婆娑非易赋，秋山黯淡更难描。
年来我亦伤迟暮，百战冰霜羸骨销。

五

水枯山瘦树无荫，踏径声干屐齿侵。⑤

---

① 乘化：顺随自然。晋陶潜《归去来兮辞》："聊乘化以归尽，乐夫天命复奚疑。"粪：扫除。《说文》："粪，弃除也。"

② 邵平：秦东陵侯，原为始皇帝生母赵姬护陵，秦为汉所灭后沦为布衣，于长安城东南霸城门外种瓜，世人称之"东陵瓜"。

③ 荪、芷：均为香草。范仲淹《岳阳楼记》："岸芷汀兰，郁郁青青。"艾萧：即艾蒿，臭草，亦以比喻小人。明刘基《燕歌行》："琼田瑶草芟芃荛，江蓠泽兰成艾萧。"

④ 龙甲：喻指雪。宋张元《雪》："战退玉龙三百万，败鳞残甲满天飞。"覆鹿蕉：引意成语"覆鹿寻蕉"，喻把真事看作梦幻而一再失误。《列子》载，郑国一樵夫打死野鹿，藏于坑中，盖上蕉叶。再去取时忘了所藏地点，便当作做梦空手回家。后指恍惚迷离或得失无常。

⑤ 屐齿：屐底的齿，转指鞋印、足迹。唐独孤及《山中春思》："花落没屐齿，风动群不香。"

倦鸟一枝秋月影，寒蛩四壁夜灯心。[①]
被衣功德观音厚，蔽体洪荒积岁深。[②]
孰可后凋比松柏，凭凌冰雪自森森。[③]

六

可怜弱质不禁风，十八姨来一扫空。
雨冷难回盈野绿，霜严终脱满林红。
拾诗于祐御沟里，取纸郑虔禅宇中。[④]
万窍怒号茅屋破，牵船寒士庇孤蓬。[⑤]

七

久羡扶摇卷塞沙，随他直上九天赊。
风霜羁旅初寻路，云水优婆乍出家。[⑥]

---

① 倦鸟：引意成语“倦鸟知还”，代指归隐田园，亦喻出游返乡。晋陶潜《归去来辞》：“云无心以出岫，鸟倦飞而知还。”

② 被衣功德：指功德衣，即出家人的袈裟，梵语“迦缔那衣”作以奖赏完成前安居的比丘、比丘尼。即：安完居后，共住一处，符合条件的人，可共同由一人受袈裟。受此衣能获五种利益，因称“功德衣”。蔽体洪荒：掩盖旷野。洪荒，大荒，荒漠的旷野。明许承钦《风行至南阳湖》：“绕岸平山趋断陇，连空野水入洪荒。”

③ 后凋松柏：成语，谓寒冬腊月，方知松柏常青。《论语・子罕》：“岁寒，然后知松柏之后凋也。”喻有志之士在艰险环境中奋斗自始至终。

④ 于祐：唐僖宗时，于祐于御沟中拾得一红叶，上有诗云：“流水何太急，深宫尽日闲。殷勤谢红叶，好去到人间。”郑虔：唐高士、文学家。开元中任协律郎，正八品上，掌“调和律吕，监试乐人典课”。学书而病无纸，知慈恩寺有柿叶数间屋，遂借僧房居止，日取红叶学书，岁久殆尽，终成一代名家。唐玄宗称其诗书画为“郑虔三绝”。

⑤ 牵船寒士：指晋刘道真。《太平御览》：“刘道真遭乱，于河侧为人牵船，见一老妪操橹，道真嘲之曰：‘女子何不调机杼？因甚傍河操橹？’女答曰：‘丈夫何不跨马挥鞭？因甚傍河牵船？’”借指文人遭贬。

⑥ 优婆：梵语，指佛徒、僧尼。

劳似人身惊草草，幻如世态望花花。
飞回宜作添薪用，帮助樵青去煮茶。①

八

蚁斗槐安未解纷，飕飗四起枕边闻。
飞升白日夸梅福，滞宿荒山悼露筋。
失路飘零委沟壑，得时际会入风云。
感秋诗句挑灯写，务观难眠止为君。

九

井梧摇落故乡山，片片秋容认野关。
浅白辞枝飘玉楮，深黄穿牖坠金环。②
僧能作字天庵绿，客敢留题竹管斑。③
比重溪流浮力大，随波不怕水漩澴。④

---

① 樵青：指女婢。颜真卿《浪迹先生玄真子张志和碑》："肃宗尝锡奴婢各一，玄真配为夫妻，名夫曰渔僮，妻曰樵青。"

② 玉楮：纸的美称。元陈端《以剡笺赠待诏》："云母光笼玉楮温，得来原自剡溪濆。"

③ 天庵绿：指绿天庵，位于湖南永州市高山寺大雄宝殿后侧。唐代著名书法家怀素（725—785）出家修行与习书处。怀素幼年出家为僧，酷爱书法。因贫无纸，便种植芭蕉，蕉叶代纸习字。庵内外芭蕉成林，故称绿天庵。留题：宋王禹偁《武平寺留题》："竹声冷撼秋窗雨，山影青笼晓院苔。"王禹偁（954—1001），字元之，济州钜野（今山东巨野）人。北宋诗人、散文家，历任右拾遗、左司谏、知制诰、翰林学士。敢于直言讽谏，屡受贬谪。宋真宗召还复知制诰。后贬至黄州，世称王黄州。又迁蕲州，病故。

④ 澴（huán）：水回旋涌起。

十

吟思旧赋触离愁，吹笛淮南孰倚楼。[①]
枫下停车晴爱晚，山中缺历冷知秋。
高枝日薄无情萎，空穴风狂恣意搜。
否泰循环天则在，来春重见绿荫稠。

① 淮南：指古曲《淮南王》。晋崔豹《古今注·音乐》："《淮南王》，淮南小山之作也。王服食求仙，遍礼方士，遂与八公相携俱去，莫知所在。王之徒思恋不已，乃作《淮南王》之曲。"

三赠惠贤女史[①]，叠前韵

（戊午　1978 年）

梅花明月是前身，志行清高勒玉珉。[②]
诗伯师尊前硕老，文雄夫婿旧遗民。
德容皆备今收果，福慧双修昔种因。[③]
绕膝儿孙娱晚景，鸿厘天锡未亡人。[④]

---

① 女史：古代女官名。以知书妇女充任。掌管有关王后礼仪等事，或为世妇下属，掌管书写文件等事。《周礼·天官》："女史掌王后之礼职，掌内治之贰，以诏后治内政。"后亦用作对知识妇女的美称。

② 珉（mín）：亦作"碈"，类似玉的石头，亦是一种美玉。东汉许慎《说文》："珉，石之美者。"《礼记·聘义》："敢问君子贵玉而贱碈者。"

③ 收果、种因：引意成语"种因收果"，指了却前缘，得到结果。旧有因果报应之说，指前有因缘则必有相对的后果。元石德玉《曲江池》："当日要一文钱没处求，今日享千钟粟还嫌薄……权做个收因种果。"

④ 鸿厘：洪福。《宋史·乐志》："明明纯孝，鸿厘大来。"

题何惠贤女史三友图二首（有序）

（戊午　1978年）

窃[①]维[②]女史，身出名闺，东海官梅[③]之裔；嫔于勋阀[④]，曲江金鉴之家。髫龀读书，笄龄就业。方正遥师宋母，隔幔传经；端庄最慕曹姑，入宫作诫。德容并备，福慧双修。缱绻为司，氤氲作主。良缘夙缔，才子必配佳人；嘉耦天成，淑女终归名士。赵孟頫[⑤]鸥波亭上，唱和无休；温太真玉镜台[⑥]前，神仙应妒。魂归瑶岛，檀郎寿届耄期；心痛藁砧，贞妇年登耳顺[⑦]。只以耽诗成癖，良师早拜康成；更因施帐解围，小叔偏怜子敬。梅松与竹，三友

---

① 窃：表示自己的谦词。汉刘向《触詟说赵太后》："窃爱怜之。"有如"窃以为"。

② 维：思考，计度。司马迁《史记·秦楚之际月表》："维万世之安。"

③ 官梅：旧指官府所种的梅。南朝梁何逊为官扬州时，府中有梅，常吟咏其下，故称。杜甫《和裴迪登蜀州东亭送客逢早梅相忆见寄》："东阁官梅动诗兴，还如何逊在扬州。"代指何府。

④ 勋阀：亦即勋门，功勋门庭。苏轼《次许冲元韵送成都高士敦钤辖》："高才本不缘勋阀，余力还思治蜀兵。"

⑤ 赵孟頫：字子昂，号雪松道人、水晶宫道人、鸥波。宋太祖赵匡胤十一世孙。宋末元初著名书法家、画家、诗人。博学多才，能诗善文，懂经济，工书法，精绘艺，尤书法和绘画成就最高，绘画开创元代新风，书法创立"赵体"，与欧阳询、颜真卿、柳公权并称"楷书四大家"。

⑥ 温太真玉镜台：元剧。关汉卿作。表现温峤以玉镜台为聘物骗娶表妹刘倩英，婚后夫妻不和，经人调解终于和好。温峤（288—329）为东晋名将，字泰真，一作太真，太原祁县（今山西祁县）人。任散骑常侍、太子中庶子，与太子（晋明帝）结为布衣之交。晋明帝即位，拜侍中，转中书令，屡建战功，迁平南将军、江州刺史、骠骑将军，始安郡公。病逝时年四十二，谥号忠武。

⑦ 耳顺：六十岁的代称。指个人修行成熟，无所不顺耳、违碍于心之事。《论语·为政》："吾十有五而志于学，三十而立，四十而不惑，五十而知天命，六十而耳顺，七十而心从所欲不逾矩。"

成图；风月题襟，百篇对酒。曩昔[①]陵园留影，将贻异代名贤；而今驿舍寄声，翻赠天涯知己。感君挚意，我可无诗?

一

三友曾闻松竹梅，松梅无恙竹先摧。
大夫泰岱犹张盖，仙子罗浮不染埃。[②]
步障献之尊谢韫，瓣香云凤拜袁枚。[③]
游踪何处堪凭吊，烈士陵园土一堆。

二

罗汉魁奇修士癯，女尚书共唱于喁。[④]
毓才一代山川秀，留影三生翰墨娱。
师已革囊投圣火，叔犹晶镜护悬珠。[⑤]
感君割爱贻余子，远胜荆关好画图。[⑥]

---

① 曩(nǎng)昔：往日，从前。晋向秀《思旧赋》："追思曩昔游宴之好，感音而叹，故作赋云。"

② 张盖：张开伞盖。《晋书・天文志》："天圆如张盖，地方如棋局。"罗浮：广东名山。位岭南中南部，道教尊为天下第七大洞天、三十四福地，佛教称为第一禅林。素有百粤群山之祖、蓬莱仙境之称。

③ 步障：古代用以遮挡风尘、视线。《晋书・王凝之妻谢氏传》："谢道韫乃施青绫步障自蔽，申献之前议。"凝之、献之分别为王羲之之次子、七子。云凤：凤凰。清文学家袁枚胞妹袁机、袁杼及堂妹袁棠皆为才女，被称为"袁家三妹"，且"皆多坎坷"，袁机尤为不幸，后人叹息"彩凤随雅"。袁枚著有《祭妹文》《哭三妹五十韵》，哀婉真挚，流传久远。

④ 癯(qú)：消瘦。

⑤ 革囊：佛教称人的躯体。南朝宋范晔《后汉书・襄楷传》："天神遗以好女，浮屠曰：'此但革囊盛血。'遂不眄之。"圣火：古时民间称以炙灼治病时所燃之火。《南史・齐纪上・武帝》："有沙门从北赍此火而至，色赤于常火而微，云以疗疾。贵贱争取之，多得其验。二十余日，都下大盛，咸云'圣火'。"悬珠：比喻美目，班固《汉书・东方朔传》："目若悬珠，齿若编贝。"

⑥ 荆关：五代画家荆浩与关仝师徒的并称。两人属北方画派，画风沉郁雄浑，气势宏大；南方画派董源、巨然笔法细腻。四人并称"荆关董巨"。

鹧鸪天　次韵和陈丈瘦愚

（戊午　1978年）

反切单凭韵与声。孙炎[①]尔雅以斯鸣。无关西域经初译，不待南朝兆始萌。

词老健，富闲情。《闽音识字诀》编成。此真国粹非洋货，传统遥遥接汉廷。

原注：

汉孙炎作尔雅音义始创反切法，后人以为反切是从西域传来六朝始入中国，非也。

① 孙炎：三国时期经学家。人称“东州大儒”。曾著《周易·春秋例》，为《毛诗》、《礼记》、《春秋三传》、《国语》、《尔雅》和《尚书》作过注，所著《尔雅音义》颇具影响。

题陈文凤女史越秀湖滨留影长句

（戊午　1978年）

八旬貌若五旬人，信是长生不老身。
女儿潜修偷秘笈，仙姝小谪落凡尘。①
飞琼今许人间识，曾作东西南北客。②
三湘多士礼吟坛，百粤诸生趋讲席。
笄龄喜结凤凰俦，夫婿羊城第一流。
唱和天真原有阁，梳妆推仔岂无楼。③
高才自昔招天忌，郎伯修文先入地。④
绿凋红悴不禁霜，鹄寡鸾孤无限泪。
壮年失耦最堪哀，山上望夫剩墓台。
玉镜几曾临粉黛，冰壶岂许著尘埃。
存孤更比殉夫苦，笔耕墨耜恨天补。

---

① 女儿：指女几山。相传女几是酿酒妇，“作酒常美。仙人过其家饮酒，即以素书五卷质酒钱。几开视之，乃仙方养性长生之术”。几得书后自学。苦练而成仙。小谪：指神仙谪降（尘世）。宋曹勋《念奴娇·冰铸雪》：“小谪尘寰缘契合，同饮银浆凝结。”

② 飞琼：传说中的仙女，系西王母身边侍女。后泛指仙女。《汉武帝内传》：“王母乃命诸侍女……许飞琼鼓震灵之簧。”

③ 推仔楼：明末清初，书画家归庄起兵抗清事败逃亡，其妻不离不弃，因称其内室为“推仔楼”，寓意才子佳人合抱。

④ 修文：指振兴文教。杜甫《客堂》：“修文庙算正，献可天衢直。”亦指“修文郎”，即阴曹掌著作之官。杜甫《哭李常侍峄》：“一代风流尽，修文地下深。”

教顾画荻职兼师，命柳尝丸严若父。[①]
私淑温公夜气存，事无不可对人言。[②]
秋虫春鸟鸣天籁，断雁零鸿记雪痕。
诗集编成还自序，仙人止合石楼处。[③]
词佳清照本非男，文奥相如偏是女。
及身四代见孙曾，珍重人间有晚晴。
南国烟云回短梦，东皇雨露润余生。[④]
越王山在番禺北，山下名湖呈秀色。
绿波照影现天仙，孙竹一枝长侍侧。[⑤]

---

① 画荻：称颂母教用语。宋欧阳修四岁而孤，家贫，母郑氏以荻管画地写字，教其读书。尝丸：尝熊胆丸，称颂母教用语。《新唐书·柳仲郢传》："母韩，即皋女也，善训子，故行郢幼嗜学，尝和熊胆丸，使夜咀咽以助勤。"

② 温公：北宋政治家、史学家、文学家司马光（1019—1086），别称司马温公。陕州夏县（今山西夏县）人。宋仁宗时司马光登进士第，进龙图阁直学士。后因反对王安石变法离开朝廷十五年，主持编纂《资治通鉴》。历仕仁宗、英宗、神宗、哲宗四朝，官至尚书左仆射兼门下侍郎。卒赠太师、温国公，谥文正。为人温良谦恭、刚正不阿；做事用功刻苦、勤奋，以"日力不足，继之以夜"自诩。夜气：晚间静思而萌生的良知善念。《孟子·告子上》："牿之反覆，则其夜气不足以存；夜气不足以存，则其违禽兽不远矣。"

③ 石楼：幽雅的石筑楼台。唐韦应物《至西峰兰若受田妇馈》："聊登石楼憩，下观潭中鱼。"宋梅尧臣《石楼》："山腰古石楼，杳蔼石梯上。"

④ 东皇：指天神东皇太一，亦指司春之神。

⑤ 孙竹：竹的枝根末端所生的竹。清唐孙华《东山即事》："乳燕已飞孙竹长。"

题赵展云、胡俊芳伉俪华清池留影

（戊午 1978年）

何幸身为词女夫，如君艳福近人无。
明诚再世仍归赵，清照他生却姓胡。①
敷轨佳儿襄路政，驱车二老上天衢。
骊龙石畔留双影，应已同探颔下珠。②

---

① 明诚：即赵明诚，北宋金石家，女词人李清照的丈夫。中年在战乱逃亡中去世。
② 颔下珠：宝珠。《庄子·列御寇》：“夫千金之珠，必在九重之渊，而骊龙颔下。”

清华池吊杨妃，次俊芳韵

（戊午　1978年）

夜夜承恩娇态新，洗儿轧荦入宫频。①
匡时自昔需良将，英主由来爱美人。
离德李杨天降厉，同心姚宋岳生申。②
马嵬泥土华清水，留与千秋吊劫尘。③

原注：

李杨指李林甫与杨国忠。

---

① 洗儿：旧俗，婴儿出生后三日或满月时替其洗身，称洗儿。《资治通鉴·唐玄宗天宝十载》："上闻后宫欢笑，问其故，左右以贵妃三日洗禄儿对。上自往观之，喜，赐贵妃洗儿金银钱。"轧荦(luò)：即轧荦山。《新唐书·逆臣传》："安禄山，营州柳城胡也。本姓康。母阿史德为觋，居突厥中，祷子于轧荦山虏所谓斗战神者，既而妊。及生，有光照穹庐……母以神所命，遂字轧荦山。"后借指安禄山。

② 李杨：李林甫与杨国忠。李林甫（683—753）祖籍陇西，出身唐朝宗室，官至礼部尚书后拜相，进封晋国公。病逝后被杨国忠诬告谋反，遭削官改葬，抄没家产，子孙流放。李任宰相在位最长，大权独握，败坏纲纪，重用胡将，使安禄山得逞，致唐由盛转衰。杨国忠（699—756）祖籍华阴，杨贵妃族兄，因以飞黄腾达，至升任宰相，封卫国公，身兼四十余职，专权误国，败坏朝纲，导致了安史之乱。天宝十五年（756）随唐玄宗西逃入蜀，在马嵬驿为乱兵所杀。姚宋：姚崇和宋璟的合称。唐玄宗开元时相继为相，旧史以开元之治系二人之为为多，世称姚宋。白居易《除裴垍中书侍郎同平章事制》："在太宗时，实有房杜，赞贞观之业；在玄宗时，则有姚宋，辅开元之化。"生申：申伯诞生之日。《诗·大雅·崧高》："崧高维岳，骏极于天。维岳降神，生甫及申。"

③ 马嵬：指马嵬坡，在陕西省兴平县。唐安史之乱，玄宗逃至马嵬驿，随行将士处死宰相、杨贵妃族兄杨国忠，逼迫玄宗赐死杨贵妃，史称"马嵬驿兵变"。杨贵妃葬于马嵬坡。

咏梅七绝二首，次淑文女士韵

（戊午　1978 年）

一

托根邓尉景幽幽，标格孤高世寡俦。[①]
最是芳心消不得，黄昏时候暗香浮。

二

冰肌玉骨映晴澜，同调谁能伴岁寒。
素影不留空翠羽，师雄欲见美人难。[②]

---

① 邓尉：即邓尉山，在苏州城西南三十公里，以“香雪海”闻名，是著名赏梅胜地。相传东汉太尉邓禹曾隐居于此，故名。寡俦：缺少同伴。《三国志·魏志·董昭传》：“曹公愍其守志清恪，离群寡俦，故特遣使江东。”唐孟郊《投赠张端公》：“鸾步独无侣，鹤音仍寡俦。”

② 翠羽：绿色的羽毛。唐罗隐《鹦鹉》：“莫恨雕笼翠羽残，江南地暖陇西寒。”亦指青葱的树叶。唐杨炯《折杨柳·边地遥无极》：“秋容凋翠羽，别泪损红颜。”师雄：指赵师雄。赵在罗浮山梦遇梅花仙女。

临江仙（五十八字体）　次韵和陈丈瘦愚

（戊午　1978 年）

巾帼名流吴博士，读书发轫[①]金陵。居夷[②]格致最关情。钻研原子，功绩见新评。

健翮[③]雄飞云路远，风姿老尚婷婷。六旬有五福来临。华侨爱国，地义与天经。

① 发轫（rèn）：拿掉支住车轮的木头，使车前行。借指出发，起程。《楚辞·远游》："朝发轫于太仪矣，夕始临乎于微卢。"

② 居夷：本指居住东方九夷之地，后泛指居住少数民族地区，亦作"居彝"。

③ 健翮（hé）：矫健的翅膀，喻有才能的人。明顾大典《青衫记》："喜交知万里扶摇，行看健翮登枢要。"

又七绝一首，次原韵

（戊午　1978 年）

美人留美因缘美，选得金夫色不荒。
研究高能伊远出，殷勤饯别上河梁。①

① 河梁：桥，亦指送别之地。汉李陵《与苏武》："携手上河梁，游子暮何之？徘徊蹊路侧，悢悢不得辞。"

文凤女士以四次生朝述怀索和，为次韵各和一首

（戊午　1978 年）

四十悦辰

评花品月度春秋，管仲姬原是女流。①
四载前哀夫化鹤，百篇内叙妇盟鸥。
年登不惑休言老，酒到无聊且扫愁。
人寿期颐君未半，尽多山水待遨游。

六十悦辰

人间果有女相如，腹笥珍藏万卷书。
孤躅客游千里外，同心郎杳廿年余。②
手强且喜雕能射，巢旧何妨燕独居。③
甲子平头将进酒，儿孙筒馈锦江鱼。

---

① 管仲姬：即管道升，字仲姬、瑶姬，元代著名女书法家、画家、诗词创作家。

② 孤躅（zhú）：独自踩脚。清袁枚《抚孤行为毕尚书作》："如枚百辈何足数，只能代为躅足，仰望高天云。"

③ 雕能射：即指射雕手，亦指才技出众的人、诗家。王维、祖咏等十八人诗辑为《极玄集》，序称维等皆"诗家射雕手"也。

七十悦辰

百粤三湘印旧踪，古希今与杜陵同。[①]
抒怀屡对傲霜菊，觅句频闻报晓钟，
堂上清樽新酿绿，榆端丽绮晚霞红。
从心所欲雄飞久，女子宁无国士风？

七七悦辰

置闰清和两悦辰，修龄七七醉吟身。[②]
林泉杖履闲情适，芝玉庭阶景福新，
道韫清才前世谢，元龙豪气外家陈。[③]
魂萦五十年间事，私慰延陵入梦频。[④]

---

① 百粤：也称百越，指古代中国南方沿海一带古越族人分布的地区。《汉书·地理志》载，百越“自交趾至会稽七八千里，百越杂处，各有种姓”。广东属百越中的南越，《汉书》称“南粤”。三湘：湖南省别称。“三湘”与“四水”合称，指湖南的地理环境。四水指湘、资、沅、澧四条河流。三湘则是指秦灭楚时，境域由楚之三郡，即洞庭郡、黔中郡和苍梧郡构成。湖南亦简称“湘”。

② 清和：农历四月的俗称。明卢象升《与蒋泽垒先生书》：“家大人于清和闰月初二日抵白登公署。”

③ 元龙：东汉陈登，字元龙。许汜曾见之，登以汜求田问舍，言无可采，久不与语，后许汜谓刘备曰“陈元龙湖海之士，豪气不除”。形容性格大气豪放。

④ 延陵：古邑名，约在今常州、江阴等吴地沿江一带。为春秋吴邑，系孔子的老师、“南方第一圣人”季札所居之封邑。延陵郡为“吴”姓的郡望。

再题赵胡俪影，叠前韵

（戊午　1978 年）

一床连璧妇和夫，谁说人间两好无。
嘉耦道升承旨赵，良缘元乂侍中胡。[①]
山川摄影来双者，楼阁延春入九衢。
最喜暮年逢盛世，胡乡合浦已还珠。[②]

---

① 道升、赵：指管道升夫妇、赵孟頫。元乂（yì）侍中胡：指北魏总禁兵元乂、侍中胡氏（胡灵太后妹妹）夫妇。

② 合浦还珠：成语，喻东西失而复得或人去而复回。东汉时期，合浦郡（今广西合浦县东北一带）盛产珍珠，当地百姓以采珠为生，产量日减，官吏盘剥，饿死不少珠民。太守孟尝革除弊端，珍珠重又盛产。苏轼《题冯通直明月湖诗后一首》："闻道牂江空抱珥，年来合浦自还珠。"

次和林丈竹均八六自寿二首

（戊午　1978年）

一

四围水跨六长虹，一老垂纶花屿东。
旧友题襟传汉上，前贤树帜溯闽中。
笔端珠玉千章富，眼底烟云百虑空。
家学同源才伯仲，却将高寿驾林鸿。①

二

岁星长我一周终，我不如君意匠工。②
知己比邻胡越近，耽诗成癖岛郊同。③
海舟存问二三子，野服逍遥八六翁。④
堂上埙篪争劝酒，木公金母面俱红。⑤

---

① 林鸿：明洪武年间诗人，福建福清人。著有《林鸿诗》、《鸣盛诗》、《鸣盛词》等，诗风“声调圆稳，格律整齐”，一洗元代诗人纤弱之习，被称为明开国第一诗人。

② 岁星一周：木星（即岁星）运行一周约十二年，故一周指十二年。

③ 胡越：即胡与越。泛指北方和南方的各民族。汉邹阳《上书吴王》：“臣闻秦倚曲台之宫，悬衡天下，画地而人不犯，兵加胡越。”喻相距遥远。岛郊：唐诗人贾岛和孟郊的合称。孟郊比贾岛大二十八岁，是贾岛前辈，但都遭际不遇，官职卑微，一生穷困，一生苦吟。

④ 存问：慰问。多指上对下，老对少。唐郑棨《开天传信记》：“路之父老负担壶浆，远近迎谒，上皆亲加存问，受其献馈。”野服：引意成语“黄冠野服”，谓衣着粗劣。借指平民百姓。《礼记·郊特牲》：“大罗氏，天子之掌鸟兽者也，诸侯贡属焉。草笠而至，尊野服也。”

⑤ 埙篪（xūn chí）：埙、篪皆古代乐器，二者合奏时声音相应和，借喻兄弟亲密和睦。木公金母：即仙人东王公和西王母。后用于祝寿，代指庆寿之主人夫妇。唐杜光庭《仙传拾遗·木公》：“昔汉初，小儿于道歌曰：‘着青裙，入天门，揖金母，拜木公。’时人皆不识，唯张子房知之。”

贺淑文子远道归省

（戊午 1978 年）

见说嫠门有凤雏，间关千里趁归途。
教修共仰欧阳母，生武淮存赵氏孤。[①]
毕世松心励冰雪，从前蔗境补桑榆。[②]
鲰生闻讯为君庆，翘望南天拍手呼。

① 欧阳母：指欧阳修的母亲郑氏。郑氏系大家闺秀，与欧阳修寡母孤儿，生活窘迫，仍督教欧阳修读书，以荻管画地教子习字。赵氏孤：即赵武。春秋时晋国佞臣屠岸贾诬陷赵盾，杀其满门；赵盾的儿子赵朔的妻子有遗腹子（即赵武）藏匿于宫中，赵家门客程婴等以他人婴儿顶替救出；屠全国搜捕，为救护赵武，晋公主、韩厥、公孙杵臼献出生命。赵武后由程婴抚养成人报仇雪恨。

② 松心：喻坚贞高洁的节操。唐刘禹锡《酬喜相遇同州与乐天替代》："旧托松心契，新交竹使符。"蔗境：喻晚景美好。宋赵必豫《水调歌头》："百岁人有几？七十世间稀。何况先生八十，蔗境美如饴。"

夜长　呈萧丈笙欢

（戊午　1978 年）

霎时酣睡霎时醒，吾夜吾身五度兴。
觅句枕边频覆被，看书帐内屡移灯。
穴擒虎子风陪从，井入龙工水沸腾。①
漏画梦残鸡唤起，披衣坐待日东升。

---

① 穴擒虎子：引意成语“虎穴得子”，比喻诗文贴切中肯，且深得其要旨。杨维桢《佛顶菊》：“座客顾仲瑛奉觞称曰：‘先生之作，诚可谓虎穴得子矣！’”从(zòng)：随性。龙工：即龙工衣。古代疏浚河道时所穿的服装。《竹书纪年·帝舜有虞氏》：“舜父母憎舜……又使浚井，自上填之以石，舜服龙工衣，自傍而出。”

次和文凤口占二绝

（戊午　1978 年）

一

裙钗知己孰如君，锦绣为心玉作身。
粤海闽山千里隔，南楼高会怅无因。

二

驻颜丹诀问何如，鸿宝曾看枕上书。①
岁月瑶池金母永，蟠桃花发满庭除。②

① 鸿宝：道教修炼仙丹之书。班固《汉书·刘向传》：“上复兴神仙方术之事，而淮南有《枕中鸿宝苑秘书》。”

② 庭除：庭院。除，台阶。晋曹摅《思友人》：“密云翳阳景，霖潦淹庭除。”

落叶十首缘起（用第十首韵）

（戊午　1978 年）

残编吐焰鬼神愁，女手频成五凤楼。①
琬碧难存诗十首，湘痕终著节千秋。②
金闺唱玉香魂杳，沧海遗珠老宦搜。
料彼吟余有同感，形骸未槁鬓霜稠。

---

① 五凤楼：古楼名。唐代洛阳建有五凤楼，上有五凤翘翼。明代京城建五凤楼，为紫禁城正门，上有崇楼五座，形如雁翼，俗称“五凤楼”。宋曾慥《类说》引《谈苑》：“韩浦、韩洎咸有词学。洎尝轻浦，语人曰：‘吾兄为文，譬如绳枢草舍，聊庇风雨；予之为文，是造五凤楼手。’”后以“五凤楼手”指文章高手。

② 琬碧：清代女诗人何琬碧。《晚晴簃诗汇》载，何佩玉，字琬碧，歙县人。秉堂三女，祝麒室。有《藕香馆诗钞》，另著有《红薇馆学吟稿》。湘痕：湘竹的泪痕，代指尧帝的两个女儿娥皇和女英。

琐窗寒 用清真韵和某教授

（戊午 1978年）

云锦[①]天衣[②]，河东织女[③]，绮窗绣户[④]。隔河相望，泣涕牛郎如雨。鹊填桥、刹那相会，衾中共诉伤心语。奈天公刻薄，银河永隔，仍成孤旅。

衰暮，归何处。念妻不从三[⑤]，夫空噫五[⑥]。人间天上，哪有刘樊仙侣[⑦]。问蓬瀛、三岛樱花，花时攀折人多否？误檀郎、犹恋坠欢，痴想偕觞殂[⑧]。

---

① 云锦：传统丝制工艺品，有“寸锦寸金”之称。其历史可追溯至东晋，时国都设立专管官署——锦署，至今已1600余年。现今云锦还保持传统的提花木机织造，其技艺仍无法以现代机器替代。

② 天衣：喻指天空飘浮的云。元张可久《人月圆·会稽怀古》：“荷花十里，清风鉴水，明月天衣。”

③ 织女：别名天孙、天仙娘娘，与七仙女姊妹合称七星娘娘。是传说中编织云雾的女神，妇女儿童的保护神，著名神话故事“牛郎织女”的女主角。

④ 绣户：装饰华美的门户，多指妇女居室。南朝宋鲍照《拟行路难》：“璿闺玉墀上椒阁，文窗绣户垂罗幕。”

⑤ 从三：引意“三从四德”，指三从。

⑥ 噫五：即五噫歌，相传为东汉梁鸿所作的一首诗歌，全诗五句，句末均有噫字。诗叹皇族奢侈，庶民艰辛。

⑦ 刘樊仙侣：指三国时刘纲与妻樊云翘。传说刘纲有道术，亦潜修密证，人莫能知。尝仕上虞令，为政清静，而政令宜行。后与妻樊云翘同入四明山仙去。

⑧ 偕觞殂：偕同欢饮和死亡。喻同生死。觞，向人敬酒。殂，往死也。

题某教授《梦中吟》后七绝十首，寄陈胡二君

（戊午 1978年）

一

绛宫仙阙认蓬莱，艳说樱花遍地开。
若向岁寒谈气节，樱花似异故乡梅。

二

爱情纯洁俨无瑕，旧誓徒从梦里夸。
可望奈何不可即，樱花止合比空花。①

三

有情却似最无情，露水因缘枉此行。
知否孤帏痴婿老，长开鳏眼到天明。

四

君平词曲晋卿诗，留恋青莺杨柳枝。②
不拾坠欢甘怨旷，情痴终古属书痴。

---

① 空花：亦作“空华”，佛教语。隐现于病眼者视觉中的繁花虚影，喻纷繁妄想与假相。《楞严经》：“亦如翳人，见空中华；翳病若除，华于空灭。忽有愚人，于彼空华所灭空地，待华更生；汝观是人，为愚为慧？”

② 君平：西汉晚期道家学者严遵，字君平。时隐居市井，以卜筮为业，“因势导之以善”，宣扬老子道德经，以惠众人。晋卿：指东晋诗人陶渊明。陶出仕彭泽县令八十多天即弃职归隐，是第一位田园诗人，被称为“古今隐逸诗人之宗”。

五

苏卿归汉无前妇，蔡琰居胡有后夫。
三欲人间谁禁得，盟山誓海半欺诬。

六

有妻翻作早鳏身，衾枕同谁笑语亲。
梦里不知肠断误，输他箕踞鼓盆人。

七

三宵欢会又分襟，直士何知巧女心。
寄语剧团休受骗，取材莫取梦中吟。

八

钟情笑彼心如梼，易地知君发上冲。①
身老若无妻作伴，茅柴竹叶靠谁供。

九

北国青钱万选铜，老胡现代一文雄。②
平生阮籍轻余子，那有书痴在眼中。③

---

① 梼(chóu)：刚木，木材坚硕的树。

② 青钱万选：成语，喻文才出众，屡试屡中。《新唐书》载，唐朝工部侍郎张荐之祖父张文成考中进士任参军，因不善巴结，官运不好，意欲经科考升迁，连考八次，皆中“甲科”却未被重用。被称为“青钱学士”，“文辞犹青铜钱，万选万中”。

③ 阮籍：三国魏诗人，竹林七贤之首。轻视礼法，不喜言语，常以眼神表示态度，对讨厌的人，即予以白眼。

十

蓬岛樱花原国色，蟾宫桂子亦天香。
鲰生怕作公家语，贪为花神写艳妆。

病中拾零

（戊午　1978 年）

冬至二首

才人不达笑随园，索挽未行重告存。①
一死万空胡不悟，这般窠臼要推翻。

四男二女完婚嫁，感谢天公向愿酬。②
为甚未游五岳去，只因钱未杖头留。③
遨游若不需资斧，我欲腾空逛五洲。④
何日尻轮得神马，九天九地任优游。

---

① 随园：借指袁枚。随园系著名江南园林，位金陵小仓山。原为江南织造曹寅家族所建，后归隋赫德所有，被称随园。后又为清诗人袁枚所有。曹家姻亲曾称随园即《红楼梦》大观园。太平天国垦耕夷为平地。索挽未行重告存：袁枚生性随和，不耐为官，三十三岁时居家乞养。相士胡文炳为其占卜，称七十六岁寿终。是年袁腹疾多时未愈，即自作挽诗，且"敲门索和"，继作《除夕告存戏作》七首。袁享年八十二岁。作者亦曾寄诗索挽。

② 向愿：引意成语"向平愿了"，指儿女都已婚嫁。《后汉书·向长传》载，东汉隐士向长（字子平）怀才不仕，抚养儿女长大成婚后，自己同友人遍游五岳三山，不知所终。

③ 杖头留：引意典故"杖头钱"。南朝宋刘义庆《世说新语·任诞》："常步行，以百钱挂杖头，至酒店，便独酣畅。"

④ 资斧：利斧，借作旅费、盘缠。南朝宋范晔《后汉书》："故陈资斧而人靡畏，班爵位而物无劝。"李贤注引《汉书音义》："资，利也。"

病中偶得　人与鸟二律

人之将死其言善，我愧未能善厥躬。①
弓冶书香三世续，箪瓢陋巷一身穷。②
无才觅利宜长困，有意为诗奈不工。
心力枉抛悔何及，书呆今古几人同。

鸟之将死厥鸣哀，将死我仍笑口开。
扶病身犹羁逆旅，侍死魂合赴泉台。
终天诗枉蓼莪诵，千载鹤唯华表回。③
膝下相依应有日，青山一角我归来。

群生

圣人高坐云头看，下界群生最可悲。
绿鬓朱颜能几日，微尘白骨永无期。④
笼中鸡鹜身何保，釜底鱼虾命总危。⑤
争利争名有何益，空担罪过赴冥司。

---

① 厥躬：短小身材，多用作自谦。屈原《天问》："皆归射鞫，而无害厥躬。"意为"都是勤谨尽力，没有损害他们自身"。唐吴筠《高士咏》："耕凿勤厥躬，耘锄课妻子。"《玉篇》："厥，短也。"《疏》："躬，犹身也。"

② 弓冶：引意成语"克传弓冶"，谓继承父祖事业。《礼记·学记》："良冶之子，必学为裘；良弓之子，必学为箕。"箪瓢陋巷：成语，喻生活清贫。《论语·雍也》："贤哉回也！一箪食，一瓢饮，在陋巷，人不堪其忧，回也不改其乐。"

③ 蓼莪：《诗·小雅》篇名，表达子女追慕双亲抚养之德的情思，后指对亡亲的悼念。千载鹤：引意成语"鹤归华表"，感叹人世变迁。晋陶潜《搜神后记》载，辽东人丁令威学道，千年后化鹤归辽，集城门华表柱。时有少年举弓欲射，鹤乃飞，徘徊空中而言："有鸟有鸟丁令威，去家千年今始归。城郭如故人民非，何不学仙冢垒垒。"遂高上冲天。

④ 绿鬓朱颜：成语，形容年轻美好的容颜，借指年轻女子。宋晏殊《少年游》："绿鬓朱颜，道家装束，长似少年时。"

⑤ 鸡鹜：指鸡和鸭，常比喻小人或平庸的人。

除夕夜得淑文诗赋谢

（戊午 1979 年）

扫径移盆火尚红，新诗问疾到邮筒。
万家竹爆春声闹，满宅桃符瑞气融。
情谊故人何太厚，寿筹病汉未应终。
懿欤通往名门女，天锡麟儿福复充。[①]

① 懿欤（yì yú）：感叹语，表示感叹、感慨等。懿，美好。欤，语气词，啊，吗，呢。麟儿：即麒麟儿，指颖异的孩儿。唐杜甫《徐卿二子歌》：“君不见徐卿二子生绝奇，感应吉梦相追随。孔子释氏亲抱送，并是天上麒麟儿。”

春　寒

（己未　1979 年）

三春吟兴究如何，病久无诗写衍波。①
直北关山音讯少，向南门户水风多。
疗饥计日薯充膳，御冷藏身絮作窝。
最喜陔华笙可补，侍亲地下得高歌。②

---

① 衍波：即衍波笺，诗笺名。宋王直方《直方诗话》："贯自陈进士，能为诗。中有一人授贯纸，曰：'此所谓衍波笺，烦赋《宫中晓寒歌》。'贯援笔立成。"

② 陔（gāi）华：亦即陔夏，古乐章名。清置有"陔华吟馆"。

乐贫咏

（己未 1979 年）

与物推移志易舒，顺风转舵快何如。
圣经孟有逢君诫，遗稿逋无封禅书。[①]
趋势壬人心太巧，投机痴汉术终疏。[②]
吾身不作啦啦队，翻觉贫中乐有余。

---

① 逢君：引意成语“逢君之恶”，谓迎合昏庸的执政者，引诱去干坏事。《孟子·告子下》：“长君之恶其罪小，逢君之恶其罪大。”借指阿谀逢迎。封禅书：西汉文学家司马相如所作，叙述古代七十二位国君封禅泰山，汉王文治武功显赫一时，雄才大略可与历代君王媲美，劝谏汉武帝亦行封禅。文章于司马相如死后被交汉武帝，对汉武帝多次封禅颇具影响。宋林逋《自作寿堂因书一绝以志之》：“茂陵他日求遗稿，犹喜曾无封禅书。”

② 壬人：指巧言谄媚、不行正道的人。班固《汉书·元帝纪》：“咎在朕之不明，亡以知贤也。是故壬人在位，而吉士雍蔽。”

题梅村①集

（己未 1979年）

沧桑万劫一诗人，盖世才名转累身。
鸡犬几时随故主，轮蹄沿路泣孤臣。
鲁连蹈海宁无意，介子焚山总有因。②
遗稿篇篇充血泪，何尝片刻忘君亲。

---

① 梅村：即明末清初诗人吴伟业（1609—1672），太仓城厢人，字骏公，号梅村。曾以会试第一殿试第二获登榜眼，历任翰林院编修、南京国子监司业等职。明亡辞官归里。学识渊博，著述甚多。工诗能文，擅填词及杂剧、绘画。诗词多有悯时伤世之作。诗风自成一体，世称“梅村体”。著有《梅村集》、《梅村家藏稿》、《绥寇纪略》、《春秋地理志》等。

② 鲁连：战国末期齐国高士鲁仲连，又名鲁连。鲁爱国、清廉、仗义，胆识过人，智慧高超，具鞭辟入里、简洁含蓄的论辩艺术。最后归隐于东海。介子：即介子推，后人尊为介子。春秋晋国人。虽曾“割股奉君”，但隐居“不言禄”。晋文公以烧山迫其下山，介子推不从，抱树而死。宋黄庭坚《清明》：“人乞祭余骄妾妇，士甘焚死不公侯。”

为家姐题像

（己未　1979年）

一

登堂忍听母啼悲，孤藐相怜失怙时。①
慈泪拭干持帕跪，中宵伴冷缉麻随。②
过人至性谁能比，荫弟深恩我独知。
六十六年一弹指，而今都届倦勤期。③

二

华年廿八泣离鸾，古井无波白璞完。④
吟社才人新顶戴，先朝命妇旧衣冠。
碎红凋绿遭何酷，殉婿存孤事两难。
鹤发松姿真影在，可怜莫状寸心丹。⑤

---

① 孤藐：谓幼年丧父，失去依靠。《左传．僖公九年》："以是藐诸孤，辱在大夫，其若之何?"失怙(hù)：丧父。《诗・小雅・蓼莪》："无父何怙? 无母何恃?"

② 缉麻：亦作"绩麻"，把麻片披开，搓捻成线。明王冕《江南妇》："日间力田随夫郎，夜间缉麻不上床。"

③ 倦勤：指倦累于勤作辛劳之事务。借指老龄。宋周密《齐东野语・黄德润先见》："上将内禅，一日朝退，留二府赐坐，从容谕及倦勤之意。"

④ 古井无波：成语，喻内心恬静，情感不为外界事物所动。白居易《赠元稹》："无波古井水，有节秋竹竿。"

⑤ 莫状：成语"莫可名状"缩简语。

三

瓜蔬充膳久安贫，今补桑榆蔗味津。

卵翼孤雏丸和胆，冰霜两鬓玉为身。①

望夫云覆层峦石，就养途通重驿轮。②

娱老今秋觞八秩，儿孙堂上舞新衣。

四

绩苎非关效敬姜，儒生生长早知方。③

艰辛教子孤檠照，勤俭持家十指忙。④

黉宇克登新学巧，青钱邀选后昆良。⑤

有求必应人天一，节孝长争日月光。

---

① 丸和胆：引意成语“熊丸教子”，谓贤母教子。郢幼年嗜学，其母韩氏以熊胆和制丸子，使其夜咀咽以提神醒脑。

② 就养：侍奉父母。唐杨炯《昭武校尉曹通神道碑》：“就养之方，兼申爱敬；慎终之道，不忘哀戚。”

③ 敬姜：齐侯之女，儿子起色后她仍在织苎麻，儿子觉得没面子，她训诫道：“夫民劳则思，思则善心生，逸则淫，淫则忘善，忘善则恶心生。”

④ 孤檠(qíng)：孤灯。檠，灯架，亦指灯。清陈维崧《清平乐·夜钦友人别馆听年少弹三弦限韵》：“欢场才罢，去对孤檠话。”

⑤ 青钱邀选：引意成语“青钱万选”，喻文章出众，屡试屡中。

读《儒法斗争史参考资料》偶成三则

（己未 1979年）

天命

人类妄求无止境，难怪什求九不应。
到了无可奈何时，始悟其间有天命。
天命一词永不废，法家恶之儒家爱。
恶之不减爱不增，乾坤规律万年在。

焚坑

休为焚坑便过秦，法家明说不施仁。
病中白首思前事，梦里青山哭故人。
陆接舆狂难避世，盆成括莽易戕身。①
娲天今赖诸孤补，炼石訇訇动四邻。

修史

颠倒是非修史难，欲从何处判忠奸。

① 陆接舆：春秋楚国隐士陆通，字接舆。晋《高士传·陆通》载，陆通学识渊博，善修其身，自耕自食，无意出仕。楚昭王遣使请陆做官，陆散发装疯，后往峨眉山隐居。古书上称其为“楚狂”。盆成括：孟子学生，在齐国做官。《孟子》载，孟子曾说：“盆成括离死不远了”，学生问其因，孟子说：“盆虽聪明，但不懂得君子应该知道的大道理，足以招致杀身之祸。”

巨君炎汉屡扶主，仁杰伪周频拜官。①
儒者衾掀全手足，法家车裂碎心肝。
万年遗臭真豪语，定论原非在盖棺。

---

① 巨君：西汉新朝开国皇帝王莽，字巨君。汉哀帝去世后，王莽拥立九岁汉平帝；第三年立长女王嬿为汉平帝的皇后；汉平帝病死后，王莽立只有两岁的汉宣帝玄孙刘樱为皇太子，王莽代理朝政。

歌颂汉字长句

（己未　1979 年）

汉字巧妙力无穷，同化辽金及满蒙。
单字拈来好排列，整齐简易夺天工。
六书小学源流远，许慎遗编万世崇。①
方体字形能独立，一音一字课儿童。
组成词句无长短，骈俪分明对仗工。②
中国人皆知汉字，感情彼此可相通。
事隔千秋留典籍，地睽万里仗鳞鸿。③
版图恃此可混一，谁敢割据自称雄。
鲰生吟友编海内，全赖车书六合同。
四库南朝金粉在，万邦今尚望景从。④

---

① 六书：汉代学者把汉字的构成和使用方式归纳成六种类型，总称六书。首见于《周礼》，清代以后一般指象形、指事、会意、形声、转注、假借。许慎：字叔重，东汉文字学家。少博学经籍，时称“五经无双许叔重”。为郡功曹，举孝廉，再迁除洨长。撰五经异义，又作《说文解字》十四篇，皆传于世。

② 骈俪：指骈体文，文章的对偶句法。宋赵彦卫《云麓漫钞》：“本朝之文，循五代之旧，多骈俪之词。”

③ 睽（kuí）：分离；背离。鳞鸿：即鱼、雁，指书信或信使。晋傅咸《纸赋》：“鳞鸿附便，援笔飞书。”

④ 四库：指《四库全书》，系乾隆皇帝指令纪昀等 300 多位高官、学者编撰，3800 多人抄写，耗时 13 年编成的丛书，分经、史、子、集四部，故名四库。《四库全书》在编修过程中，不利于清朝的巨量书籍遭受焚毁、删削、篡改、错讹的厄运。南朝金粉：即“金粉南朝”，指偏安江南绮靡繁华的宋、齐、梁、陈等朝代。景从：“望风景从”缩简语，谓观察态势，响应随从。

唐律渊源于南朝，有着森严和壁垒。
学者必须用力攻，造句心细而胆大。
秘诀全在对仗中，
请看李杜韩欧及苏黄数公。
请看唐宋元明清历代诗客，
哪有一人不精研对仗，
坐令千秋万世称诗翁。
今向吟友献刍议，
近体诗词都须对仗好，
否则，全篇规律格调尽落空。
用夷变夏君休讶，萧艾逢时胜兰麝。
七亿炎黄好儿孙，不教汉字拉丁化。
拉丁是切音符号，有音无义非深奥。
如丝不断蚓连蜷，新异偏能投俗好。
将它来作注音可，反切孙炎最帖妥。[1]
苟欲全部代汉文，把它毁弃付秦火。

特别注释：

这是作者生前的最后一首诗作。作者在弥留之际，尽管已经不能在诗的语境中为诗章规整、为字句润色，但依然秉持着对诗词的倾心与执着，依然深怀着对中华文化的挚爱与牵挂。

---

① 孙炎：三国时期经学家，字叔然。时称“东州大儒”。著有《周易·春秋例》，为《毛诗》、《礼记》、《春秋三传》、《国语》、《尔雅》和《尚书》作注，所著《尔雅音义》影响较大。

后 记

《王健侯诗词集》出版发行，这是一份搏动着中华传统血脉的文学成就，寄托着作者对文化气节的坚守与传承。

在1995年的一天，我老伴递给我一小册子，说："这是我叔公的诗集。"小册子淡青色的封面，一树白梅衬底，沉黑的隶书标记"王健侯诗词选"。我老伴称呼的"叔公"，准确说是"外公"，老伴的生母是"叔公"的长女。小册子仅数十页，选录诗词估约百首。浏览过后，初略感受一如书封，青绿淡淡。所录诗作题材大多是"吟朋唱和"、"居家杂咏"。叔公是个教书匠，天地就那么大。我和老伴更是悟知：叔公经历了屡次斗争的磨难与动乱的迷茫，自有笔触不可逾越的藩篱与鸿沟。

我老伴说过，叔公任教多年，当过小学校长，很有才华，诗词最拿手，会号脉开方，二胡品箫也很在行。由此，我对叔公满怀景仰。每次回家探亲都会陪着老伴一起拜会叔公。叔公没有想象中那种执鞭学堂昂首踱步的挺拔身姿，也没有传言中那种开口文言躬身卑膝的迂腐神态。老人寡言，却慈祥随和。起先常见叔公帮衬婶婆淘米通煤炉，后来再看到的叔公几乎都躺在他的小黑屋子里。

不觉过了十几年，我的两位岳叔守谦、学谦将叔公所存诗稿整理打印成册，送我赏阅。打印的诗稿收录叔公诗词近千首，守谦说是他劝说老父亲忆记旧作，逐一誊录。一时令我惊讶：古稀上下的老者，尚可对有生以来的诗作忆记重抄，字句清晰，格律严谨，各篇的创作年份、地点都标注至详；与诗友唱和联句，不仅忆录了自己的章句，对友人诗行亦记忆如新，若无身心专注，何具如此功力？尤其“家慈七十”征诗三十二份，“文革中焚毁一空”，尽管“无法追忆”，仍记得三十二位赠诗者的姓名、字号、学位、籍贯以及部分诗句乃至完整诗章，令人叹为观止。

细细读过诗稿，我的惊叹就不仅仅是叔公的记忆能力了。诗章语词考究、韵律规矩、用典驯熟、意境深邃，读来朗朗上口、荡气回肠。从那些“吟朋唱和”、“居家杂咏”中，读到了诗人情寄家国、怀关时世的大气象。老人躺在小黑屋里匣子床上的年岁，依然诗情泉涌。虽偶有病中吟哦，主旋律自是神情晴空朗月，字句金珠玉盘。老人无愧是一位胸襟广博、气质铿锵的真正诗人。

“九岁怙忽失”的诗人长成十七八岁毛头小伙时，心怀“慷慨存吾志，光明视此身”的抱负，或因“枕戈思报国，投笔恐忧亲”的犹疑，自叹“未果从军空有志，不能救国自捶胸”；岁至二十大几、三十上下，“我到岑江植桃李”“诗肠鼓吹薰风里”，虽专注于教务潜心于诗词，仍然抒发着“金瓯破碎痛关东”“外忧内患日相寻”的疾愤，无奈“国是空劳梦想”，期待“谁起龙城李广”，尤为笃信“炎黄四亿儿孙在，消灭倭奴指顾间”；日寇投降时，“否极终教泰运回”，诗人为家国获得新生而欢欣至极的喜悦之情一泄为快。

此后，或许由于大家都能猜想到的缘由，诗人怀揣“劫余魂魄伤弓鸟，老去心情衔阙碑”的彷徨，“吟管停拈已七年”。在那动荡的年月，被发配往覆船山农场劳动管制。经历生命旅途大转折，诗人以为“余生但与畜同群”，“可怜身世误儒冠”。数年“黎明劳苦到更阑”之中，诗人或有“狂言获罪我知惭”的感悟，在家国命运相与共的思考中，看到“最是残冬风景好，麦苗新绿菜花黄”的希望，在从“笠蓑风雨春生病，灯火耰锄夜废眠”的境遇解脱时，一展“旋归深感国恩覃”的宽畅胸襟。

诗人回归家居生活不久遭遇国家大动乱。“人世沧桑本易知”的他历经“斩棘披荆两度霜”，心存“孤愤难陈生寡味，大招谁赋死非时”的余悸，把诗词创作取材转置于“吟朋唱和”与“灶下”“家居”，将对世态国事的注视与希冀寄情其中，“此间亦有小天地，大气䌷缊任转旋”。扫着地，他想着“不治一室陈蕃误”；洗着碗，他悟到“谁云雌伏竟非夫”；养着鸡，他乐于“养汝幽居可辟邪”；补着锅，他联想“倒翻古釜似穹苍”，自省“吾身安敢比娲皇”。他关注着“举国观摩推楷式”的大寨与“全华厂矿咸矜式”的大庆，咏颂家乡惠安的番薯、花生、海盐、渔场；他“偷闲读报日三回”，自诩“老夫崇择新科学，深喜飞船入帝阍”，静观“毫末窝藏亿原子，穹隆回转万星云”，从电灯光芒里悟出“活力源头来不尽，水轮风扇任相推”，在气温升降中感知“度数时时看表上，深知进退是衰翁”；更为“海晏河清，斯民同走康庄路”而“吾侪老眼看升平，亦有欢情绪”。我国原子弹氢弹试验成功，他畅襟吟诵“雄狮睡久今方醒，野老欣看国运回”，而对于发明导弹的冯·布劳恩，他奋笔痛斥“屡将火箭祸烝民，助桀为非是此人”。在他辞世前的最后时日，已是“御冷藏身絮作窝”，仍旧“病中白首思前事”，以“娲天今赖诸孤补”的诗吟将希冀寄托于新一代。

最让我感佩的是诗人的骨气。叔公自认是“俯仰乾坤一腐儒”，秉承父亲“读易恒称谦最吉”的品格，以“有欲岂能游物外”自诫，“敢云修己吾无漏”，养成谦和脾性，日常行举顺应时势循规蹈矩。在国民政府时代，为谋取一文员职位，被要求加入国民党，他无奈顺从了，由此累及一生殃及子孙，遭遇发配牧场。他“老来安命舍儒巾”，“刍牧兹山五度春”。他也有儿女情长，诗行里对父母、兄姐、子女情真意切感人至深，频频引我热泪盈眶哽语在喉。但在诗人的魂魄里，潜藏着铿锵傲骨。早年他就对阿谀逢迎的官吏嗤之以鼻，斥为“抚下为难亲上易，前程公等比扶摇”。他持守“吾身不作啦啦队”的底线，不充当时事的附声筒，敢于批评时弊，“狂言获罪”而被处劳动管制。在畜牧场当个“担不离肩锄在手”的老农，终也超凡脱俗，“短蓑欹笠傲公侯”。年至古稀，他“杜门弹指十三春，执爨人兼牧豕人”，欣然于“晚晴最堪珍，霞粘紫穹斜照红”。他信奉“乾坤规律万年在”的不渝法则，对篡改历史的浊行深恶痛绝，袒襟责问“颠倒是非修史难，欲从何处判忠奸”？他坚心反对中国文字拉丁化，在最后的诗章里从心底呼唤：“七亿炎黄好儿孙，不教汉字拉丁化”，“(拉丁文字)苟欲全部代汉文，把它毁弃付秦火”。

诗人留下的手稿，饱含着令人崇仰、理当传续的人文精神。诗作应该正式出版，推介于大众。这也是诗人的心愿。他虽“劝君学道莫耽诗”，发愿“但留魂魄还天地，不蓄诗书馈子孙”，但毕竟“未断炊烟矜跨灶，长留火种悟传薪”。他赞赏陈文凤“诗集编成还自序”；称诗友孙崧樵诗词集出版“堪为先例”；劝陈瘦愚效仿结集出书：“翁亦时中睿。讴歌郅治，雍容典丽。剞劂功能济。条件备、纸张有何难贯。”可见诗人隐有此意，只是“十分需要，是人民币”而有碍明言。他忆录了历年诗作，对过后记起的作了补遗。他在61岁时拟创作十五首双韵回文诗，当年只撰写四首，时至72岁高龄，再续心血，了却初愿。他谢世前的1977年、1978年两年，是他的诗词创作灵感最活跃、题材最舒展、填词最集中、成果最丰厚的时段，也是他“觅句枕边频覆被，看书帐内屡移灯”、最为凝心奋力的时段。老人家抱病持守，将忆写的所有诗章重新誊抄订正并编辑了目录。这些作为，都表达着诗人要把一生呕心沥血的艺术成就圆满无缺地托付于后辈的意愿。守谦、学谦与我都在古稀上下，正和叔公完成回文诗的年岁相当，最能领会老人家的期待与梦想，一致认同：老叔公丰实的诗词艺术成就，不仅属于家族，更属于诗苑，属于文坛，属于惠安，属于大众。

诗稿出版已有基础。守谦、学谦早年就将叔公的手书册页一一复印，过胶护装，并将数百页蝇头行楷逐句逐字辨认甄别，打印成册。动过手术刚复元不久的学谦持续数年耗力耗神为诗稿几乎一字不漏地查编注释，实在难能可贵。和诗人一起生活时间较长、对诗人生平了解较多的守谦草拟了题为《慈父·苦儒》的作者简介。我挑头倡议出书，未敢懈怠，不自量力地自荐担任校编。除对原作文字作必要的辨认复核之外，释读工作成了最主要负重。这件事做了近半年，舍弃了所有旅行，婉拒了大多数应酬，时常在电脑前每天摆弄十来个小时。有些语词的出处和意涵在典籍中一时没找着，夜里睡不妥帖，忽地想起可能在哪本书里会有踪影，立时夜半起身翻阅寻找。如为考证诗人用典时点到的“尧臣”是同朝为官的梅尧臣或王尧臣，专往泉州图书馆翻遍七十二卷套的《全宋诗》所有目录才找到梅尧臣对应的诗篇。参阅资料一经对位，每每会有类似于诗人那种“枕边得句防忘却，便利中宵纸背题”的感触。初始赶着自己上架时知道此事很难，做起来才真切感受到，那时并不知道会有多么难。联想守谦、学谦核对原作组编注解，当是更为劳心劳力。

书稿初成，北京朋友李莹先生热心推荐于文化艺术出版社，出版社悉力支持。华侨大学庄锡福教授欣然命笔为诗词集作序。在此一并致谢。

锡福教授是守谦的老友，又是我就读惠安一中的高中同班同学，品学兼优，文科出类拔萃，作文常是班上范文，写得一手好字，是班里、学校黑板报主编。“文革”开始之后，他回乡拉了十年板车，当过民办教师，恢复高考当年考上厦门大学历史系；毕业后即在华侨大学任教，曾任华大教务处副处长、外事处处长、宣传部部长、人文与公共管理学院院长等职，二级教授、博士生导师；出版了《文化视野里的中国行政》、《中国社会主义政治文明建设特殊规律研究》等著作，提出“会通中外，并育德才”办学理念被华大定为校训；担任中国科学社会主义学会常务理事、中国国际共产主义运动史学会常务理事、福建省科学社会主义与国际共产主义运动史学会副会长；擅长诗赋，所撰《泉州赋》刊载于《光明日报》。

锡福教授治学严谨缜密。他现今还在任课，还在写作，还在带研究生，还在从事社会活动，堪称百忙千忙。他浏览过老先生的诗作，当即慨然应允作序。他细读诗人的所有诗章，敏锐地觉察在诗人创作过程中曾间断七年，认定其中必有故事，进而探询诗人的阅历和特质。对诗集初稿中的疑似笔误，他细致复核，一一标注。我等希望锡福教授就老人的诗艺诗品作个总体评判，而锡福教授撰写出一篇分量甚为厚重的述评，近乎学术论文。教授从诗人的生活轨迹与创作历程，论述了诗人爱家爱国、心系民生的情怀，以诗为伴、苦中作乐的气度，功底厚实、诗艺精湛的素养，好学多艺、与时俱进的追求和客观敏锐、视角独到的史观，尤其将诗人的作品与气质提升到中华传统文化与乡土文化相融合、与现代生活相融合的层面，展示出传统伦理、古典文学超越时空的生命力与感染力。诗人有知，定然无上欣慰。在此，特别向锡福教授致以诚挚谢忱。

缘于校编者文学素养疏浅，尤其是未曾与诗人相处时常，难以就诗作的背景、立意作必要介绍，参阅资料亦不尽准确，失误难免，谨此由衷致歉，诚请读者批评指正。

寄愿《王健侯诗词集》在中华诗词的汪洋大海上，漾起绵绵延伸的微微涟漪。

何锦龙

2019 年 2 月

图书在版编目（CIP）数据

王健侯诗词集 / 王健侯著；王守谦，王学谦编辑整理；
何锦龙校注. -- 北京：文化艺术出版社，2020.6
ISBN 978-7-5039-6892-1

Ⅰ.①王… Ⅱ.①王… ②王… ③王… ④何… Ⅲ.
①古体诗—诗集—中国—当代 Ⅳ.①I227.7

中国版本图书馆CIP数据核字（2020）第087086号

王健侯诗词集

原　　著　王健侯
编辑整理　王守谦 王学谦
校　　注　何锦龙
封面题字　何锦龙
策划编辑　郭丽媛
责任编辑　蔡宛若　董　斌
封面设计　姚雪媛
出版发行　文化艺术出版社
地　　址　北京市东城区东四八条52号　（100700）
网　　址　www.caaph.com
电子邮箱　s@caaph.com
电　　话　（010）84057666（总编室）84057667（办公室）
　　　　　84057696－84057699（发行部）
传　　真　（010）84057660（总编室）84057670（办公室）
　　　　　84057690（发行部）
经　　销　新华书店
印　　刷　鑫艺佳利（天津）印刷有限公司
版　　次　2020年7月第1版
印　　次　2020年7月第1次印刷
印　　张　38.75
字　　数　400千字
开　　本　710毫米×1000毫米　1/16
书　　号　ISBN 978-7-5039-6892-1
定　　价　138.00元
